U0799815

战地记者十年目击

2002—2013

张宁 著

从巴基斯坦、阿富汗到伊拉克

南方日報出版社
NANFANG DAILY PRESS
中国·广州

图书在版编目（CIP）数据

战地记者十年目击(2002—2013) ：从巴基斯坦、阿富汗到伊拉克 / 张宁著. -- 广州 : 南方日报出版社, 2019.5（2022.4 重印）
ISBN 978-7-5491-1969-1

Ⅰ. ①战… Ⅱ. ①张… Ⅲ. ①纪实文学－中国－当代Ⅳ. ①I25

中国版本图书馆 CIP 数据核字(2019)第 002928 号

ZHANDI JIZHE SHINIAN MUJI
战地记者十年目击(2002—2013)——从巴基斯坦、阿富汗到伊拉克

著　　者：张　宁
出版发行：南方日报出版社
地　　址：广州市广州大道中 289 号
出 版 人：周山丹
责任编辑：阮清钰　吴俊贤
装帧设计：易　界
责任技编：王　兰
责任校对：王　燕
经　　销：全国新华书店
印　　刷：佛山市迎高彩印有限公司
开　　本：787 mm × 1092 mm　1/16
印　　张：21.5　　彩　插：0.75
字　　数：56 千字
版　　次：2019 年 5 月第 1 版
印　　次：2022 年 4 月第 2 次印刷
定　　价：58.00 元

投稿热线：（020）87360640　　读者热线：（020）87363865
发现印装质量问题，影响阅读，请与承印厂联系调换。

2009 年 12 月 15 日，喀布尔发生恐怖袭击，作者在爆炸冲击波震碎的玻璃窗前工作

伊拉克旧书市场的读书老人

作者采访阿富汗前总统卡尔扎伊的弟弟瓦利（左）

伊拉克首都巴格达的店铺

伊拉克首都巴格达居民

伊拉克首都巴格达的健身房广告

黄昏中的底格里斯河

埃及首都开罗的金字塔

驻伊拉克使馆武警护卫队进行勤务交接

阿富汗军人在训练中

阿富汗首都喀布尔街头，民众正在进行阿舒拉节活动

阿富汗的雪崩现场

伊拉克首都巴格达一次爆炸之后

驻阿美军指导阿富汗军人训练

阿富汗喀布尔一次恐怖袭击后的受害者

伊拉克女大学生

伊拉克首都巴格达街头的军车

伊拉克军队坦克在演习中

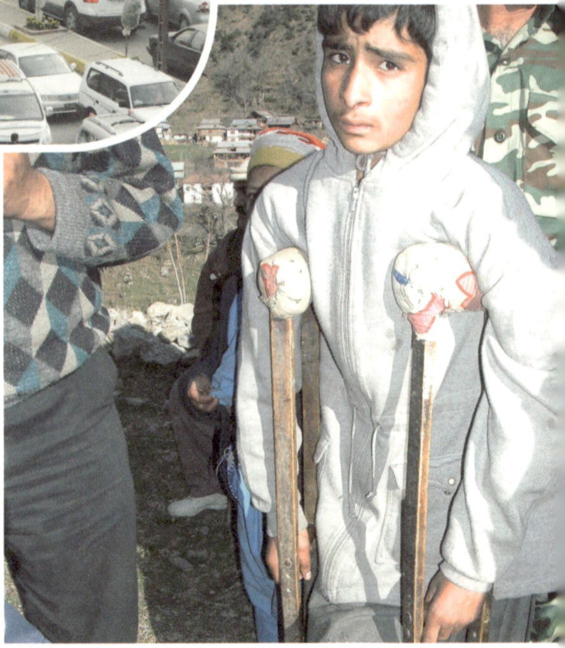

巴控克什米尔的受伤致残儿童

阿富汗难民营中的儿童

巴基斯坦武器商店

缺水的伊拉克首都巴格达，
儿童售卖饮用水

作者在阿富汗首都喀布尔

阿富汗妇女

阿富汗首都喀布尔街头

阿富汗首都喀布尔街头的美军

巴基斯坦边境警察

印巴边境的瓦格尔哨所

伊拉克首都巴格达示威游行现场

作者采访巴基斯坦前总统穆沙拉夫

位于巴基斯坦的阿富汗难民营

巴基斯坦民众进行反对伊拉克战争的示威游行

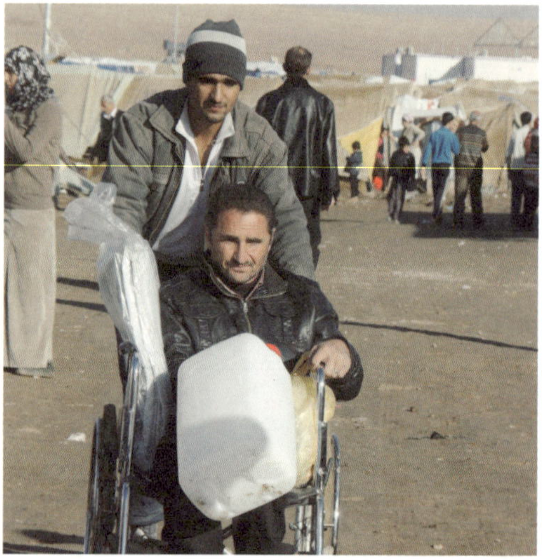

阿富汗难民

巴基斯坦前总理贾迈利

阿富汗中餐馆的中国厨师

参加反伊拉克战争示威的巴基斯坦儿童

序

我是谁？为了谁？

方延明

张宁要我为他的《战地记者十年目击》写序，我是满口应承下来。这不仅因为他是我1997年招收的硕士研究生，整整20年师徒情深。更重要的是，通过读张宁的这本书，我深深体会到一个新闻记者的酸甜苦辣，近距离知晓国际反恐第一线的战事，感受一个记者的职业理想和责任担当。我是谁？为了谁？

我总以为，成就一个优秀的新闻记者，至少需要四个条件：

其一是时代背景。时势造英雄，战争铸造大记者，灾难铸造大记者，大风大浪铸造大记者，名记者总是与波澜壮阔的时代紧密相连。

其二是个人学养。没有深厚的文化学养，成不了名记者。毛泽东说过："文章须蓄势。河出龙门，一泻至潼关。东屈，又一泻到铜瓦。再东北屈，一泻斯入海。行文亦然。"他在《讲堂录》中还说："才不胜今人，不足以为才；学不胜古人，不足以为学。"德里达说过，"文本之外一无所有"。文本，乃一文之本，一切表达态度和手段，都必须从文本出发。能即兴运笔，倚马可待。新闻是记事的学问，以人领事，以事带人，言之无文，行之不远。

其三是执着的新闻理想和职业担当，记者是社会的良知，记者要有大爱，不忘初心，砥砺前行。

其四是平台，平台很重要，好风凭借力，送我上青云。

张宁很有幸，他赶上了新世纪这个波澜壮阔的大时代。张宁出身名校（南京大学），接受过非常好的专业学习和训练。他一毕业就到新华社这个国际大通讯社工作，深得单位信任，这为他日后的事业提供了不可替代的工作条件和展示平台。他先后在巴基斯坦、阿富汗和伊拉克等国做战地记者，采访十余年，在枪林弹雨中历尽甘苦。张宁是新华社在阿富汗和伊拉克两处战乱地区分社担任过首席记者（负责人）的唯一一人。他参与了2004年中国工程师在巴基斯坦遭绑架事件报道，随政府军赴南瓦济里斯坦部落地区参与清剿巴基斯坦塔利班的军事行动。在巴基斯坦期间，他化妆进入巴控克什米尔地区采访，足迹直达印巴交界处，是为数极少到达克什米尔实际控制线（印巴边界）的外国记者。他还曾化妆，赴当时公认最危险的阿富汗塔利班势力中心坎大哈进行采访，是唯一赴坎大哈报道的中国记者。作为新华社派驻巴格达分社的首席记者，他见证了美军撤离伊拉克。2004年，东南亚发生海啸，他是新华社从受灾国家之外地区驰援的首批记者之一。这样一些经历的历练，留下了他许许多多的挚爱与愤恨，悲痛与欣悦，使得他的战地报道总是浸润着战争的泥土味，更直接、更耐看、更可信。他的新闻评论，立意高，清澈，深刻，有见地。

历史铸成这样一个事实，讲当下世界反恐，不可不讲中东，不可不讲巴基斯坦，不可不讲阿富汗，不可不讲伊拉克。自2002年至2013年，张宁作为新华社记者，先后在巴基斯坦、阿富汗和伊拉克这三个“危险国家”驻站，亲眼目睹了三国在美国主导的“反恐战争”中遭受的创伤与困惑。通过他的亲历和观察，分析与梳理，或许能够在这本书里给读者提供可贵有益的第一手资料，帮助我们在对未来国际局势进行研判和分析的时候，能够以人论世，以世论人，科学准确认识这个仍然处于各种冲突中的纷乱世界。

以往人们对于“巴铁”、“塔利班”、“基地”组织、本·拉登等热词，往往是通过电影、电视屏幕，或者反恐的战争场面来获取。然而，在现实中的恐怖组织是何等面目？恐怖氛围下的日常生活究竟给人什么样的感受？近距离接触的美国大兵到底是怎样的人？对这些饶有兴趣的问题，读者在这本书中也可以找到一些切实的答案。

试问，这么多年来的世界范围内的反恐，到底给巴基斯坦、给阿富汗、给伊拉克带来什么？他们的国家安全吗？他们的老百姓幸福吗？

张宁的《战地记者十年目击（2002—2013）》一书分三部分：第一部分是巴基斯坦，第二部分是阿富汗，第三部分是伊拉克。不同民族，三个国家，同一背景，一个主题，共同挑战，相互观照。

对巴基斯坦，基于该国是建设穆斯林模范国家的立国宗旨，国情决定了巴国在情感上对塔利班，甚至“基地”组织的贴近。同时又观照到强大邻居印度的巨大威胁，紧挨卧榻之侧，不得不站到美国一边。这样一种夹缝中的生存所带来纠结与困惑，使这个国家的未来密布阴霾。中国铁哥们的真诚支持，使中国与巴基斯坦成为全天候兄弟伙伴。而这些见识，均集中呈现在其“民主的吊诡”“爱又如何”“寻找拉登踪迹”“印巴关系”等章节中。

对阿富汗来说，作者振聋发聩地喊出“幸福在哪里”。阿富汗是国际社会中极其罕见的一个特别国家，从立国伊始，一直处于战乱与动荡中，阿国人民几乎从来没有感受过哪怕是一年半载的宁静幸福生活。美国发动的阿富汗战争，似乎没有让事情变得更坏，但也没有使事情变好。而卡尔扎伊治理下的十多年，或许竟使这个苦难国度不再那么糟糕，当然这需要时日检验。而这些内容则散见于“死亡，并非遥不可及的事情”“从政，一项高风险职业”“生活在塔利班周围”“‘山姆大叔’的‘灰色战争’”“恐怖阴云下的日常生活”等章节。

伊拉克，这个曾经很富庶的国家，距离伊拉克战争已有十多年，美国在2011年底自行宣布战事结束。然而，伊拉克作为火药桶的形象，却前所未有地突出，几乎每天见诸媒体的暴力事件，提醒人们：不负责任的战争手段，个别大国的一个莫须有罪名，可以给一个民族造成多大的灾难，没有假如。张宁的拷问是，打开的潘多拉盒子，到底带给了伊拉克什么？作者从“为什么要去巴格达？”“在伊拉克我们正常生活”“记者，危险离你究竟有多远？”告诉读者，什么是记者，什么是勇敢的心。包括，反恐或许是一个永远无法完成的任务，“何物‘伊斯兰国’”，“人人心中都有一个萨达姆？”“美军弟兄，这里不再需要你们”，都带给读者一个不一样的伊拉克。

更令人高兴的是，在这本书中，有相当篇幅展示了我骄傲、我是中国人；异国恋，想说爱你不容易；第一次，我痛恨记者这个职业；为了忘却的记忆等几个“巴铁”的故事。还有异乡人在伊拉克，足球是一种战争中的心灵抚慰剂，为中国队送行。这样一些珍贵内容，彰显的是一个中国人的骄傲和自豪。该书有好多珍贵图片都是第一次发表，值得欣赏。

一分耕耘一分收获，张宁很好地践行了习近平总书记指出的：为了谁、依靠谁、我是谁，俯下身、沉下心，察实情、说实话、动真情，写出了不少有思想、有温度、有品质的作品。他在参与2004年中国工程师在巴基斯坦遭绑架事件的报道中，执笔报道的稿件获选当年新华社好新闻奖，稿件经新华社播发后，引起媒体和读者的广泛好评。2009年底，他在艰苦、危险条件下坚持完成的《喀布尔汽车炸弹爆炸》组稿，获新华社好新闻奖。在伊拉克工作期间，他参与的“伊拉克足球发展经验”“伊拉克文物保护工作调研”等调研报道，得到中央领导批示，为我国国内相关政策与措施的制订，提供了重要参考。2015年尼泊尔大地震，他又是新华社派赴灾区增援报道的首批记者之一，获得新华社通报表彰和总编室表扬。

他还参与策划、组织2015年万隆会议60周年纪念报道、2015年APEC马尼拉峰会报道、2016年G7峰会报道、2016年香格里拉对话会报道、2016年东盟万象峰会报道以及2016年金砖国家峰会等多次重大战役性报道。

2015年，由他独立撰写的英文稿件《评论：美国介入南海问题暴露海盗式不安全感》发表后，在海内外引起较大反响，美联社专门发表稿件加以点评，中国香港媒体也对此作了后续报道。

快二十年了，1999年他还在我跟前读书时，有一次我们聊到新华社记者邵云环、光明日报记者许杏虎，在美国空袭我国驻南斯拉夫大使馆的恶性事件中光荣牺牲。他告诉我，特别希望到新华社，为祖国的新闻事业奉献一生。天遂人愿，近二十年的新闻历练，我深深感受到，张宁在对战乱国家民众苦难报道中所展现出的达观，也让张宁变得更加坚强，更加包容。从他的字里行间，看得出他是如何面对危险、苦难与艰辛，扎实对生活有了新的理解。张宁在这本书中有这样几句话，让我感触很深：我时常想起美国电影《黑鹰坠落》中的一段对白 —— 老兵对新兵说：“当我回到家乡，总有人问我‘你是不是打仗成瘾’，他们永远无法理解……”，每当看至此处，我总想替老兵续上未尽的语句 —— “非我冒险成瘾，只因我心怀理想。”

2016年，张宁获选新华社新媒体中心评选的十位全国新闻工作者代表之一，在当年2月19日上午习近平总书记视察新华社时，由总书记亲手上网点赞。写至此，我想用自己喜欢的一句话打住，作为这篇序言的结束吧：

作为一种职业，记者的生命是靠他的作品去支撑的，其新闻智慧经由作品而流淌……

是为序。

（作者系南京大学新闻传播学院首任院长，曾任中国新闻奖、长江奖、韬奋奖评委，现为中国记协特邀理事）

自 序

不少友朋经常表示希望听我讲讲故事。

我在新华社工作近20年，从事国际新闻报道10多年，先后在新华社 5 个海外派驻机构工作。因此，朋友们想经由我了解一些对国际事件的看法，同时对我的个人工作经历有些许兴趣，是不足为奇的。

我是一个珍惜友谊的人，所以，这首先是一本写给朋友的书，希望借此回应他们对我多年来的关爱与帮助。

进一层，我也问自己，这本书对于别的读它的人，会有些许助益吗？

这是一个日益混乱、复杂的世界。或许，新的经济秩序、新的媒体发展，让这种混乱与复杂更加彰显。喜爱思考的人们难免会发问，乱象的根源是什么？人类未来的道路将向何处去？

这本书绝无能力回答如此宏大的拷问。不过，巴基斯坦、阿富汗和伊拉克，确实是过去一二十年间国际矛盾比较集中展现的所在。在这些热点地区多年工作和生活的经历，对我个人固然是财富，将之记录下来，与有兴趣的人分享，亦属应当。

我希望，这些还算来自现场的描述，加上不是特别偏颇的随感，能够在反恐、国家治理等话题上，稍稍有助于读者诸君平时的思考与研究。

能如是，余愿足矣。

目 录

第一部分 巴基斯坦篇

第三部分　伊拉克篇

第一部分

巴基斯坦篇

第一章

民主的吊诡

| 第一节 |

蓝墨水指印和警棍——一次基层民主实践观察

2002年10月的巴基斯坦大选，是我第一次近距离观察民主制度实践。这印证了我的想法：在社会经济文化水平相对落后的情况下，民主制度实践的动机与结果之间，往往存在遥远的距离。

这一年的选举，巴基斯坦全国和四个省的地方议会选举在10月10日同时进行投票，巴全国7200万选民从当地时间上午8：00至下午5：00，在全国选举委员会设立的64475个投票点参加投票。

那天一早，我离开分社到巴国新闻部去搭车，我的领导伊斯兰堡分社时任首席记者杜振丰追出门郑重叮嘱："要是爆炸了，你就赶紧趴下。"

老杜的担忧并非多余。前一年"9·11"事件后，巴基斯坦成为美国对阿富汗动武的前沿阵地，曾经的宁静不再，就连我们常去的菜市场也多次发生爆炸袭击案，这令在伊堡的中国人心神不宁，出门总是匆匆来回，不敢在公共场所多逗留。

我搭上新闻部为大选采访准备的专车——一辆五成新的白色丰田中巴，去往位于首都伊斯兰堡100多公里处的旁遮普省沙克瓦尔市选区。在该市，不受干扰的

“私人填票室”、涂在选民手指上经久不褪的墨水印和维持秩序警察手持的警棍，给我留下了多年后不曾消散的深刻记忆。

沙克瓦尔，有着大约110万人口。和巴基斯坦多数城市一样，这里市容破败，许多建筑和道路还停留在60年前英国殖民地时期的水准。殖民者虽然离去，殖民印记并未逝去。

市中心几座看上去较为体面的小洋楼，窗台上有干枯的花叶探出头来，散发着英印旧时代的气息。

上午，记者们来到该市卡拉哈尔村的第169号投票站。这个投票站设在村里唯一一所公立中学内。

蓄有两撇髭须的全国选举委员会官员向我介绍投票的严格程序：每个票站均掌握所辖选区内18周岁以上选民的名册。投票者首先持本人身份证进行登记，领取选票，然后进行填票和投票，这样可以防止冒名顶替和重复投票。

选票分绿、白两色，分别用来选举省级和全国议会议员。选票上除印有候选人姓名外，还有老虎、自行车等图案。原来，如同美国共和、民主两党分别用驴、象作为本党象征，巴基斯坦各政党均有自己的象征物。巴国文盲率1998年的统计比例是63%，在农村，这一比例可能还要高。选举官员说，选票上印上候选人所属政党的象征物，可以方便不识字的选民投票。

走进一间充当投票室的教室，遇到25岁的当地农民乌马尔·法鲁克，他刚刚从坐在讲台前的选举官员那里领到选票。法鲁克走到教室后排用几张课桌摆在一起，隔出来的一个狭小空间里。选举官员告诉记者，那叫“私人填票室”，别看很简陋，却能保证选民不受干扰地行使投票权。

接着，一名年纪80开外的选民前来登记投票。选举官员登记完身份证号码后，在老人的大拇指上涂上一道墨水印。官员得意地笑道，这是一种含有特殊成分的墨水，涂上之后用水搽洗不掉，要过二三个月才会慢慢褪去。这种较为原始的方法又为防止重复投票，增加了一层保险。选举官员特意强调说：“穆沙拉夫总统投票时，也要涂这种墨水。”

若干年后，我了解到，这种墨水印防作弊法在不少前英殖民地盛行。2017年，尼泊尔举行地方选举前，特地从印度进口这种墨水，要求选民使用。

那天，在教学楼另外一端的几间教室，是这个投票站的女子投票点。在信奉伊斯兰教的巴基斯坦，不少公众活动，妇女和男子须分开进行，投票也是如此。我看到，各个年龄层次的女子正排队进行投票，秩序井然。她们有的身穿穆斯林传统长袍，或许属于教规森严教派的瓦哈比派，用披肩将脸部遮盖得只露出双眼。

38岁的素法娜操英语对我说："我很高兴，在我的国家，妇女也能参加选举，并能担任政府的领导。我认为，应选举那些受过良好教育的人。"素法娜的丈夫是经常出国的商人，她也跟丈夫学会了英语。

在投票过程中，4名身穿黑色制服的当地警察一直在现场值勤。28岁的警官哈米德·巴里手持一根一米左右长短、口径仅有大拇指粗细的木制警棍，他说，这是为了对付"捣乱分子"。在以往选举中，曾有候选人雇用打手威胁选民按他们的意愿投票，另外，支持不同候选人的势力有时也会在投票点发生冲突，危害普通选民安全，扰乱选举秩序。巴里说，他没有佩带枪支。

走出第169号投票站时，一辆沙克瓦尔市警察局的武装巡逻车恰好来到，车上下来全副武装，头戴钢盔、手持冲锋枪的武装警察。同行的巴基斯坦新闻部官员说，这种武装巡逻每两小时途经一个投票站，主要目的是防止恐怖袭击。进入2002年，巴基斯坦发生多次恐怖袭击事件。为此，穆沙拉夫总统在大选前夜的电视讲话中特地承诺，一定保证选民投票安全。

我在这里还巧遇两名联合国的观察员。他们拒绝透露姓名且不愿对投票情况发表看法。共有300多名来自联合国和欧盟的观察员参加了此次大选的监督工作。

那天，我还走访了沙克瓦尔市下属几个乡镇的投票站，看到投票均在平静安详的气氛中进行。傍晚接近投票结束时间5点钟时，我回到沙市市区。市里一位官员说，从各投票站反馈回来的情况显示，投票率都超过了50%，没有发生任何骚乱事件。85岁的市民沙尔·穆罕默德参加了巴基斯坦1970年以来的全部8次大选，他说："我在这次选举中感到安全，自由，没有受到任何压力。"

老沙尔没有说的是：乡村里的人们仅在选举前才有机会见到政界的大人物们。这些政客会见村中的长老、耆宿，承诺帮助村民修建学校、铺设电线、接通自来水管，村中话事人则同意帮助"辅导"村民投票。大部分的村民甚至不知道自己所投之人姓甚名谁，这是典型的部族民主，民众的意愿实际只反映了长老的意愿。更糟糕的是，选前那些美好的承诺，十有八九不会兑现。

10日的投票在基本平静的气氛中结束。只在个别地区发生了敌对党派之间的武装暴力冲突。在南部信德省的瑙舍胡罗·费洛兹（Naushehro Feroz）地区，前总理贝·布托领导的人民党和前看守政府总理古拉姆·穆斯塔法领导的民族联盟（National Alliance）的支持者互相用机关枪射击，至少1人在冲突中死亡，6人受伤。

记忆中，那算得上“成功选举”——没有大规模的骚乱或流血事件。以这一不算太高的标准来衡量一次选举，令人百感交集，不知是喜是忧。用来防止作弊的蓝墨水和抽打不老实者的警棍，令人印象深刻。

我作为一个民主训练不够充分的个体，围观巴国选举，这既是学习的过程，也是思考的过程。我的疑问是：这样的民主是我们想要的吗？或许，这是通向自由之路，必须要承受的阵痛？

依照常理，当国策正确，国家安全局势改善，国力提升，人民福祉得到保障，选举的成功势所必然。

巴基斯坦2002年那次选举，似乎符合这样的规律。在这次选举后，总理由取得全国议会多数席位的穆斯林联盟（阿扎尔派）的贾迈利当选，议会的正、副议长也都来自这一亲穆沙拉夫的派别。因此，穆沙拉夫再次充满信心地表示，将按照承诺把政权移交政府。

生于1944年的米尔·扎法鲁拉·汗·贾迈利比穆沙拉夫年轻一岁。先后担任过俾路支省首席部长、中央政府农业部长、水电部长和铁道部长等职务。当选总理前，贾迈利已经成为穆盟（阿扎尔派）的总书记，进入该派别的核心领导层。

2002年11月，贾迈利正式就任总理。上任后初期，贾总理在公开场合对穆沙拉夫施政持肯定与支持的态度，这让期盼巴基斯坦政局走向稳定的民众与国际社会都松了口气。

与此同时，贾迈利表示坚决支持美国在中亚发动的反恐战争，认为这场战争符合巴基斯坦以及地区和全球的利益。这某种程度上表明，贾氏的当选，是美国方面可以接受的。

遗憾的是，巴基斯坦总统与总理之间的府院之争，似乎是谁也摆脱不了的宿命。进入2004年，贾迈利和穆沙拉夫之间的关系逐渐恶化，媒体多次爆出贾氏辞职的假消息。令人不解的是，对于总统与总理不和的相关报道，穆沙拉夫从不出面澄清。他的沉默，使得问题更显复杂。

到了2004年6月，贾迈利终于辞职并解散政府。接替他的是更加受到穆沙拉夫信任的原财政部长肖卡特·阿齐兹。

2002年至2004年的这幕戏码，在巴基斯坦波诡云谲的政坛，可算十分云淡风轻。更多时候，这个国家政治的血雨腥风，不仅是府院之争那么简单，常常迫使领导人付出生命的代价。

著名的布托家族第一代佐勒菲卡尔·阿里·布托，20世纪70年代在总理任上遭遇军事政变，被他一手提拔的陆军参谋长齐亚·哈克将军逮捕并判处死刑。其后，巴基斯坦进入齐亚·哈克时代。

时间很快到了1988年8月17日，齐亚·哈克总统及其陪同人员乘坐的美制C-130运输机在飞行过程中爆炸、坠毁，哈克与包括时任美国驻巴大使在内的31名机上人员无一生还。事件至今成谜。

又过了近20年，2007年12月27日，布托二世、“铁蝴蝶”贝·布托在竞选总理过程中遭遇恐怖袭击身亡。案件迄今未能定案。

穆沙拉夫本人也多次遭遇生命危险，后文将有详述。

在巴基斯坦，政局动荡是常态，平稳反为非常态。1947年独立至1958年，短短11年间，总统宝座四次易主，总理则七度换马。1988年至1997年的9年中，总理又9次易人。在这些动荡年代的间歇中，平稳期似乎反而应当归功于军人统治。

在巴国权力架构中，总统、总理与军方形成“三驾马车”。当危机发生时，往往是军队出面充当“仲裁者”角色。军方领导人也多次成为政权主宰。

然而，民主宪政在巴基斯坦毕竟已经深入人心。没有一位军方统治者敢于挑战宪政。即便是穆沙拉夫，也多次表达脱下军装、成为文官的意愿，最终也实现了承诺。吊诡的是，正是失去军权，动摇了穆沙拉夫的执政根基，政权最终重回他的政敌谢里夫之手。在穆沙拉夫当政时期，他同时放逐了谢里夫和贝·布托。当他交出权柄后，自己却远赴英伦，谢里夫重新回到总理宝座，贝·布托则长眠地下。主客易位，命运的捉弄，令人嗟叹。

| 第二节 |

结识“为什么不”先生

2002年10月，我的那次“围观”大选，是在巴国新闻部的帮助下完成的，借由这个机会，结识“为什么不”（WHY NOT）先生，亦使当日因担忧恐怖袭击发生而产生的紧张气氛缓解了不少。

“为什么不”大名叫阿里，时年28岁，皮肤深黑，面容英俊，上穿白色短袖衫，下着咔叽布长裤，一副西方青年打扮，相貌酷似奥斯卡最佳男主角得主、美国非裔影星丹泽尔·华盛顿。

不过，我细细观察阿里的衣着，白色短袖衫的针头线脑不够齐整，长裤是南亚、中东地区的流行款，裤筒上下一般粗，缺乏曲线。结论是：穿着整洁，但价格低廉，不够高大上。呵呵。

那天，阿里负责陪同我和一起前往选区的几个巴国新闻界同行。一上车，我假模假式礼貌地问他：“我能坐您身边这个位置吗？”阿里露出一口白牙，给了我一个明朗的笑容，说：“为什么不？”从这个愉快的关系起点出发，我俩一路的打趣，一路的欢声笑语。

一上来阿里就主动汇报：“我快娶媳妇了。”我马上问：“娶四个？”阿里回答：“为什么不？”一车人都乐疯了。伊斯兰教法确实允许一夫多妻，上限为四个老婆。不过，我当然知晓，在当代伊斯兰社会，尤其在接受过高等教育的穆斯林青年中，这个习俗早已不被遵守。但是，为什么不跟这样让人喜欢的好青年开个无伤大雅的玩笑呢？

我们那天走了沙克瓦尔市下属的七八个投票点，阿里在采访中给了我极大帮助。碰上不懂英语的村民，我说当当翻译吧，阿里说“为什么不”；有时我让他指导一下选民给我摆个摄影造型，阿里又说“为什么不”；更可笑的是，我一定要和不愿与陌生男人说话的穆斯林女子聊两句，阿里还是说“为什么不”，不厌其烦地帮我做起了思想工作。

阿里对我们工作之外的生活也很照顾。中午用膳打尖的当口，他把我们领到一处风景如画的湖泊旁，准备在沿湖的洁净餐馆里用饭。我刚说了声“此地风景甚好，要能到湖上吹吹风就更好了”，这小伙儿立马说：“为什么不？饭还得一会儿才好，让我们趁这个时间泛舟湖上吧。”

或许是因为阿里的悉心吩咐，午饭非常可口，有巴基斯坦发面饼“查巴迪”、烤鸡、炖羊肉，还有一种叫作达尔的乳白色扁豆酱，入口有点像酸奶酪。2009年5月，奥巴马担任总统后在白宫招待时任总统扎尔达里以及他与贝·布托的儿子比拉瓦尔。聚会过程中，奥巴马把手搭在20岁的比拉瓦尔肩上回忆起自己大学时代在巴基斯坦游历的故事，其中就说到曾如何学习炮制达尔。

读者千万别以为“为什么不”先生真是好好先生。下午在一个投票点，我想要一个警察站在排队投票的选民旁的镜头，阿里急赤白脸地对那“条子”一通乌尔都语，警察吓得赶紧躲得远远的。聪明的阿里显然认为，警察形象和民主选举的气氛不符，不想让警察出现在我的镜头里。当然，我早已偷拍到了想要的画面。

那天傍晚回城的路上，车上的收音机里说：“信得省一个投票站开枪了，死了人。”大家都有点儿后怕，不说话了，气氛一时很沉重。看着太阳慢慢地落下去，看着道旁光秃秃的土地，绿油油的草，懒洋洋的肿背牛，苦巴巴的农人，我抒情道：“为什么这里的落日和家里的是同一个，让我想起了我的祖国。”受我感染，阿里开始向我敞开胸襟。他告诉我，收入很低，负担很重。父母早亡的他，早早承担起家庭重担，抚养弟弟长大成人。结婚后，按穆斯林风俗，老婆是不工作的，还在读大学的弟弟也要搬来同住，三口人要靠他微薄的薪水供养。“为什么不”先生，他也活得不易呀。

最后，阿里请我参加他订于当年12月举行的婚礼，并告诉我，在家乡拉合尔和伊堡会举行两遍婚礼，而我作为他的好友，最好两次都参加。我紧紧握住他的手，认真地说：“为什么不？”

可是，我毕竟食言了。不久，阿里荣升外交部发言人马苏德·汗的秘书。再打他的电话，无人接听。后来，在某个场合见到陪伴“老板”的阿里，对于我的热情招呼，他仅矜持地笑笑回应，没有更多的话。人与人的缘分，有时仅仅是那么一天。仅此而已。

阿里让我想起国内宣传部门的一些旧友，在工作和友谊之间，我们维持着微妙的平衡，彼此均须不踩对方的“红线”，方能把酒言欢。

这看似和民主无关的话题，却让我总想把它放在民主的标题之下。

采访大选那天与好几个巴基斯坦媒体的记者同车，坐在我邻座的恰是一位来自巴控克什米尔地区的小伙子，一路下来，我们成了好朋友，这真是一份意外的收获。

小伙子名叫汗（Khan），这是巴国男子十分平常的名字。他出生在巴控克什米尔地区的一个农民家庭。兄弟姐妹一共12个，汗是老九。2002年，汗28岁，1983年他9岁那年，父亲来伊堡卖毛毯（克什米尔羊毛制品闻名全球），汗就此来伊堡读书，一直念完了大学。汗供职于巴国一个民间通讯社——国际新闻网络通讯社。作为年轻的知识分子，汗没有遵循在他家乡十分普遍的早婚习俗，仍是快乐的单身汉。

不唯如此，身穿牛仔服的汗高鼻深目，长得很像西方人。这点并不奇怪，巴基斯坦和印度次大陆其他地方一样，诸多居民是历史上南下的高加索白人后代。

但我不敢把这个观感告诉汗，因为穆斯林对西方人没什么好感。其时，穆沙拉夫总统因为“站在西方世界一边打自己的穆斯林兄弟”，每天都遭受国内宗教极端组织武装分子的死亡威胁。“9·11”事件后，由于支持美国发动阿富汗战争，巴国不断发生针对西方人的恐怖袭击事件。

这话扯远了，还是谈克什米尔。印巴克什米尔争端，一直是南亚次大陆最为世界关注的热点。身处其间的汗有什么样的感受？汗说：“我希望克什米尔人拥有自己独立的国家，我恨印度人。”

汗告诉我，他有不少朋友在军界，有的参加过和印度人的作战。从朋友嘴里，汗知道了印度人的残酷。酷刑之一是把人埋在地里，只露头部在外面，直到痛苦死去为止。汗说：“这还是各种刑罚中最轻的一种。”

克什米尔地区是查谟和克什米尔地区的简称，位于南亚次大陆的北部山区，大部在喜马拉雅山系西部，面积约23万平方公里，与英国大小相仿。目前，印度控制该地区3/5面积和3/4的人口，但该地区70%以上人口却与巴基斯坦一样信奉伊斯兰教。这就产生了矛盾，穆斯林要求克什米尔地区归入巴基斯坦或者成立独立的共和国，而印度对这个战略要地断断不肯放手。巴基斯坦一直支持穆斯林的要求。从1947年开始，爆发了三次印巴战争。小规模的武装冲突，毫不夸张地说，更是一天也没有停息过。

不少基地设在巴基斯坦境内的穆斯林武装分子不断潜入印控地区，发动武装侵袭。印度不断谴责巴基斯坦支持这种“越界恐怖主义活动”，巴基斯坦则辩解说，巴方只是从道义上支持穆斯林的正义要求，从来没有提供军事、经济方面的援助。2002年4月，印巴局势再度紧张，战争一触即发。分社首席记者老杜向总社正式递交了报告，要求新华社撤离巴基斯坦。后在美国斡旋之下，局势才重新趋缓。

2002年10月，印度刚刚在印控克什米尔举行一次选举，希望选出的政府能够帮助维护在该地的统治。但选举是在血腥中进行的，各种流血冲突共导致数千人丧生。当地穆斯林和巴基斯坦方面都说选举是一场戏。

大国势力不会允许两个均有核能力的国家之间爆发全面战争。情况有点类似两个小孩想打架，但双方的大人拼命拉架。美国在反恐战争中需要南亚局势的稳定。特别是巴基斯坦的军事力量在严防巴基斯坦与阿富汗的边境线上的“基地”组织残余力量潜逃，起着极其重要的作用。巴国一旦陷入战争，被迫把军队调往东线，阿富汗境内大量恐怖分子可能会借机漏网逃脱，使美国的反恐努力付之东流。这就是观察家分析该地区暂时打不起来的重要理由之一。

我把这个观点说给汗听。汗淡淡地说：“哪次世界大战是在观察家们预料的时间发生的？要是都按牌理出牌，就不会有‘战争’这个词了。”我听后无语。

汗又对我说，他的家乡是如何美丽富饶，并邀请我到他家去玩。我说：“朋友，我是一定要去巴控克什米尔地区看看的。但你要能带我混到印控那边瞅一眼，我会更高兴。”汗说：“我会帮你想办法。”

汗最后说：“我和其他克什米尔人都希望能在和平的情况下拥有自己的独立祖国。我们热爱和平。”

从表面看，汗是与“为什么不”先生截然不同的巴基斯坦年轻人。然而，他们其实有共同之处。在巴基斯坦大约1.7亿人口中，超过65%是青年。然而土地和资源的压力，加上印巴对峙造成的军费支出，导致就业与其他发展机会的短缺。

发展教育、增加就业、改善社会服务，是阿里和汗这样的年轻人的共同诉求。在这样的发展中国家，让政治议题遮蔽民生问题，只能导致对根本社会矛盾的忽视，对于国家的前途未必是好事。遗憾的是，不仅是在巴基斯坦，在世界的许多角落，人们正高喊着“民主”，在喧嚣与混乱中，将历史的车轮向后推转。

面对汗，不由让我想起贝·布托的一句话：“我并未选择人生，是人生选择了我。因为巴基斯坦不是一个普通的国家，所以我的人生也不是普通的人生。”

| 第三节 |

穆沙拉夫印象

2002年10月那场大选的实际胜利者，是继续身兼总统和陆军参谋长（军队的头号领导人）的穆沙拉夫。

在悄无声息的过程中，穆氏再度将内阁总理制扳回总统制，他虽然承诺要还政于总理贾迈利，但谁都知道，国家权柄的真正掌握者是穆沙拉夫。

从那一年起，穆氏进入个人生命的辉煌期，这一黄金时代延续了近十年时间。

时光荏苒，到了2014年，巴基斯坦司法机关以叛国罪起诉已经卸任的穆沙拉夫。假使罪名坐实，判决或许是无期徒刑乃至死刑。

在连续两次因安全因素延迟出庭后，2014年1月2日，穆沙拉夫在赴法院途中，心脏病发作，送院治疗。出庭再度推迟。之后几年，穆沙拉夫似乎淡出国际媒体的视野。而他的老对手谢里夫则顺风顺水，重回总理宝座，再度实施总理制，巴国政坛迎来了一段稳定期。

这些似乎比戏剧还要戏剧化的情节，再次印证了人生如戏、戏如人生的老话，也勾起我对尘封往事的回忆，想起10多年前采访穆沙拉夫的经历。

那其实是一次极其寡淡乏味的日常报道。

穆沙拉夫计划在2003年10月底赴中国海南参加博鳌论坛，顺便访问中韩两国。驻巴的几家中国新闻机构商量了一下，决定在其行前弄个联合采访。

经过和中国驻巴使馆、巴基斯坦外交部和总统办公室等诸多单位沟通，再经一系列复杂申请手续后，2002年10月29日那天，我们终于获准去见总统了。

接见地点不在首都伊斯兰堡市区的总统府，而是在伊堡"姐妹城"拉瓦尔品第附近的兵营区。总统先生坚持兼任巴国陆军参谋长，也就是该国实际上的最高军职。自1999年执政以来，他一直居住在兵营区的官邸，常常连办公也在那里进行，不太愿意去总统府。这样，当然也有利于安保，在那个恐怖袭击肆虐的年月里，重视安保是极有必要的。因此，我等一干人对这一采访地点的安排并没感到太大意外。

我清晰地记得，那是个艳阳高照、秋高气爽的日子，伊斯兰堡正当一年中最令人愉快的季节。

那天，我们中国记者一个个西服笔挺，气宇轩昂，在一位巴方新闻部官员陪同下，乘车从首都向着兵营区进发。兵营区笼罩着紧张气息。军车在街上来往，持枪军人十步一岗，神情凝重。

到达目的地前经历了一番周折。出于安保原因，出发时谁也不知道目的地确切是哪里。车辆在兵营区里绕行数匝，经过好几道安检，确定并无威胁后，才有一个电话打到陪同官员的手机上，告诉我们会见地点是在兵营办公室，而非官邸。

伊斯兰堡有个传说形象说明了总统安全工作的周密程度。总统每次外出前，都会有四辆一般模样的车辆同时出发，向着不同方向行驶，以确保不被恐怖分子侦明路线。穆氏执政后的一系列对内、对外政策，在国内外树敌不少。尤其是他支持美国反恐，使其成为巴国宗教极端势力和"基地"组织的眼中钉肉中刺。

那天，下车后，又经过了一系列烦琐的安全检查，我们终于坐在办公大楼的接待室里。总统的新闻秘书哈桑中校头发梳理得光洁整齐，留着一抹小胡子。他面带亲切笑容地接待我们。

中校首先抱歉说："由于是在斋月里，就不能给客人提供茶水、点心了，请原谅。"这是我们早预料到的。穆斯林斋月里，从日出到日落的时段里是不允许进食和饮水的。2002年议会开幕也是在斋月里，我在议会大厅观礼半日，弄到饥渴难耐，委顿不堪。有了这个经验，见总统那天，我早起煎了好几个鸡蛋，吃饱饮足，此刻也就不慌不忙了。

我们是按照约定的11时到达的。哈桑中校抱歉地说，总统先生前一个会谈尚未结束，和我们见面可能须延迟15分钟。说是15分钟，可能会是一个小时，这点也不出所有人的意料。大家也就松开领带，随便和哈中校聊起闲天来。

聊天过程中，中校不断起身到隔壁的会见大厅去侦察一下。总统当时正在会见的是欧盟代表团，而安排在我们后面的还有一场韩国新闻媒体的联合采访。由于韩国也是总统那次亚洲之行的访问目的地之一，所以我们对巴方在采访先后顺序上的安排都很满意。

一个小时过去后，哈桑说欧盟的人聊得起劲，完全没有结束的意思，只好请大家再耐心等等。虽无吃喝，主人招待仍算殷勤备至，我们每个人去方便，中校先生均亲自陪送至洗手间门口，好教人愧不敢当。只是几个不吸取教训的兄弟，早上没吃东西，肚肠不免一阵乱响。

再过一个多小时后，我们终于被准许进入会见室。五分钟后，总统先生面带亲切笑容地走入来，和大家一一寒暄，互致问候，气氛融洽，教人如坐春风。我还记得，总统先生当天穿一身浅灰色西服。我知道，他穿着十分讲究配合不同对象——出访或在国内进行对外交往时，必穿西服；出席国内活动时多着军装；会见宗教界人士时，又总是身穿传统服饰沙瓦尔·卡米兹，即上身过膝长袖罩衫配搭下身宽松长裤。通过衣着传递的讯息耐人寻味，暗示着在这样一个政治形势极其复杂的国家掌权，需要多么高超的平衡艺术。

大家入座后，由于提问大纲早经上报批准，所以无非是常规问法，围绕增进中巴友谊、改善印巴关系和国际反恐局势等主题循例而行。

总统先生在整个采访过程中态度亲切随和，谈笑风生，使气氛显得极为融洽。和我们交谈中，他一如平时地语调不高，语速不快。尽管他的英语程度在职业是英语教师的夫人培训下，已经相当不错，但总统当日还是用乌尔都语答问，再由人翻译成英文。

从他温和的态度上，让人很难把他和印巴战争中的战斗英雄联系起来。

1943年生于印度首都新德里的穆沙拉夫是一名真正的职业军人。他科班出身，毕业于巴基斯坦的军事院校，毕业后，从基层军职做起，历任炮兵排长、特种作战兵团突击连连长、炮兵团长、步兵旅长、装甲师师长、炮兵师师长、陆军司令部作战局局长、巴基斯坦陆军第一军军长、陆军参谋长和参谋长联席会议主席，可以说一步不落地完成晋阶，受到部队上下的拥戴。

第二次印巴战争期间，穆沙拉夫与死神擦肩而过。一发炮弹在离他不远处爆炸，弹片击中他手中的枪支，他却毫发无损。

在这位战斗英雄身上，勇敢气质与随和性格似乎并不冲突。他的好人缘造就了在军队中的上升速度。这是不少分析师的看法。

那天原订15分钟的采访时间延长到半个小时。再经一番合影留念和互赠礼品的程序，整个活动圆满结束。

我与总统先生合影留念时，祝愿他在中国过得愉快，总统先生则在握手之后向我展示宽大手掌上粘贴的一个中医穴位治疗膏药。他用英语笑着说，这个东西大有功用，可以缓解手掌酸痛。我表示衷心希望此物能增益总统先生的健康。

虽非追星族，我却很珍惜和穆氏的这次面对面机会。在巴国，国家领导人是高危职业，一次见面，或许就永难相逢。前总理阿里·布托以谋杀罪被判处死刑；前总统齐亚·哈克座机爆炸身亡，至今未破案；老布托之女、又一位前总理贝·布托2007年遭自杀式炸弹袭击身亡。而涉嫌卷入这场恐怖袭击，正是穆沙拉夫将被送上法庭的罪名之一。

穆沙拉夫本人也多次大难不死。

1999年10月，穆沙拉夫访问斯里兰卡归来，时任总理谢里夫下令卡拉奇国际机场不准穆沙拉夫乘坐的客机降落。飞机在卡拉奇上空盘旋长达40多分钟，在燃料耗尽前7分钟，忠于穆沙拉夫的部队攻入机场，才使他得以平安落地。

“9·11”事件后，穆沙拉夫支持美国反恐战争，导致其人身安全遭受更大威胁。

2002年4月，袭击者在穆沙拉夫车队原定经过的道路上安置炸弹，因爆炸装置失灵，才幸免于难。2003年12月，袭击者两次对穆沙拉夫下手，第一次爆炸对总统车队途经的桥梁造成破坏，但没有导致人员伤亡，另一次采用汽车炸弹直冲车队的激烈方式，导致包括2名袭击者在内多达14人死亡，46人受伤，穆沙拉夫又一次安然度过劫难。这为前文所述的“伪装车队”之说增加了可信度。

巴基斯坦三军情报局的某位官员曾私下向我透露，穆沙拉夫的安保措施中颇有高科技元素。他的车队配备一种信号干扰装置，可发出磁脉冲信号，会导致爆炸装置中的定时系统暂时失灵，还可以阻断爆炸物遥控装置的信号频率。这种信号干扰装置的功能范围远达200米，干扰时间可以持续1分钟，这足以保证车队在爆炸前驶离危险区域。

这种说法从美军使用的装备似乎可以得到验证。2010年左右，我在阿富汗工作期间，每逢路遇美军车队，自己的手机总是失联。后来，阿富汗军方人士告诉我，这是美军使用的干扰装置，目的也是为了防止袭击者操控爆炸。这似乎和穆沙拉夫的安保技术属于同类。

回到那次采访前领导人的经历，对我而言，是宝贵的收获。让我有机会近距离观察到，在2002年选举年，穆氏心情不错。他是那次选举的胜利者，急切地想要和美国、中国发展友好关系，和印度化解矛盾。在他忙碌的日程表上，似乎有太多的使命急于完成。我面对面采访他的经历，是愉快的。若干年以后回头看，穆沙拉夫似乎逃脱不了宿命，不安全感和使命感交织的急躁与焦虑，促使穆氏和前任们一样，逐渐走向孤立。领导人的不幸下场，这似乎是国家政治文明进步过程中必须要付出的代价，同样的事情在韩国等国家也曾发生。

我认为，巴基斯坦民众会因为穆氏的一些善举记住他。虽然常穿军服，并因为长时间不肯辞去军职而饱受质疑，但穆沙拉夫与上一位军人领导者齐亚·哈克有巨大差异。穆沙拉夫推行开明政治，反对宗教化政治。他还推进新闻自由，巴基斯坦新闻业迎来黄金年代，本国电视频道第一次出现歌舞节目，出现女性新闻主播，卫星电视接收器被宣布合法，尽管国外电影的接吻镜头必须打上马赛克，但这已经是相当大的进步。女性开始成为银行高管、飞行员、海上巡逻队员……这些在女性领导人贝·布托治下都没有实现的事情，在穆沙拉夫治下成为现实。

在穆沙拉夫执政前，巴基斯坦偏远地区的宗教法庭规定，女性被强奸者，必须得到4名男性证人的证词，才能被认可受强奸，否则，强奸受害者反而会被以通奸罪名论处，严重的会被投石处死，强奸犯反而可以逍遥法外。穆沙拉夫上台后，这一野蛮旧规被裁定为非法。

由于与美国合作反恐，巴基斯坦开始得到巨额援助，经济迎来腾飞。尽管，反腐、反对家族政治、完善税收制度等承诺距离实现仍然遥遥无期，但穆沙拉夫在巴基斯坦历史上，留下过正面的一笔。

在巴基斯坦，政权如今又回到穆氏曾经的对手谢里夫手里，国家似乎又改回内阁总理制。东风与西风的政治轮回，仍在持续。

| 第四节 |

另一位军人总统

某日，我驾车来到伊堡北郊的费萨尔清真寺。

小车在干净清爽的大道上安详地滑行，喜马拉雅山余脉 —— 马尔格拉山在同样干净清爽的微风中，向我迎面扑来，满眼的青翠葱茏，瞬间，心情如同水洗了一般明朗。费萨尔清真寺就在马山的脚下。

这座巴国最大的清真寺，是由已故沙特国王费萨尔捐资，土耳其著名建筑师达罗凯设计，在1986年建成的。全寺占地约19万平方米，由可容纳万人同时祈祷的八角型主祈祷厅和4座高耸的拱卫塔组成，色调纯白。我到达的时候，正是黄昏，沐浴在夕阳里的费萨尔寺，显得庄严凝重，又饱含一种深情款款的忧伤。

一天中最后的祈祷恰在此时开始，从八角厅的方向传来了领诵者的唱经声，音调劲拔入云，苍凉中深蕴着力度。

寺前有大片的绿地。按照在国内养成的习惯，我沿着绿地的外沿向着费寺绕行而去。却发现三三两两的当地人正悠闲地徜徉在绿地间。这才憬悟，原来此地是不树“请勿践踏草坪”告示牌的。踏着草地向寺里走，没有看见废纸或垃圾。崇尚洁净的穆斯林并不刻意追求环保，却信手捻来，将环保的鲜花别在衣襟上。伊斯兰教的祈祷功课每天分五次。从凌晨开始第一次，直到黄昏最后一次。少数最虔诚的信徒会一次不拉地五次祈祷，大多数人只在工作的间隙进行。实在无法脱身赶到清真寺的，会拿出随身携带的小方毯，铺在办公室的地板上，伏下身子就开始了功课。

脱掉鞋子，光着脚拾级而上，我来到了主厅的外面。高达40米的祈祷厅，从上到下，是透明的玻璃。不少信徒在主厅的外面，开始了功课。不敢打搅，我轻轻地绕厅一周。在祈祷的时刻，不是穆斯林，是不可以走进厅里的。开始我是用右手拿着相机的，还把带子紧紧缠在手腕上。很快便发现这是个错误的选择，不断地有巴国人走来与我交谈，临别时一定要握一握手。我只能不断地将相机费力地交到左手，最后不得不干脆改用左手拿着。

在巴基斯坦，身为中国人是自豪而幸福的。穆斯林对自己的朋友怀着纯净的友好心情。不少从其他城市来观光的巴国游客笑着指指自己的相机，我先以为是请我帮忙照相。但人家根本不需要我的帮忙，而是需要我做背景，留个影作纪念。其中最让我感动的是，一位父亲硬将他　两岁大的孩子塞在我的怀里，留下和中国叔叔的合影。

离开的时候，路过一个小小不起眼的亭阁。顶上插着的巴基斯坦国旗吸引了我的注意，原来这里是已故总统齐亚·哈克将军的墓地。

在这里我遇到了65岁的守灵人法鲁克。他从1988年哈克总统去世后，就开始义务守灵，向全国各地前来致哀的人们讲述总统的生平。老人的胸前甚至挂着哈克的画像。在我和老人交谈的过程里，不断有人来默哀。印象里，哈克将军因为下令绞死民选总理老布托，展现铁腕与无情，不少巴基斯坦民众对他应当是有反感的。我委实不知道，法鲁克老人可以向人们怎样赞颂这位领袖，并持之以恒地赞颂了10多年。

例如，那位著名的巴基斯坦小姑娘、诺贝尔和平奖获得者马拉拉在她的自传中就曾如此描述哈克：“他是个很恐怖的人，长着很深的熊猫眼，头发油光水滑地向后梳着。他把我们选出的总理阿里・布托送上绞架。”

在马拉拉眼里，老布托才是英雄 —— 自己出生大地主，却为平凡百姓发声。

哈克的一生，确实毁誉参半。生于1924年的哈克自1977年至1988年执掌巴国权柄。二战期间，作为英印军一员转战缅甸、马来亚和印度尼西亚，战后，在印度军事学院接受教育后，成为军官，一步一步升至军队最高职位陆军参谋长。

是阿里・布托总理把哈克拔擢至军权顶峰，二人的关系堪称良好。然而，1977年，恰是哈克将布托从总理职位上拉下马，自己接管政权。1979年，又是哈克把老布托送上了绞刑架。

1981年，哈克治下推出的临时宪法，加强了军法管制，增强总统权力，限制政党活动，压缩法院权限，强调伊斯兰教的作用。

在经济领域，哈克推行非国有化，突出发展农业，鼓励商品和劳务输出，一定程度上促进了经济的恢复与发展。这大约是他身后受到不少人缅怀的重要原因之一。

在政治领域，哈克政权的最鲜明特征是全面伊斯兰化运动，这受到国内宗教保守势力的支持，赢得部分坚定的支持者，也为后来宗教政治团体的势力扩张与极端组织的生长创造了条件。

与此同时，哈克奉行不结盟外交政策，在苏联入侵阿富汗时，支持阿国反侵略事业，为此建立起国际声誉，还换来国际经济与军事的援助。

在哈克灵柩旁，我问来自信德省一所医科大学的学生马吉德，为什么大家如此尊敬哈克？马吉德说：“因为他很廉洁，对了，还有没对国家造成过什么损害。”我听后默然。这就是巴基斯坦人民对领袖的要求。人民甚至不需要领袖施与恩惠，只要不做坏事，不贪钱，就会得到持久的纪念。这是怎样的宽容。

领袖们又是如何回报人民的？哈克死后的十多年间，谢里夫和贝・布托你方唱罢我登场，先后各自主持了两届政府。其间两人从未间断过相互叫骂，都说对方是贪污犯。最后，穆沙拉夫说两个都是贪污犯，把他们一起放逐到了国外。

耐人寻味的是，爱唱民主高调的美国人也不得不承认，恰恰是在哈克与穆沙拉夫两位军人总统治下，巴基斯坦国内政局最为平稳，民生也一定程度得到改善。

然而，他们的仇敌似乎并不这么认为。哈克死于非命，座机被炸了个稀巴烂，死无全尸。穆沙拉夫运气稍好，一直活到现在。虽然穆总统安然无恙，伊堡却依旧爆炸不断，巴国却依旧不得太平。只是，炸弹更多时候落在无辜的人民头上。那一天，作别哈克墓时，回首望去，在费萨尔清真寺宏大的背景下，墓地显得有些凄清寥落。只有顶上的绿白新月旗，迎风飘着一抹亮色。望着远方寺里向安拉虔诚祈祷的信徒，近处墓地向逝者真诚志哀的人民，我突然感到内心一阵尖锐的刺痛，一句古老的伊斯兰歌谣蓦然在脑海里浮现："怜我世人，忧患实多。"

第二章

反恐，一个或许并不成立的名词

| 第一节 |

反恐制造的分裂

2003年是山雨欲来的年份。在伊拉克战争开打前夕的巴基斯坦，人们争论着支持和反对伊战的若干个理由。

我从战争的酝酿阶段就想“该写点儿什么了”，没有写的原因是我不能确定是否会把个人的情绪带进所写的东西，而这是我不喜欢的。其实直至10多年后的今天，我也依然不能确定是否会夹杂个人的偏见，影响到读这篇文章的朋友的判断。但写终究是好过不写的。更使我没有预料到的是，有朝一日，我会前赴伊拉克，从另一个方向，观察这场战争的后果。这样说来，2003年伊战爆发前我在巴基斯坦的观察，更加让人悲欣交集。

2003年3月的一天，我出席了在伊斯兰堡举办的一个宴会，与会的有一些巴基斯坦友好国家的大使，其他基本都是本国政要和各界人士。

吃喝前，主持人突然兴奋地说：“我们今天荣幸地请到了伊拉克驻巴基斯坦大使，下面请他讲话。”于是100多人的宴会厅里响起了雷鸣般的掌声。红光满面的伊拉克大使讲话铿锵有力，说的内容大致是美国已经发动的战争是不义的云云。他的讲话不断被热烈的掌声打断。我注意到在场的唯一一位西装笔挺的美国人士，在满眼穆斯林传统服装的衬托下，显得尴尬而无助。这个压倒性的场面基本上反映了伊斯兰堡乃至整个巴基斯坦在战争前后的情绪。

在这个当时有1亿4000万人口的国家，96％的人口是穆斯林，其中又有超过90％与伊拉克掌权的人士同属逊尼派。反战是压倒性的，但反战的原因各有不同。

就我的接触了解，普通穆斯林群众的反战理由是朴素的。他们认为，攻击一个伊斯兰国家就是对整个穆斯林世界的攻击 —— 典型的穆斯林式思维。我曾问过新华社伊斯兰堡分社门卫苏尔丹："你为什么反战？"苏尔丹愕然睁大了眼睛："因为我们和伊拉克人都是穆斯林啊。"是啊，问出这样问题的我是愚蠢的，这么简单的道理怎么就不开窍呢？在这个文盲率接近70％的国家，大部分普通百姓的意见恐怕和苏尔丹是一致的。

某次反战示威游行中的一个镜头让我很难忘：一个十来岁的男孩，头戴清真圆顶小白帽，手中拿着的标语牌上用英语写着"不要为石油流血"。标语牌拿倒了，但他浑然不觉。我试着用英语与他交谈，但他完全不识英语。我不能确定他是否了解自己所拿标语牌上话语的含义，但他严肃的面孔告诉我，他知道自己在干什么，这不是游戏。拿倒了的标语牌和孩童的坚毅表情形成了强烈的反差，在我眼里，是一种深刻复杂的隐喻。

知识界则试图用较理性的方式为反战赋予理论上的支持。战争前夕，伊斯兰堡的各个角落都在举办反战座谈会，报纸专栏也被连篇累牍的反战文章占据。巴基斯坦是个言论自由、新闻自由的国家，看不出有政府在背后鼓动支持，知识分子的义愤似乎完全出于自发。

那些天，我遇到的每个当地朋友问我的第一句话基本都是："你怎么看伊拉克？"我总是回答："我是记者，我怎么看不重要，重要的是，我告诉读者你们怎么看。"那么我的这些知识分子朋友是怎么看的呢？他们的分析看起来是深刻而逻辑严密的。

归纳如下：一、美国是冲着石油去的；二、美国被"9・11"吓怕了；三、美国想把伊拉克作为改造穆斯林世界的试验田；四、美国想称霸世界，打完伊拉克，下面就要打伊朗、朝鲜了。

我的朋友——伊斯兰国际大学校长哈桑的话代表了大多数良善而有文化的人士的看法："我们不支持萨达姆，但我们支持伊拉克人民。人民是战争的真正受害者，伊拉克问题应该和平解决。"

反战是异口同声的，当然也有大原则共同下的小分歧。比如争论最激烈的就是巴基斯坦会不会成为美国未来打击的目标。有人说不会，因为巴基斯坦与美国有着长久的亲密友谊；有人说会的，因为巴基斯坦也有核武器，美国人一定会把巴基斯坦也当成潜在的威胁加以"先发制人"的打击。争论是激烈的。在一些座谈会上，听众甚至和台上的演讲者发生激烈的争吵。

再来看看政界。政府采取了精明的做法。战前，美、英等国还在谋求15个安理会成员国通过动武决议的时候，作为非常任理事国之一的巴基斯坦总统穆沙拉夫每天接到小布什的数通游说电话，但始终没有松口表示会投赞成票。与此同时，政府各级官员，在各种场合，面对各路新闻媒体记者的诘问，始终只说："我们会根据巴基斯坦的国家和人民的利益来行使联合国安理会非常任理事国的权力。"反对或支持，巴基斯坦政府始终没有做明确的表态。没有可能窥见这些手握权柄的穆斯林内心世界在这场战争中的挣扎。但无论他们真实的倾向是怎样，起码这种讲求实际的面对方式，对本民族而言是有益无害的。4月初，战争形势逐渐明朗的同时，美国人对"沉默的朋友"的回报降临伊斯兰堡——10亿美元的债务一笔勾销了。一位政治态度温和的前政府部长在一次座谈会上说的一句话耐人寻味："我们要学习中国，他们的务实外交政策促进了本国巨大的发展。"

与政府相比，作为主要在野党的宗教团体联合派别——实践团结联盟态度要激进得多。他们不断在各大城市组织反美示威游行，最大规模的一次号称"百万游行"，警方估计，实际的参加人数超过20万。该联盟的各路政治精英（同时大多身兼阿訇甚至大阿訇的教职）不断通过报章或出席集会，发表攻击政府"态度暧昧"的言论，敦促政府及早表态支持"伊拉克人民的正义斗争"。巴格达被联军占领后，他们则批评伊拉克人民"不应该放弃抵抗"，同时继续组织各种反美示威活动。巴基斯坦很多分析家指出，如果议会选举不是在2002年10月举行，而是推迟到伊战爆发后举行，实践团结联盟很有可能取得比议会第三大党还要辉煌的战绩。

沉默的政府和充满激情的在野党，双方都是赢家，面对一场发生在另一个国家的战争。

我所有当时身在伊斯兰堡的西方朋友在整个事件过程中出门格外小心，他们遭受宗教极端分子袭击的可能性比战前成倍增长。恐怖分子是不管这样一个事实的——这些西方人中很多也是反战的，他们不喜欢萨达姆，但他们同情伊拉克人民。除此之外，他们对美国政府的政策倾向深表忧虑，这与法、德等国政府当时的立场是接近的。

事情的进程并不因为反对的声音有多大而改变，随着联军出人意料的迅速胜利，反战的声音很快被如何进行战后重建的讨论所掩盖。

那年4月的某日，我来到伊拉克驻巴使馆门前，看见铁门紧闭，只有绿、白、黑三色国旗仍然在阳光下飘动。留守人员说，该馆今日闭馆，大使在家中闭门谢客。我得到的消息则是，美国政府已要求巴基斯坦政府逮捕伊拉克大使，大使已下落不明。在那个时间节点，相信这黯然的一幕，曾经在世界许多飘动过伊拉克国旗的角落上演。不管反战者的声音曾经如何激昂，不管各种反战的理由后面暗藏着怎样或深刻或肤浅的内心活动，大多有关正义与邪恶的争论，即使可以有定论，也往往只出现在多年以后。而这个人类社会上发生的太多事情，并不都像二战那样，泾渭分明，正邪立判。

丨第二节丨

爱又如何

反恐战争的最大受害者，是数以百万计在历史上不会留下姓名的普通人。其中，包括难民。

在我的记者生涯中，采访难民营的经历不算少。其中，2003年踏访巴基斯坦境内的阿富汗难民营，让我第一次看到反恐战争的创伤。面对苦难，我不得不承认，仅有爱，似乎不够。

那是2003年3月。去科特・钱德勒难民营的那天，天气阴晴不定。清晨离开伊斯兰堡的时候，下了场透雨。出城向西南去，高速公路平整干净。虽然有雨，但人的心情很干爽。

车开了200多公里后，下了高速，路越走越窄，天空却慢慢放了晴。小道旁雨后的积水很肮脏，树丛低矮，山羊、骆驼和穿长袍的村民三三两两懒洋洋地走过。司机说，这里就是旁遮普省的米安瓦利地区，科特・钱德勒难民营就在前头。

巴基斯坦有200多个阿富汗难民营，当时全世界400万阿富汗难民中有大约一半在巴基斯坦，我就要第一次面对这些苦难的人们。一路上，一个摄影专业课上的场景反复在我的脑海闪现。黑漆漆的教室里，幻灯屏幕上的悲惨相片：一只饿鹰正目光炯炯地盯着一个行将毙命、病弱的非洲瘦小孩，等待着美食到口。老师声音很沉痛："先救人还是先拍照，记者选择了后者，并因此而得了奖，但几年后终因内心深重的负罪感而自尽身亡。"

我的心情也像天气一样，变幻不定。这个瞬间兴奋地想象新闻稿件可能的走向，下一个瞬间又为这种兴奋而内疚。我们准备去干什么？不是想用别人的苦难编织故事，而是因为联合国要在2003年遣返60万在巴阿富汗难民，我应该去看看他们的生活状况，听听他们想不想回家，想回家的话有什么困难，并把听到看到的一切告诉世界，特别是告诉联合国难民署。我是充满爱心和责任感的记者啊。

进入这座16平方公里的难民营，首先见到竹林掩映中两层小洋房的管理处。管理处为记者的到来特地组织了30名维持秩序的“联防队员”。这些人大都是难民营中有声望的人，有的是巴基斯坦雇员。他们身着统一的制服，白衣胜雪，胡须修洁，笑容亲切。在周围满眼黄泥土坯屋的惨淡色彩衬托下，漂亮的管理处和漂亮的“联防队员”多少显得有些突兀。

走进一个小杂货铺。店主，一位20多岁的青年，英语说得很流畅：“你好，先生。我是艾哈迈德，今年23岁，我在这里已经生活了十年，我很喜欢巴基斯坦，我不想回阿富汗。因为那里还不安全，工作又很难找。”果然是这样，和来之前了解到的情况一致，阿富汗难民对回家并不热情。阿富汗的难民史已超过20年，从1979年苏联入侵起就已开始。很多第二代难民甚至没有回过祖国，不知道祖国的模样，更不知道为什么要回去。

我准备离开这家小店的时候，艾哈迈德小心翼翼地提醒说：“先生，是不是需要拍张照片。”我说好的，艾哈迈德熟练地招呼一个看客过来假装买东西，同时对我讨好地说：“我懂，不要看镜头，要自然，就像平时做生意一样。对吗，先生？”看来，艾哈迈德已经很有镜头经验，我不是这里第一批访客，也将不是最后一批。我又访问了曾经返回阿富汗首都喀布尔，因为找不到工作，无法谋生再回到难民营的一位孩子他爹。我还访问了从小出生在难民营，自豪地告诉我说“我虽然没有身份证，但我认为自己就是巴基斯坦人”的16岁小伙子。

雨后的土地很泥泞，在短暂的放晴后又开始飘着些雨丝。天气不是那么令人愉快，但几个精力充沛的少年还是用两根木桩拉上张球网，开始用一只彩色的足球打起了排球。一个更小的孩子抢过球，一定要我给他照相。周围聚集的孩子越来越多，我这个讲英语的黄种人让他们兴奋地快疯了。我听见有声音在叫：“美国佬，美国佬。”童稚的脸上有激动的神情，却没有想象中经典摄影作品中难民儿童脸上会有的无辜和忧伤。这不可爱的图像，充分展现了想象和现实的距离有多远。

孩子们的激情越来越高涨，跟在我身后的小东西有将近一个连，一直陪着我的“联防队员”也开始压不住场面。有人把甘蔗皮和石子扔到了我的头上，扔到了我这个家在遥远的中国，充满了对他们的爱心，满怀激情要向世界传达他们的声音的记者的头上。

我需要告诉他们我不是他们讨厌的美国人吗？我需要告诉他们吗？其实美国人也没有被仇恨的理由，是他们打垮了给阿富汗带来贫穷苦难的塔利班，并正在帮助重建这个国家。

这座容纳4.4万多人的难民营里有10所学校，包括9所小学和1所中学，教师只有30位。这些围拢在我周围兴奋的孩子大多出生在难民营里，在缺乏教育的情况下，他们对祖国的了解有多少？对自身生存状况的理解又有多少？或许提出这样的问题都太奢侈而书生气。

最离谱的事情终于发生了。一个孩子轻轻碰了一下我摄影马甲胸口的衣袋，熟练地掏走了我的手机，转身撒腿就跑。可惜他比较不幸运，我读中学时是个业余短跑运动员，没费多少事就拿住了他，夺回了自己的财物。看着他一脸笑容、毫不畏惧的神情，我也无奈地笑了。身旁的“联防队员”不好意思地连声说：“您千万不要生气，千万不要生气。”这时我才明白，“联防队员”的存在一定是过去访客惨痛经验的结果，而我也完全理解了他们手中为什么拿着棍棒。事实证明这一点也不是小题大做，后来，正是靠这些木棒保驾，我才“杀”出重围，安全回到车上。

那天离开难民营的时候，雨云完全散了，清晰起来的是夕阳的脸。望着惨淡夕阳下悠闲地坐在寒风里的难民老人，他脸上事不关己的神情让我蓦然明白，我的到来并不重要，我在这里看到了什么并不重要，我告诉世界关于这里什么样的印象也并不重要。明天，他们中的一些人会回家，会艰难地生活下去，另一些人会留下来，会继续过令他们满意的生活。

这就是生活的真实。苦难甚至使人失去思考的能力。近些年，以反恐为名义发生的冲突此起彼伏。人们不能知晓，这些战争，究竟消灭了恐怖，抑或制造着恐怖。

| 第三节 |

人类能否战胜恐惧?

有一种观点认为：恐怖主义的诞生源于人类的恐惧，暴力是抵抗的手段，动机是保护自己，根本原因是与生俱来的不安全感。

当人们发问，为何巴基斯坦会成为恐怖主义的温床，上面的观点总会浮现我脑海。

曾经是奥巴马总统竞选团队重要成员之一的美国学者布鲁斯·里德尔甚至将巴基斯坦称作“当今世界最危险的国家，是二十一世纪所有噩梦汇集的渊薮”，其危险元素包括恐怖主义、动荡政局、腐败和核武器扩散等。他认为，巴基斯坦一直在进行一场“心灵的战争”。

这是一片从诞生之日起便历经鲜血洗涤的国土。初到巴基斯坦，一位当地朋友轻描淡写地告诉我这样的史实：1947年印巴分治过程中，南亚次大陆经历了人类历史上罕见的大迁徙。在一个方向，印度教和锡克教信众走向印度，另一个方向，穆斯林走向巴基斯坦，两个方向，都涉及数以千万计人口。

迁徙途中伴随大规模教派仇杀，伤亡没有精确统计，较为公认的估计数据是死亡人数在20万至200万之间。我震惊于在如此晚近的历史，竟然发生如此与人类文明发展背道而驰的事件，更震惊于这样的重大惨剧，竟然如此鲜为人知。

听说此事是在2002年，距离“9·11”事件刚刚一年多，周围的人们还在为几千名美国人的丧生而扼腕叹息，但在自己所处的这片大陆，那些逝去的更多生命，却似乎没有得到应有的哀悼。是否因为恐惧来得太深，人们反而选择了淡忘?

印巴分治对这片土地的影响是深刻而久远的。巴阿关系某种程度上受到印巴关系的左右。

在常规战争层面，印度兵力是巴军的两倍。因此，巴基斯坦必须依靠不对称冲突的两种手段——一是核武器，二是包括“虔诚军”在内的恐怖组织。在巴基斯坦的不少区域，武装组织自由地设立基地，从训练、招募、后勤、武装、贸易等方面都可以为所欲为。出于宗教原因，每当这些武装组织在印度，甚至在美国和欧洲发动袭击，它们在巴基斯坦的人员和基地却获得宽松的对待。

一些分析人士认为，美国对于巴基斯坦过于宽容，美国对巴政策只有胡萝卜，没有大棒。美国的算盘很简单——担心严厉的手段导致巴基斯坦政权垮台，如此局面可能更加难以收拾。

当然，美国对巴基斯坦的算盘也看得同样清楚。美国前副总统拜登曾公开评论说，巴基斯坦并不希望出现一个由亲印度的普什图人领导的统一阿富汗政府，这是巴基斯坦一些势力支持阿富汗反政府武装的根本原因。拜登主张把反恐重心从阿富汗转向巴基斯坦。这或许是釜底抽薪的选项之一，然而，包括拜登在内的这部分意见支持者并没有拿出实际可操作的解决巴基斯坦问题方案。

美国情报界普遍认为，除非印巴关系实现正常化，阿富汗问题不可能得到解决，在美国情报专家看来，印巴和解的重要性远远高于阿富汗重建等安全议题。有一种声音认为，美国应当将反恐中心从阿富汗移至巴基斯坦，理由是巴基斯坦更支持一个塔利班形式的阿富汗政权，而不是美国支持的多民族阿富汗国家。在面对恐怖主义时，巴基斯坦兼具赞助人、避风港和受害者的多重、复杂与矛盾的身份组合。武装人员从巴基斯坦境内渗透至阿富汗境内，破坏阿富汗的稳定；反过来，阿富汗局势的动荡，也加剧着巴基斯坦的安全忧患，形成了恶性循环。

巴基斯坦对印度在阿富汗扩张影响力极其敏感。2009年至2010年我在阿富汗工作期间，印度对阿经济援助已经达到10亿美元的标准，每年有数以千计阿富汗人赴印度进行农业等经济领域的培训和学习。巴基斯坦媒体则报道说，这些人将成为印度的间谍。

另外，巴基斯坦媒体还认为，印度势力已经对阿富汗情报部门实施渗透，印度还为巴基斯坦境内的分离组织提供资金支持，其中包括要求独立的巴基斯坦西部省份俾路支。

从地图上看，阿富汗大致在巴基斯坦西北，而印度则在东南，巴基斯坦一直担心，阿富汗和印度交好，将会对巴形成东西夹击之势。与印度相比，巴基斯坦军事实力本就处于下风，因此对所谓的印阿结盟就更为敏感。

某种程度上，巴基斯坦和阿富汗政府的利益是南辕北辙的。美国对此看得十分清楚，因此，在反恐中，美方对巴方的信任一直打着折扣。有一个阶段，入侵巴基斯坦当真成为美国政府考虑的选项之一。具有讽刺意味的是，巴国拥有核武器，最终反倒成为护身符，美国放弃了动武的打算。

2001年“9・11”事件后，巴基斯坦选择在阿富汗战争中站在美国一边，这改善了它与美国的关系，使它在与印度的博弈中找到几分安全感。

“9・11”后的头几年，美巴关系进入蜜月期。两国军方密切合作，美国对巴基斯坦的军事援助每年高达20亿美元。在巴方默许下，美国增加在巴境内的无人机部署和行动，向巴基斯坦情报部门安插军事顾问，甚至有传闻说美军直接参与了巴国境内的反恐地面行动。美国政府还试图与巴基斯坦媒体合作，扭转该国占人口绝大多数的穆斯林民众对本国政府与美国合作的不满。

然而，一旦反恐议题涉及巴基斯坦，“阴谋论”依旧如此盛行。2009年，时任巴基斯坦总统扎尔达里、阿富汗总统卡尔扎伊和美国资深外交官扎勒米・哈利勒扎德举行会议。卡尔扎伊竟然当着美国人的面告诉扎尔达里，巴基斯坦境内发生的不少恐怖袭击事件是由美国政府幕后策划。

曾经先后出任美国驻阿富汗、伊拉克和联合国大使的哈利勒扎德吃惊地叫起来：“总统先生，我们这样做能有什么好处？请你给我解释一下其中的逻辑。”

卡尔扎伊的逻辑是：美国旨在制造混乱后，找到借口入侵巴基斯坦，掌控巴国的核武库。他还说，扎尔达里亡妻贝・布托遭巴基斯坦塔利班刺杀的幕后主使就是中情局。

这一事例说明，在巴基斯坦、阿富汗这样的冲突地区，人们的恐惧与紧张是如此巨大，即便是扎尔达里与卡尔扎伊这样经过大风大浪的领导人，也不能幸免。

2002年，我第一次踏上南亚次大陆的那一年，印度议会大厦遭恐怖袭击，印方以巴方支持恐怖活动为由，试图借助美国对阿富汗用兵之机，把巴基斯坦纳入反恐打击对象。印巴百万大军对峙好几个月，实实在在地濒临战争边缘。这是恐怖主义如何影响国际局势的又一例证。

恐怖主义便是在这样充满恐吓与被恐吓的政治文化土壤中培育而出。只要人们对于自身、家庭、社区、族群乃至国家的不安全感继续存在下去，他们维护自身生命与价值观的需求愈强烈，担心失败的恐惧也会愈强烈，诉诸极端手段的可能性增长。这似乎便是恐怖主义难以得到根治的终极因素。

还有一句人们常挂口边的话——落后的社会经济条件，是恐怖主义滋生的土壤。这句话如何解读？在巴基斯坦的偏僻乡村，法庭贪污腐化、效率低下，普通人的诉讼，往往迁延数月得不到结果。极端组织则不然，他们设立的宗教法庭，往往在几天内就做出裁决，偷盗者遭到斩手，骚扰女性者当众鞭打……

另外，当地震和洪灾发生时，政府的救援往往滞后于极端组织的行动。受惠于极端组织的民众，俯首帖耳。巴基斯坦塔利班在2007年前后刚刚兴起时，巴基斯坦一些乡村的妇女捐出自己的结婚首饰，把儿子送去充当武装人员。这就是极端组织如何滋生、发展的鲜活景象。

第三章

寻找拉登踪迹

| 第一节 |

白沙瓦，“万花之城”今安在?

在巴基斯坦的两三年时间里，围绕“基地”组织前领导人拉登踪迹的争论，是热点之一。当时比较流行的观点是，拉登藏身巴阿边境地区。我当时曾撰文说，拉登也有可能窜出部落地区，隐匿于巴基斯坦其他地区。2011年，拉登在距离首都伊斯兰堡区区110公里之外的阿伯塔巴德被击毙，印证了我的看法。

白沙瓦，便是当年猜测中的拉登藏身处之一。关于这座城市，中国读者大多不熟悉。不过，喜爱美剧者或许能发现，白沙瓦曾出现在不少反恐题材美剧中。这座距阿富汗边境仅80公里的巴基斯坦城市，曾经是阿富汗战争的前哨，也是本·拉登一生中多次涉足、频繁活动过的地带。

白沙瓦，古梵语意为“万花之城”。我最早一次到访这座城市是2003年8月，在这座有2500年历史的文化名城，我没有感受到太多花的气息。10多年后，偶或想起这座城市，浮现在脑海中的往往是众多阿富汗难民憔悴的面容。

位于连接中亚与南亚的交通要冲，白沙瓦古来先后为波斯、希腊、锡克、莫卧儿、印度和英帝国等各路势力统治，整座城市笼罩着浓浓的历史烟云，经历不同文化洗礼冲刷后的白市风情，显得五味杂陈，十色斑斓。

城区大致可划分为三个部分——旧城、大学城和新城。

旧城规模形成于15世纪的莫卧尔王朝时期，数百年来竟无大的变化，土路街道十分狭窄，如迷宫般盘旋往复，道旁的建筑带有浓郁的印度风格。机动车辆与徐行的马车、人力黄包车同时在没有红绿灯的街巷中穿行，前面奔驰轿车中的乘客兴许是现代银行家，全身西服笔挺，后面马车上的老者则可能是部落边民，须髯苍苍，头裹白巾。

道旁的店铺鳞次栉比。白沙瓦历史上是丝绸之路的重要关卡之一，商业文化源远流长。旧城中最著名的市集是萨达尔（Sadar）市场，从来自阿富汗的铜器、伊朗的波斯毛毯到中国的家用电器，应有尽有，价格相当便宜。在这里，我品尝了当地人所谓的“白沙瓦第一中国茶”，绿茶加白糖，口感一般，但茶馆主人见到中国客人，执意不收茶钱，好客之意令人感动。

衣衫褴褛的乞丐儿童对每一名外国友人，如影相随，打发了一拨，又接着一拨。向导说，这些孩子大多是阿富汗难民。自20世纪70年代末苏联入侵起，大批阿富汗难民开始涌入邻国巴基斯坦，2002年阿富汗反恐战争后，难民潮更加汹涌。到2003年，巴基斯坦全境约有200万阿富汗难民，其中白沙瓦就有大约百万，占该市总人口的一半。

从旧城跨过横穿市区的铁路，就来到了新城。新城建于19世纪的英殖民时期，因曾是英军驻扎地，所以又称“兵营区”。该处风貌与旧城判若云泥，大道笔直宽阔，干净整洁。

在新城中央市场的附近，可以见到“堡垒”般的美国领事馆。该馆被架着机枪的路障和巴基斯坦士兵包围，高大的墙头装着监视摄像机和铁丝网。邻近领事馆的“美国俱乐部”是白沙瓦西方外交人员、新闻记者和联合国机构工作人员时常聚集的地方，俱乐部走廊的布告栏上贴着美国领事馆的安全警告，告诫西方人士尽量不要去人流密集的地方。

白沙瓦多数当地居民与阿富汗第一大民族普什图族同属一族。阿富汗反恐作战以来，白沙瓦是巴基斯坦反战呼声最高、示威活动最频发的城市。战争结束后，这里又是美国情报机构紧盯的拉登可能藏身处之一。巴基斯坦方面抓获移交美国的约

500名塔利班与“基地”组织残余分子中，很多是在白沙瓦被捕。2013年，新城西方人常活动的区域爆炸事件发生多起。中午时分，我驾车路过位于新城的肯德基快餐店，店内没有顾客，只见店员和持枪保安。

出了新城，向巴阿边境方向行进，就来到了“大学城”。“大学城”集中了白沙瓦市的十几所大学和科研机构。这里树木繁茂，浓荫匝地，鲜花如海，依稀可见“万花之城”的旧貌。建于1913年的白沙瓦伊斯兰大学校园，更是一间花园中的校舍。莫卧儿式的红砖建筑在似锦繁花的簇拥下，散放着书香墨影。在宁静的校园中徜徉，偶尔可见一两个身穿穆斯林长袍的学生斜靠着绿茵之上的白色长椅读书，在这样的影像前完全闻不到尘世中的烟火。

然而一出校门，沿着“大学路”再向前行，就可见到一幕残酷的影像对比——街道的一边是花卉市场，花红叶绿，五彩斑斓；另一边恰是连绵的阿富汗难民营，破败的土坯房延伸着暗黄的单调色彩，毫无生气。三两个大人枯坐在土坯房前，眼中没有神采。小孩则兴奋地扑到每辆路过的车辆上，敲击着车窗，讨要零钱。

那次行前，我在伊斯兰堡采访联合国难民署官员，得悉在2003年，依靠联合国资助，已有超过20万在巴阿富汗难民返回故国，其中半数以上来自白沙瓦。在这里，也确实见到了难民离去后土坯房拆毁后留下的大片废墟。不过，采访中，一位难民的心里话让人对他们的前景乐观不起来，这位难民当年4月回到阿富汗，而今又重回白沙瓦。他说：“回到喀布尔后工作很难找，爆炸事件又很多，让人觉得不安全，还是这里好。”

时隔10多年，白沙瓦发生恐怖袭击的报道仍时常出现，似乎，这座曾经的“万花之城”，和她的阿富汗邻居一样，仍需要更长的时间来医治战争的创伤。

第二节

开伯尔山口，传说中的拉登通道

开伯尔山口就在距白沙瓦车程大约一小时的所在。拉登的最后足迹，终止于巴基斯坦城市阿伯塔巴德。各国情报人员的共识是，开伯尔山口充当了拉登入巴的通道。

“开伯尔”，波斯语意为“城堡”。山口位于总长700公里的苏莱曼山（Suliman）中部，从开伯尔山口的托克哈姆关卡出发，西行100多公里是阿富汗南部重镇贾拉拉巴德，东行70余公里是巴基斯坦西北边城白沙瓦。

开伯尔山口自古是连接中亚、南亚的险要关隘，最狭窄处宽不及10米，陡峭荒凉，几乎没有树木遮蔽，地形险恶，为兵家必争之地，具有重要的军事、经济战略意义。从亚历山大大帝到英国殖民军队，史上每次对南亚次大陆的外族入侵，均通过这条要道进入，山口见证过太多的历史风云变幻。

由于这条通道的重要性，美国情报部门怀疑拉登由此潜入巴基斯坦境内躲藏。开伯尔是军事禁区，外国记者进入要经过内政部门和军方的审批。我2003年的那次到访，引起当地驻军的高度关注。由于沿途需要经过尚武好战的部落地区，有一定危险性，开伯尔驻军派出半个班的兵力，驾驶装备重机枪的军车头前开道。当地警方也派了一辆警车在后相随，车上坐着五六个手持自动武器的警察。军车和警察把我驾驶的越野吉普夹在中间，一名警察还登上我的车，说是要贴身护卫。进入开伯尔山口的山道后，满眼是黄沙色调的荒凉土山和连绵坟茔。土山上有首尾相望的哨所，状似中国古代的烽火台，还用醒目的白漆刷着“1、2、3、4”的编号。负责开伯尔山口防务的是巴基斯坦历史悠久的部队——开伯尔火枪团，英国前首相丘吉尔就曾效力这支由英国殖民者于1878年建立的部队。

在通往边境的最后一个巴基斯坦哨所米奇尼（Michini）哨所，见到了火枪团的对外联络官萨希尔（Saheer）上尉。上尉介绍说，阿富汗反恐作战结束后，巴基斯坦军队在巴阿边境加强了戒备，严防“基地”组织和“塔利班”残余分子潜入，开伯尔山口作为战略要冲，更是防范的重中之重。

关于巴阿两国边防部队时常在边境发生的小规模摩擦，萨希尔说：“目前，恐怖分子仍不时在阿富汗和巴基斯坦境内制造新的袭击事件。巴阿两国军人都意识到，双方目前面对着同一个危险的敌人——恐怖分子，在反恐斗争中需要携手合作。”

我当时向上尉提出敏感话题，问他拉登是否藏身巴阿边境。萨希尔站在高高的哨卡上，手指几乎没有树木遮蔽的绵延石山问：“你觉得拉登可能翻过山来而不被我们发觉吗？我告诉你，拉登不在这里。”

离开米奇尼哨所再行驶10余公里，就到达巴阿边境线穿镇而过的小镇托克哈姆（Torkham）。小镇的一扇通关铁门在巴基斯坦和阿富汗两个国家间划出了界线。

在铁门边相邻的两国边防检查站前，我目睹了一幕动人的画面：同叫伊姆兰（Imuran）的巴基斯坦边防军少校和阿富汗上尉亲切地拥抱握手。两位伊姆兰同属普什图族，他们都说，看到对方就像看到了自己的家人。巴阿两国共有着2000多公里长的边境线，边境地带生活的上千万巴基斯坦人与阿富汗主要民族普什图族同属一族，说着相同的语言，拥有共同的文化。

在托克哈姆边防检查站可以看到联合国的运粮车以及阿富汗难民返乡的大客车，不断通过这里向着阿富汗境内进发。1979年苏联入侵阿富汗后的20多年里，200万阿富汗难民陆续通过开伯尔山口来到巴基斯坦避难；2003年起，联合国难民署计划在自愿前提下，用三年时间资助全部巴基斯坦境内的阿富汗难民回家，就在我站在托克哈姆的那刻，已有20万难民通过这里返回还在医治战争创伤的故国。

自20世纪90年代起，开伯尔山口一直是阿富汗通过友邻巴基斯坦与国际社会联系的重要通道，国际社会向阿富汗提供的人道主义援助物资，源源不断地从这里进入阿富汗，为饱经磨难的阿富汗百姓带去新的希望。

历史的渊源、文化的共通使巴阿两国政府和人民都十分珍惜彼此间的友谊，互称对方为“兄弟”。在托克哈姆小镇通关处，两国人民的往来十分频繁。伊姆兰少校告诉我，每天开伯尔山口出入境的人员都多达数百人次，有时超过千人。为了方便阿富汗客商，巴基斯坦还为他们发放长期签证，使其可以比较自由地出入，活跃了两国间的民间经贸往来。

| 第三节 |

勇士的部族——帕坦人

如果用“马背上的民族”来形容蒙古人，居住在巴基斯坦与阿富汗边境山区的帕坦（PATHAN）部族当可算得上是“枪不离身”的民族。

帕坦其实是巴基斯坦境内普什图族的别称。有一句谚语形象勾勒出这一尚武民族的集体气质——“我宁可迎接你带着弹孔光荣阵亡的遗体，也不要听到你在战场上怯懦的消息。”

帕坦人，或者可以说是普什图人的三大特质是：一、珍视荣誉，绝不做羞耻之事，为了捍卫荣誉，不惜付出鲜血与生命的代价。二、好客。这里的好客，不仅是倾其所有招待宾朋，更是竭尽全力保护托庇与己之人。这部分解释了以普什图人为主的阿富汗塔利班为何冒着灭国风险保护本·拉登，也解释了为何很多人相信，拉登藏身于巴阿边境的普什图聚居区。三、恩怨分明。有恩报恩，有仇报仇，而且奉行“君子报仇十年不晚”。帕坦人之间不乏这样的经典对话——一位说：“我花20年，终于大仇得报！”另一位回答：“这么快？”

美国情报部门在相当长时间里认为，帕坦部族曾经为拉登提供藏身地和武装保护，尽管似乎并拿不出什么有说服力的实证。

巴基斯坦与阿富汗之间的边境线超过2000公里，上千万巴基斯坦普什图族人（Pushtun）居住在这个地带，与阿富汗的主要民族之一普什图族人说着同样的语言，有着共通的文化。

其中，生活在山区部落的约200万巴基斯坦普什图人被称作帕坦人，远离城市文明，形成了帕坦部族。巴基斯坦政府设立了7个部落特区，直属中央管辖，部落特区拥有自己的警察力量，在行政和司法上都享有很大的自治权。帕坦部族自古以剽悍勇武著称，从亚历山大大帝的骑兵到英国的殖民军队，在入侵今天巴基斯坦西北部的这片土地时，都曾在帕坦人手底遭受过重创。帕坦部族的“枪文化”从19世纪英国军队入侵时就已发端，他们最早获得的枪支来自于英军作战后的战利品。

其后，部落区就逐渐开设大量仿制枪械的作坊，不少作坊薪火相传至今。在巴基斯坦，私人拥有枪支为法律允许，但帕坦人对枪支的热爱远远超过了一般。从白沙瓦出发，向巴阿边境行驶，很快就可进入开伯尔（Kyber）帕坦部落区，陪同的巴基斯坦新闻官员告诉我，这个部落区人口约5万人。沿途是连绵的土黄色泥坯建筑，有的方圆数里，形成庄园规模，高大的院墙上密布射击孔，用来抵御外敌的入侵。向导手指其中一个大土围子说，这里是一位巴基斯坦国民议会议员的住宅。

道上三三两两的行人都背着枪支。部落人背枪的姿势很随意轻松，让人感到他们所背的不是杀人武器，而是砍柴种田的工具。其中一个场景让人见之难忘：一名中年帕坦汉子，一侧肩膀斜背着一支苏制AK-47步枪，而他怀抱的两三岁的孩子就从另一侧肩膀上伸过手去把玩着枪带，脸上露出好奇而快乐的神情。向导说，帕坦人无分老幼，热爱枪械，一个刚满周岁的孩子，获得的第一份生日礼物就可能是一支手枪。

我还到访距巴阿边境约20公里的兰迪·科泰尔（Landi Kotal）小镇。在小镇稠密的人群中，见到更多枪身上的烤蓝在正午的阳光下闪亮。身穿穆斯林袍服的居民身背枪支挑选蔬菜水果，喝茶聊天。枪支对于他们而言，似乎是绅士手中的文明拐杖，是女士手中的皮包。记者一行还在小镇附近造访了一户部落家庭。40岁左右的户主舍尔（Sher）皮肤黝黑、结实精干。和在巴基斯坦遇到的其他各民族人民一样，帕坦人舍尔对中国人十分友好，他拿出万宝路香烟和雀巢咖啡招待客人，并说自己十分喜爱中国电影，挑起大拇指用生硬的中文说："成龙，了不起。"

自成体系的帕坦部族并不闭塞贫穷。包括舍尔在内，很多帕坦人在边境地带从事贸易和运输行当，收入颇丰。在部落区内，到处可见日本和欧美产的各款私家车辆。在当今时代，很多帕坦人拥有枪支也是为了对自己所从事行业的安全提供保障。舍尔还领我参观了他的小型武器库，各种长短枪支应有尽有。他说："帕坦人热爱枪支，是因为枪支代表着自由。我们居住的地方，历史上曾遭到多次异族入侵，但帕坦人从来不屈服于强权。我们每个人都希望一辈子没有机会使用枪支，但为了维护自由，我们会毫不犹豫地扣动扳机。"

由于巴基斯坦给予部落特区很大的自治权，西方有报道怀疑这里窝藏塔利班和"基地"组织残余力量。对此，舍尔说："很多'塔利班'虽然和我们同属普什图族，但我们不喜欢他们，不会为他们提供庇护。"

据巴基斯坦新闻官员介绍，巴政府近年来对部落区采取很多优惠政策，促进其发展。其中包括在部落区兴建水利、电力、天然气管道设施，方便部落区居民生活，加速地方经济的发展。这些措施目的在于促进社会经济文化发展，消除恐怖主义的滋生土壤。

然而，这些举措尚未见到成效。在我上次到访的十多年后的今天，巴基斯坦塔利班的势力在巴阿边境继续发展，仍在对国家和地区安全构成严重威胁。

这就是拉登可能活动过的地域所呈现的风情。2011年5月，时任美国总统奥巴马宣布拉登在巴基斯坦阿伯塔巴德被击毙，为围绕拉登踪迹的种种猜测画上了句号。然而，那些年中，庇荫过拉登的土壤与气候依然如故，恐怖主义滋生与繁衍的环境也依然存在。

拉登是反恐战争的标志性人物，他的毙命对全球反恐局势影响重大。

首先，"基地"组织影响力在后拉登时代有所减弱。拉登的继承人扎瓦希里不具备前任的个人魅力与号召力，"基地"组织的分散化特征更加明显，其中，"基地"伊拉克分支已脱离组织并最终发展为"伊斯兰国"。拉登死后，反恐不是变得容易，反而变得更难。

其次，拉登死后，巴基斯坦外交陷入两难处境。阿伯塔巴德是巴基斯坦军事要地，附近就有核设施。在拉登住所几公里外，就有一间巴国军校，军校学员出操时常途经拉登住所。拉登藏身此地，巴政府和军方难辞其咎。美国国会据此提议政府对巴方做出惩罚措施，减少援助。阿富汗当局甚至嘲讽美国错误开辟反恐战场，真正应当被打击的对象不是阿富汗而是巴基斯坦。美国国内和国际社会也传出一种声音，要求对巴基斯坦境内一些目标实施“有限打击”。巴基斯坦在国际反恐大局中的诚信度再次受到严重打击。

同时，击毙拉登的是美国特种部队，容忍外军在本国境内行动，这自然使得巴基斯坦当局遭到国内反美势力的谴责，使当时的扎尔达里政府倍感难堪。

对于巴方而言，拉登绝对死的不是地方，而且也死在了错误的人手上。

第四章

印巴关系，永难愈合的伤口

| 第一节 |
一探巴控克什米尔

对多数人而言，克什米尔是个充满火药味却又十分神秘的地方。很荣幸，我去过两次。

所谓克什米尔地区，位于喜马拉雅山南麓克什米尔谷地，平均海拔1600米，面积23万多平方公里，大致与英国国土面积相当。2003年的时候，居民约200万，其中约90%为穆斯林。

印控、巴控克什米尔地区以实际控制线（实控线）为界，巴方控制约2/5面积和1/4人口。印巴双方多年来沿实控线交火不断，使克什米尔背负南亚“火药桶”声名。

我于2002年至2005年在巴基斯坦驻站，其间两赴巴控克什米尔，成为为数不多有机会进入该地区的外国记者。

第一次是2003年7月。

巴基斯坦当局对外国记者进入巴控克什米尔地区控制极严，规定行前必须向内政部申请，申请却又多是遭拒。即使获准进入，活动范围也仅限于首府穆扎法拉巴德，不得涉足边境地带。

如此严加防备，主要出于三个原因：一是安全因素。边境交火不断，除炮火外，双方均密布狙击手寻找“猎物”。二是保密因素。巴控区是军事要地，假使记者拍照或稿件中涉及的军事信息被敌方获得，后果很严重。三是新闻封锁。印方指责巴方为极端武装人员提供训练营地和援助。巴方虽然否认，但表现得像是怕记者看到什么。

早在2002年10月，我托巴基斯坦媒体一个专门从事克什米尔报道的老兄帮我到内政部走后门，我跟他说：“花钱没问题，关键是要把我弄进去。”但这事一直弄不成。到2003年7月，我下了决心——硬闯。

这时就用得上我另一个路子更野的哥们儿了。不方便透露他姓名，就叫他老曼吧。老曼是伊斯兰堡一家乌尔都语小报的编辑。他的另一身份是“克什米尔自由战士”的笔杆子，多次在报上鼓动克什米尔独立，在巴控区关系较多。

经过一番思想斗争，老曼答应了我的要求。行前准备工作主要是两件事：一是租一辆巴控当地牌照的车，这样比较不显眼；二是给我找了身巴基斯坦传统服装沙尔瓦·卡米兹（Shalwar Kameez），上身过膝袍子，下身宽松单裤，再戴上顶小帽，这就接近当地一些居民的外表了。克什米尔历史上曾被蒙古统治，一些人是蒙古族后裔，和中国人长相比较接近。

2003年7月19日，我们出发了。伊斯兰堡到巴控首府只有135公里路程，道路基本都是海拔1000米以上的盘山道。我们很快到达进入巴控的关卡——科哈拉桥，在这里外国人按规定必须出示内政部的许可才能通行。过了桥，就看见哨兵的脸。我把相机和笔记本往座位下一塞，把座椅放平，拿张报纸盖上脸，开始打盹。老曼拿钱下车和哨兵打交道。

很顺利，5分钟后，我们就在驶向穆扎法拉巴德的道上了。常见便衣男子坐于道边，目光警惕地打量行人车辆。老曼说，这些都是情报部门的人，任务是两个：防印度间谍和防外国记者。有个便衣比较猖狂，在路边茶馆门前，端着冲锋枪，摆了个酷造型，让他的哥们儿帮他拍照。这个场面让我俩笑了一路。

穆市是个山边小城，风光秀丽但市容破烂，虽是省级首府，估计也就是中国内地一个贫困县的规模。杰卢姆河（Jhelum River）穿城而过，沿河而上，就是实际控制线。到的时候是傍晚，我在夕阳下的市中心杰卢姆河桥上静立约5分钟，这个时间两次有挂绿色牌照的军车经过眼前。

桥边一位大饼摊主人说，2002年边境局势紧张时，小城驻军达25万之众，远远超过当地居民人口。我去的时候，大批军队已经撤离，“去年桥上每经过两辆车，起码一辆是军车；今年每过十辆，才有一辆是军车。”

巴基斯坦7月里正当盛夏，傍晚时分，穆扎法拉巴德居民走上街头，购物纳凉，脸上神态轻松而惬意。

2001年12月，印度国会大厦遭遇袭击，印度指责巴基斯坦幕后操纵袭击事件，双方关系急剧恶化，中断彼此间全部陆空交通联系，把外交关系由大使级降至代办级，各自向克什米尔边境地带派遣重兵，双方所调集总兵力近百万。距实控线仅60公里的穆扎法拉巴德居民在战云压顶下度过了整个2002年，不少居民离开家园，迁往巴基斯坦内地居住。

留下来的人，脸上有安详的笑容。走过千山万水后，我发现，人们承受苦难的时候，常常出乎意料地平静。

在穆市市区一个出售VCD影碟的小铺，店主打出了“新到印度电影”的招牌。2003年7月，印度首都新德里至巴基斯坦文化经济中心城市拉合尔的公路交通在中断18个月后正式恢复，这位老兄的印度电影进货渠道也随之恢复了。他借助老曼翻译，告诉我：“印巴同种同文，我们巴基斯坦人就是喜爱印度电影、印度歌舞。”

当天，我们来到老曼事前雇好的向导老扎家里。老扎是“地头蛇”，已提前为我找好愿意接受采访的“自由战士”，他还熟悉往实控线去的道路。但我没好意思问他是不是“自由战士”。

采访，有老扎的指引，轻车熟路，十分顺利。

1947年印巴分治以来，穆斯林武装人员持续在印控克什米尔地区进行对抗当局的武装行动，争取整个克什米尔地区独立，这些人员被称作“克什米尔自由战士”。比较活跃的三个武装组织是“托伊巴游击队”（Lashkar-e-Toiba）、“虔诚军”（Lashkar-e-Jungwi）和“穆罕默德军”（Jaish-e-Mohammad）。

据巴基斯坦官方提供的统计数据，自1990年至2002年，在印控克什米尔各次冲突中丧生的克什米尔人超过3万人，这一统计中还不包括印度军人的伤亡数据。其中，“虔诚军”的名声较大。2008年印度孟买泰姬陵饭店遇袭案，就是他们所为。

在老扎的安排下，我在穆市市中心的马蒂纳集市见到了前“自由战士”米凯尔。30岁的米凯尔在集市上开了个牛仔服装店，和我一样，他也一身传统服饰沙尔瓦·卡米兹，白衣胜雪，胡须修洁，与媒体所见蒙面持枪“自由战士”的形象完全是两个极端。米凯尔说：“暴力不能换来独立。我现在是和平居民，再也不会拿起武器。”

米凯尔出生于印控克什米尔一个医生家庭，从小接受西方教育，说一口流利英语。他说：“我15岁前的理想是，到哈佛大学拿医学博士，然后开诊所、驾奔驰。”然而，就在15岁那年，一本极端武装组织的宣传手册彻底改变他的人生轨迹。那本书中给他印象最深的一句话是：“如果你是一名‘自由战士’，当你身体被子弹击中时，你将浑身散发异香，升入天堂。”米凯尔被这种圣洁境界感动得热泪盈眶，从此离开家庭，加入武装组织，在“事业顶峰”时，他曾领导过七八十人的游击队。

当我问他有没有杀过人，米凯尔沉默了，没有回答。十多年目睹流血和死亡，使米凯尔心灵感到不可承受之重。他在茫然中问自己：“成千上万人死去究竟值得与否？”2001年，一名时年18岁的战友被地雷炸残左腿。亲眼见到一个如花少年从此将过着残缺不全的生活，米凯尔终于痛下决心，放弃战斗生涯，到穆扎法拉巴德定居，开始新生活。米凯尔说：“我很享受现在的生活，工作之余我爱看成龙的电影。”

向导老扎告诉我，巴控克什米尔地区有很多像米凯尔这样放弃流血行动、过上和平生活的前“自由战士”，他们有的开店为生，有的拉车赶脚，自食其力。巴控克什米尔地区政府还为这些人每月提供约600卢比（约80元人民币）的津贴，补助其生活。

遗憾的是，并非所有人都高唱“永别了，武器”。我在巴控的前后数日，印控克什米尔境内武装冲突并未止歇。其中一次较大规模袭击中，“自由战士”袭击了印控克什米尔一座印军军营，造成至少8名印度军人丧生，其中包括一名将军。

采访米凯尔的当晚没有入住宾馆。理由是，宾馆系便衣出没所在，怕惹麻烦。

于是就夜宿老扎家。老扎家条件比较艰苦，两间泥土屋，没有空调，没有淋浴设备。这在巴基斯坦40多摄氏度高温的夏天，极端可怕。草草吃完老扎自己做的手抓饭，老曼开了一天车，倒头就睡着了。

我和老扎坐在院子里聊天。想不到满脸胡须的老扎是个性情中人，谈起刚刚去世的母亲，眼里泛着泪光，让我跟着也很不好受。后来他又让我看了他的剪贴簿，里面全是好莱坞明星的照片。

夜半天空繁星密布，透过矮墙，可以看到对面山上，一个地方灯光大作，还有枪声。老扎说那是有人结婚，鸣枪庆贺。

夜深了，关门睡觉。老扎说："城里治安不好，插好门睡，明早听见我的声音再开门。"躺在床上，白天采访的内容在脑子里疯跑，一时难以入睡。突然觉得枕头下面有硬物，揭开一看，是把尺来长的雪亮尖刀，想来是老扎为我准备的防身之物。一夜枕刀而眠，睡得很香。

隔天起床后就驾车驶向实控线。在距离实控线16公里处，就进入禁区内的禁区。巴基斯坦政府规定，实控线16公里以内的地点，任何外国人不得入内，内政部也批不了，必须有军方许可。

我们一路沿杰卢姆河向东北方向驶向实控线。汽车在一面是山一面是水的崎岖山道上徐行，越接近实控线，路上行人越是稀少，只有三三两两的军车经过，车上的大胡子军人荷枪实弹，目光如电，警惕地注视道上的人和车。偶尔也可见到几匹小毛驴负着辎重悠闲地漫步，押送的后勤士兵神态也显得轻松自在，如同寻常赶脚的村夫。沿途还可见到平民在河中戏水，老扎说，2002年印巴双方紧张对峙时，交火不断，河边是见不到人影的。

到达距实控线9公里的齐纳里村（Chinari Village）时，路上行人愈少，军车渐多。老扎说，此处已在印军炮火射程之内。村民说，2002年该村有数十人在两军交火中被印方炮火打死打伤，2003年边境交火激烈程度和频繁程度大大降低，全村无人被误伤，只是3月，一发印军迫击炮弹击毁一间牛棚，伤了一头老牛。

在曾遭印军炮火袭击的村庄采访，感觉贫穷比战火更让人唏嘘。村民似乎对炮火并不怎么畏惧。他们很热心地和我交谈，请我吃玉米和面饼，有个老汉还爬上院里果树，摘了几个毛桃送给我。

我在这个村落还见到从印控克什米尔偷渡过杰卢姆河，来看望姐姐的印控克什米尔青年艾哈迈德·沙。1947年印巴分治后，数十万印控克什米尔地区穆斯林居民迁往巴控地区居住。如艾哈迈德·沙姐弟一般，不少家庭有亲人留在印控地区。由于印控、巴控地区之间正常交通完全断绝，邮路不通，不少分散两地的亲人不得不冒险偷渡看望亲人。

2002年局势紧张，两国边防军戒备很紧，艾哈迈德·沙姐弟一年无法相见。唯一联系就是每月在约定的时间沿实控线找到杰卢姆河水路较窄的地段，相互投掷绑着信笺的石块。2003年局势缓和，两国边防军对偷渡者睁一只眼闭一只眼，艾哈迈德·沙终于又见到了姐姐。姐姐眼泛泪光地说："我既盼弟弟来，又怕弟弟来。"盼是因为想念，怕是因为担心他的安全。拉合尔和新德里通了公路交通，希望有一天印控和巴控之间也能通车。

离开齐纳里村时，我心中有些怅惘。人在旅途，有些地方是挥别后便不会再有机会重返的。其时，我并未料到，几个月后，我还会再次造访此间。

继续向实控线前进。换防军车络绎在途，还可见到不少迷彩色屋顶的营房。我把相机揣在怀里，时不时偷偷掏出来咔嚓两张。最后在实控线上的查科蒂哨卡（Chakothi）被拦下。使钱也没用，聊了几句我们就被往回赶了。一名大胡子军人手指远处山峦说："这里已在印军狙击手射程之内，昨天还有个弟兄被打伤了。说不定对面山上现在就有人用瞄准镜对着咱们，你们必须马上返回。"

在我们软磨硬泡下，大胡子士兵勉强聊了两句。他说印巴双方最近小规模交火虽然没有完全停歇，但烈度已大有缓和。双方边防士兵又偶尔开始互赠食品了，这在紧张的2002年是不可想象的。他最后说："印巴两国军人长着同样的面孔，说着相同的语言，没有理由继续相互残杀，希望有一天克什米尔能实现永久和平。"

结束两天行程，我和老曼要告别老扎回伊斯兰堡了。老扎很依依不舍的样子，把他的小帽摘下来送给我，我把采访用的两支笔中的一支给了他，把一堆面包和熟牛肉等干粮也留给了他。

返程中，又来到科哈拉关卡，照例顺利通过。一过桥，我和老曼都纵声长笑，两天来的所有紧张情绪全在笑声中烟消云散。我们都很想念伊斯兰堡。老曼在一面是悬崖的山道上以100公里左右的时速疾驶，不断超车。

回到伊堡，又见到安静整洁的大道和花花草草时，我突然觉得这个城市无比可爱。遇到一个红灯时，老曼一反风格地在道上完全没车的情况下没有闯红灯。我们静静地享受这个等待，因为这是两天来遇到的第一个红灯 —— 穆扎法拉巴德是个没有红绿灯的城市。巴控克什米尔没有红绿灯。红绿灯代表一种秩序，让人感到安全。那个时候，我对巴基斯坦人的了解还不够深入。后来的日子里，我才知道，不少巴基斯坦人移居西方世界后，最大的不习惯是 —— 这里竟然有红绿灯。

| 第二节 |

二探巴控克什米尔

距首次探访巴控克什米尔几个月后，我于2004年1月16日，再度踏上这片土地。

2003年11月25日起，印度与巴基斯坦在克什米尔地区实控线一带实现了停火。

这是1989年印巴在实控线冲突升级后，双方在这一地区首次停火。停火能否有效持续下去，能否成为印巴持久和平的起点，当时成为国际舆论关注的焦点。

这一次，我受到巴控克什米尔驻军指挥官瓦克尔·拉贾准将的邀请，跟随他一起赴实控线采访。相比第一次前往时的秘密行动，这一次完全是官方行为，心情大有不同。硝烟初散后，双方军民重回和平安宁生活的景象更加令人欣慰。

时隔数月，杰卢姆河谷地，风光旖旎依旧。公路一面倚山，一面临水，其中约50公里的一段处在印军炮火覆盖之下，被称为“死亡之路”。

1989年以来，巴基斯坦军方关闭了这段公路，即便如此，十多年来仍有数百平民在此失去了生命。停火之后，“死亡之路”重新开放，恢复了生机。瓦克尔·拉贾准将说：“我们能安全地在这里通行，就意味着‘死亡之路’已经名存实亡。”

我们此行的第一站也是上次去过的齐纳里村。这个村庄与克什米尔印控区的蒂特瓦尔村隔杰卢姆河相望。由于河道在此宽仅数米，所以可以清晰看见对岸人们的脸和屋顶上袅袅升起的炊烟。

将军告诉我，印度军队的炮兵阵地就设在对岸山上。他还说："如果不是停火，我们不可能这样挺直身子站在河边，那样会成为狙击手的靶子。"

远离炮火和狙击手的阴影，村中小学校里又传出琅琅的读书声。教师穆斯塔法告诉我，10多年来，频繁炮击使这个有250名学生的学校很少有过一个完整的学习日。学生时常被迫在炮弹的尖啸声中放下课本，撤离学校，疏散隐蔽。附近巴基斯坦驻军有时会在学校警戒，一旦发生炮击，可以及时保护孩子的安全。课堂外站岗的军人成为小学校过去常见的一道特殊风景。

穆斯塔法的妻子和孩子都曾在炮火中受伤，他也多次考虑离开这里迁往内地生活，但终究放不下学生。他说："如今终于能够安心地教完一整节课，这已是我最大的幸福，我不会离开了。"

一条窄窄的杰卢姆河将印控、巴控两区的不少亲人分隔在两岸。过去，印巴两军曾在沿河的一些地点设置"会面点"，让两边的亲人在特定时间段相聚片刻。2001年底，印度国会大厦遭恐怖袭击，印度指责巴基斯坦幕后支持袭击事件，双方冲突加剧，在实控线一带屯集的两军兵力总数达到百万。战争一触即发，"会面点"也随之撤销，许多人只能冒险偷渡过河会见亲人。如今停火了，"会面点"的重新设置也将提上议事日程。拉贾准将说，一个"会面点"将很快在齐纳里村设置起来。

停火之后，生活在实控线沿线附近的20多万居民正在重新找回失落已久的正常生活秩序。在距齐纳里村约半小时车程的小镇昆代尔·沙希，集市恢复了多年不见的繁荣。店铺里色彩绚烂的克什米尔头巾、地毯把这个集镇打扮得很美丽；茶馆里的老人在温暖的冬日阳光下慵懒地坐着，手端茶杯；空气中飘荡着烤羊肉的香气。

正在悠闲品茶的舍尔·沙老人说："过去在随时可能有炮弹飞落的情况下，谁能有这份心情坐在阳光下饮茶？"这睽违已久的安详只出现在停火之后。在硝烟弥漫的日子里，小镇的多数生意人都迁到巴基斯坦内陆的其他城市。他们又回来了。

那次行程中，我看到，在巴控区很多地方，人们开始重建被炮火毁坏的家园。

奥特穆卡村是军方介绍在历次交火中损失极重的地区，与印控区隔山相望，印军在高山上设置炮兵阵地，射击角度极佳，使这个人口约2000人的村庄自1989年以来在印巴两军交火中失去200多生命，成为整个巴控区损失最严重的村庄之一。

村中到处可见毁于炮火的残垣断壁。设在这个村子的一个县级医院一半坍塌了，剩下的一半布满弹痕，预防小儿麻痹症的宣传牌倒在院子里，正中央被弹片打了个大窟窿。当地驻扎的巴基斯坦军队一个营多年来一次又一次地帮助村民重建家园。一名参与重建医院的军人正抬着木料在废墟中穿行，他说："过去十几年里，这个医院毁了建，建了毁。我们最大的心愿是，停火以后，重建起来的医院能够不再被毁坏。"在这里，耕种田地也可能成为一次"致命的任务"。为了防备炮击，村民在从家里通往耕地的途中修挖了隐蔽壕。事实上，由于对炮击的恐惧，村中大部分田地荒了，很多村民流落他乡，留下来的人主要靠巴控克什米尔政府提供的经济援助生活，停火后，人们希望开春能把地重新种起来，流落异乡的亲人能回来。

尽管，多年的战地采访经验，使后来的我对流血与伤亡已不再大惊小怪，但2004年初的那次克什米尔之行，毕竟是我较早目睹战争创伤的一次。触目惊心的同时，惯经和平生活的我，开始重新检视我们生存的这个世界。

贾姆巴是巴军设在杰卢姆河谷地的三个野战医院之一。说它是"野战医院"有些名不副实，这里收治的平民患者1020人，军人患者只有420人。平民患者大多数是两军交火的无辜受害者，其中一些有肢体残障，成为永远也不能出院的病人。在这里，战争的创伤让人观之心痛。

8岁的阿布杜拉失去了左脚。他平静地向我描述起自己受伤的经过："2003年10月的一天，我在野地里玩，看到一个像钢笔一样的东西在地上，我上去踢了一脚，轰的一声，就什么也不知道了。"这是印度军队当时的一项新发明——"玩具炸弹"。据巴基斯坦军方介绍，这些"玩具炸弹"一般使用迫击炮一类的发射器，可以大量发射。

与阿布杜拉相比，另外两名儿童是幸运的。他们是5岁和3岁的兄弟俩，都曾被弹片击中，一个伤在小腹，一个伤在腹股沟，伤口都已经愈合。对当初的惊恐，两个孩子显然已淡忘，他们兴奋地撩起衣服，向我展示伤疤，我快门上的手指却不断颤抖，久久难以按下。

阿布杜拉说："已经有人答应捐给我一个假肢，这样我很快就可以回学校上课了。"这个当时才8岁大的孩子，说话已很有大人腔，眼睛里流露出与年龄极不相称的忧伤。

| 第三节 |

"南亚火药桶"的前世今生

克什米尔问题或许是印巴关系中绕不过去的死结，弄清"南亚火药桶"的历史脉络，并非易事。

追根求源，似乎首先应从印巴分治出发。历史上，印巴同属一个国家。穆斯林外来统治者的几百年统治，造成了印度教与伊斯兰教之间的对立与冲突，为后来的印巴分治埋下了种子。

18世纪起，英国统治印度，利用宗教矛盾分而治之，加剧了教派隔阂。第二次世界大战后，当南亚次大陆的反殖、独立运动浪潮不可遏止之际，英国继续有意识地利用了宗教冲突，试图在离去之后，继续保有影响力。与此同时，印度独立运动的两大主要领导力量国大党和穆斯林联盟，分别代表着印度教和伊斯兰教两大人群。穆盟认为，建立一个全新的伊斯兰国家"巴基斯坦"，才能保证南亚次大陆穆斯林的权利。就在这样的政治背景下，1947年，印巴分治。

当年8月14日，印度第一任总理尼赫鲁在制宪会议上说："一个不幸的时代今天宣告结束，印度重新发现了自己。"然而，就在他演说的同时，涉及千万人的不幸正在上演。印度教徒和锡克教徒涌向分治后的印度，穆斯林则涌向巴基斯坦。迁徙途中，杀戮和流血不断上演。克什米尔问题，只是这一巨幅混乱图景中的一个小小片段。这一争端因分治而起，贯穿于分治始终，并在分治后的漫长岁月里，依旧成为印巴之间难以愈合的创口。

克什米尔全称为查谟与克什米尔，总面积大约23万平方公里。现阶段，印度控制这一地区的中部克什米尔谷底、南部的查谟地区以及东北部的拉达克地区；巴基斯坦则控制西部的“自由克什米尔”地区和“北部地区”。

在英国殖民统治时期，查谟与克什米尔是印度土邦之一，所谓克什米尔问题的产生，源自印巴分治后的土邦归并。

依照印巴分治方案，属于英国间接统治的土邦，应由土邦统治者决定归属印巴中的一方或者维持独立状态。因此，英属印度的其他地区所实行的教派人口标准并不适用于克什米尔。

倘若印巴均严格按照标准办事，克什米尔问题本不会出现。问题是，印巴在分治过程中均有违规情况。例如，海德拉巴和朱纳加尔这两个土邦，在印度的武力干预下，按照印度教教众人口占多数的标准，加入了印度，而没有按照土邦主的意愿加入巴基斯坦。

巴基斯坦因此要求在克什米尔也依照上述两邦的例子从事。在克什米尔，土邦主是印度教徒，多数居民却是穆斯林，统治阶层与多数居民在归属问题上的矛盾，最终激化为流血冲突，印度以克什米尔归并本方为条件介入冲突，巴基斯坦则拒不承认此项归并，指责印度所谓的平暴行动为镇压起义，也向克什米尔派出军队，这就是第一次印巴战争的由来。

战争进入对峙僵局后，印度把问题提交联合国。1948年，联合国安理会通过决议，敦促双方停火、撤军、经由全民公决决定克什米尔归属。双方于次年1月实现停火，7月签订《卡拉奇协定》并依照协定划定实际控制线。因此，直至今日，在克什米尔地区，印巴均不认可“边境”的说法，而代之以“实际控制线”。

停火后，印方以巴方为入侵者为由，主张巴方全部撤军，但本方仅仅减少驻军。这当然遭到巴方拒绝，坚持在双方全面撤军的基础上举行真正意义上的公民投票。此后，非军事化的无法实现，成为全民公决的最大障碍。

一些国际政治学者认为，考虑到穆斯林人口占全部克什米尔人口七成以上的因素，一旦举行公投，很有可能出现归并巴基斯坦的结果，这显然不会被印度接受，因此，印度一直通过武力维持现状，以等待一战获胜的时机。不过，在1953年之前，印度方面起码在公开场合承认克什米尔归属存在问题，并同意公投解决的方案。

到1954年，由于巴基斯坦与美国结盟，印度反应激烈，在克什米尔问题上发生重大立场改变，开始拒不承认克什米尔存在归属争议，要求巴基斯坦归还所谓“印度领土”。1964年，印度甚至经由立法，正式宣布克什米尔为印度一邦。

巴方自然不会接受印方的转变。自此，双方各自巩固自己的实际控制区域，巴方还开始在印控地区支持反印武装活动，直接导致1965年第二次印巴战争的爆发。在联合国干预下，双方再度实现停火。

1971年，东巴问题引发第三次印巴战争，巴方失利，导致东巴独立为孟加拉国。停火后，双方于1972年签订《西姆拉协定》，规定通过双边谈判解决分歧，排除外来势力干预。双方还对1949年划定的实际控制线进行调整并沿用至今。

《西姆拉协定》的最重要后果是，实力较弱的巴方自此失去借助外援解决克什米尔问题的正当性，这使印度在争端中稳居上风。当然，这对分歧与冲突的减少完全无助，相反却促使矛盾的深化。

1979年苏联入侵阿富汗后，巴基斯坦的战略重心开始西移，克什米尔问题进入短暂的相对平稳期。

1989年苏军撤离阿富汗，鼓舞了穆斯林起义的士气。印控克什米尔地区的武装活动大为升级，印度一度派驻近70万大军在该地区维持治安。印度为此指责巴基斯坦在克什米尔支持“恐怖主义活动”。与此同时，两国军队也在实际控制线两侧不断发生交火，导致军人和平民伤亡。这正是前文克什米尔实际控制线附近现场描述的背景。

巴基斯坦一直否认印度的指责，反指印军在印控克什米尔侵犯人权，引发人民抗争。巴方自此开始公开支持克什米尔“自由战士”的斗争。克什米尔问题重新升温，成为全球新闻热点。

20世纪90年代，印巴先后成为核武器国家后，印巴关系受到国际社会更多关注，克什米尔问题的严重性也随之提升。为减少国际干预的压力，印度不得已主动推进双边谈判，促使局势稳定。1999年，印巴发表《拉合尔宣言》，重申通过和平手段解决克什米尔争端。此后，虽然冲突并未消失，但“斗而不破”的格局成为主流。

印度反对公投的立场没有软化。来自不同政党的历届印度政府，均不敢承担“卖国”罪名，同意克什米尔公投，几乎可以与政府下台画上等号。

印方的主要构想是，坐待巴基斯坦在通往“失败国家”的道路上狂奔，最终以实力解决问题。

巴方的妥协空间也不大。穆沙拉夫执政期间，拿出多套方案，体现一定程度灵活性，例如承认印控拉达克地区与查谟地区不存在争议、争议地区先从自治与共管起步等。

巴方希望借助克什米尔地区内部的斗争，促使印度最终不得已接受公投。

穆氏方案的核心诉求仍然是克什米尔地区现状不可接受，必须进行领土调整，印度不可能在这些要点上做出让步。

印巴均是宗教色彩浓厚的国家，印巴关系很大程度上受到各自国内政局的影响。其中，克什米尔问题是两国国内政治角力的重点之一，无论两国领导层如何更替，都不敢在这一问题上表现软弱，让反对阵营捏住痛脚，导致下台危机。有些政治势力，甚而乐于利用克什米尔问题大做文章，煽动民族情绪，为己方捞取政治加分。

因此，国际观察家普遍认为，除非印巴同时出现强有力的领导人和权威政府，否则印巴实现和解几无可能。

令人稍觉宽慰的是，近年来，国际社会日益倾向于把克什米尔问题与南亚地区的反恐局势挂钩，要求印巴对话解决克什米尔争端的呼声走强，这对问题的解决是利好因素。

印巴在国土面积、人口、经济规模和综合国力等方面占南亚地区的绝对优势，国际社会认为，印巴关系是南亚问题的核心，因此解决印巴冲突的重要性，早就超越两国关系的范畴，这既是压力，也是动力。

印巴双方也很清楚持续对抗的两害后果。多年以来，印度国防开支占预算3%左右，巴基斯坦则是6%，这对两国而言，均是巨额支出，严重制约双方国民经济发展与人民生活水平提高。两国具备改善关系、迈向持久和平的内因。

与此同时，中国的“一带一路”倡议中，中巴经济走廊这一段正从克什米尔争端地区经过，解决这一死结，开始与中国的战略利益相关联，这也将会成为促使问题解决的重要外部因素。

| 第四节 |
"原子弹之父"沉浮启示录

2004年2月，巴基斯坦爆出重大新闻——因主持研制巴基斯坦首枚核武器而被尊称为"原子弹之父"的著名科学家阿卜杜勒·卡迪尔·汗和其他四名科学家承认，曾向伊朗、利比亚和朝鲜泄露了核秘密。

国际原子能组织认为巴基斯坦科学家和官员可能涉嫌出售核秘密牟取私利，并将此事通报了巴政府。巴基斯坦在获悉此事之后，立即展开了调查，卡迪尔·汗成为第一个被怀疑的对象。调查秘密展开后，时年69岁的卡迪尔·汗接受了多次问讯，并在2004年1月31日被解除了所担任的政府顾问职务。

初到巴基斯坦不久，我曾在卡迪尔·汗某位亲友的结婚典礼上邂逅他，留下最深印象的是他对仪式上所表演的巴基斯坦古典音乐迷恋的眼神，那日我们的交谈中完全没有有关"核"的话题。当时这位年近古稀的老人说："我是巴基斯坦最斯文的人士之一，我会给鸟和蚂蚁喂食。"

卡迪尔·汗1936年出生于印度博帕尔邦，在印度接受启蒙教育。1952年，全家移居独立后的巴基斯坦。他1960年从卡拉奇大学毕业，取得理工科学士学位，之后短暂留学德国柏林，开始涉足冶金工程学的研究。1972年在比利时纽文天主教大学取得博士学位。

卡迪尔·汗在核技术领域的学术成就得到了世界范围的承认。他在国际知名的科技刊物共发表188篇科学论文，主编或参与编辑大量有关冶金、高级材料和量子转换的工具书。他的理论核研究得到众多西方国家的关注，在这些国家做过多达100场学术报告。

他为巴基斯坦利用核能、开发浓缩铀技术完成了开创性的工作。1976年他加入巴基斯坦工程研究实验室，并创办了巴基斯坦浓缩铀提炼工厂。他主持的攻关使巴基斯坦掌握了浓缩铀技术，并最终促成1998年5月成功进行了5次核爆试验。

卡迪尔·汗被巴基斯坦国内外多所大学授予荣誉博士学位，并担任全球多达20余所大学董事会的主席或董事，从1997年起一直担任巴基斯坦科学院院长。

1972年至1975年在一家荷兰公司的工作经历是奠定汗博士一世声名的重要起点。这家公司附属于欧洲重要的核技术研究机构——浓缩铀财团（Uren Co），该机构由英国、法国和荷兰等国发起创立，初始目的是为了在核技术研究方面摆脱美国的垄断控制。

卡迪尔·汗在荷兰工作期间掌握了“离心技术”等重要的核技术，并搜集大量技术资料、建立广泛的人际关系网络，为日后领导巴基斯坦核技术开发打下基础。

1974年，印度进行首次核爆试验后，3场印巴战争中从未占过上风的巴基斯坦压力倍增。1976年，时任巴基斯坦总理阿里·布托写信给卡迪尔·汗，请他回来为祖国的核事业贡献力量。在老布托的召唤下，汗博士辞去在荷兰的工作，回国领衔巴基斯坦的核技术开发项目。

卡迪尔·汗利用其已经在国际核技术领域取得的声望，聚拢了一批和他一样的巴基斯坦“海归派”学者，参加到实验室的工作中。后来他在接受本国媒体采访时，曾不无得意地回忆说：“我们用市场上可以随意购买的材料，来从事核技术的研究。”

短短六载后的1982年，巴基斯坦声称已经掌握了核技术，但技术能力是否达到用于军事的程度，当时尚不为外界所知。直到1998年5月，为应对印度此前进行的5次核爆试验，巴基斯坦也进行了5次这样的试验，向世界宣布，这个南亚国家也拥有了核能力。

1998年和1999年，巴基斯坦又连续试验发射“高里1号”和“高里2号”中程弹道导弹。这两种可以携带核弹头的导弹成功发射，表明南亚两大对手在核军事能力上形成了某种均势。

所有这些离不开卡迪尔·汗的巨大贡献，他也因此博得了“原子弹之父”的显赫声名。1990年，巴基斯坦前总统伊沙克·汗用这样的话赞美汗博士：“他的名字将被用黄金打造的字母镌刻在巴基斯坦的国家史册上。”

一个在自己国家享有“民族英雄”般荣耀的科学家，最终却被贴上了“超级间谍”的标签。

1983年，正当卡迪尔·汗全力以赴领导巴基斯坦核技术开发高速前进时，荷兰的一家法庭对他进行了缺席审判，指控他以非正当手段获取核技术方面的情报，并非法将原属公司的技术资料和客户名单带回巴基斯坦。法庭据此宣判卡迪尔·汗入狱4年。

1986年，在荷兰政府干预下，法庭撤销了这个案件。西方媒体在整个诉讼过程中大量予以报道，一家媒体首次给汗博士冠以“超级间谍”的名号。

汗博士辩解，他所掌握的技术资料，均是通过合法途径取得。1990年，他在一次公开演讲中说：“（我的实验室）所取得的研究成果完全是巴基斯坦科研人员自行革新和努力的结果，没有得到来自国外的任何技术支持。”但他话锋一转，又接着说道，“当然，我们不能拒绝使用国外出版的有关技术图书、杂志和论文。”

事实上，在卡迪尔·汗的眼里，西方媒体对他的不友好报道无非是西方国家对巴基斯坦掌握核技术仇视的一种体现，而他本人从来没有把这种仇视当一回事。

1998年印巴相继进行核爆试验后，国际社会一片谴责之声，巴基斯坦面临遭遇经济制裁的危机，卡迪尔·汗却轻松地表示经济制裁没什么大不了，他说：“这个国家99％的人靠吃面饼加洋葱度日，经济制裁对他们能有什么影响？剩下的人可能有点儿不习惯，但他们最终也能适应。”在汗博士看来，重要的是，“印度有了核打击能力，我们也必须有”。

这种鲜明的强硬个性使汗博士在国内赢得了“无悔的爱国者”的声名。据说，他和前总统齐亚·哈克的一次对话为巴基斯坦人长久津津乐道。当时，哈克总统问博士，巴基斯坦何时能装备起自己的核武库？博士回答说：“只要您说一声‘现在需要’。”

铁汉暮年，也展现出柔情一面。2001年从以他的名字命名的实验室退休后，在伊斯兰堡市郊拉瓦尔湖畔的住宅附近，人们时常看到一位身材高大、腰板挺直的老人进行慢跑锻炼的身影。人们很难从这老人身上看到“原子弹之父”的炫目光环。

人们常常把汗博士与已经成为总统的印度“核弹之父”阿布杜勒·卡拉姆做比较。两人都是本国核技术的奠基人，都出生在印度，都信仰伊斯兰教，都喜爱诗歌，都被本国人民奉为民族英雄。

卡迪尔·汗的人生以光环尽褪收场，但印巴相互投射的核阴影却不会因为英雄的谢幕而轻易消散。

核武器的巨大杀伤力，日益成为国家、地区争端的重要砝码，在印巴关系考量中，核武器的权重不可忽视。

1998年5月，印巴分别进行核爆试验，成为事实上的拥核国家，改变了南亚地区的安全局势，使印巴问题更加复杂。

国际社会对印巴核爆起初的态度是反对与制裁，伴随时间推移，却逐渐发觉，拥核反而帮助实现印巴的微妙战略平衡。

就国力与军事实力的对比，印度本不需要借助核武器占据上风。印度人口几乎是巴基斯坦的6倍，经济实力是6倍多，军队人数几乎是两倍。印度发展核武的初始目的并非针对巴基斯坦，而是为了实现“大国梦”。反之，巴基斯坦发展核武的初始动机当然是巨大的安全忧虑，它无法承受在常规武力落后的同时再在核领域处于下风。于是，当巴基斯坦核试验迎头赶上后，印度开始承受后果。

原本在1971年的第三次印巴战争之后，巴军已无力抗衡印军，但一旦双方均迈过核门槛后，印度的战略优势却被抵消。印度在核爆方面先行一步，但最终发现被巴基斯坦搭了顺风车。

在21世纪的头一个十年，印巴核竞赛的态势较为明显。印度在完善核指挥机构的同时，积极发展核运载工具，目标是建立海、陆、空三位一体的核武装，陆基、海基与空基力量同步发展，多系列、多型号的导弹试射从未间断。潜射巡航导弹也研制成功并进行了试射。

在穆沙拉夫统治期间，巴基斯坦核指挥系统掌握在军方手中，这是它有别于其他拥核国家的地方。直至2009年，核钥匙回到民选政府手中，国际社会似乎才松了一口气。现阶段，巴基斯坦的系列导弹试射并未停止，空中核运载能力也在不断提升。

总体而言，巴方在核领域的方针是“回应性”的：印方核爆，巴方必核爆，印方暂停核试验，巴方也随之暂停。不过，印度承诺不首先使用核武器，巴方认为自己是弱势一方，因此没有做出此项重要承诺。

印巴核竞赛使南亚成为危险地区，双方也意识到，核对抗中没有真正的胜者，也在努力寻求和平对话的架构。

我在巴基斯坦期间，两国军方建立起热线，规定在试射导弹前知会对方。2007年，双方更进一步，交换核设施地点清单，避免在战时误击对方核设施。不过，由于导致印巴关系僵局的一些核心问题并无实质性进展，对话与协商的架构依然脆弱，实现永久和平的前景依然并不乐观。

然而，好似硬币总有正反两面，核爆居然也有令人料想不到的积极因素。1998年5月，巴基斯坦核爆后，印度的对巴政策进行了被动性调整。此前，印度似乎一直期待巴基斯坦政权崩塌，重回其怀抱。此后，印度必须考虑巴基斯坦一旦解体后核武器落入恐怖组织之手的风险。

因此，一种声音开始在印度政坛出现：维护巴基斯坦政权与社会稳定，比促使巴基斯坦解体更加符合印度的利益。人们期待，这种现实主义的外交理念，为印巴关系的正常化悄然注入新的动力。

卡迪尔·汗事件正是在这一大背景下发生的一幕。

一方面，一个涉嫌核扩散的人物，因为对国家安全的贡献，而受到英雄般的保护与礼遇，这样的事情，对于国家、地区、世界，都绝非福音。

另一方面，这位“原子弹之父”的人生轨迹，又一次向世界警示核扩散的危险，促使人们跳出对一家一国利益的偏狭考量，展开更辽阔的视野，思考人类整体的前途与命运。

第五章

关于“巴铁”的几个故事

| 第一节 |
我骄傲我是中国人

“巴铁”是熟悉中巴关系人士闻之会心一笑的特殊词汇。

巴国是我国最可信的盟友之一。在巴国与印度的争端中，我国力挺巴方，成为巴方坚强后盾；史上，巴方亦曾充当中介，演出中美建交中关键一幕——基辛格秘赴北京，就是在巴国卡拉奇秘密转机。

这种国与国之间的传统友谊伴随岁月风云变迁，从未中断，从未减弱，实属难得。1962年，中印关系发生边界冲突，为中巴关系提升创造了契机。此后，1965年第二次印巴战争期间，美国对印巴同时实施武器禁运，使巴基斯坦对美信任降低，更加重视对华关系。中国并行发展对巴和对印关系后，巴方一度有所疑虑，但随着印巴同时拥核，巴基斯坦对印安全忧虑有所缓解，从而能够理解中方的睦邻友好南亚外交政策，中巴关系没有受到重大冲击。

这种牢不可破的“巴铁”现象使得巴美关系相形见绌。资料显示，自2013年7月至2017年1月，美国对巴基斯坦的直接投资为5.05亿美元，而同期中国的直接投资则为18.2亿美元。在外交关系中，利益为王，数据已经说明一切。

在中国发起的“一带一路”倡议中，巴基斯坦是陆上丝绸之路的要点之一。中方计划，为建设中国–巴基斯坦经济走廊将投入460亿美元。

中巴两国官方均以“全天候”友谊形容彼此关系。我在巴国工作生活期间，享受到友好国家的热诚待遇。在此地，我由衷感叹，我骄傲，我是中国人。

下面是几件令我骄傲的事例。

一件事发生在我刚刚学会开车之后。新手上路的过程中，我遇到点儿麻烦。有一次走错了路，以为自己是在往一个常去的空场行驶，其实不小心冲进了人家的军事禁区。

马上过来一位全副武装的宪兵，全身雪白挺括的制服，很客气地请问我要找谁，并拿出一个本子让我登记。

全部注意力都在方向盘上的我，这时还没看到军事禁区的标志，心中嘀咕：今天这空场怎么来了兵？去练车还要登记？我煞有介事地填完了登记表，然后理直气壮地说：“我不找谁，就要进去练车。”

宪兵同志还是很有礼貌地说：“那就不可以了。这里是海军司令部。”这下我可不好意思了，连忙说对不起对不起，我走错道了。赶紧退了出去。那宪兵肯定心里骂：“这小子是不是疯了，要到咱的军事基地里来练车？！”

事后回想起来，恐怕是我这张中国人面孔，假设我长得像印度人，保不齐就被扣起来审查了。

当然，这样轻松的插曲也仅发生在10多年之前。这10多年来，伴随反恐战争越反越恐，巴基斯坦安全形势日益恶化，恐怖袭击频频发生。

我2009年年底再赴伊斯兰堡，从该地转机去阿富汗，见到同一处海军司令部，戒备森严，大不同于从前。远在大门100米开外，便设立警戒线，有沙包街垒阻挡，工事上架设重机枪。此刻倘若练车误向司令部行驶，恐怕会被当作自杀式汽车炸弹袭击者乱枪击毙，就算“全天候友谊”，也难当护身符了。

第二件事情还是同开车有关。

那次是在大马路上，我在交通规则不允许拐弯的地方拐了弯，拐过去才发现，几个交警猫在路边，其中一个对我招招手，示意停下。我心想坏了。

这个哥们儿可能有点近视，走近一看我是个中国人，脸上的后悔神情比我还严重。他很不情愿地跟我握握手说："这个地方是不能左拐的。"我老实地说："是的，我错了。"他又很不情愿地说："把驾照给我吧。"我又老实地说："我没有驾照。"他又很不情愿地说："那有没有学习驾照？"我回答："也没有。"

"有无其他证明文件？"我又老实地说："什么都没有。"

没想到他反而松口气的样子，摆摆手说："那你走吧。"

就这么算了？！后来我琢磨，是不是上头打过招呼，对我们这些友好国家的人要客气点。这个警察哥们儿开头没看到我的脸，把我拦下了。等发现我是中国人，后悔也来不及了。既然拦下了，总得象征性地教训两句，要是有驾照，也不好意思不扣，不罚款。但真扣真罚，又怕我回头通过使馆找他们麻烦。一看我什么证件没有，得，干脆省事了。

后来，我继续每天很小心地无证驾驶在伊堡的大道上，等待着去考驾照的日子。

没想到，后来考也没去考。我一个当地朋友听说我没驾照，就向我要了照片，跑去警察局找熟人，过了不到一个礼拜，驾照就到了我手中。我表扬他会办事儿。他回答："你是中国人，是好朋友。"

原来如此。

当然，生活不可能总是晴天，不愉快的事情也有。

某日，分社来了个相貌英俊的"特务"造访。"特务"看上去有二十五六岁，面色黝黑发亮，神采奕奕，生龙活虎。进门后，他直截了当地声称自己是情报部的。我愣了一下，巴基斯坦是没有情报部的，他们鼎鼎大名的情报部门叫作三军情报局。外表显得这么精干的"特务"没理由说错自己的部门名称。

他接着表明来意，说是受新闻部的委托，来了解我申请签证的情况。我又一愣，这个事情按惯例是新闻部自己办的。而且，新闻部的人两星期前已来家访过，没有理由再请特务来调查我。并且，即使需要请特务帮忙，也没有必要这样肆无忌惮地来。我倒是认识一个特务，他是绝不承认自己是特务的，总是号称是某新闻机构的"市场部经理"。

疑虑丛生啊。我尽量照顾对方自尊心地礼貌问道："能否看下证件？""特务"的肤色虽黑，但还是看出脸是有一点红了。他从口袋里掏出一张皱巴巴的介绍信样的纸，纸上手写着一段话，声称“情报部”（实际根本不存在）介绍某人来进行调查云云。

哦，那么想调查什么呢？还是受新闻部的委托？“你们分社是最近刚建立的吧？”第一个问题就露怯了。我说：“既是新闻部请你来，他们应该向你介绍清楚。他们对我们的情况很了解，我分社设立几十年了。”

卡住了，怎么办？

他说：“巴基斯坦和中国是很友好的。”这话就八竿子打不着边了，好像是在给自己找台阶下。又提出“请给我一份护照复印件”，这可不能随便给人。我回答很客气但很坚决：“新闻部那里有我很多护照复印件，你既是受其委托，就请找他们拿，更加方便些。”

“我还有什么可以帮到你吗？”我最后干脆直接下逐客令了——我很想看看他有没有胆量直接掏出手枪和手铐来。这个“特务”倒老实地让人同情，听了逐客令，尽管笑得已很勉强，但还是很礼貌地说：“很高兴认识你，下次再见。”

就这么容易打发走了？领导老杜下楼来了。听了我的汇报，一笑说：“一定是个假的。上次来了个假警察，硬要跟我募捐几千卢比。警察哪有胃口这么小的？有帮混混以为外国人好骗，不知从哪摸到点情况，就来行骗，看你精明不上当，大不了一走了之，也没什么损失。你比我厉害，这次连手都没来得及伸出来。”

哦，是这么回事。不管如何，即便是小小欺诈，也还算温文尔雅，礼貌周到。只能说，从积极意义理解，这也算拜“巴铁”友谊所赐。

| 第二节 |

异国恋，想说爱你不容易

说起“巴铁”，自然想到，异国恋，倘使快乐和幸福，倒是“巴铁”的美丽注脚。然而，我不合时宜地想起一些不那么浪漫甚或狗血的情爱故事。这些旧事，使我领略世界的复杂，生活的复杂。声明一下，为了不打扰主人公的正常生活，文中人物均使用化名。

“包二奶”的主要障碍

先说一个想结婚又不敢的。

十多年前认识老李时，他40岁出头，在巴基斯坦首都伊斯兰堡一家中国餐馆担任主厨。这家餐馆老板是当地一富豪，中国菜式加西式服务，菜码和服务俱优，因此在伊堡颇有名气。时任总统穆沙拉夫曾在此店就餐，餐毕觉得很满意，给老李打赏了一笔100美元的小费。这是老李很得意的一件成就。

事业上比较稳定的老李，有了烦恼。他和店里一位巴籍女领座员发生了感情。小女子当时不到20岁，还在一所大学里读书，业余时间在餐馆打工。老李心肠很好，看人家小姑娘出来讨生活不容易，得空就从旁指点些工作经验，还不时烧两道小菜或点心慰劳一下。慢慢的，女孩儿那南亚姑娘特有的水汪汪大眼睛，望向老李的时候，便开始有了几分“秋天菠菜”的味道。老李的心脏被爱情电着了。

老李去拜望问候了姑娘的母亲。这是一个比较沧桑的家庭。姑娘生母是丈夫的第二个妻子（伊斯兰教允许男人最多娶四个妻子），丈夫去世后，就连同自己生的一男一女被大老婆赶将出来，一毛钱遗产也继承不着。母亲和哥哥对老李都颇满意。第一，老李月入1000美元左右，当时这在伊斯兰堡是中上收入；第二，中国男人相对巴基斯坦人不太显老，老李1米80的大个儿，看上去颇精神。

了解对方家庭后，老李却很犯嘀咕。他目前收入还可以，但一结婚情况就不同了。巴基斯坦妇女婚后一般是不工作的，除了供养老婆，结婚后不能再住餐馆提供的宿舍，就必须租房子，还要接济她的家庭，这就已然比较吃紧。更要命的是，老李在国内已经有了一个老婆，孩子已上了小学。老婆最近下了岗，经济上也完全依赖老李从国外寄钱来支撑。

巴基斯坦姑娘知道情况后很通情达理，表示自己不介意当“二房”——既然母亲是别人的第二夫人，自己也是可以的。老李在巴基斯坦“包二奶”完全没有法律障碍，但是点点自己的荷包，勇气就开始退潮，头上就多了不少早生的华发。

狠狠心，老李剃了个“秃瓢”，决心斩断情丝。姑娘很快辞职离开餐馆，老李又回到无聊单调的生活。孩子必须要在国内读书，老婆要照顾孩子便不能过来陪伴。老李工作之余，内心寂寞的荒草又重新开始疯长。

仅有爱情是不够的

上边说了个没结成婚的，现在再说一个结成了的。

郑小姐给我的第一印象就是苗条，但她说，嫁给巴基斯坦“白领”老公前，自己曾经是个胖子。

郑小姐是广州姑娘。大学快毕业的时候，她在party上认识了后来的老公。这位巴基斯坦青年相貌英俊，体魄魁伟，还能说一口流利英语。两个人基本上是一见钟情，巴基斯坦青年当下在晚会上就发挥他们民族能歌善舞的特长，一曲情歌俘获了姑娘的芳心。

毕业后，郑姑娘随丈夫回到伊斯兰堡，开始新生活。老公的父亲是富商，老公是家中独子，结婚后，小两口与父母住在一座花园别墅里。两人同在首都一家IT公司工作，收入颇丰。出入有司机，还可以频频出席当地的“高大上场所”。这样的婚姻，可说是美满的。

郑小姐却一天天消瘦下去，体重竟然在一年多时间里减了十几公斤。原因是她不能适应当地的饮食。巴基斯坦人食谱很简单，羊肉、鸡肉、面饼；面饼、鸡肉、羊肉。这已经教来自“食不厌精”的广州女子难以忍受，更糟的是此地人不怎么爱食蔬菜，即便吃也是将青菜煮成烂糊状食用，很不适合中国人的口味。

郑小姐每餐都有食不下咽的痛苦，为了让自己不至于一天天枯萎下去，昔日连炒鸡蛋都不会的大小姐决心练好厨艺，养活自己。

一段时间里，穿梭于各个家庭间讨教厨艺的郑小姐成了伊堡华人圈子里一道独特的风景。她无奈地告诉我：“仅有爱情是不够的，为了婚姻继续幸福，我一定要练好做饭的手艺。”

没有爱情是万万不能的

再说一个结了婚又离了的。

来到伊斯兰堡前，东北大汉老朱基本上不相信有“爱情”一说。10多年前50出头的老朱，出国前夕离了婚，带上一双十几岁的儿女来巴基斯坦发展。他开起一个中餐馆，准备挣些钱后，把孩子们送到美国去读书。

生意慢慢好起来后，老朱觉得也不能委屈了自己。他听说在邻近阿富汗的白沙瓦市住着好几十万阿富汗难民，其中很多姑娘都急着出嫁，好换笔嫁妆养活家人。老朱提了包钱就去了，很快领回来一个20多岁、皮肤白皙、身材苗条的阿富汗姑娘。

有朋友好心提醒他：“你英语就会几个词儿，她完全不会，你俩语言不通，怎么感情交流？”老朱嗤之以鼻地回答：“啥感情交流？结婚不就是找个伴儿？”

开始还不错。深受前妻唠叨之苦的老朱感到耳根清净，还有人帮着料理家务、照顾生活，很满意。孩子们也很高兴，这个后妈不多说话，不惹是非，挺好。

过了一段时间，老朱开始受不了了。“每天像对着个木头人。你乐一乐，她也乐一乐，你皱皱眉，她也皱皱眉。”老朱在外面遇着了不顺心的事情，回到家没有人可以诉说。他感到，自己结了婚，内心的寂寞却完全没有消解。生活富裕起来的老朱，对于婚姻质量的要求也提高了很多——“那我结婚干吗？找个保姆不就得了？”

老朱决心第二次离婚。好在这个国家比较偏向男人，男方想离婚，只要提出来，女方就必须接受。老朱把老婆送回娘家，再花上一笔钱，这事儿就算了了。

一个凄风苦雨的夜晚，我陪老朱喝上两盅儿解闷。酒阑烛跋、漏寒更深的时候，老朱一脸严肃地对我说："兄弟，听哥哥一句话，没有爱情是万万不能结婚的。"

想离，没那么容易

前头是个结起来容易离起来容易的事儿，接着说个离起婚来没那么容易的。

法鲁克绝对是巴基斯坦人里的"中国通"。四五年前，他在北京某所知名大学拿到中文专业硕士文凭后，娶了个中国护士，喜气洋洋地回到伊斯兰堡。尽管语言和文化障碍较少，这段婚姻还是很快触了礁。据法鲁克说，可能是发现法鲁克的家庭不像她原先以为的那样富裕，而伊斯兰堡离她原先憧憬的"西方生活"又相差太远，这位前护士很快撇下老公，跟在伊堡结识的一名东南亚富商走了。

伤心过后，麻烦来了。法鲁克不知道和外国女子离婚手续会如此烦琐。在离婚问题上，夫妻双方倒是很容易达成了一致。由于法鲁克本身没有什么财产，两人也未生育子女，本来应该是件很简单的事情。但法鲁克没想到，事情并不像想象的那么简单。

结婚地点在北京，离婚也必须在北京办。受理离婚诉讼的北京某区法院提出，法鲁克要想离婚，必须拿出官方有效证明，以证实自己提供的自然情况和经济情况属实。法鲁克首先花了很长时间才弄明白自己这事儿该归巴基斯坦外交部管。找到外交部有关的人，该人却说，不行，你读书是经过中国使馆签证的，要中国使馆先证明才行。法鲁克又去找中国驻巴使馆。使馆说，还是要你们外交部先给证明，我们才能出证明。

在几个单位间穿梭，时间过得很快，一折腾居然一年就过去了。我有次开玩笑地劝他说："干脆别离了。反正你们允许娶4个，也不耽误事儿。"正直有为的青年法鲁克严肃地说："那怎么可以，婚姻应该善始善终。"

又一日，法鲁克兴奋地跑来告诉我，终于拿到外交部的证明，使馆也答应证明了。好啊，法鲁克的"善始善终"看来有希望了，我衷心地祝福他。关于整件事，法鲁克是这样总结的："我吸取教训，下次一定娶个本国姑娘——起码，离起婚来没这么麻烦。"

| 第三节 |

第一次，我痛恨记者这个职业

此节要讲的事情似乎离“全天候”友谊渐行渐远。这事情甚至让我痛恨起原本热爱的记者职业。原因是，一位熟悉的朋友成为自己笔下新闻故事的主角。这个新闻故事是一次无人幸免的空难。

迄今记得，那是2003年2月24日。本来是愉快开心的一天。清晨起床，发现经历一周阴雨的天空出现久违的艳丽朝阳，心里盘算，下午可以去打网球了。

10点钟左右，一个线人打电话来说卡拉奇附近有架小飞机掉下来，乘员有8人，其中一个是中国人。心中咯噔一下，在国外工作，最受不了听说自己同胞有难，尤其是还不得已忍住悲痛去报道事件。

我立刻打电话经由各种渠道求证。不久，经济日报的朱兄在电话那头沉痛地说：“是中国冶金集团的老孙。”我的心掉到了谷地。

我和朱兄与孙长胜项目经理很熟悉。2003年年初他去阿富汗前，还特地向我咨询该国的安全情况，记得当时他还开玩笑地说：“我命大，炸弹掉不到我头上。”很难接受，言笑仿佛还在耳畔，人却已经不在了。

来不及悲痛，继续拨打电话。内政部、陆军发言人、海军司令部、卡拉奇机场，一个个打过去，情况慢慢清楚了：老孙包了一架私营机构的小型飞机，拉上在巴基斯坦刚开完一个会议的阿富汗矿业部长，去看他负责的中巴合作开采铜矿，希望说服部长把阿国最大的艾纳克铜矿开采权交给中国。

当天天气状况良好，两位正副驾驶据说是非常有经验的飞行员，其中一个还是退役空军上校。然而，飞机还是在离开空港不到20分钟就和控制塔失去了联系。

出人意料的是，巴基斯坦军方这次反应迅速，很快出动空军直升机和海军舰船，找到出事地点。不到中午，就打捞出部分飞机残骸和5具尸体。老孙和阿富汗部长不在其中。

是不是还有一线希望？巴基斯坦方面奇怪地在搜救行动还在进行中，就宣布了所有8名乘员的死亡。美联、法新和路透三大通讯社当然不客气，马上抢发飞机全部乘客证实死亡的消息。我在稿子中只说，下落不明，还在搜救中。这样做有两个考虑：一是不在现场，不能确定发现5具尸体的真实性；二是老孙还没有找到，想为他在国内的家人多留些希望。

下午，巴基斯坦总统、总理先后给阿富汗方面去了唁电。我不明白，在搜救行动还没有停止的情况下，怎么可以说全部死了？这时，我的愤怒已经不是出于有自己朋友在内的原因，而是出于对有人竟如此背离新闻原则，误导舆论的震惊。只有新华社还在说下落不明，但国内网络上什么离奇的小道消息都开始满天飞了，老孙的家里是不是已经开始哭声一片？

来不及悲伤、愤怒，不断地跟踪最新情况，滚动发出英文稿。快到晚上，一位新华社总社中文编辑打电话来说，时任中国外交部部长唐家璇的唁电已经到了阿富汗，电文则放在总编室，要等我报道“死亡”的稿子到了一起发，问我为什么还在说“下落不明”？我顿了一下，平息一下情绪，尽量用稳定的语调说：“尸体还没找到，不能说死亡。”那边停了一下，换了个值班领导，理解地说：“我们和外交部商量，先把稿子压一下，你继续盯着。”

夜里，朱兄再打电话来说，和老孙家联系过，老孙的岳父接到消息后，脑血栓发作，已经进了医院。我听后无语。不断地和总社电话往来，不断地打电话去追问搜寻进展。总编室里唐外长的唁电，像一颗炸弹一样压在编辑和我心上。没有时间悲伤，没有时间愤怒。

转天清早，老孙还是没有找到。经历凄风苦雨的海上一日一夜，生还希望确实太小。唐外长的唁电终于放出去了。我松了口气，这时才感到悲伤开始漫卷心头，关于老孙的各种印象和记忆开始在脑海中闪现。同时开始拷问自己：“你真有资格责骂那些捕风捉影的记者？”

在老孙遭难的这24个小时，我思考更多的是老孙还是有关老孙的稿子？只有这个时刻，我才开始意识到一个记者的冷酷。这个瞬间，我开始痛恨这个职业。

关于这件空难的原因，从未有人给出过结论，就此不了了之。今天，艾纳克铜矿开采权已经归属中国企业。

| 第四节 |
为了忘却的记忆

虽为“巴铁”，并非意味中国人在巴国高枕无忧。“巴塔”——巴基斯坦塔利班不断在巴国制造恐怖事件，中国人也难幸免。

10多年前，他们曾绑架两名中国人，结果是一人获救，一人遇难。采访报道该事件的记忆，令我久久难以释怀。

那是2004年10月9日，两名中国工程师王恩德和王鹏在巴国西北部落地区被绑架。由于中国人遭绑架事件在巴国多有发生，经交付赎金后，歹徒往往放人了事，所以，起初，我的心情并不是太紧张。

但事态随后发展超出预想。由于巴塔头脑阿布杜拉·马赫苏德的介入，使得情况复杂化了。

9日绑架事件发生后，巴军警反应较为迅速，把绑架者和人质包围在南瓦济里斯坦部落地区首府瓦纳（Wana）附近的一座村庄。从9日起，巴官方就积极与绑架者接触，寻求谈判解决。阿布杜拉先是提出释放被拘捕的几名同伙，官方表示可以考虑；他继而又提出先将绑架者和人质一起交给他，才能开始谈判。

从9日起，新华社伊斯兰堡分社时刻与中国驻巴使馆以及巴军方、内政部门保持密切联系，随时获取权威信息。分社还积极争取前往绑架者与人质所在的现场进行报道，但巴方因考虑安全因素，拒绝所有媒体的现场采访要求。出于同样理由，中国使馆和人质所在单位的中方人员也均未获准前往现场。

一直到13日晚之前，巴官方均以克制忍让的耐心态度谋求事件和平解决，这使我们悬起的心稍稍感到安慰。但13日晚的一场新闻发布会，让人闻到山雨欲来的味道。主持发布会的巴政府发言人、新闻部长拉希德·谢赫措辞突转强硬："我们不会向恐怖分子妥协。"当晚，同事们在一起商量报道时，第一次有了不祥预感，估计巴军方很有可能第二天要采取武力行动，政府发言人极可能是在行动前给新闻媒体吹风。我们为此开始准备解救行动一旦发生的报道预案。

14日上午，我们果然第一时间从使馆得到解救行动发生的消息。接着，我打电话给巴军方负责新闻联络工作的三军公关部，新闻官说，两名人质均成功解救，其中一人受伤，但"情况稳定"。事后估计，可能是根据同一个消息来源，美联社、路透社和法新社等三大世界通讯社均发布了两名人质成功获救的消息。我们则没有着急，继续与使馆保持联络。大概距离第一个消息15分钟后，不幸情况得到证实，王鹏已经遇难。

同日傍晚，获救工程师王恩德在军人护送下，乘飞机抵达伊斯兰堡一个军用机场。王恩德走下飞机时，恰是残阳似血，天幕低垂，映照着彼时在场所有中国人的苍凉心境。出于安全考虑，护送军人给王恩德戴上面罩。因此，起初大家并没有把他认出来。

后来，王所在公司的领导第一个认出他来，两个中年汉子相拥痛哭。不知道谁伸过一只手来，摘下王的头套。我之前曾经见过他的照片，照片上的王恩德面白无须，显得精神完足。而经历了六天五夜的身心煎熬后，他面容憔悴，胡须满脸，双目红肿。

与公司领导和前来迎接的时任中国驻巴大使张春祥简短交谈几句后，王恩德上了一辆车。在车内，他接了一个电话，打了一个电话。接的电话是中国外交部时任副部长武大伟的慰问电话，打的电话则是给家里报平安。

王恩德平安归来后，关于巴军方那场15分钟的武力营救过程仍然存在多个版本的描述。

巴军方口径是：化装潜入现场附近的军人发现4名恐怖分子押着王鹏走出来，判断对方要对人质下手，于是开枪击毙了4名恐怖分子。

随后，屋内残余绑架者冲出来开枪击中王鹏，导致其伤重不治，而这名开枪者也旋即被部队打死。

其他消息来源则说：王鹏在屋外和绑架者聊天，部队突然发动袭击，王鹏死于双方交火，而王恩德因为留在屋内，从而幸免于难。

军方到底根据什么做出了情况紧急、必须行动的判断？事后也得到了一些消息来源的解释：10日起，两位中国工程师所在公司获准通过部落中间人向人质提供食品、饮水和衣物。其后，通过这些物品的传递过程，人质巧妙地向外界送出了纸条，提供了一些有价值的信息。其中包括：绑架者曾一度情绪焦躁，在人质身上绑缚炸药，军方据此认为，人质处于危险中，必须采取断然措施。

通过这些纸条，有关部门也了解到两名人质与绑架者尽力周旋的情况。而“巧送纸条”本身，也解释了中国官方多次说“人质表现英勇”的原因。

15日，我们先是跟随张春祥大使去人质所在公司驻伊斯兰堡办事处，看望王鹏妻子孟德群。事后，我写了《你是一位坚强的妻子》一文，描述在会晤中孟德群所表现出来的坚强。在稿件中我如实记录，孟德群在整个过程中没有流下一滴眼泪。

事件过去10多天后，一位大学同学在和我联系时不客气地批评我说：“你的报道没人性。你那么一写，人家今后连哭的权利都没有了。”

我的心被这个批评深深刺痛了。经常生活在舒适平安环境中的人很难理解，那些在海外艰危环境中工作的人们以及他们的亲人，确实有着超过常人的心理承受能力。对这种坚强，我只是如实记录，并没有任何拔高的地方。我想，如果没有写下这篇稿件，倒是真正会留下遗憾。

那一天，我跟随中国政府工作小组前往巴基斯坦三军联合医院，看望王鹏遗体。30来岁的年轻面庞上没有血色，显得很安详。在那个时刻，我想起一家中餐馆老板老张对我说的话：“那个小伙子（王鹏）和你一样常来这里吃饭，人很好。”如果没有不幸的发生，人们时常忘记，彼此的距离其实并不遥远。

16日，送走王鹏遗体后，我们三个新华社记者在工作间里喝了顿酒。在经历了连续一周的紧张工作后，大家这才有机会坐下来，让悲伤尽情弥漫。在漏寒风起、酒阑烛拔的时候，我们回忆起当年5月在瓜达尔港汽车炸弹袭击中遇难的三位中国工程师，回忆起一年前那位在至今不明不白的飞机失事中丧生的中国公司经理。我说，就在出事前不久，这位经理还和我通过电话，咨询过一些情况，同事听后默默无语。

一个月后的11月13日，我跟随巴基斯坦军队进入南瓦济里斯坦部落地区，追剿人质事件的幕后主使阿布杜拉·马赫苏德。此行我到达正在激战的卡瓦纳·曼扎高地（Kawana Manza），看到1公里外山头上炮击后升起的白烟，听到间断的枪击交火声；我到达阿布杜拉的老家纳努村（Nanu），看到他多年经营后沟壕地道密布的“根据地”，以及政府军起获的包括高射机枪、火箭筒在内的重型武器库。

但那次行动中，令我印象最深刻的却是我自己和一名巴基斯坦记者的小小冲突。当时我是在采访军事行动的最高指挥官哈塔克（Khattak）少将，我问将军说：“你确定阿布杜拉还在包围圈中吗？”少将给予肯定的答复。一旁一名同行的巴方记者不满地插进来教训我说：“阿布杜拉当然还在。他是一名战士，所以不会逃走。”我毫不客气地对他说：“不要告诉我他是什么战士。他是恐怖分子。”在那个时刻，我脑海里刹那间浮现死去的王鹏煞白的脸孔，我在心里对那个记者说：“即使是在你的国土上，周围全是你的人，只要你再敢多一句嘴，我的拳头也会飞到你的脸上。”

这个小插曲形象揭示了为什么在这个国家，反恐形势会越来越严峻——政府要反恐，人民不支持。自“9·11”后，巴政府执行反恐政策很坚决，但占总人口90%以上的穆斯林民众并不支持。在一般人，即使是有文化的记者眼里，反恐是屈服于美国压力的行为，是屠杀穆斯林兄弟的叛变行为；而阿布杜拉这样的塔利班战士，反倒被一些人视为英雄。

在人质事件发生的部落地区，从1979年苏联入侵阿富汗起，人们就有着支持塔利班的传统，而在过去，巴基斯坦历届政府均支持这种传统。很多普通巴基斯坦人不理解，为什么“9·11”后，政府的态度180度转弯，开始站到塔利班的对立面。内政部门一位不愿透露姓名的官员在接受我采访时说，反恐为什么艰难？因为政府得不到它自己的“眼睛”和“耳朵”——人民的帮助。

对于莫名其妙成为恐怖袭击目标的海外中国人来说，2004年所发生的一切，不知道是该选择忘却，还是选择记忆。伊斯兰堡的一位中国朋友曾劝说我：“不要再多问王恩德什么，他可能更需要尽快忘记这一切。”这位朋友不知道，就是作为记者的我，也同样希望选择忘却。只是，很多时候，忘却比记忆要难得多。

第二部分

阿富汗篇

第一章

死亡，并非遥不可及的事情

| 第一节 |

瓦济尔阿克巴汗，《追风筝的人》“故居”

阿富汗，是我驻外记者生涯中的新挑战。2003年9月，我常驻巴基斯坦期间，曾经短暂造访喀布尔，目睹战争之后的创伤。但那毕竟是浮光掠影的一瞥，远远谈不上深入了解。

2009年12月，我正式派驻该国，担任新华社喀布尔分社首席记者。长达一年的生活，主要是在2010年度过。这当然给了我截然不同的观感。那种冲击，至今仍停留在我的脑海里。

这是一个几乎从未品尝过和平安宁生活的国家。2010年，这里的局势未必算得上极端恶化，但也绝不能令人乐观。我愿意用“暗流涌动”来形容我和这片国土共同经历的2010年。

阿富汗，东邻中国，南接巴基斯坦，西边和伊朗接壤，北部则是中亚三国乌兹别克斯坦、土库曼斯坦和塔吉克斯坦，是真正的四战之地。人口大约3100万，面积65万多平方公里。

首都喀布尔是阿富汗的首都，也是该国最大城市。

这是一座有3000多年历史的城市，1773年起成为阿富汗首都。“喀布尔”在信德语中是“贸易中枢”的意思。根据2012年统计，喀布尔城市总人口大约320万，占到全国人口的十分之一。

这座城市位于国土东部，处于兴都库什山脉的南麓，海拔大约1800米。我初到此地，不了解小高原的厉害，维持原先一溜小跑的步频，于是时常不明所以地气喘起来，误以为自己未老先衰，体力下降，殊不知乃不适应地理环境所致。

喀城周围群山峻岭呈U字形环抱。喀布尔河从市中心穿流而过，将市区一分为二。河的南岸为旧城，北岸为新城。新城达利语为Share Naw，较为繁华，商业区、皇宫、官邸及高级住宅大多集中于此。

新华分社所在的瓦济尔阿克巴汗区（Wazir Akbar Khan District）就位于新城，是所谓的“富人区”。有心的读者会发现，此区正是美籍阿富汗作家卡勒德·胡赛尼小说《追风筝的人》中主人公12岁富家子阿米尔和仆人哈桑所居住的所在。

故事发生在20世纪70年代的阿富汗，正是该国难得的黄金岁月，社会稳定，经济提振。故事里的两小，情如兄弟，最爱一起放风筝和分享有趣的故事。然而，伴随年岁增长，生活的暴风骤雨不断袭来，不仅考验着友谊，更加考验着人性。

我们居住的庭院带有典型的瓦济尔阿克巴汗特质——西方建筑师设计的现代化外观，是那种伦敦郊区可以见到的住宅模样，小楼之畔一定配属花园。当然，比我们更豪华的居所还配置游泳池。这些房屋，是20世纪六七十年代查希尔国王统治期间阿富汗短暂“黄金岁月”的缩影。

之后，瓦济尔阿克巴汗被称为“过客之街”。原因是，此地早前的住客早已风流云散。多数躲避战火，逃离家园。比如，塔利班20世纪90年代入主喀布尔前后，此区多数住宅以近乎甩卖的方式易主。很多房屋由塔利班当权者卖给普什图人或者与塔利班结盟的阿拉伯外国人和巴基斯坦人。一些住宅主人甚至来不及售卖便离去，塔利班及其支持者直接推门而入，宣称拥有了自己的房产，成为豪阔的“过客”。

放弃容易，寻回却艰难。2001年美国发动阿富汗战争，推翻塔利班政权后，难民回到家园，试图收回战时失去的房产，过程是艰辛的，并且多数不能实现愿望。

原因是：不少家庭在逃难过程中遗失了房产证明甚或压根儿没有来得及带出；另外，“过客”多数经过多年经营，在社会上拥有一定人脉和经济实力。遍及社会各个角落的腐败体系，显然偏爱这些“过客”。房产的真正主人，现在沦为弱势群体，很难如意回到自己的家园。

和喀布尔其他多数区域相比，瓦济尔阿克巴汗算得上幸运。大部分小楼保持了旧貌，美丽、优雅，和果树与葡萄藤为伴。而其他地区的成百上千间别墅毁于战火，由塔利班的朋友们帮助重建的新住宅，带有浓重的巴基斯坦色彩 —— 华丽的外饰、半透明的玻璃和艳红的砖墙。

这样的住宅，在地道喀布尔“贵族”眼里，全无阿富汗文化特质，大大抵触其查希尔王朝乡愁，殊无可取之处。

今日的瓦济尔阿克巴汗类似伊拉克首都巴格达的所谓“绿区”，成为安保严格的安全区，主要居住国际援助机构、外交人员和CNN、BBC等新闻媒体派驻人员。警察和安保公司设置大量水泥路障和检查哨卡，将这一地区和其他区域隔离。这在几乎每天都有恐怖袭击发生的城市，可以理解。后面发生的事情也证明，这样的警惕不仅完全必要，事实上甚至还远远不足以防范一切。

喀布尔的一些市民对于瓦济尔阿克巴汗心存怨愤。他们被军警和安保人员要求出示身份证明才能进入或途经“绿区”，在自己的城市得到这样的待遇，确实有理由感觉被冒犯。

阿米尔和哈桑现今回到瓦济尔阿克巴汗，会发现找不到追逐风筝的乐趣。事实上，在我居住的一整年时间里，我从未见到孩童在这一区的街道奔跑嬉戏。即便有这样欢快的场景，也一定只发生在栽有铁丝网的高大院墙之后。

巧合的是，我们的房东和《追风筝的人》男主阿米尔一样，也是普什图族。这是占阿富汗全国人口百分之四十以上的最大族群，是政治上最有影响力的人口。前任总统卡尔扎伊和现任总统加尼均是普什图人，塔利班主要组成人员也属于此族。

我们的房东倒没有那么强势。他是一位60多岁的朴实老者。通常居住在南部普什图聚居的坎大哈省。每年仅在年底收房租的时节，才出现一次。另外就是，新华社每位新任首席记者到岗，房东大爷会在喀城较为高档的洲际酒店招待全体吃上一顿自助餐。

我们居住的小院位置不错，在一个死胡同中。由于胡同的尽头是挪威使馆，我们住宅的对门又是美国之音的记者站，所以阿富汗警方在胡同口设置了哨卡。

我们的宅子前后两进院子。前院窄小，只有几十平方米，后院地方三四百平方米，有草坪。我在的一年里，草坪四围种着大月季。春天盛开的花朵，映衬围墙上的铁丝网，有种不真实的感受。

住所是一座两层小楼。楼上居住，楼下办公。和我们两位中国记者一起工作的，有两名阿富汗文字记者、一名电视记者和一名摄影记者。还有三名保安。但枪就只有一支AK-47。

这些阿富汗同仁，多数从2003年左右就为新华社工作，和我们结下了深厚友谊，说是情如兄弟，想必也并不过分。

喀布尔分社地处安全局势较为严峻的阿富汗，怎样在确保安全的情况下，搞好报道工作，需要在勇敢无畏与稳健求实间寻找平衡，更需要创造好软件与硬件条件。

在这种特殊环境下进行采访报道，需要大力依赖当地员工，既确保安全，又提高效率。以我2010年5月12日至13日在“塔利班巢穴”坎大哈采访为例，由于事先做足准备工作，当地雇员可靠得力，因此在确保人身安全的前提下，取得了较好的报道效果。

坎大哈几乎每日发生爆炸与枪击等暴力事件，外国人随时有被杀害与绑架的危险。为此，我穿戴当地传统服饰，降低目标关注度，通过关系，雇佣有经验的当地普什图族人梅拉帕尔为向导。

梅拉帕尔供职坎大哈当地媒体，还准备竞选国家议会议员，人头熟，关系广，经验丰富。我居住在他指定的安全旅馆，按他指定的时间表，选择中午与傍晚当地民众的祈祷时间段活动，减少了遭受袭击的可能。同时，在他的安排下，不仅采访了民众，还专访了当地最有影响力的政治人物、阿富汗总统卡尔扎伊的弟弟瓦利·卡尔扎伊，实现了一次安全与效率兼顾的成功采访。

在艰苦危险环境中进行采访，需要在软件与硬件方面创造良好条件。

喀布尔分社附近在2009年12月发生过自杀式汽车炸弹袭击事件。自那以后，分社加强安保意识与措施，在院墙外与楼体外设两道沙袋工事，以减少爆炸发生后的冲击波影响。所有玻璃加贴防爆膜，防止玻璃碎裂伤人。

另外，分社雇员曾遭恐怖分子电话与信件恐吓，因此分社24小时由持枪保安值班，对所有来分社的阿富汗人进行搜身检查，防止恐怖分子混入。

通讯方面，为确保联络不中断，分社中国籍记者均配备两部手机；为确保发稿不中断，除配备海事卫星外，分社还同时使用两家互联网服务公司。

电力方面，喀布尔几乎每天发生停电，因此分社配备大功率发电机，确保工作与生活用电不中断。

交通方面，分社雇用两名专职司机，熟悉全国道路情况，确保采访需要。

这就是所谓战地记者在阿富汗的生活实景。它并不浪漫，危险却百分之一百真实地存在。

| 第二节 |

爆炸，在30米外发生

我在2009年12月7日抵达喀布尔，短短一星期后的12月15日，距驻地大约仅30米处就发生汽车炸弹袭击。爆炸巨大的冲击波令分社几乎所有窗户玻璃碎裂。生平第一次感到，死亡并非遥不可及的事情。

那算得上当时一次较为轰动的新闻事件。我爆炸后接受采访的录音据说在央视新闻频道播放。毕竟是件不寻常的事情，因此，记忆格外清晰。

是当地时间12月15日上午10时（北京时间13时30分）左右。我正在驻地一层办公室靠窗的台式电脑前工作。

这本该是轻松惬意的一天。阿富汗的冬天，相较北京，温和许多，天气晴好的日子里，天空诚可以用万里无云、一碧如洗来形容，白昼气温应有10摄氏度左右。

温暖阳光下，分社3名中国籍记者，人手一杯奶茶。生活貌似十分美好。微风吹动着我身边的窗帘，不时拂动我的脸。我其时当然不会想到，这窗帘即将保护我的安全。

我正动手撰写一篇新闻分析的约稿，还记得标题是《抚慰之旅　打气之旅》，内容涉及之前一天的12月14日到访阿富汗的美军参谋长联席会议主席迈克尔·马伦和美军驻阿富汗最高指挥官麦克里斯特尔。

笔流顺畅，很快就已接近完稿。

突然一声巨响，我感觉身体一阵震颤，左侧整扇窗户玻璃瞬间碎裂，幸好阳光刺眼，白色窗帘没有拉开。纱质窗帘虽薄，却挡住几乎全部玻璃碎片，未造成人员伤害。

大约是和巨响同步，我人已窜至两米开外的另一张办公桌旁，身体下蹲，双手护住头部。可见，人在危急状况下的本能反应是多么神奇。

阿富汗籍记者哈利姆参加过抗击苏联入侵的作战，较有战斗经验。他建议大家先转移到地下室，以策安全。这时，我们已经分别用手机向北京和香港的单位领导汇报情况，并通知后方编辑部抢发爆炸袭击的英文快讯。

我并未进入地下室。而是站立于分社两层小楼北侧窗户前向外观察。该地视界较好，可以清晰地看到，目测距离大约30米外的位置，黑烟直上高空，冲起大约5米。

爆炸发生地点正对分社北墙，办公和居住房间的窗户玻璃几乎全部损毁。多亏内墙外先前垒好的数十个防护沙袋，一定程度上抵消了爆炸产生的巨大冲击波。

我跑回桌前，把先前的约稿迅速传往北京，用MSN简单告诉编辑兄弟“炸了”，来不及润色，请他谅解。

接着，我和同事迅速拿起相机，向事发地点跑去。不知道是紧张还是小高原的作用，同事的脸煞白，而我的手在不自觉地颤抖。

现场距阿富汗前副总统艾哈迈德·齐亚·马苏德住宅大约15米。我看见一辆丰田轿车前保险杠凹陷，另一辆深色两排座位越野车正燃烧。目击者借助我的阿富汗同事翻译告诉我，这是被爆炸殃及的车辆。用于自杀式袭击的汽车已经完全炸毁，消失得无影无踪，仅在地面留下一个直径大约两米、深约1米的大坑。现场硫黄味刺鼻。

齐亚·马苏德的两层楼房损毁严重，一角坍陷。警察守在建筑前，禁止包括记者在内的一切人员入内。事后了解到，当时自杀式袭击者驾驶汽车，直冲这座小楼，被安检护栏挡住，提前引爆，才没有造成更严重的伤亡。

即便如此，前副总统楼宇附近停放的多辆汽车严重损毁。其中一辆汽车车底朝天，前座一名乘客的尸体尚在起火燃烧。

匆匆目测，大约100名警察在现场执勤。几名阿富汗记者欲强行闯过警戒线，警察持AK-47式自动步枪阻拦。

两名着便装、套防弹背心的白种人手持美制M-16式步枪来到现场，勘察一阵子后离开。我无法确认他们所属国家和具体身份，但料想应当是便装美国军人或受美军雇佣的安保公司武装人员。

多辆红色救护车赶到。两名医护人员搀扶一名受伤白发妇女登上救护车。4名便装救援人员用一条毛毯包裹一具尸体，各持毛毯一角，把尸体抬离现场。

喀布尔市前警察部队指挥官萨利姆·艾赫萨斯的住宅也在事发地附近。他的住宅完全倒塌。艾赫萨斯的两名女性亲属死亡，他本人则安然无恙。

事发附近还有一座小型清真寺和一家印度人开办的小型旅馆。两处都没有人员伤亡。

就前副总统齐亚·马苏德爆炸发生时是否身处住宅内，存在不同版本说法。官方说法是，齐亚·马苏德正在居所，所幸逃过一劫。他的1名私人秘书和两名警卫确定在爆炸中丧身。

有目击者坚称，爆炸发生后不久，看见齐亚·马苏德在多名在保镖簇拥下离去。

齐亚·马苏德的兄长沙阿·马苏德是已故反塔利班武装北方联盟的领导人，2011年“9·11”事件前夕被冒充记者采访他的“基地”组织成员暗杀。这次，袭击者又将目标对准他的弟弟。

其他媒体报道说，爆炸发生时，总统卡尔扎伊正准备在喀布尔举行的一次主题为反腐的会议上发言。大约200名阿富汗官员出席会议。

爆炸后，会议暂时中断，不久恢复举行。卡尔扎伊在发言中抨击这一恐怖袭击，下令立即展开调查。阿富汗内政部当天下午发表新闻公报说，这是一起自杀爆炸袭击，导致至少8人死亡，包括4名妇女。另有大约40人受伤。

一些目击者则坚持说，死伤人数不止于内政部数据。

内政部没有提及袭击者身份和袭击目标。一些当地媒体记者说，袭击者是塔利班武装人员。没有任何组织和个人声称对这起袭击事件负责。后来我发现，在这个习惯了爆炸和其他形式袭击的国度，有太多的事件，是永远没有人负责的。

忙着发回大部分报道后，我才想起到楼上的寝室“视察”一下。这才发现，窗户已是名副其实的空窗，床上落满玻璃碎片。想想倘若上午睡个懒觉，赖在床上，这会儿就该被玻璃碴覆盖后，进了医院。

下一步是联系使馆，报告情况，致电居住附近的华人同胞，了解有无伤亡和损失。

在同一街区，中国商人陈大明经营的“金钥匙”餐馆内也有一些玻璃损毁，碎片划破一名厨师的手臂，造成轻伤，简单包扎后不需要送医。中兴公司和华为公司驻喀布尔机构也在附近街区，各自建筑的部分玻璃损毁，无人员伤亡。

时任中国驻阿富汗大使郑清典和政务参赞尹巨明当天下午来到新华社办公、居住地点实地勘察损失，慰问新华社记者。

郑清典大使告诉记者，爆炸发生后，没有收到在喀布尔有中国人伤亡的报告。

在我布满玻璃碎碴的办公桌前，同事拍下了我和大使的合影。这张照片后来在新华社下属企业新华网的首页上刊登。我在照片上脸露笑容，十分不合时宜。事隔多年，我想起此事，仍感后悔。斯情斯景下，我实在无理由笑得出来。

我还记得，大使一行也来到我的二层卧室，看到床上全是碎玻璃，整扇窗没了，大家说：“幸好你不睡懒觉，下楼工作去了。”

虽是调侃，却无一人脸上有笑容。

那日下午，大部分时间忙着写稿，有同事找来的刚“满月”、还没有起名的小狗陪伴。往日这时候，狗儿通常在窗外草地上玩耍。今天，见它吓坏了，破例允许它进办公室。它在脚边磨蹭，不时发出低鸣。也许，它也感到恐惧，感到孤独无助？

阿富汗籍同事还建议我把破了大洞的窗帘带回中国。他们说，它保护了众人，是幸运窗帘。后来，窗帘的下落，竟然被我完全遗忘。想想自己，也算得上是薄幸忘恩之人了。

当日几乎全天在没有玻璃的窗前工作。没有午饭，没有晚饭，与同事分食前几天吃剩的一块馕。工作中，完全来不及去想，当晚睡在哪里。

大使力邀我等去使馆歇息。我让同事去使馆睡，自己坚持留下过夜。这种时刻，作为负责人，不该离去。

是夜，一楼办公室内，南北两侧窗玻璃全无，寒风无遮无挡。室外零下10摄氏度，室内零下8摄氏度。

我裹着单被，卧在南侧窗旁三人沙发上，从零时睡到3时。中夜醒来，脑海中想的是爆炸的原因。

美国总统贝拉克·奥巴马2009年上台后，宣布向阿富汗增派3万美军和2011年撤军时间表，阿富汗政府一定程度上持保留态度，担心美国释放撤离信号会助长塔利班等反政府力量的气焰，招致更多袭击。这次袭击，不知是否印证了此种忧虑?

二楼卧室床上落满玻璃碎片，没法入睡。回到办公室，来到台式电脑前写稿。手指冻僵，几乎无法敲击键盘。桌面已经打扫，伏于案前，却觉得手臂隐隐刺痛。第二天才发现，桌上还有细小难以清除的玻璃碎屑。

穿上羽绒服，回卧室。抽出棉被，抖去玻璃碎片，披上，再返回办公室。

夜间，阿富汗籍保安苏菲起身，帮我添柴。相比室外，室内温度高2度，缘自铁炉内所燃木柴。木柴一般大约3小时后燃尽，夜半醒来添柴，是每夜的功课。

虽然是一国首都，喀布尔竟然没有公共供暖系统。多数居民冬季烧柴取暖，由管状烟囱向室外排放废气。少数经济较为宽裕的居民则使用柴油设备取暖。

一些气象分析师说，这类取暖方式加剧喀布尔空气质量恶化。

当夜，附近不少门窗受损居民想必也留守家中，燃木取暖，苦待天明。事后很久之后的一天，苏菲告诉我，就是那个我坚持不去使馆过夜的夜晚，他觉得自己开始了解我这个中国人。

爆炸当时，苏菲没有慌乱，是他第一个走进办公室，告知大家附近发生爆炸。我们中国籍记者跑上二楼，观察情况时，5名阿富汗籍同事却不紧不慢，走着上楼。

苏菲在爆炸当天下午就着手清理满地玻璃碎片，晚上照常值班守夜。第二天，他就出门找来工匠，更换了所有窗户玻璃。

相比中国人，阿富汗人惯经战乱。苏菲和他弟弟阿卜杜勒都是分社保安。两人均为塔吉克族，和主要成员是普什图族人的塔利班是世仇。苏菲和阿卜杜勒都少小从军，曾经是北方联盟统领马苏德的部下。当天爆炸袭击的对象，恰恰是他们前领导的亲弟弟。我在的2010年，苏菲和阿卜杜勒成为最亲密的战友和兄弟。爆炸当天，阿卜杜勒的手臂被玻璃扎伤，眼皮也嵌入玻璃细茬，但他完全不以为意。过了几天才告诉我此事。我批了些医药费给他。

刚“满月”的小狗狗白天受惊，在办公室里“黏人”，夜间恢复如常，回到苏菲夜宿的门房边小窝里打起呼噜。

可惜的是，过了几日，小狗开始不吃不喝，渐渐衰弱下去。经由我的报道，狗狗成为国内同事关注的焦点。大家的祈福未能挽救它。它离开了这个世界。

这样的历险，为我走进2010年，打下了底色。

| 第三节 |

萨朗山口：第一次手签“生死状”

时隔不久的2010年2月，我又一次闻到死亡的气息，生平第一次在所谓“生死状”上签下名字。

那一年，自2月8日起，首都喀布尔北部的萨朗山口（Salang Pass）连续发生17起雪崩，造成大量人员伤亡。赴现场查看灾情，似乎是应有之义。

不久，从当地新闻圈朋友处知悉美军有一架直升机，将运载媒体人员前往灾区。于是我紧急赶往位于喀布尔国际机场的美军机场。

在阿富汗和伊拉克这样的战地，首都机场和军用机场毗邻。于是出现这样的场景：民航飞机降落的同时，目睹军用飞机和直升机泊于停机坪上。乘客尚未落地，就能嗅到浓重的战地气息。

那是2月10日上午11点，我从喀布尔国际机场附近的阿富汗国民军航空队停机坪搭乘苏制M17直升机飞赴萨朗雪崩现场。

我们搭乘的苏制直升机，大约是苏军撤离后留下的旧物，不知怎么却被美军接管来继续使用。

共有两架直升机同时起飞赴灾区。我机上乘员共13人。5名机组成员中，正驾驶是美军，副驾驶是阿军；两名电子官中一名阿军、一名美军，还有一名持M-16的美军战士。美军空中力量移交部队当时正在帮助训练阿富汗国民军航空队。大概，他们把这次联合执勤，也当作难得的训练机会了吧。

机上7名记者中，4名来自美国《纽约时报》，两名来自阿富汗地方电视台，还有一个是本人，另有一人是阿富汗国防部新闻联络官。

正驾驶是个留着八字胡的美国佬。他严肃警告大家，目的地海拔3800米，气温零下15摄氏度。那名女性美军电子官拿出小本记录下每名记者的联络人电话号码，一旦有人发生意外，就拨打所留号码，通知认领尸体。她还要求每人签字，表示自行为安全负责。

这算不得恐吓。在阿富汗，搭乘直升机的风险很高。一是冬季恶劣天气可能造成机械故障，发生坠机概率不小；二是塔利班活动范围无所不包，他们使用的美制肩扛式导弹，对付直升机十分便利。

那一天，30多分钟的航程转瞬即过。

所谓的萨朗山口，位于兴都库什山脉，在帕尔万省和巴格兰省的交界处，海拔3878米，行政上属于帕尔万省管辖。山口隧道约长5公里，1964年由苏联援建，连接首都喀布尔与北部的几个省份。

阿富汗人回忆说，其时，苏联人从山体中央用炸药施工，令人叹为观止。通道只有单车道，仅在一年中的旱季通行。交通繁忙时，会形成堵车，排起长达几公里的车流长龙。

1996年，塔利班控制喀布尔后，马苏德率领反塔利班武装退避首都以北地区，曾封闭萨朗山口，以截断塔利班势力向北扩张的通路。

更加为国际媒体熟知的史实则是，1982年11月3日，萨朗隧道发生塔利班和侵阿苏军的交火，大批苏军士兵阵亡。

这一次，是自然灾害夺取生命。

我步下直升机，踩在雪地上，清冷刺骨的山风，割锯我的面颊。此地风和日丽时，诚系观景佳所，山石为黄绿相间之植被覆盖，有山泉静静流淌。此刻，在白雪扫荡下，四野茫茫。风中轻舞细碎的雪粒。

萨朗山口盘山公路上，两段隧道中间的露天地段，左侧斜坡直通谷底，10余辆遇难车辆残骸已被挖掘出来。

能够借助公路隧道行车的人们，实属现代化的一群。其实，多数土著，仍在使用绵延几个世纪的旧式交通手段——骑驴乘马，穿行险峻的山坳。一不小心，滑下山道，落处便是怪石或湍急的溪流，生命难保。如此中世纪般的交通，在当今阿富汗全国，仍十分普遍。使用这种危险交通方式的人，还包括继续作战的塔利班人员，以及追剿他们的北约安全援助部队和阿富汗军警。

我立于山间，抬眼望见，毁坏车辆中，一辆白色公交大巴，伤亡最为惨重。这辆公交车8日从首都喀布尔驶往东北部巴达赫尚省，车上包括司机在内共有47人，幸存者仅有14人，且不同程度地受伤，已被送到医院救治。我们到达的时候，遗体已运出，身上衣物完整，但多数没有鞋子，裸露的肌肤色呈蜡黄。

几十名身着绿色迷彩服、头戴贝雷帽的阿富汗国民军军人和自发赶来身着长袍的附近村民用铁锨等简单工具把遇难者遗留物品从车内铲出。有衣物、钱包和手提箱等。车旁白雪地上，可见斑斑血迹。血迹色呈鲜红，还没有转为深色或凝结。一枚直径10厘米的雪球被染成粉红色，在清冷的阳光下，显出奇异的光彩。

由于地处山体斜坡，泥土松软，积雪没膝，大型挖掘车辆只能停靠在工兵临时开辟出来的2.5公里长通道上待命，无法投入工作。

一名阿军军士借助翻译告诉我："上午发现这辆车时，一名婴儿还活着，叼着死去母亲的乳头。"说至此，满脸胡茬的军士抽泣起来，一行泪水从他粗糙的脸颊滑落。

帕尔万省省长萨尔基在现场告诉记者，约2000名阿富汗国民军军人和当地居民正在紧张地进行搜救。搜救工作还将持续两三天。目前仍有数目不详的车辆被埋在积雪下，死亡人数可能还会继续攀升。

省长说，雪崩从公路右侧高坡发生，大量雪块夹杂石块滚下，把其时正在公路上行驶的车辆砸落到公路左侧的斜坡并深埋起来。伤亡者主要是被困车中的人员。

他说："这些人遭雪埋大约37小时后生还，堪称奇迹。"

走下斜坡，可以看到9辆已从积雪中挖掘出来的车辆残骸，车窗玻璃均已碎裂，多数车体严重凹陷变形，旁边散落着遇难者的衣物和鞋袜。

省长萨尔基说，为防止再次发生雪崩灾情，阿富汗政府和军队已将雪崩发生地附近1500多名居民转移至安全地区。

萨朗山口距喀布尔仅90公里。灾难如此之近，甚至和身边人有关。美联社阿富汗籍摄影记者穆萨迪克·萨迪克就在遇难大巴现场。死去司机是他表哥。萨迪克爬上爬下地拍照，神情严峻，没有话语。我和他握了握手，彼此相对无言。

其实，上午离开分社时，就得知新华社喀布尔分社英文采编主任哈利姆的两名亲戚也在雪崩中遇难，遗体已运回喀布尔。哈利姆请假半天去亲戚家吊唁。下午我从现场飞回喀布尔，回到分社时，哈利姆已在电脑前如常工作。

当天，在萨朗山口，没有机会去走访受困大雪的村民。军方着急招呼我们登机返回，一是担心天气有变，万一暴风雪天气突现，会发生危险，二是估计也不愿记者看到更多惨景。

10日当天下午，在我返回喀布尔前，首都举行了记者发布会，分社阿富汗籍记者从发布会上带回的消息是，死亡人数最终确定为165人，其中包括9名妇女和5名儿童。另有135人受伤。当然，由于道路不通和人力有限，实际的伤亡数字，可能远超统计数据。这在饱经战乱和灾难的国度，实属平常。

同样是在10日，阿富汗东北部巴达赫尚省政府发言人阿卜杜勒·拉西赫接受新华社记者电话采访时说，过去两天该省也遭遇强降雪，并发生多次雪崩，造成至少6人死亡。

北约驻阿富汗安全援助部队10日稍晚发表的书面声明说，至少4架北约直升机和两架阿富汗军方直升机参与救援。在有些地点，阿富汗军方直升机无法着陆，只能向受困者投放食品、包裹和毯子。

北约部队直升机由美军驾驶，9日数次在事发路段着陆，运载获救者到巴格拉姆美军基地。

巴格拉姆美军基地位于阿富汗首都喀布尔北部。北约部队声明说："至少250名阿富汗人在巴格拉姆空军基地接受救治，得到食物和毛毯等物品。"

事后，一些媒体就雪崩初期政府未采取封路措施发出质疑，时任阿富汗内政部长穆罕默德·哈尼夫·阿特马尔回应说，起初情况貌似易于应对，不料暴风雪突降，导致眼下局面。

他说："一场暴风雪突袭这一地区，引发多次雪崩，阻断这条主要高速路，影响长达3.5公里。"

萨朗山口自20世纪60年代建成后，多次发生山体滑坡和雪崩。但2010年2月这场雪崩，是记载入历史的唯一一次。

作为见证人之一，我的心里只觉沉痛。

| 第四节 |

“喀布尔枪声密如连珠”

2010年的年初，似乎一直伴随着不平静。发生在2月26日的首都枪战，我在当天新华社稿件中以《喀布尔枪声密如连珠》来形容。这应当算是俗艳的文笔，我所不喜。然而，这也是身在绝对现场的真实反应。这些字眼，和枪声一起，在当时直接跳入我的脑海。多年以后，仍清晰如昨。

那天的喀布尔时间6时40分（北京时间10时10分），接连两声巨响，将我从梦中惊醒。

其实，那本不是踏实的一觉。睡梦中依稀听到雨声，所以巨大响动后的第一想法是——大约是打雷吧?

同事王岩推开我的卧室房门，我躺在床上问他：“爆炸还是打雷?”回答：“是爆炸。”于是我情非得已地起床。同事发快讯，守摊。我叫上警卫阿卜杜勒，一起开车去现场。

喀布尔城区面积不大，对于常年居住于此的阿卜杜勒，找到爆炸地点并非难事。

位置就在地处闹市的“城市中心”商业大厦附近，距离分社驻地的直线距离大约不超过1公里。这座综合购物商厦是喀布尔全城为数不多的几个现代化地标建筑之一。商厦于2005年开放，楼高9层，居然装备有扶手电梯和观光升降机。

商厦的四层以上，是四星级的萨菲兰德马克酒店（Safi Landmark Hotel）。酒店属于一家总部在阿联酋迪拜的宾馆餐饮集团。写作此书时，我曾打开该酒店的维基网页，赫然写着：此酒店是2010年2月26日一起恐怖袭击事件的事发现场。当真可发一笑。

由于可去的地方不多，此地乃是我和中国籍同事常去的休闲场所。忙里偷闲逛一逛大厦里的小铺，在萨菲兰德马克酒店吃上一顿阿拉伯风味的自助餐，也是苦中作乐的小小奢侈。当然，此间也和其他多数餐馆和公众场合一样，配有持枪保安和金属探测安保设备。所有窗户玻璃据说也都贴了防爆膜，可以防止爆炸后玻璃碎裂伤人。

路上坐于车中，我想，不会是在商厦里开打了吧？那里毗邻多个阿富汗政府部级单位、外国使馆以及联合国办公地点，一旦打起来，事情小不了。

途中接到新华社阿富汗籍记者哈利姆的电话，告诉我发生爆炸的地点是在大厦背街方向小巷里的印度人开设的小型旅馆。

我们赶到时，警察动作神速，已经封锁通往大厦正门的通道。我只得叫阿卜杜勒抄小路，杀到后街。

这是一条长约半公里、宽仅能容两辆车通过的窄路。一些警察守着路口，设置警戒线，拦住我们车子。其中一人大声向我说着达利语（阿富汗官方语言）。阿卜杜勒告诉我："警察说，1名自杀式袭击者驾驶满载炸药的汽车，在商厦附近的一家印度人经营的小旅馆门前引爆。另有人数不明的袭击者现在藏身于商厦大楼内，正和阿富汗国民军交火，此刻进到这片区域极度危险。"

新华社在阿富汗线人布点经过多年经营，颇有成效，一旦有事发生，内政部的线人总是及时电话通报，我们按月付他费用。哈利姆刚才告诉我的情况，就得自这名线人，和警察说的吻合。

我叫阿卜杜勒守住车子，自己拿了相机，下车扬长直入。警察见我神情昂然，大约不知我是何等角色，竟然没有阻拦我。

小街直通爆炸现场。不同平时的是，此刻竟然空无一人，可用"空巷"二字形容，反衬前面枪声大作，这种空寂显得十分诡异。

我侧耳细听，辨别出警匪双方都用AK-47，这意味着美军尚未介入。枪声清脆密集，如炒豆般连片展开，确实密如连珠。我踏着雨后泥泞前行。左侧是空旷无人的喀布尔城市公园，抬头看，右侧多数建筑和商店的窗户玻璃均已被爆炸的巨大冲击波震碎。

一家临街号称“Beauty Salon”的理发铺窗户玻璃俱碎，米色的窗帘一半委于地下，一半撕裂后在风雨中飘零。

此时，流弹危害的风险极高。竟然有一两个胆大的居民从窗户里探出头来，窥视火场，脸色惊恐。回头看，有人站立在我走入的街口处，冲我嚷嚷、招手。手机响了，是阿卜杜勒。他叫我回头，说是警察来了个头头，说枪战还在进行，太危险。

事后，阿卜杜勒告诉我，警察头目还训斥手下说：“你们胆小不敢去，看人家记者多有胆。”

我继续独自往前走。枪声越来越响。突然想起曾经无比喜爱的歌星王杰一句歌词：“一个人走在长长的街……”

终于抵达爆炸现场。旅店房屋完全倒塌，难以想见其原貌。地面被炸出直径两米的深坑。

事后了解到，总共5名恐怖分子发动这次袭击。一名自杀式袭击者引爆炸药车后，另外两名袭击者在“城市中心”商厦附近引爆绑在身上的爆炸物（媒体爱用“自杀式马甲”来形容）。上述3名袭击者均当场死亡。

从后街望向商厦方向，只见冲天的浓烟在雨中化为白雾。拍摄火场。拍摄伤员。事后知道，我在现场工作的时分，剩余的两名袭击者正藏身于“城市中心”商场楼内，使用火箭筒和自动步枪和国民军展开对峙。我听见的枪声就来自这场持续数小时之久的枪战。

事后，查阅路透社报道，未到现场采访的外国大记者竟然说：“一些袭击者边叫喊边投掷手雷。”倘若如此，我身处现场当时的危险程度更高。

我半蹲着拍摄增援的阿富汗国民军。他们两人一组，踏着水花跑来。军人头戴钢盔，身着防弹背心，手持AK-47，状颇威武。

警察在这种场合，仅能担负外围配合的任务。他们拦住我，以枪口对着我，不许我试图从后街进入商厦。

两辆红色消防车开到现场。头顶黄色盔帽、身着厚重灰色防火服的消防队员开始在倒塌的印度旅店废墟前灭火，他们身上闪亮的几道磷光警示粉十分醒目。听说，消防车和装备均是欧盟援助。

着灰色制服和圆顶法式警帽的阿富汗警察和着绿色迷彩作战服的阿富汗国民军

军人就在我眼前从现场抬出两具尸体。

这时我才注意到，火场附近，一辆小汽车损毁，车体严重凹陷变形。一名警察说，这不是发动袭击的车辆。他指着地面一个直径约2米的深坑说："发动袭击的车辆已经炸没影了。"

一个身高1.80米左右的男子从我眼前步行而过，脚步缓慢，两眼直视前方，神情呆滞。他上身赤裸，脸部熏得漆黑，还流着血。长裤的裤脚撕裂，转过身去，看到此人臀部暴露在外面，也流着血。

这个人竟然会讲英语。他自称是商厦员工，告诉我说："我当时还在睡觉，突然被巨大的爆炸惊醒。看见很多人跑出大厦，我也跟着跑了出来。脸被碎玻璃划伤了。"不忍心再和他过多交谈，看着他在警察帮助下，上了救伤车。

事后了解的情况是，爆炸在摧毁印度旅馆的同时，冲击波导致萨菲兰德马克酒店的一间客房倒塌，客房前的地面出现直径约3米的大坑，另外一间客房严重受损，酒店不少窗户震碎。看来，防爆贴膜亦非万能。

我和商厦员工说话的功夫，另外几名轻伤员也徒步离开现场，大概是情况紧急，他们多数光着脚。

又一个脸部肮脏的男子从废墟处走出，身上T恤和长裤尚完整，脚踏拖鞋。从貌相看，是印度等南亚人种，看来是印度旅馆的住客或雇员。

这人看来有些应付突发事件的经验，高举着双手向警察走去。这是避免被当作袭击者而误伤的重要经验，可惜大多数处于突发状况下的人并不知晓。

回家。上车，跺跺泥泞的鞋。不知是否我想多了，阿卜杜勒看我的眼神多了几分敬意。这是个十几岁就拿枪，能够闭眼拆卸、重装AK-47的家伙。

到家了，还没有到中午。之后直至天黑，就是写稿。终日写稿。

当天从医院了解的信息显示，共有9名平民、2名警察和5名袭击者丧生，至少18人受伤。

塔利班发言人扎比胡拉·穆贾希德在接受阿富汗媒体记者的电话采访时宣布对这起袭击事件负责。他证实共有5名塔利班人员参与袭击。

这位发言人谁也没有见过，总是通过电话采访的形式进行"宣传"。

阿富汗官方一如既往地反应滞后，26日当天未对伤亡数据进行统一发布，时隔几天后，才公布说，死亡人数为包括5名袭击者在内的22人。这种事情在该国不是新闻。在人命轻贱的地方，数字自然也不再重要。路透社、法新社和美联社等报道称，死者中有一名意大利籍外交官和一名法国人。

印度官方事发当天对己方损失进行了公布。时任印度外长克里希纳发表声明说，共有9名印度公民在袭击中遇难，其中包括几名印度官员。这9人大概就是阿富汗医院所说的“9名死亡平民”。

声明强烈谴责这一“恐怖”袭击，说印度政府正和阿富汗政府就加强在阿印度人的安全进行协商。

克里希纳说，袭击者目标显然有针对性，因为遭袭旅馆里住有一些印度人，包括几名印度官员。

这是意味深长的宣布，使这次袭击的复杂背景凸显出来。

2001年阿富汗战争后，印度在阿富汗的影响力有所扩张，该国政府和民间组织借助对阿援助，赢得阿富汗方面的好感。印方甚至谋求在喀布尔之外的其他阿富汗重点城市设置领事馆。

这自然引起印度之宿敌巴基斯坦的不安。众所周知的事实是，阿富汗塔利班和活跃于巴阿两国的“哈卡尼”组织，均和巴基斯坦三军情报局联系紧密。在西方情报界流传的说法是：利用这些所谓恐怖组织，打击印度，正是三军情报局惯用的战术。

印度驻阿使馆早在2008年7月和2009年10月分别两次遭爆炸袭击，分别导致41人和12人死亡。印度当时指责巴基斯坦情报机构暗中支持恐怖分子袭击印度驻阿机构。这一说法当然遭到巴方否认和反驳。

我从阿富汗内政部消息来源得到的情况恰是：遇袭印度旅馆，乃印度方面在喀布尔活动的据点之一。死亡印度人中，竟有印方情报官员在内。严格来说，恐怖袭击中的“恐怖”二字，实在需要打上引号。

时任阿富汗总统卡尔扎伊2月26日在事发当天发表声明，强烈谴责这一袭击事件。他在声明中对无辜遇难者表示哀悼，对印度政府和人民表示慰问，还说此次事件不会影响阿富汗和印度两国的关系。这大概是卡尔扎伊对印方所能做出的最大限度安抚。

这次袭击的时间节点，尚有另外值得注意的一点：就在袭击发生前一天的2月25日，北约安全援助部队和阿富汗联合部队刚刚宣布，联军在阿南部针对塔利班的代号“共同行动”的进攻中取得重要战果，基本控制塔利班重镇马尔贾。

阿富汗分析人士认为，塔利班在喀布尔的反击，显示了阿富汗乱局之错综复杂，美国及其盟国力图在阿谋求反恐速胜以实施“退出”战略，恐非易事。

美国总统奥巴马从2009年上任后，很希望纠正前任的诸多“鹰派”行为。在阿富汗，奥巴马实施了先增兵加大打击力度，再谋求“退出”的战略。这一战略在美国内外遭受质疑。

奥巴马所谓阿富汗新战略，强调帮助阿富汗军警增强力量，逐步自主承担安全职责。他敲定2011年7月为美国开始撤军的起点。

“退出”战略问世后，连串发生在阿富汗的重大袭击事件，仿佛是针对奥巴马的宣言。

先是在2010年1月18日，武装人员在喀布尔市中心袭击总统府、中央银行、财政部和司法部等要害机构。短短一个多月后的2月26日，武装人员又针对印度目标在市中心大动干戈。

阿富汗市民质疑说，连首都喀布尔安全都无法得到保障，又何谈在全国范围逐步清除塔利班势力?

2月26日的袭击好似再次提醒美国和阿富汗政府，阿方自主承担安全职责之路还很遥远。

对肆无忌惮的袭击，驻阿北约安全援助部队各出兵国也见之心惊。

进入2010年，随着驻阿北约军人伤亡人数上升，美国及其他出兵国政府面临日益增大的民意压力。围绕增兵与撤军问题的政治分歧甚至直接导致荷兰执政联盟解体。

其他出兵国的政府也在考量继续留在阿富汗的政治风险。在恐怖袭击和伤亡面前，北约安全援助部队内部团结面临严峻考验。

截至2010年，阿富汗战争已持续9年，北约安全援助部队未能实现阿富汗安全形势的根本好转。

事实不断证明，单纯军事行动无法解决阿富汗问题、伊拉克问题。试图通过“共同行动”式的军事打击谋求“毕其功于一役”诚不现实。

美国的所谓反恐专家都已看出，用战争手段打击恐怖主义是用“20世纪的方法应对21世纪的现实”。普遍共识是，美国在伊拉克和阿富汗的军事存在本身只能招致更多动乱，无法带来和平。

这大略就是我在2010年2月26日当天的经历和思考。

那天到天黑的时候，警卫苏菲炖了羊肉汤，邀请我和其他同事在紧挨驻地大门的保安值班室席地而坐，吃羊肉泡馕。

苏菲仿佛沉思了一会儿后，直对着我的眼睛说：“Mr. Steven，下回别这样了，太危险了。”苏菲的英语表达能力有限，我理解，他的意思是叫我不要再像当天那样，直冲危险的现场。

我内心有暖流在涌动，但只是简单地回答说：“吃饭。”他低下了头。

后来，我们聊起了当月正在加拿大温哥华举行的冬季奥林匹克运动会。

我们这才想起，2010年2月26日这天是周五，是阿富汗每周唯一的法定公休日。作为新闻从业人员，我们很难真正休上一天。吃饭的时候，我们都说，照这形势，以后，怕是越来越难以安生休息一天。

丨第五节丨

踏访塔利班大本营坎大哈

来到阿富汗后，我自认最不能错过的地方是南部重镇坎大哈。

坎城是公认的塔利班发迹之所。20世纪90年代，塔利班在该地建立政权并定都于此，最终由这里出发，进军喀布尔，夺取中央政权。即便到2010年，坎大哈仍然是塔利班势力最强、最为活跃的地区。如此地方，对于新闻记者的吸引力，不言而喻。

然而，一方面由于我担负的管理工作，让我不能轻易丢下位于喀布尔的办公室，随便跑去外地，另一方面由于坎大哈的安全状况确实并不乐观，仍然被认为是世界上最危险的地区之一，去那里也确实需要承担较大的人身安全风险，所以，做出去的决定，并非易事。

最终做了决定，是2010年4月22日。那日，天气晴好，我和阿卜杜勒驾着老旧的丰田越野车，登上办公地点附近的碧碧马赫鲁山。2010年，我时常流连于这座小丘，观看喀布尔国际机场飞机的起起落落。

那天，我站在碧碧马赫鲁山山顶，四望是深沉的山峦与连天的蓝。城市在脚下环绕，四面的山挡住了思念。

翻过东面的山，是贾拉拉巴德，再向东，是开伯尔山口，穿过开伯尔山口，就能看到白沙瓦。到了白沙瓦，离伊斯兰堡就不远了。

翻过南面的山，那里很危险。一路向南，是坎大哈。世界上最危险的城市之一。塔利班的巢穴。

翻过西面的山，那边较安全。西行，再西行，经过赫拉特，前边是伊朗。

翻过北面的山。前边有座叫乌鲁木齐的城市。那座城市有机场。有直飞北京的航班。

说不清是什么情愫涌上心头，我突然想马上前往坎大哈。或许，潜意识里，我自认无法随心所欲地飞往故国家园，那么，不妨走向另一个极端，我可以自由任性地飞往更危险的所在，尽情自虐一把。

当然，从习惯性的理性角度，我给自己的出行计划找到了合理解释：一、盛传北约安全援助部队和阿富汗国民军近期将再度于南部坎大哈和赫尔曼德等省份发动针对塔利班的新攻势，能实地走访一下当地，了解一下民意，是适当的；二、一名普什图族电视摄像萨巴乌为新华社兼职工作了一段时间，希望能成为专职的正式员工，在我看来，拉到真刀真枪的地方，并肩战斗一下，或许是不错的面试，是我中意的招聘方式。

转天，萨巴乌痛快地接受任务，并给了我一个意外之喜 —— 他在当地有一位为媒体工作的朋友，可以充当我们的临时向导。

当然，我采取了防范措施：联系在坎大哈的新华社兼职报道员舒艾卜。老舒大约40岁，为我们工作超过5年，是信得过的线人，和当地政府和军警均有较深的关系。我布置老舒对萨巴乌的朋友梅拉帕尔进行小小的调查。老舒回复说，此人无问题，但他提醒我还是要小心谨慎，我嘱其在我到访期间不必露面，但要24小时保持手机开通。老舒执行得似乎更加坚决，我在坎大哈的两天里，他每隔一段时间就会主动打电话给我，“闲聊”几句，实际是确定我平安无事。

接下来，是安排交通方式。从喀布尔到坎大哈有很不错的高速公路，6小时的车程，本来也很方便。不过，这两年路边炸弹比较多，背着枪骑着摩托车，向过往车辆开一枪就走的现象也比较多。所以，还是乘飞机去吧。一小时航程。很快。

有可能的话，找一些当地官员和民众，聊聊对于开战的看法。

该睡了，飞机上午6点起飞。4点就该起床了。

飞了大约一个半小时，这座阿富汗第二大城市就出现在舷窗下面。此城位于阿国南部，是阿富汗南部经济文化和交通中心，也是普什图族聚居的中心城市。城市地理位置重要，北通首都喀布尔，往西可达阿富汗第三大城市赫拉特，而东距巴基斯坦边境只有大约100公里。居民中，除普什图人外，塔吉克族人较多，也有少量俾路支人。

有史学家认为，坎大哈在公元前4世纪时建城。另有传说，亚历山大大帝入侵亚洲时兴建此城。1221年曾遭蒙古人破坏。14世纪又遭帖木儿破坏。

此地522年纳入巴布尔统治。公元1747年，普什图人艾哈迈德·汗被选为坎大哈各部落的最高首领，艾哈迈德·汗从此改称艾哈迈德·沙赫（意即国王），宣布建立杜兰尼王朝，定都坎大哈。后来，艾哈迈德·沙赫的儿子帖木儿将首都迁往喀布尔，但坎大哈一直是阿富汗南部的商业中心和军事重镇。坎大哈除盛产水果外，它还是阿富汗牛、羊肉类的重要供应基地和羊毛集散地。

1995年，塔利班从坎大哈突然崛起，几乎一统阿富汗。时任总统卡尔扎伊也出身坎大哈的部族首领家庭。

坎大哈周围为灌溉农田，农产品主要有小麦、羊毛和水果，为工业发展提供了丰富的原料，农产品集散于此。工业有粮食、果品加工和棉毛纺织工业。手工业以制毯著称。矿产品主要出产黄金和宝石，以此为主的手工工业也较为发达。有国际航空港，但主要用于国内航线。城中有杜兰尼王朝的陵墓，旁为赫尔盖·沙里夫清真寺，内藏穆罕默德圣袍。附近受阿尔甘达卜河水灌溉，出产小麦、稻、棉花、甘蔗、芝麻、烟草、水果等。农产品市场以水果加工等食品工业为主，还有棉、毛纺织与丝织工业。

抵达那日，我们的小型飞机降落在跑道上缓缓滑行，紧挨跑道便是军用飞行器的停机坪。于是，从舷窗望出去，“黑鹰”直升机和“大力神”运输机依次接受我等乘客的检阅。耳畔传来机长沉稳的英语广播：“女士们先生们，欢迎来到坎大哈国际机场。”

看完一系列兵器展示后，眼前才出现仅仅楼高两层的蓝白色建筑。这就是坎大哈国际机场的航站楼。

4月的坎大哈已是夏季。和喀布尔一样连天的土黄。烟尘扑面的街道。疯一般的车流。区别只是，满街的达利语变成了普什图语。

下午，去到城市的外面走访阿尔甘达卜地区。这一地区以阿尔甘达卜河为界，划河而治，政府与塔利班各管一半。

我们没有进入塔利班的地盘。走访了一些政府管区的民众。大家一致意见是，还是不要打仗为好，一打起仗来就更没有好日子过了。美国人说是要在6月在坎省采取大动作。4月，还闻不到战争的味道。

坎省2010年时只有首府坎大哈市完全在政府手中。其他地区多数呈犬牙交错状，塔利班与政府力量，你中有我，我中有你。即便是坎大哈市，也常有塔利班人员渗透进来爆炸袭击。

就在之前一个月，3月中旬至月底，坎市连续发生3起爆炸袭击，数十人死伤。新华社在这三起事件的报道中，全部在时效上超过路透社、法新社与美联社这国际三大通讯社。

4月12日下午，在沙希丹广场一处爆炸遗留地点录了一段视频。我对着镜头说，塔利班的不断爆炸袭击，令坎市居民忧虑，一旦美军大规模军事行动展开，该组织的报复反弹会更加厉害。

在这起爆炸袭击后留下的残垣断壁前，一家建筑公司的经理查希尔告诉我：“塔利班连续制造恐怖事件，意在向阿富汗政府和美军示威。假使美军真在坎大哈动武，塔利班势必强势反弹。”

查希尔所在公司当时正在此处清理废墟。他说，不希望自己公司今后接到更多类似业务。

与此同时，坎大哈市警方明显加强了安保措施。我在市区多处地点看见警察设卡对往来车辆仔细检查。尤其是头戴塔利班标志性深色头巾（Turban）的长须男子，更经常被警察从车中“请”下来搜身。

尽管美军攻势在即，坎大哈市由于处于政府完全控制下，居民生活尚属正常。而在坎市以外的该省多数地区，塔利班和政府势力势均力敌，本就在夹缝中谋生存的普通民众更担心军事冲突会令生活雪上加霜。

4月12日那天下午，我和萨巴乌乘坐梅拉帕尔那辆白色丰田轿车，驱车5公里，来到人口5万多人的阿尔甘达卜地区。这一地区以阿尔甘达卜河为界，分别由政府与塔利班控制。我在政府控制区采访发现，当地居民多数反对开战。

28岁的自行车修理店老板阿亚图拉虬髯深目，头戴圆顶绣花小帽。他的小店雇着3名伙计，每天收入大约400阿富汗尼（约合8美元）。一旦美军与塔利班在此间开战，这份说得过去的生计势将化为乌有。

另一名40岁的制鞋店老板祖马·古尔说：“我们不要打仗，我们要工厂。”古尔告诉我，阿富汗全国除火柴外，几乎没有生产其他产品的能力。他制鞋的材料均来自邻国伊朗与巴基斯坦，价格昂贵。美国方面与其致力于同塔利班开战，还不如增加对阿富汗的援助，帮助阿富汗建设更多工厂。

阿富汗政府方面对美军剑指坎大哈亦持审慎态度。总统卡尔扎伊3月在坎大哈市会见当地政府官员、宗教界人士和部族长老时说，在坎省开展军事行动，必须以当地民众支持为先决条件。不过，美国方面认定，坎大哈军事行动将成为扭转阿富汗局势的关键一役。后来的事实证明，这仍是一句空喊的口号。在几年后的今天，经历若干次“关键一役”后，持久和平仍未到来。

就在我们到达坎大哈的同一天，一起发生在坎大哈市区的路边炸弹袭击致使一名加拿大女记者丧生。

袭击目标本来是北约安全援助部队加拿大军队的车队。34岁的加拿大《卡尔加里先驱报》记者米歇尔·朗跟随车队采访，和她同时遇难的还有4名加拿大军人。

新华社报道员舒艾卜及时报道了此事。不过，根据北约部队规则，死亡人员详细个人资料由所属国家公布。所以，朗的死讯是由加拿大国内宣布出来。

在这座每天都发生枪战或爆炸的城市，只有当地居民过着“正常的生活”。我乘坐一辆普通丰田轿车，在普什图族向导兼司机和普什图族摄像的陪伴下，穿行在这座城市里。我看见，人们在漫步，人们在饮茶，人们在吸烟。人们过着正常的生活。

可是，这正常的生活，可能随时在一声爆炸或数声枪响后结束。让我想起人类眼中的蚂蚁，在被一脚踏死之前，不停息地忙碌生存着，搬动着米粒，浑然不知这忙碌的人生，可能随时结束。或许，不是浑然不知，而是明知如此，却继续如此。

死亡，可以离我们如此之近。这是和平地区的人们很难接受的现实。然而，在世界的很多角落，这是残酷的现实。

采访结束后的夜晚，当地富商米尔·叶海亚请我赴宴。在他家花园，我们铺下地毯，席地而坐。清凉夏夜，树影婆娑，所有不安与焦虑，暂时被隔离在高墙之外的世界。

食物有羊肉、鸡肉、手抓饭与馕。向导梅拉帕尔用几个可乐罐头装了一些朗姆酒。饮酒，在喀布尔会导致进监狱，在坎大哈，则可能丢掉性命。

一天疲惫过后，烈酒极度醇香。我告诉梅拉帕尔，他的朗姆酒是“摩根船长”牌。他说，他不知道酒的牌子。普什图人喜欢用可乐与冰水兑酒喝。我喜欢净饮。我告诉他们，净饮才能尝到酒香。他们表示敬佩，但并不听我的。

席间，叶海亚告诉我，他在江苏南京和泰州做过生意。南京是我出生的地方，泰州是我父亲读小学的地方。我们相谈甚欢。叶海亚告诉我，他在中国印象最深的事情是，他可以在凌晨两点在街头安全地漫步。这在他的人生中，是很少有的体验。

夜深了，梅拉帕尔和摄像萨巴乌喝得很high，高声唱起了普什图语的民歌。我笑了，狠狠地干了一杯。

在坎市的采访使我想起2003年在巴控克什米尔的经历。同样的打仗一般聊几句就走。同样的不敢在任何地点多做停留。同样的随时有可能成为袭击和绑架的目标。

忙累一天后，坐在我下榻小旅店的花园中，花香浮动，暑热尽消。友善的侍应生艾哈迈德给我上了一壶绿茶。我边饮茶，边敲打键盘。那个瞬间，突然发现，在坎市找到了内心的宁静。这家旅店据说是坎市外国人最安全的旅店。

当我在北京感到烦躁时，我到喀布尔寻找宁静；在喀布尔再感烦躁的时候，我到坎大哈寻找宁静。

在这座城市，达里语、普什图语和乌尔都语都能听到。但是，缺乏语言天赋的我，这么多年，终于没法学会这三种语言的任何一种。我可能永远也无法走进巴基斯坦的生活，走进阿富汗的生活。

在坎大哈的那一天，一个念头闪过 —— 该结束这无意义的漂泊了。到达的那天下午，在市区一处街心花园匆匆驶过，看见几株向日葵。在那个粗糙而绝少温情的语境下，那温暖的色彩，令我一瞥之下有流泪的冲动。当然，我终于没有哭泣。

第二章

从政，一项高风险职业

| 第一节 |

一个逝去的采访对象

在经历多年新闻报道工作后，我不能确定到底有多少采访对象已离开这个世界。可以确定的是，在这些和我发生联系而离开人世的人中，瓦利·卡尔扎伊是印象较深刻的一位。这不仅是因为他是阿富汗前总统卡尔扎伊同父异母的弟弟。

在阿富汗驻站的一年中，较为遗憾的是，没有找到专访卡尔扎伊的机会。好在，和他那个充满神秘色彩的弟弟接触，部分弥补了缺憾，且让我有机会从侧面对这位总统有所了解。对于阿富汗特殊的政治运作，卡尔扎伊兄弟的经历似乎不无示范价值。

还是在2010年5月那次坎大哈的采访过程中，向导梅拉帕尔——一位声称自己未来将会竞选全国议会议员的人物，大约是为了证明自己的影响力，安排了对瓦利的采访。

5月13日的上午，我们应约来到这个在整个阿富汗南部极具影响力者的宅邸。

府第位于坎市新城区印度广场附近，是一座在阿富汗很常见的普通三层小楼。

灰色水泥墙体，同样材质的外墙，拉着通电防护网。设置了两道安保防卫。外围是身着灰蓝色制服的坎大哈警察，内卫是瓦利的私人保镖，身着西装便服。

警卫仔细检查了我们的车辆，翻遍车厢和行李厢，还俯身查看了车底。当然，我们很不情愿地被摸遍全身。但是他们表情友善，这只是他们例行的职责。

对于瓦利而言，这是忙碌的寻常一日。在楼房的底层，几十名头裹德尔班头巾的长须人等待着他的接见。这些人中，有些是普什图部族长老，有些是来求助的普通村民。

在阿富汗，和中世纪比并无太大变化的是，按部族规程处理大小事宜仍很普遍。卡尔扎伊兄弟所在的波帕尔扎伊部族（Popalzai）属于王室后裔的杜兰尼部族分支，因而血统高贵，是最具政治实力的普什图部族之一。这大概也是卡尔扎伊可以当上总统而瓦利又能在坎大哈呼风唤雨的重要原因之一。

自2005年至2011年离开人世，瓦利在阿富汗南部的地位如日中天。在此期间，他担任坎大哈省议会主席，但人们却称呼他为“影子省长”。意味深长的是，“瓦利”在普什图语的意思正是“省长”。

2009年，卡尔扎伊竞选总统获胜，瓦利在坎大哈的助选功不可没。美国媒体报道说，在瓦利的授意下，坎大哈警察禁止国际选举监督人员开展工作。当地一名竞选者失利后告诉联合国派出的监察人员，对选举结果唯一的反应就是买把自动步枪，投入战斗。

我造访瓦利的那个上午，找他议事的人既有和他讨论要不要同塔利班展开和谈的省议员，又有家里的羊被邻居偷走的村民。在阿富汗的多数地方，人们保留着伊斯兰教千年之前的传统——平等议事。丢失的羊之重要程度并不亚于塔利班问题。外部世界经常看不懂，为何鸡毛蒜皮的小事可以如此作用于这个国家的政治生活，这恰恰昭示，观察家们通常没有身临其境地了解这个国家的政治生态和文化。

我在二楼会客室同瓦利会面。这间100平方米左右的屋子并不比我在喀布尔的办公室气派，和寻常人家并无二致，地面铺着暗红色地毯，散放着一些椅垫，供前来议事的人席地而坐。穿长衫的使者态度恭谨地奉上普通的红茶。瓦利问我要不要往茶中加糖块。他自己加了好几块。

他身高1.70米左右，身材微胖，留着一圈修剪整齐的络腮胡须，身穿月白色的长衫，态度温和有礼。

谈话从生活开始。瓦利告诉我，他出生在1961年（比当总统的哥哥小4岁），在首都喀布尔读到中学。20世纪80年代，当总统哥哥投身反抗苏联入侵的战斗时，瓦利只是移居邻国巴基斯坦，然后去了美国。在芝加哥，他经营家族拥有的一间阿富汗餐馆。20世纪90年代，瓦利过着超脱而平淡的生活，娶了妻子，生育了两男三女。在美国居住的经历，使他的英语流利且稍带北美东海岸的口音。

他走上政治舞台是新世纪美国入侵阿富汗、推翻塔利班政权之后的事情。和兄长一样，瓦利是美国的坚定盟友，传闻说他和中央情报局关系密切，从该局领取大笔经费并帮助中情局在坎大哈建立名为“安全屋”的秘密据点。美方给予的回报是对瓦利借助官方机构庇护各种合法与非法的生意眼开眼闭。阿富汗南部是世界最大的鸦片生产和集散地。美国《纽约时报》曝光说，瓦利参与了鸦片生意。卡尔扎伊家族驳斥这一报道，声称这是政治抹黑。

我向瓦利提出这一疑问，得到的当然是意料之中的回应——“这是美国人对我的污蔑。”瓦利和美国人之间的紧张情绪并非他的虚构。美国驻阿大使和中情局阿富汗站长均多次正式向总统卡尔扎伊提出，让瓦利离开坎大哈，可以到喀布尔生活，也可以出国。瓦利不愿意离开。和我会面一年后，瓦利遇袭身亡，一些人猜测，和美国有关。利用恐怖分子达到自己的政治军事目的，这是美国人多次使用的策略。

不仅是瓦利一个人和美国之间的问题。事实上，我采访瓦利的前后，正是阿富汗政府和奥巴马政府关系相当紧绷的阶段。2010年3月底，奥巴马访阿期间要求阿富汗方面在反腐败与加强政府管治能力方面做出更切实的努力。随后，卡尔扎伊在多个场合发表指责美国与其他西方国家的言论。阿美关系一度严重恶化，一些媒体甚至猜测美国可能取消对卡尔扎伊原定于4月访美的邀请。结果是双方的妥协，彼此降低批评对方的调门，卡尔扎伊顺利成行，阿富汗媒体将此解读为：这表明美国方面终于认识到，在处理阿美关系时，美方必须持合作态度而非批评态度。

瓦利对此的评价是：“美国人必须多听阿富汗人的意见，因为这是在我们的国家。”这大概是一个对美国有着足够了解并在现实中饱尝和美国人合作的酸甜苦辣之人所说出的真实想法。让包括瓦利在内的很多人不能接受的是，美国政府认为自己是世界公民、世界警察，它仍然继续不听意见，继续按自己认为正确的方式行事。

对于随后在6月打响的南部战争（美国军方后来将之命名为“共同行动”），瓦利和我采访的坎大哈普通居民一样心存疑虑，他担心，战争反而可能恶化而非改善当地的安全形势。这种担心被后来的事实所证实。反恐的结果是越来越恐。到了2015年，塔利班仍有能力在首都喀布尔发动针对国会大厦的袭击。奥巴马则更加放低身段，请求中国和巴基斯坦的帮助，来斡旋与推动和塔利班的和解进程。这正是卡尔扎伊在其任期内一直努力想要达成的任务，他遇到了重重阻力。

瓦利赞同其兄的主张。他和哥哥一样，被一部分美国人批评，又和另一部分美国人合作。这种合作的极致体现是：瓦利帮助中情局和美国特种部队租下了位于坎大哈市的塔利班领导人毛拉奥马尔的旧居，作为营地。他还帮助中情局招募当地普什图武装人员，成立“坎大哈突击部队”，对付塔利班。美国《纽约时报》说他“从中情局拿钱，提供各种服务”。

大概是由于此点，当时还不是美国国务卿的约翰·克里说：“我们不能基于传言和媒体报道对瓦利做出腐败的指控，不能这样破坏和他哥哥的关系。”

瓦利早在“9·11”前就与美国合作，为中央情报局工作。他是从中情局领取报酬的特工，正式隶属美国中情局驻阿情报网络。有传言称，美国政府曾通过他的总统哥哥卡尔扎伊付给他经费。

然而瓦利的一些行为令美方生疑。比如，中情局为在坎大哈建立“安全屋”付给瓦利的巨额资金有的去向不明，所谓的“安全屋”可能并不存在。另外，他私募的武装人员被控参与反政府的行动，还曾遭到美军的打击。

美国国内政坛经常发生争论：美方是否应当与瓦利这样的人合作。中情局站在瓦利这边，理由是：在一个遍地坏人的国家，美国需要利用坏人来打击坏人。更直观的现实是，中情局认为，一旦失去瓦利，美国就将失去对坎大哈的控制。

在和我的交谈中，瓦利否认了以上所有关于他和美国人错综复杂关系的说法。他滔滔不绝地谈论阿富汗本土政治，呼吁国际社会加大经济援助力度，帮助阿富汗人民改善生活。

“贫穷是产生恐怖主义的根源。”瓦利说，他似乎在我面前竭力塑造关心国计民生的政治家形象。

交谈中，他右手持续搓动一串墨绿色念珠。这是不少穆斯林日常生活的习惯，似乎这样可以为自己带来安详与宁静。他告诉我，从政以来已遭遇不下10次刺杀袭击。我知道，这或许不是他的夸张说法。至少，见诸媒体报道的，就有2008年11月和2009年4月两次袭击，就发生在我们谈话的地点。

在那次谈话的时刻，我们彼此都没预料到，这是我们最后一次见面，他的生命只剩下一年零两个月时间。

第二年的2011年7月12日，我在伊拉克首都巴格达看到新闻报道，瓦利遇刺身亡。媒体的描述是：瓦利就在我们谈话的那座府邸的浴室内走出时，服务7年的忠实保镖萨德尔·穆罕默德一言不发，向他连开两枪，一枪中头，一枪中胸，当场毙命。

塔利班声称对事件负责，说是他们收买萨德尔除掉瓦利，以惩罚他的“种种恶行”。卡尔扎伊兄弟中的另一位马哈茂德·卡尔扎伊说，萨德尔是塔利班多年的“潜伏特务”，刺杀发生前几个月，他曾赴邻国巴基斯坦的奎达市，接受塔利班上级的指示。

这种说法并不为阿富汗内政部和警方接受。官方调查结果显示，萨德尔更有可能受吸毒影响而导致行为错乱。其他保镖回忆，事件发生前，萨德尔连日失眠，不断翻查同事的手机通话记录，行为极其反常。

萨德尔或许就在当日我进入瓦利府邸前搜查我的人中间。他在打死瓦利后，被同僚当场击毙，使得事件的真相永远无法知晓。

在生命终了之前，瓦利在美国政府、毒品贩子、塔利班和他哥哥代表的阿富汗官方之间长袖善舞，显得强大而从容、自信。然而，他的死来得那么突然，却又似乎是命中注定。一旦生命消逝，一切得失臧否似乎也随风而逝。到了今天，能够记起瓦利的人，已经少之又少。

瓦利的死是阿富汗众多政坛人物命运的缩影。在这个每天都传来死亡消息的国度，从政是真正的“高风险职业”。瓦利的总统哥哥就曾遭遇更多的刺杀企图。

或许见过太多死亡和流血，哈米德·卡尔扎伊对于瓦利的死在哀伤中保持了平静。

他在瓦利葬礼上说：“我想要传递的信息是，同胞和兄弟们，停止杀戮你们自己的人民吧，杀人容易，是每个男人都能做到的事情，但真正的男人，是可以拯救生命的人。”

卡尔扎伊兄弟和其他阿富汗历史与现实中的政治人物一样，实现过自己的抱负，也付出了自己的代价。他们的共同之处还在于，承担着比全球其他地方政治人物高很多的人身危险。

| 第二节 |

外号“喀布尔市长”的总统

2014年9月，哈米德·卡尔扎伊结束第二个总统任期，静静地离开了阿富汗的新闻聚光。在他10余年秉政期间，人们以“喀布尔市长”称呼他，嘲讽其影响力并未超出首都范围。

塔利班倒台后，在这个习惯分裂的国度，暂时尚未出现能够成功整合所有民族的领袖。卡尔扎伊亦未能做到。然而，人们似不应忘记这位过渡人物对休养生息所作出的贡献。毕竟，10多年未陷入全面内战和混乱，在这片土地，已属罕见。对他的评价，伴随岁月推移，或许才会变得日益客观和清晰。

初见卡尔扎伊是2003年9月。其时我尚在邻国巴基斯坦驻站，临时奉调赴喀布尔出差。某日，卡尔扎伊要签署一项法令，允许外国银行在阿富汗开展业务。我跟随喀布尔分社同事一起去总统府采访签字仪式。

在2003年，有关战争和自杀式袭击的恐怖气息，在人群熙来攘往的喀布尔街头是闻不到的。只是接近总统府的时刻，紧张气氛才突然扑面而来。

喀布尔大部分街道似乎还停留在中世纪，狭窄，崎岖，烟尘扑面。然而，总统府所在的街道却鹤立鸡群，迥然有别。这条街道足以划分六车道，地面清洁，看不到一点垃圾。一切车辆和行人都不许在该街道停留，接送记者的车辆把我们放在总统府大门前，便马上开到几百米之外去等候。这是为了防止汽车炸弹袭击。

到达签字仪式会场前，我们连过三关，接受搜身检查。第一关是在大门门房的阿富汗警察。他们一身蓝灰制服，头戴法式圆顶帽。这里搜身比较简单，随便摸了摸，就放行了。第二关是进到院子后，几个身着赭色沙漠迷彩服、手持M－16步枪的美军士兵把大家叫到地上用粉笔画着的一个方框处，让所有人把手机、相机全放在方框里，再走到另一处接受搜身。这时一个叼雪茄、戴墨镜、穿便装的白人牵着条狼狗向方框走去，看来是要进行炸弹检查。

同事的手机偏在这时不合时宜地响了起来。大概是重要的电话，同事不理逼近的狼狗，继续通话，狼狗拼命挣扎着锁链要扑上去。牵狗的白人老兄笑容可掬地说："快放下手机，快放下，不然要咬你了。"

最后一关是在大楼内。先过安检门，然后搜身，所有摄影记者被要求按一下快门，显示这真是相机，不是改装后的武器。

楼道里、会场内满是肌肉发达、目光犀利的白人大汉，手一律插在兜里，在好莱坞惊险大片中时常目睹的镜头就在眼前上演。在执政的头几年，卡尔扎伊的安保工作主要由美国军事和情报人员负责。后来几年，伴随地位稳固和人力资源的增加，卡尔扎伊开始使用本国普什图族的保镖。当然，他的安保队伍里仍保留相当数量的美国现役和退役特种兵。

会场一侧的边门悄然打开，卡尔扎伊和几名随从静静地走入。他微笑着和几个熟人打了个招呼。

那天，如同出现在多数正式场合一样，卡尔扎伊头戴羊羔皮的船形帽。这种帽子是查希尔国王的标识，老国王于20世纪30年代至70年代统治阿富汗。船形帽后来却成了卡尔扎伊的衣着特征。只有在回到坎大哈省老家时，他才会偶尔头扎普什图族男子喜爱的德尔班头巾。多数场合，卡尔扎伊一般内穿"卡米尔·瓦兹"——一种过膝长褂配搭宽松裤子的打扮，是阿富汗和巴基斯坦最普遍的传统男性服饰。外面，当然是那件著名的墨绿色斗篷。

卡尔扎伊目光安详，貌相端正，个子不高，胡须修洁。以面相而论，这是一个正面人物的形象。

那天，签字仪式进行得很顺利，寥寥几分钟后，总统签完字后就离开现场，没有发表讲话，留下财政部长和中央银行行长回答记者提问。此时却出现一个小插曲——突然就停电了，满屋漆黑，伸手不见五指。大家显然都久经考验，没有人发出惊慌喊叫，也没有桌椅碰撞声。黑暗中，一个男子用纯正的美国口音英语叫大家坐在原地不要动，声音稳定从容，猜想应该是某位安保人员。

几分钟后，灯光重新亮了。坐在我身边的法新社同行轻松地说："这事常发生。最绝的一次是正开一个有关如何解决缺电问题的会，也像这样，突然就停电了。"我问："大家当时什么反应。"他答道："还能怎样反应？全场大笑。"

缺电缺水始终是困扰喀布尔的一大问题，这个城市的所有角落每天都会毫无征兆地多次停电，甚至连总统府也不例外。

发电机是官方机构和经济条件许可的其他单位与个人的常备硬件。新华社喀布尔分社自备的发电机每天都轰鸣数次，要是这噪声突然停了，同事们反倒会觉得不习惯。

供水系统一直无法覆盖全城，联合国和其他慈善组织雇佣的水车每天定时向缺水的地区巡回供水。在这个城市的很多民房前，悬挂在墙壁上大大的塑料水桶是一道常见的风景。有些住在山上民房的居民，会拉一根长长的绳索到山脚下的水井边，汲完水后，用绳索拉水上山，节省人力。

工业几乎全部毁于连年战火，田地既少又贫瘠。官方的统计数据显示，美国入侵后，阿富汗的人均年收入仅280美元。望着街上密布的人群，我常常想，喀布尔的200多万人口依靠什么来生活？答案是，很多人依靠国际援助过活。街道上随处可见乞丐，他们中的一些人被地雷炸断了腿，拄着拐杖的身影显得格外凄凉。

在一个十字路口，我们的车等绿灯的时候，一个七八岁的小姑娘上来乞讨，接过零钱后却不走，对着车上的后视镜，左照右照，欣赏起自己的面容。轻松的神态告诉我，这份工作对于她已不再有任何心理负担。在我眼里，这轻松的神态，比贫穷本身还要可怕。

这就是我初见卡尔扎伊时，脑海中胡思乱想的内容。在这样一个总统府时常会突然漆黑一片的国度执政，绝非我们平时对身居高位者生活的种种想象。

这位总统的人生，确实伴随着太多艰辛。

卡尔扎伊1957年12月出生在一度被称作全球头号危险城市的塔利班“巢穴”坎大哈市。他出身普什图族，与塔利班基干力量同属一族。然而，崇尚武力和极端宗教情绪，似乎与这位普什图人无缘。

祖、父两代先后担任阿富汗国家议会副议长的背景，似乎给予小卡尔扎伊政治天赋。也大约是这种家学渊源，造就他在学业方面的兴趣——他的硕士学位是国际关系与政治学。

20世纪70年代至80年代，阿富汗最重大的历史事件是苏联入侵。这对所有阿富汗人的生活造成重大影响，卡尔扎伊也不例外。

在印度取得硕士学位后，青年卡尔扎伊赴印阿两国的邻国巴基斯坦，为反对苏联入侵的“圣战”组织募集资金。人们猜想，年轻的知识分子卡尔扎伊是在巴基斯坦的“圣战”营地第一次接触枪支等武器。同一时期，“基地”组织首脑本·拉登也在巴基斯坦开展活动。当然，没有证据显示这二人有任何交集。

1988年，卡尔扎伊回到阿富汗，目的是将一些反抗入侵的部族联合起来并对纳吉布拉亲苏政权的政府军展开策反。这或许是时年仅31岁的卡尔扎伊，第一次展现斡旋和谈判的政治技巧。

苏联撤军后，纳吉布拉勉力支撑两三年后，于1992年交卸政权，卡尔扎伊也随同“圣战”武装成为首批重返首都喀布尔的一员，并担任塔吉克人总统拉巴尼政府中的外交部副部长。但和拉巴尼政敌希克马蒂亚尔的过从甚密，导致卡尔扎伊被控间谍罪。乘坐希克马蒂亚尔安排的车辆，年轻的外交部副部长逃离喀布尔，初尝政坛险恶。

卡尔扎伊再度流亡邻国巴基斯坦，栖身距巴阿边境不远的俾路支省首府奎达市。

之后，塔利班掌控阿富汗政权。起初，卡尔扎伊支持塔利班，认为这一组织有能力结束流毒阿富汗多年的暴力和腐败。但当塔利班邀请其担任大使职务时，卡尔扎伊加以拒绝。他告诉友人，担心塔利班受巴基斯坦三军情报局控制，危害国家利益。这似乎预示着卡尔扎伊和三军情报局之间未来的不愉快关系。执掌阿富汗权柄后，卡尔扎伊多次遭遇暗杀，背后均有这一情报组织的可疑身影。

卡尔扎伊和塔利班的彻底决裂发生在1999年。那一年，他父亲遭遇暗杀身亡，据信是塔利班策划实施。2000年起，卡尔扎伊赴欧美为反塔利班运动争取支持。他还和反塔利班的“北方联盟”首领马苏德一同警告美国，说“基地”组织有可能袭击美国本土。这一警告遭美方忽视，导致“9·11”事件发生。不过，这或许增加了卡尔扎伊在美国人心目中的印象分？

2001年10月，美国发动阿富汗战争时，卡尔扎伊在奎达，手下有少量武装人员。他决定带人返回祖国，发动游击战，配合美军和“北方联盟”的攻势。行前，卡尔扎伊在其“战斗动员”讲话中，展现了低调、谨慎却勇气内敛的性格。他说：“我们一进入阿富汗境内，就可能被抓住杀掉。死和活的百分比是60对40。千万别想着赢。我们有两辆摩托车，就驾着它们去阿富汗。”

就在那个月，卡尔扎伊及部属未遭塔利班毒手，却被美国军机误炸。当时，一名美国中情局人员用身体掩护卡尔扎伊，两个人受伤后均大难不死。未来总统的脸颊神经受损，后遗症在他发表讲话中时有表现。当权后，卡尔扎伊并未因为中情局的救命之恩就放弃原则，他多次强烈谴责美机轰炸伤及无辜。

2001年就任临时政府主席，2002年成为过渡政府总统，2004年经过选举，成为阿富汗历史上首位民选总统。2009年胜选连任。

在他当权期间，国际社会批评阿富汗经济社会发展缓慢，腐败严重，选举存在舞弊嫌疑，地方势力割据一方，国家分裂现状并未结束。

然而，人们似乎容易忽视，尽管恐怖袭击频发，这却已然是阿国历史上最稳定的时期。在卡尔扎伊治下，阿富汗和欧美、印度、邻国伊朗和巴基斯坦均维持较好关系，与塔利班的和平进程也在缓慢推进中。

他和美国人的关系最遭塔利班和其他民族主义者诟病。然而，实际上，英语流利的卡尔扎伊和美国人的关系始终是在蜜糖搅拌荆棘中维系。

卡尔扎伊与小布什的关系确实相当亲密。两个人几乎每隔半个月就会举行一次视频会议。有时，在两位总统视频聊天时，卡尔扎伊甚至把自己的小儿子置于膝头。当卡尔扎伊与美国驻阿部队或使馆发生矛盾时，也往往搬出小布什，作为救兵。

不过，塔利班人应当知道，对华盛顿“不恭”，是卡尔扎伊常常遭白宫官员私下咒骂的缘由。

奥巴马上台后，情况有所恶化。副总统拜登代表奥巴马会见卡尔扎伊时明确表示，阿富汗总统过去那种拿起电话直接打给小布什的交流方式，以后将不再行得通。拜登还直指卡尔扎伊是“喀布尔市长”，批评他把自己局限在首都范围内。

美国官方对卡尔扎伊的评价急剧下降，情报单位对他的描述是：性格古怪、行为怪异、过于自我。

最大的矛盾是，驻阿美军多次发生枪杀阿富汗平民、擅闯民宅甚至军机误炸平民的事件。卡尔扎伊多次在公开场合严词抨击美国，称他对美军肆意对阿富汗百姓施暴并在后续调查中缺少配合“忍无可忍”。他甚至亲自颁布命令，勒令美国特种部队从毗邻巴基斯坦的省份撤离，尽管他的弟弟瓦利·卡尔扎伊就在那里协助美国大兵和特务的行动。

让卡尔扎伊不快的还有，大概是为了给和谈创造条件，美方将塔利班领导人奥马尔的名字从“首要通缉”黑名单上去除。卡尔扎伊对此大为光火，要求美方必须“给出解释”。2010年，我在阿富汗常驻期间，卡尔扎伊曾在出访美国时直接指责华盛顿干涉阿富汗事务，让号称卡尔扎伊朋友的奥巴马下不了台。他甚至发出威胁，倘若情况不发生好转，就加入塔利班！

另一方面，卡尔扎伊自己也把与塔利班开启和谈作为政策重点，还责怪美国不积极。美方却认为，塔利班不会轻易来到谈判桌前的真正原因是他们正占据主动地位。

美国人对卡尔扎伊的耐心慢慢耗尽。早在2009年11月，美国时任众议院议长佩洛西就公开说，卡尔扎伊是“不足取的伙伴”，不值得美国支持。恰恰就在这个月，获得选举胜利的卡尔扎伊宣誓就职，开始了第二个总统任期。

矛盾的深刻内涵在于双方对彼此关系的不同认知：美国人表面大唱平等高调，内里却是根深蒂固的沙文主义逻辑。他们认定和卡尔扎伊是主仆关系，就像他们对待日本、韩国等“小兄弟”一样。而普什图人的刚烈性格决定卡尔扎伊绝无可能心甘情愿充当“马仔”。另外，无论是普什图政治势力还是其他国内阵营，都不能允许卡尔扎伊或任何一位阿富汗执政者向外国人俯首帖耳。对美示弱，卡尔扎伊会有丧失执政根基的危险。

他必须迎合自己骄傲的内心以及族人的精神需求。表现形式就是对美国人干涉阿富汗事务的强烈反弹。

同时，他也深晓美国人多面下注，和各种政治势力甚至塔利班勾勾搭搭的嘴脸。因此，适当地“不听话”，是他必需的警告方式。讲价的条件是，美军需要阿富汗这个战略要点，向西钳制伊朗，向北辐射中亚、施压俄罗斯，向东控制巴基斯坦、威慑中国。既然不肯离去，在找到更合适的代理人之前，卡尔扎伊就仍然是不可轻易放弃的棋子。这是一出双方心照不宣、斗而不破的戏码。

在奥巴马任内，剧情张力十足。华盛顿似乎觉得卡尔扎伊戏有点儿过了，白宫和国会山高层开始公开讨论是否要选择一个替代的人。然而，美联社一则消息的标题揭破了无可奈何的真相：“美国没有更好的选择。”

2009年，前“北方联盟”的政治人物阿卜杜拉·阿卜杜拉曾经成为备胎。然而，阿卜杜拉·阿卜杜拉的塔吉克背景使他没能争取到多数普什图族的选票，尽管他也有着一半普什图血统。当然，败选的阿卜杜拉·阿卜杜拉指斥卡尔扎伊方面贿选、作弊。然而，在这个国家，贿选和作弊是不足以作为“换马”理由的。能不能赢得占人口百分之七十以上的普什图族人支持，以维持国家不再陷入战火，保持相对稳定，才是根本。

传闻是，在斗争的胶着时刻，美国人向卡尔扎伊让步，劝说阿卜杜拉·阿卜杜拉罢手，许诺支持他在5年后的2014年上台。

到了我已不在现场的2014年，卡尔扎伊再无继续恋栈的借口。胜选的是另一位纯正普什图血统的阿什拉夫·加尼。阿卜杜拉·阿卜杜拉担任首席执行官。某种程度而言，这种奇异的分权架构，尽管出自无奈下的妥协，但未尝不是好事。

目前来看，卡尔扎伊没有太多“垂帘听政”的迹象。这证实了一些理性观察家的判断：卡尔扎伊并非嗜血的权力动物，他确实像自己表白的那样——只是在适当的时刻承担了他适合承担的职责。

白宫前总统顾问戴维·阿克塞尔罗德认为：尽管卡尔扎伊有缺点，像是一个高墙内的统治者，政府领导力和效率都有问题，但是，他起码能够用流利英语和美国人交流，能够始终维持最低限度与美国的合作。考虑到阿富汗整体性的反美情绪，现实地看，卡尔扎伊已算是最好的选择。

毕竟，这位曾因号令范围不出首都而被戏称为“喀布尔市长”的政治人物，自2001年起，身居阿国政坛头号宝座。屹立不倒长达十三载。在他离去后，人们或许会领悟，在政坛也存在弱即是强的逻辑。平衡手段、妥协艺术和谨慎态度，有时比铁腕铁血走得更远更稳。尤其是在阿富汗这样的国家。

更何况，经历多达数十次的未遂刺杀后，将卡尔扎伊看作懦夫，像塔利班指责的那样，实在没有根据。和这个国度的众多政治人物一样，他经受了高风险，未必获得了高回报。希望他能够得到善终，这是善良的人们的愿望。

| 第三节 |

那一顶马苏德帽

艾哈边德·沙·马苏德恐怕是阿富汗现代史乃至整个历史上为数不多受人爱戴的领导人。这位绰号“潘杰西雄狮”的军事天才，在逝去10多个年头后，依然影响着阿富汗的政治生态。

在阿富汗，从男人的头饰，可以看出其部族渊源、社会阶层乃至政治立场。

前总统卡尔扎伊除非回到家乡坎大哈，在多数场合下都头顶毛皮质地的船形帽。这种帽子不是普什图族的标志性饰物，倒是过去查希尔王室的标配，象征着民族团结与整合。

在普什图族聚居的坎大哈和赫尔曼德等省，成年男子多数头缠轮式包巾，其中较为崇尚武力的部族男子，头巾多为黑色。

塔吉克族人则较为偏爱一种圆顶无檐绒质毡帽，阿富汗人戏称其为煎饼帽。出现在公众视线里的马苏德总是与这种毡帽为伴，因此人们称此为马苏德帽。它成为象征勇武、正直的标识。

马苏德1953年9月2日出生于潘杰西谷地的塔吉克族逊尼派穆斯林家庭。这个潘杰西的塔吉克名门望族有着尚武家风，马苏德的父亲就曾是一名军中准将。

20世纪70年代，从喀布尔法国中学毕业后，马苏德进入喀布尔大学工程系学习。在喀布尔，他开始受到本族伊斯兰教旗帜人物拉巴尼的影响。然而，在不太清晰的某一时间段，马苏德又曾加入阿富汗的毛派组织“永恒火焰”。

这一时期，马苏德从事过反对穆罕默德·达乌德政权的活动，失败后流亡邻国巴基斯坦。

苏联入侵后，马苏德似乎没有受到曾经加入毛派组织的意识形态影响，重返家乡潘杰西，率领阿富汗游击队展开抵抗运动，以其出色的军事才能，赢得“潘杰西雄狮”的美誉。

凭借其个人魅力、领导才华与军事天赋，到1982年，马苏德游击队已扩充至3000多人。他的部队主要在潘杰西峡谷活动，对苏军造成重创。

他的传奇故事包括：1979年，在腿部严重受伤的情况下率部跳出苏军和阿富汗政府军的包围圈；1983年，在被苏军特种部队封锁峡谷唯一通道后，神不知鬼不觉突围而出。

不仅如此，在1983年至1984年与苏军临时停火期间，对方多次试图用不光彩的手段除掉他，均被挫败。第一次，苏军诱骗他谈判，被识破；第二次，苏军派遣的刺客试图下毒，再次被识破；第三次，苏军派遣他的同学暗杀他，在他人格感召下，同学居然向他投诚。

1989年苏联撤军后，亲苏的纳吉布拉政权继续掌控阿富汗，但在多股政治、军事势力的夹击下，逐渐失势。

生活在阿富汗，外国人才能意识到，不少刻板印象并不可靠。例如，苏联占领时期以及纳吉布拉政权统治时期的阿富汗，并非完全如媒体描述的那么臭名昭著。至少在首都喀布尔，一些人甚至仍留恋逝去的苏联时代与纳吉布拉时代。

大概身为占领者的苏联人也需要生活在较为舒适的环境里。他们在基建等社会经济发展上的投入，使得喀布尔市民不得不发出有保留的称赞。

位于喀布尔城中心区域的马克罗里安居民区（Makrorian），如今依然是喀布尔市民眼中的高端居所。字面上大致意思是“居住空间”的这片社区，共有大约10栋公寓楼，每楼大约有50套房。社区独有的公共热水供应系统，迄今尚能使用。历经战火后，这些建筑屹立不倒，堪称奇迹，也从一个侧面展示了俄国人建筑质量的高水准。

另外，苏联人在教育方面投资甚多，还对妇女开放教育设施。某种程度上说，阿富汗的妇女解放运动在苏联统治时期，迎来了小高潮。

纳吉布拉虽然是苏联人的傀儡，但也不可否认地为国家，尤其是首都喀布尔，带来经济上一定的进步和发展。

可惜的是，人类往往并不懂得珍惜本来可以唾手可得的好处。当他们吃饱穿暖的时候，却会让意识形态的好恶占据上风，把怨愤乃至诅咒尽情发泄。等到新生的、更为凶猛的暴政推翻了先前的暴政，人们才能够更理性地看待历史。这种惨痛的经验，不止是在纳吉布拉、“圣战士”和塔利班的阿富汗发生，也在世界其他角落和不同时期被不断复制。

1992年，纳吉布拉政权垮台后，抵抗势力各方在巴基斯坦签署旨在规划权力版图的《白沙瓦条约》。根据条约，拉巴尼就任总统，他最信任的人马苏德就任国防部长。

此后的几年中，各方并未实现和平，反而发生激烈冲突。首都喀布尔成为“死亡之地”，各派频繁交火。

马苏德领导塔吉克武装，先和希克马蒂亚尔、萨耶夫和杜斯塔姆等各路军阀混战，后又勉力抵抗从南部崛起的塔利班武装。

马苏德等各路武装至少是在刚刚进入喀布尔的过程中是轻松愉快的。他们身着牛仔裤、脚蹬球鞋，进入城市，脸庞由于常年山区生活的风吹日晒而泛着红光。早就吓破胆的纳吉布拉政府军，多数未战先逃，放下武器，隐身民间。马苏德和他的部下及同盟成为新的政府军。

在1992年至1993年喀布尔最恐怖的内战时代，来自巴达克尚省的拉巴尼担任总统，马苏德担任国防部长。他们领导的以北方联盟为主体的政府军控制包括老皇宫和马可罗尼安区在内的城市中心地带。

城西由哈扎拉族的军事首领马萨里（Mazary）控制。哈扎拉族据信是蒙古族后裔，带有明显蒙古种族的样貌特征，主要信奉伊斯兰教什叶派教义。

乌兹别克族的军事首领杜斯塔姆控制包括帕格曼（Paghman）在内的郊区。伊斯兰党的首领希克马蒂亚尔控制城南。

当时，各路势力为争夺政治利益和地盘，大打出手。分别从高地用火箭弹和重机枪向对手射击。居民在城市行走，是不折不扣地穿越火线。这在任何一座现代城市，都是无法想象的场景。最严重的时期，每天死亡的平民人数数以百计。

在势力起自南部的塔利班武装步步紧逼下，1996年，马苏德被迫撤离喀布尔，成为反塔利班的北方联盟军事领导人，率领塔吉克和乌兹别克民兵在北部大约百分之十的领土上开展反塔利班斗争。

他们曾在审讯苏联战俘时，先询问对方年龄，再按回答的数目，向其头顶钉入钉子。更极端的例子是，他们砍下战俘的头颅，把滚热的油倒入无头的尸腔。热油接触死者尚未停止工作的神经末梢，无头尸体会痉挛好几秒钟，好似舞蹈。这被称作“死亡之舞”。

或许仅仅因为缺乏今日互联网和视频等先进传播手段，人类的诸多暴行被纸质媒介轻松地一笔带过，就轻易淹没在历史洪流中，没有激起波澜。

瑕不掩瑜，马苏德仍然是烽火岁月里不多的亮色。他最为人称道的远见卓识集中体现在离世的那一年 —— 2001年。

2001年初，北方联盟和塔利班基本实现停火，联合国安理会甚至一度打算承认塔利班政权。此前，只有沙特阿拉伯、阿拉伯联合酋长国和巴基斯坦三个国家承认此政权。

这年春天，马苏德代表拉巴尼政府出访欧洲议会。他在发表演说时指出，塔利班的威胁不是削弱而是加强了。由于和“基地”组织的联盟，西方国家很快将遭遇重击。

马苏德还致信时任美国总统布什，他在信中写道：“你要不伸出援助之手，恐怖分子很快将对美国造成伤害。”那年的9月11日，众所周知的事情发生，验证了马苏德的预言。

而他本人则在9月9日遭遇“基地”组织刺杀。当天，马苏德接受两名阿拉伯“记者”的访问，其中一名“记者”在相机内暗藏炸弹，对他实施自杀式袭击。马苏德受重伤，于9月15日不治身亡。在他伤重昏迷直至离世的几天中，世界正在经历巨变。

到11月，北方联盟充当地面作战主力，参加代号“持久自由行动”的阿富汗战争时，他们已经失去了自己最伟大的指挥官。

他用没有说出的话语，鼓舞阿富汗人，告诉他们一个朴素的道理——自由不会从天而降。

在他故世后的岁月里，新的体验不断向阿富汗人民印证着马苏德的睿智。他的影响力历久弥新。

至少在我长期居住的2009年至2010年，马苏德的画像仍出现在喀布尔的大街小巷。站在新华社喀布尔分社的小楼窗边，便可看见不远处碧碧马赫鲁小山上的巨幅马苏德人像。

2010年12月22日，喀布尔城晴好天气，距离我卸任新华社喀布尔分社首席记者还有大约一星期时间。就在那天，在我即将离开阿富汗之际，雇员也就是我好朋友的阿卜杜勒送了一顶马苏德帽给我，我视为无上荣耀。

另一位雇员苏菲给我买了卡尔扎伊披风。两人还各自给我买了一条颜色很好的围巾，分别搭配帽子和披风。

相比花里胡哨、看上去绿油油的卡尔扎伊披风，我还是更喜欢马苏德帽。灰呢，圆顶，窄檐。戴在脑袋上，虽然也冒充不了阿富汗人。起码，不是很难看。

“潘杰西雄狮”马苏德在阿富汗人心中，尤其是塔吉克族人心中，代表着勇敢，诚实，坚强，平易。假如一定只能用两个字形容，那么就是“战士”。

多数阿富汗人认为，马苏德如果活到现在，阿富汗一定比现在可爱。也有人说，阿富汗人比较会想象死人比活人更好。

不管怎样，我是真的戴着马苏德帽离开了阿富汗。

| 第四节 |

怎样才算好干部

怎样才算好干部，本来就是见仁见智的问题，在某些特殊的语境下，尤其如此。在阿富汗，马苏德是得到公认的好干部，可是马老已经不在人世，并且，仅有一个马老，对于偌大的国家，也是远远不够的。

2010年6月底上任的内政部长贝斯米拉·穆罕默迪，也曾被百姓口口相传说他是个好官。

关于他的传说有不少。例如某日，贝斯米拉来到首都喀布尔一警察分局，看见该局分局长正在喝酒。贝斯米拉上去一顿猛揍，竟然把局长的胳膊都打折了。

打完之后，贝部长给出局长两个选择：一是回家抱孩子；二是调动到南方烽火遍地的赫尔曼德省去同塔利班打仗。两害相权取其轻，局长选择了去赫尔曼德。

贝斯米拉的愤怒，显然不是因为警察局长违反教规饮酒，重点是上班时间饮酒，是严重的玩忽职守行为。不得不承认，在贝斯米拉任职内政部长期间，喀布尔的警察是比较乖的，大约众人都怕被贝斯米拉赶到赫尔曼德去玩儿命。

喀布尔需要这样的好干部。阿富汗需要这样的好干部。或许，在世界的任何角落，我们都需要好的执法人员，需要好干部。

是不是好干部，还可以从比较中找寻答案。贝斯米拉的前任阿特马尔出门的时候，一定封路，不让其他车辆通行，车队车辆多达5辆，排场当然不能同某些官威甚炽的国家高官相比，但在小国阿富汗的小城喀布尔，也算得上引人瞩目。贝斯米拉却不这样。上街检查警察执勤时，他或者步行，或者搭乘出租车。2010年7月20

日，喀布尔国际会议召开那天，一些国际媒体记者亲眼看见贝斯米拉和普通警员一样，上街执勤，通宵达旦，不由对这个国家生发出一些希望。

就像其他不少好干部一样，贝斯米拉的仕途似乎也并不顺畅。我离开后，阿富汗安全形势并无好转，安全是内政部长职责所在，贝斯米拉的勤勉和廉洁，无助于免责。这就像在正常国家，有人尽管官声不错，可是该管地不断发生重大疫情或矿难，难免有碍升迁。

2012年8月，阿富汗议会下院同时投票罢免国防部长阿卜杜勒·拉希姆·瓦尔达克和内政部长贝斯米拉·穆罕默迪的职务。理由是巴基斯坦与阿富汗边境地区跨境袭击的问题未有好转，瓦尔达克和贝斯拉米必须引咎下台。

总计249名议会下院议员中，共有228名议员参加罢免投票，其中126人支持罢免贝斯拉米。

巴阿边境长达2000多公里，“9·11”后，在这一地区活动的塔利班人员多达数万，巴基斯坦方面在边境沿线出动的部队也多达数万，控制这一区域的武装人员渗透，绝非易事。这确实是阿富汗安全形势难以根本好转的根本原因之一，但这应当不是贝斯米拉一己之力可以承当的重责。目睹这样多的人投票让自己下台，好干部贝斯米拉情何以堪。只能遥远地祝福他。

事实上，在一些国家，遇上个好干部，绝非易事，尤其当你急需办成某事的时候。

例如，2010年11月，我在阿富汗办理居留签证延期时，腿就被一个阿外交部签证司女官僚遛细了。为了贴在护照上的一张薄纸片，我足足跑了七八趟。这位女干部约莫40多岁，身高不足1.60米，体重却好似有半吨，屁股好像永远不愿意离开板凳。每一次拜访，她总能挑出我手续上的毛病，让我再跑一趟，而且，她还不肯一次过，把我手续上的毛病全部指出。在这里，门好进，脸好看，事儿却绝不好办。

某日，又一次无功而返后，在灿烂秋阳下，我站在蓝天白云下外交部大楼前泥土松软可爱的绿草坪上，心情却像寒冬般冰冻。我心情沮丧地告诉每次都卖力陪我办事的阿富汗籍员工哈利姆：“你们的国家没有任何前途，你应该为你的儿女好好打算，将来送他们去外国。”这是我难得说出的重话，迄今也依然为此而后悔。希望哈利姆原谅我愤激之下的极端言语，把它忘记。

其实，在阿富汗，以及后来在伊拉克，我已经成为单位派驻当地的负责人，初尝当好干部的不易。

比如2009年12月那次分社附近的爆炸后，我起初向单位总部报告，说新华社喀布尔分社全员无人受伤。过了几天才发现，其实有人受伤。保安兄弟中，哥哥苏菲的手多处被碎玻璃划伤，弟弟阿卜杜勒的眼皮嵌入玻璃碴。两人忍受伤痛好几天后，才告诉我，拿了差不多相当于几百美元的阿富汗尼去医院动了小手术，就都没事了。

爆炸发生后，我焦头烂额地忙着写稿和处理各种善后，竟忘记了关心身边人的安危。当时，苏菲只有30多岁，阿卜杜勒还不到30岁，但二人都是从十几岁就开始参加北方联盟武装，和塔利班作战，对于他们这样的老战士，这点儿皮肉小伤不算什么。然而，没有及时发现情况，毕竟暴露了作为领导的不够细致。

干部不好当，在新华社的驻外机构中是大家认可的观点。新华社在海外有100多个这样的机构，一般内派人员仅两三个，有的只有一名，但却多数管理着人数不少的雇员。像我在阿富汗和伊拉克，手下的当地全职与兼职雇员，均多达二三十人。新华社的业务繁杂，与单位总部的对接部门甚多，每天应付各种交办任务，常有“一根针，千条线”之叹。在阿富汗和伊拉克这样国家基础设施欠缺、行政管理混乱、生活条件艰苦、危险的地方，各种断电、断网、缺水、缺柴的生活急务更加重了管理者的负担。因此，在这样的条件下，对人有很大的锻炼，同时，也帮助人对于生活和工作有了更深层次的理解。

惯经危难的民族自有表达坚强的方式。惜命，是人的本能，然而，世界上确实存在一些人，比别人勇敢，更能够笑看危险和死亡。就像对于我的保安兄弟，我没有什么更合适的方式表达敬意，只是抓过他们的AK-47，拉栓，上膛，把枪托抵在肩窝，对着没人的方向，做了个瞄准的姿势。他们笑了。他们知道，在那次爆炸中，我的电脑键盘上也满是细微的窗户玻璃碎片，忙着工作的我，也没有发现自己的手腕被割伤。

在卡勒德·胡赛尼的另一部杰作《灿烂千阳》中，一位阿富汗父亲告诉女儿，祖国曾经历马其顿人、萨珊王朝、阿拉伯人、蒙古人、英国人和俄国人等无数次入侵，尽管看上去并不美好，但始终屹立在那里。在这片土地上，作为一个人，具有特殊的意义，作为一个好干部，则更有特殊的意义，如此而已。

第三章

生活在塔利班周围

| 第一节 |

多面塔利班

好莱坞影视剧中的塔利班，长髯怒目，似乎都长着凶手的外貌。在阿富汗，塔利班可以是僻处深山的枪手，也可以是隐身闹市的常人。不同人眼里的塔利班，形象不同。亲之者，誉之；仇之者，毁之。

生活中常常出现这样的图景：有一些人，因为理想、政治理念和普通人的区别，而被冠之以特殊名号。然而，这并不意味，他们必然成为坏人。

塔利班，或许就是这样的人群。有人憎恶它，有人崇拜它。然而，对它的了解，普遍而言，模糊而不充分。

在阿富汗，人们开始知道有这样一群人是在20世纪90年代。据说，最初的成员来自巴基斯坦和阿富汗边境地区的宗教学校。这些年轻男子喜着白衣，爱打白色旗帜，自称“拯救天使”。

饱经战乱的阿富汗人民，对内战，对法治缺位深感厌倦，对自身利益遭到忽视，感到不平。

自称天使的男子，驾驶皮卡来到村庄，在社区建立秩序，维护安全，甚至兴修水利，帮助人们生产劳动。人们开始欢迎他们，他们树立起信心，决定向喀布尔进军，夺取政权。

1996年，塔利班占领喀布尔，清真寺的穹顶飘扬起他们的白色旗帜，成为这座城市新的标志景观。

他们禁止人们养宠物，禁止音乐，甚至禁止鸣笛的烧水壶。录音机被当街砸碎，磁带被扯出挂在树梢上。

晚间10点后实行宵禁，不允许外出，不允许亮灯，不允许出现亮光屏幕。一些居民因此将临街的窗户玻璃涂上油漆。白天，电视节目也只有阿拉伯语祷告和宣告牺牲英雄的名单。

男医生不许接诊女病人。女医生不允许从业。没有女警察，官方雇佣8岁以下的男童，负责对女性的搜身检查。

曾发生这样的事件：塔利班在街道拦截一对夫妇，妻子因为穿着牛仔裤，而被按倒在地，用电线抽打；丈夫为了自保，否认女子为妻。这当众休妻的一幕，极端呈现了塔利班对一个国家男人精神的扭曲。

电视台的新闻主播与美女绝缘。拉巴尼时代，一度由中老年妇女出镜担任主播，到后来，这也不被允许。男性播音员播报新闻时，一名手持鞭子的塔利班武士站立于镜头照不见的位置，加以监视。

一次，一名男主播在播报死亡时，误将“悲痛”说成“喜悦”——在皮鞭的时刻威胁下，这种紧张情绪其实可以理解。塔利班一旦生气，后果很严重。这位倒霉的男主播在出错后，遭到鞭打，禁闭3日，还不准吃饭、喝水。

更大规模的暴行发生在喀布尔以北的舒马利平原（Shomali Plain）。塔利班在此地曾一次屠杀成千上万人，烧毁树木和庄稼，用推土机荡平一切，摧毁当地居民的所有生机。他们还挨家挨户搜索妇女，把她们用汽车运走。谣传这些妇女被强迫嫁给塔利班士兵为妻，有的甚至被卖往别国为娼。这让人联想起后来“伊斯兰国”的某些作为。

塔利班一度建立起的英雄形象终于坍塌。他们短暂统治喀布尔的时期，不少人在清真寺祈祷时默默念诵：“真主，请消灭这些塔利班。”

不少阿富汗人，因为共同的种族（例如普什图族）、文化和地域观念甚或经济需求加入塔利班。

在阿富汗，有多达三十多种语言。在和平年代，这种多样性，可以产生正能量，让生活多彩，让经济和社会发展获得活力。在战时，这却可能造成歧视、敌意甚至仇杀和屠戮。

当你来到一个塔利班的家庭，也会如同在普通家庭一样，受到礼貌周到的招待。

塔利班并非千人一面。美国情报机构分析，在塔利班内部，存在等级架构。一是坚定分子组成的高层，大约占5%至10%；二是中间力量，出于各种理由加入组织，大约占15%至20%，属于可以争取的力量；三是多达70%左右的底层作战人员，其中不少人目的仅仅是赶走外国人和填饱肚子。

在阿富汗，塔利班离我们并不遥远，甚至还经常保持着联系。2010年5月，塔利班一度连续3天在凌晨行动，发动自杀式袭击，搅得我不得安宁，经常痛苦不堪地从床上爬起来工作。我在某篇日记中愤怒地发泄道："请塔利班按正常作息表工作！"

事实上，想要向塔利班传达这个意见并不是办不到。我们办公室既有该组织电子邮箱，又有其发言人扎比胡拉·穆贾希德的手机号码。

当然，这并非新华社的专利。阿富汗较有影响力的媒体以及国际知名媒体的驻阿机构都在塔利班宣传部门的"朋友圈"，不过，当时还没有微信，不然不知道会不会建一个"塔利班联系群"？

塔利班发言人会定期往分社的邮箱里发送一些通稿，内容当然是宣传战果加鼓动民众反对现政府。政府军和北约部队与塔利班发生交火后，穆贾希德也会和一些信得过的媒体通电话，"揭露"官方说谎，声称己方伤亡很小，而对方伤亡很大。至于会不会由于手机通话暴露目标，有一种解释是，其实穆贾希德是若干人的共用身份，即使抓到一个，也会有更多个继续其工作。

愤怒时的我，恨自己没有学好达利语（阿富汗官方语言）或普什图语，不然真的可以打个电话跟穆贾希德聊聊，请其在上班时间发动袭击，以便我有较好的状态搞好宣传报道。

想告诉他，睡得正香时，或者被爆炸惊醒，或者被报丧的电话惊醒，长此以往，对个人身体健康不利，对工作也不利。

不过，分社保安阿卜杜勒提醒我，塔利班很有逆反心理，我要是叫他按正常作息时间工作，他没准说："你想让我按上班时间搞？我下回就夜里搞，叫你彻底没法睡。"

塔利班不按正常作息时间工作，我们也只好不按正常作息时间工作。国内生活正常的朋友有时问我，收工了吗？精神已经不太正常的我总是无奈地回答："收不收工，我说了不算，塔利班说了才算。"我的老板貌似是塔利班。

这个小插曲只是说明，塔利班并没有那么神秘。

| 第二节 |

总统要当塔利班！

和我们想象不同，在阿富汗人眼里，塔利班既非青面獠牙，更非洪水猛兽。他们就生活在普通人周围，常常就以普通人的面目出现。在阿富汗，也不存在讳谈塔利班的"政治正确"，即便是体制内人物，乃至最高行政长官，竟也常常拿塔利班说事儿。

2010年4月，阿富汗媒体就曾报道一则惊人消息，说时任总统卡尔扎伊声称，假如外国持续对他施压，他就要去参加塔利班。

当时，我们与总统发言人瓦希德·奥马尔建立了关系。他亲口告诉我这是谣言。但"空穴来风，其来有自"的道理人人都懂。在我看来，卡尔扎伊拿塔利班说事儿，恰恰部分阐释了塔利班产生、发展的缘由。

素来风格较为温和的卡尔扎伊，突爆"加入塔利班"的惊人之语，使阿富汗当地舆论和西方批评家大跌眼镜。

阿富汗“旗舰式”英文报纸《瞭望阿富汗》报道说，卡尔扎伊是在和部分国家议会议员举行小范围闭门会议时说出这番言语的。代表东部楠格哈尔省的议员法鲁克·马雷赖伊当时在场，按他的说法，卡尔扎伊原话为：“假如我处于外国压力下，我会加入塔利班。”

马雷赖伊还说，卡尔扎伊认为，自己加入塔利班后，塔利班的行动就会由眼下“叛乱活动”的定性变为“抵抗运动”。总统发言人奥马尔尽管否认卡尔扎伊这么说过，但他拒绝做出更进一步的解释。

卡尔扎伊所说的“外国压力”，当时身处阿富汗的人都知道其具体所指。

卡尔扎伊“发飙”之前，时任美国总统奥巴马于2010年3月28日突访阿富汗，会见阿富汗总统。对于会谈细节，美阿双方均讳莫如深。即便标榜新闻自由的西方通讯社派出随访奥巴马的记者，也仅寥寥数语，说奥巴马敦促卡尔扎伊在消除腐败、打击毒品等方面做出更大努力。

但据了解内幕的阿富汗政府官员透露，彼时刚刚成功推动医保案通过的奥巴马，志得意满，在和卡尔扎伊的对话中火药味十足。他直接批评卡尔扎伊反腐不力，还要求卡尔扎伊给他涉嫌腐败的弟弟瓦利·卡尔扎伊挪挪地方。

前文已经说过，瓦利是坎大哈省一霸，该省既是卡尔扎伊家族根据地，同时也是塔利班大本营。瓦利担任省议员，但势力远远超过议员身份。他不仅涉嫌贪腐，还参与毒品种植与销售。

美国等西方国家早已视总统弟弟为阿富汗反腐败的最大障碍之一。据说，这次奥巴马明确对卡尔扎伊说，最好让瓦利到阿联酋迪拜去定居，变相放逐，起码也得让他离开坎大哈省。

奥巴马的这一要求恐怕便是卡尔扎伊口里所谓的外国压力，这个外国压力直接导致了他放出要参加塔利班的话来。在我眼里，往深了说，这种外国压力，便是塔利班能在阿富汗生根发芽的土壤，并且，假如这种压力继续存在，塔利班就很难彻底消除，一旦机会合适，就还可能卷土重来，再成燎原之势。

2017年，特朗普成为美国总统是全球瞩目的大事。这位“大嘴”领导给人这样的印象：美国要关注自己的事情，不多管别人的闲事。分析家认为，阿富汗不再会是特朗普的关注重点。因此，人们如今很难理解，就在七八年前，虽然被视为亲美、亲西方，但卡尔扎伊和他治下的阿富汗，在美国等西方国家的压力下，是如何的不堪重负。

比如说，在2009年8月的阿富汗总统选举期间，由联合国主导的阿富汗选举投诉委员会认定选举存在舞弊，宣布将近三分之一选票无效。

重新计票结果显示，卡尔扎伊得票率在半数以下，依照规定，卡尔扎伊不能直接当选，须举行第二轮选举。在竞争对手阿卜杜拉·阿卜杜拉宣布退出后，卡尔扎伊才勉强获得连任。

卡尔扎伊当时公开表示，这个选举投诉委员会成员多数为西方国家人士，背后由美国操纵。这些人指责卡尔扎伊一方选举作弊，意在给他难堪，另外警告他连任后，要对美国更为俯首帖耳。

一些了解卡尔扎伊个性的人士分析说，假如这事儿真是美国干的，绝对会使卡尔扎伊和美国之间的关系出现巨大裂痕。理由是，卡尔扎伊是典型普什图族人，有恩报恩，有怨报怨。这笔账，过10年，他都会讨还。

另外，一直延续至今，美国等西方国家不断对阿富汗政府施压，要求加大惩治腐败的力度，这也几乎成为“不可能完成的任务”。

在这个国家，腐败早已成为深深植根于社会文化土壤中的毒瘤，要想一夕除之，实在是相当困难。就拿情况相对较好的首都喀布尔来说，小到办理驾驶执照，大到从事房地产买卖，都必须行贿方能顺利把事办成。喀布尔居民戏称，在这里，不花“黑钱”，办不成任何事情。

更为严重的是，腐败行为在政府官员和议会议员中十分普遍，卡尔扎伊的执政，离不开这些人支持，他的继任者阿什拉夫·加尼离不开这些人支持，一些人寄予厚望的阿卜杜拉也同样离不开这些人支持。假如雷厉风行展开反腐，说不定腐败未除，领导人自己先被人请下台去。

这些难言之隐，卡尔扎伊们无法向“纯洁”的奥巴马诉说，压力累积之下，爆出“加入塔利班”这样的非常言语来，其实不足为奇。大部分武装力量被赶到深山里的塔利班却不会当作玩笑，他们深知，自己起家靠的是抵抗外侮、净化社会的旗号，只要这种旗号还有现实意义，就仍然有翻身的机会。

以美国为首的西方阵营，仍然需要依靠阿富汗本土执政力量的合作，来推进反恐。尤其是，现阶段，当“伊斯兰国”也开始渗透阿富汗后，多数西方分析人士还是担心，阿富汗执政团队和美国“老板”大唱反调，可能会对反恐大局不利。

从卡尔扎伊时代起，打“塔利班”筹码，争取政治主动权，就是阿富汗执政团队的拿手好戏。

我就目睹过这样的好戏。2010年2月，美国主导的北约驻阿国际安全援助部队计划在南部赫尔曼德省马尔贾地区搞一次出兵1.5万人的大行动，争取控制这一传统上的塔利班强势地区。

这当然离不开在坎大哈省说话相当管用的卡尔扎伊的配合。卡氏也显然清楚这一点。他在北约联军动手前突然视察坎大哈。在坎大哈首府坎大哈市，卡尔扎伊和当地政府官员、部族长老和宗教界人士就反恐形势和美国将在坎大哈动武等事宜交换了意见。

会谈的地点是在坎大哈省政府。但会见的气氛相当轻松随意。《瞭望阿富汗》报登出来的照片显示，卡尔扎伊叉着腰，站立在一群大胡子、裹头巾、穿长袍的地方豪强中，微笑着侃侃而谈。而其中几个与会者，居然在总统面前席地而坐，甚至半躺在地毯上。

这张照片意味深长。显然，卡尔扎伊希望美国人通过阅读这张英文报纸明白，谁是坎大哈的真正主人，谁是阿富汗的真正主人。

卡尔扎伊在会谈中还和坎大哈的部族长老说，只要他们不同意，就不会允许美国人在坎大哈动手。这一幕不由人不联想起“9·11”前的塔利班——明知只要交出本·拉登，就可以息事宁人，但普什图人的硬骨头，绝对不会在压力下低头，除非对方先低头，给足面子。

当然，这仍然都是套路。我想列举一下2010年3月至4月美阿之间发生的大事记，连贯的看，外交角力的戏码便十分清晰。

3月28日，奥巴马突访阿富汗，要求卡尔扎伊加大反腐力度，要求他把自己涉嫌腐败和毒品贸易的弟弟瓦利请出家族根据地坎大哈省。

4月1日，卡尔扎伊视察独立选举委员会时说，2009年8月，总统选举期间舞弊的不是他，而是外国人。外国人破坏选举，意在阻止他胜选连任。

4月2日，卡尔扎伊和部分亲信议员举行闭门会议时说，假如外国继续对他施压，他将加入塔利班。

4月3日，卡尔扎伊视察坎大哈，和部族长老会见时说，只要坎大哈民众不同意，就不准外国军队在这个省展开军事行动。

4月5日，时任白宫发言人吉布斯说，卡尔扎伊有关“外国势力破坏阿富汗选举”的言论不是事实，令人不解。

4月6日，一些西方媒体报道，美国方面正在重新评估是否邀请卡尔扎伊5月12日如期访美。

4月7日，阿富汗总统发言人奥马尔宣布，涉嫌舞弊帮助卡尔扎伊上台的独立选举委员会正、副主席已经辞职。

4月9日，奥巴马说，阿富汗是美国的重要伙伴。

4月10日，阿富汗总统府发表声明说，美国驻阿大使卡尔·艾肯伯里9日向卡尔扎伊递交奥巴马的书信。信上说，美国将长期支持阿富汗，邀请卡尔扎伊访美的计划不变。好戏暂时告一段路。

现如今，卡尔扎伊已经暂时退场，塔利班却不会交枪。阿富汗的反恐大戏以及阿美之间的政治角力并未落幕。我不知道，说“人人心中住着一个人塔利班”是不是过分？然而，抛开对恐怖手段的应有谴责，塔利班曾经代表的抗争精神、宗教诉求和社会净化宗旨，似乎仍然存在着某种合理性。这是不是也是存在即合理的某种诠释？

| 第三节 |

世上究竟有几个奥马尔

包括我们在内的国际媒体在报道阿富汗时，涉及最多的内容似乎离不开多少塔利班人员被打死，哪个塔利班干部被抓获。抓获的塔利班干部时常被冠以“重要领导人”头衔，经受10多年灌输的读者诸君不禁要问：“究竟有多少塔利班重要领导人？”

我在阿富汗期间，没有赶上塔利班最高领导人奥马尔之死和本·拉登在巴基斯坦丧命的重大新闻。不过，一些其他“重要领导人”的毙命或落网在当时也引起不小的反响。事后看来，这些事件，其实往往配合某种政治气候，颇为耐人寻味。

2010年的塔利班老二被抓，就是这样一个事件。那一年的2月，各国情报部门还在穷索奥马尔和本·拉登的下落，巴基斯坦军方突然公布说，阿富汗塔利班最高军事首脑毛拉阿卜杜勒·加尼·巴拉达在巴国卡拉奇遭巴方和美国情报人员擒获。包括《纽约时报》在内的一些美国主流媒体很起劲地对此进行了报道。

巴拉达是阿富汗塔利班中仅次于奥马尔的二号人物，多名阿富汗政治分析师接受我采访时说，巴、美选择阿富汗南部马尔贾“共同行动”激战正酣的时机，释放这一消息，其中暗藏宣传攻势的玄机。而塔利班对这一消息的回应，也显示出这一组织的宣传诉求。

“共同行动”是在阿富汗南部开打的重要战役，是奥巴马政权在阿富汗贯彻“先增后减”用兵方略的重要一环，旨在通过强力打击，摧毁塔利班主要力量，为削减美国驻军创造条件。

这次行动效果不如预期。2月16日，中心城市马尔贾城的战斗进入第四天，数目不详的塔利班武装人员并未放弃抵抗，在这一时刻突然释放对方最高军事头目被捕的消息，显然是北约和阿富汗联军方面希望借此打压对方士气。

《纽约时报》在其相关报道中也承认，巴拉达其实落网已有一段时间，这次报道是应白宫的要求，而且不早不晚恰在此时加以报道，缘由不言自明。

塔利班发言人优素福·艾哈迈迪否认巴拉达被抓，称相关报道毫无根据，纯属宣传。这名发言人说，巴拉达现在阿富汗，正在马尔贾指挥抵抗北约部队的战斗。

而阿富汗塔利班另一高级头目毛拉阿克塔尔·穆罕默德接受西方媒体采访时却承认巴拉达被抓，但同时坚称他是在阿富汗南部与美军领导的联军作战时遭擒。

对事件的反应看，塔利班阵营似有内部自相矛盾之处。然而，不难注意到，无论巴拉达是否被擒，两名塔利班重要成员均明言，他人在马尔贾，而非卡拉奇。

看起来，塔利班的关注点是巴拉达的位置。位置确实很重要，关乎正在马尔贾战斗的塔利班军心。塔利班似乎想强调，巴拉达所处地点是在战区，而非远在千里之外的巴基斯坦南部城市卡拉奇。

相比拉登和奥马尔，巴拉达的重量级还不够，但是围绕这位塔利班老二的被抓，已经不难看出种种政治算计的微妙。之后拉登和奥马尔的死，则更加扑朔迷离。

先说拉登。2011年5月最大的事件恐怕就是奥巴马正式宣布本·拉登死了。拉登的下落是我从在巴基斯坦驻站时就一直关注的，他的死竟让我有些若有所失。

早在2002年至2005年，我写过不少稿件，分析本·拉登到底在哪里。那时，美国官方和多数分析师都认为他在巴阿边境。

我当时说，并无有力证据证明拉登不能潜入巴基斯坦除开边境地区的其他地区，甚至经由巴基斯坦逃往东非或者东南亚。在后来的岁月里，和各国军界懂行的人士接触交流后，更加让我坚定了这个观点。这个判断基于两个主要事实：一是美军的热成像追踪技术还做不到对单个人的精确定点；二是巴基斯坦特工部门很有可能在政府的默许下对拉登在境内的活动眼开眼闭。

拉登最后被宣布丧命的地方在阿伯塔巴德。这里位于巴国东北部的旁遮普省。离首都伊斯兰堡很近，不到50公里，离西北边境省（2010年3月之后叫作开伯尔—普什图省）首府白沙瓦则大约有150公里，白沙瓦到巴阿边境线则有20多公里。这个距离，说明拉登在巴基斯坦境内的活动相当自由，并没有把足迹局限于边境普什图族的部族地区。

奥巴马宣布拉登死讯后，外国媒体报道称，美国方面2010年8月就已经掌握拉登行踪，但迟至2011年才授权行动。这一时机选择当然不是随意为之。第一，2011年7月，美军将开始撤离阿富汗；第二，2011年下半年，奥巴马争取连任的总统选举即将启动；第三，2011年年内，美国必须完成从伊拉克的撤军。在那样的时间节点，用一个价值2000万美元的人头来提振士气，似乎再恰当不过。

关于刺杀拉登的行动细节，巴基斯坦方面说是巴军干的，美方语焉不详，存在多个版本。过了几年，一名退役海豹突击队队员写书爆料说是海豹干的。其实，对巴、阿局势较有研究的分析人士一般认为，应当是美国特种部队、中情局和巴基斯坦三军情报局联合行动。在巴基斯坦这种与美国差距极大的社会，没有当地情报部门的配合，几乎不可能遂行如此重要的秘密行动。巴基斯坦政府害怕让人发现美军可以在其境内自由行动，更不敢让民众知晓本国机构配合美国的刺杀行动，而美国政府也顺水推舟独占功劳，其实更重要的不是抢功，而是不想让小兄弟巴基斯坦太没面子，影响今后合作。

早在2011年，已经很少有人相信，解决拉登能够对反恐带来多少实际效果。拉登在其离世之前，便已成为象征符号，各自为战的“基地”分支不会因为他的死放弃行动。等到几年后，其中的伊拉克分支最终坐大，成为“伊斯兰国”后，人们更加发现，拉登虽死，他的“遗志”已经得到继承。

更有阴谋论者认为，拉登早已死去，美国只是选择最有利的时机公布消息而已。一切为了选举，一切为了政治。不足为奇。

塔利班头号人物奥马尔的死则更加离谱，他甚至不止一次被宣布死亡，最后的“证实”迄今仍保留诸多疑点。

奥马尔之于塔利班，如同拉登之于“基地”。奥马尔1994年在阿富汗南部坎大哈省正式组建塔利班。1996年，奥马尔率领塔利班武装攻占喀布尔，建立“阿富汗伊斯兰酋长国”。随后，他坚持庇护拉登，直接导致美国2001年发动阿富汗战争。塔利班政权倒台后，美方悬赏1000万美元捉拿奥马尔。此后，奥马尔再也没有公开露面。

影响较大的奥马尔“乌龙”死讯发生在2011年5月，与拉登被证实死亡同一个月，更导致奥马尔的那次“假死”十分蹊跷。

首先，奥马尔“死”在巴基斯坦境内，消息却由阿富汗方面释放出来，是件耐人寻味的事情。

阿方的说辞是：奥马尔“死”在从奎达往北瓦济里斯坦的途中。奎达是巴基斯坦西部俾路支省首府，北瓦济里斯坦是西北部普什图族部族自治地区之一。奎达与北瓦毗邻阿富汗，均是暴力活动频繁的地区，也都是先前盛传拉登和奥马尔可能藏身的地点。

那一次，巴方和美方均没有公布奥马尔“死讯”，回头看，相信各有各的算盘。那个月早些时候拉登死讯的公开，已给巴基斯坦官方造成太大压力。在巴基斯坦这个宗教极端主义较为严重的国家，舆论较少有对拉登之死拍手叫好，反倒纷纷谴责美国在巴方境内动武，侵犯巴方主权；巴基斯坦塔利班还频频发动报复袭击，造成军警、平民伤亡。在那样的时间节点，巴方显然不愿奥马尔“死”在自己地头的事情曝光，即便不得已曝出，也希望越低调越好。

美方一定也花了不少工夫，一种可能性是，权衡到底要不要公开奥马尔“死讯”，以及假使决定公开的话选择何种公开时机；另一种可能性是，确实还无法证实奥马尔之死。

那一次，阿富汗情报部门一下子打了两个各怀鬼胎的盟友措手不及。虽然同样受庇于美国，但互不感冒的邻居阿富汗和巴基斯坦一有机会就会互相拆一拆台。既然，前面列举了巴方不愿公开的N条理由，那么，阿方就有相应的N条理由加以公开之。

在那个时间节点，身在伊拉克的我，从遥远的地方，关注相关媒体报道，看美、巴、阿如何紧锣密鼓的相互协调，消弭分歧，取得共识，在反恐大业上求同存异，继续昂首阔步地前进。

实际上，大多数观察家当时已有共识：奥马尔之死对阿富汗安全形势能够发生的显性效应依然有限。在美、阿军队的多年搜剿之下，奥马尔早已切断了大多数向下发布指令的管道，已保证自身安全。而且，他的身体状况也不断恶化。自2010年后，从阿塔势力在阿富汗全国遍地开花的局面来看，各自为战、缺乏统一领导系统的状况已经持续相当长时间。假如奥马尔死亡，短时间内，乱局不会更乱，当然，止乱也同样不易。

从那时起，已经无人指望再出现一个强有力的中央指挥系统来操控阿塔。美国和阿富汗政府其实一直希望找到确定的和谈对象，假如奥马尔死亡，这一点更加难以实现。但是，反过来说，奥马尔一死，和谈的最大障碍也得以扫除。

从道义的角度出发，阿富汗政府曾宣布奥马尔不是大赦对象。然而，不赦免对方首脑，又如何实现和对方的和谈？假如奥马尔反正死了，而且是在别国被打死的，这样，好像阿富汗政府和塔利班都有了台阶可下。接下来，就是旷日持久的讨价还价了。然而，倘如此，巴基斯坦政府的面子又往哪里搁？

又过了4年多，到了2015年7月，奥马尔终于被证实死亡。之所以说是“证实”，是因为此前的奥马尔“死讯”，从未得到塔利班的承认，而且常常是一方说死，另一方又说没有。2015年这一次，奥马尔的死得到了阿富汗政府、巴基斯坦、美国、塔利班的各方确认。

其中，塔利班说奥马尔“因病去世”。阿富汗政府安全机构则透露，奥马尔早在2013年4月就已去世，塔利班之所以在长达两年中对其死讯秘而不宣，是担心成员士气受挫。

最终各方似乎达成默契，奥马尔再也没有必要“维持生命”，似乎是因为到了2015年，阿富汗和谈的多方框架已经健全，各方似乎都有人力推动和平进程的诚意。到了这个阶段，奥马尔才算可以死了。

对于奥马尔的命运，前美国国务卿希拉里·克林顿和卡尔扎伊的一次对话颇有意思。希拉里在2010年与卡尔扎伊的一次非正式会议上问道：“你是否真的认为，假如他们愿意，（巴基斯坦）三军情报局确实可以抓到奥马尔？”卡尔扎伊伸手从桌上拿起一片饼干说：“他们抓住奥马尔就像我拿饼干一样容易。”

2001年美国入侵阿富汗之后，包括巴拉达在内的不少塔利班高层人员躲藏在巴基斯坦，这种流放的日子并不好过。由于美军对巴阿边境的控制收紧，高层人员返回阿富汗变得不再容易。因此，塔利班首脑出现落网、死亡的情况，不再令人意外。

如今，拉登、奥马尔、巴拉达都已成了历史名词。“伊斯兰国”首领巴格达迪成为媒体新宠，他也宿命般地多次“被死亡”。然而，人们逐渐发现，某几个大人物的生死，已经对恐怖主义的浮沉起不到多大作用。

过去，人们追问，究竟有几个奥马尔；今天，人们改问，究竟有几个巴格达迪。其实，只要滋生恐怖主义的土壤不消失，就会不断诞生新的奥马尔，新的巴格达迪，诞生新的塔利班，新的“伊斯兰国”。

| 第四节 |

布尔卡：流动的帐篷

倘若要寻找一个符号，最能体现塔利班所制造的恐惧，布尔卡（Burqa）恐怕会中选。

阿富汗妇女穿着的罩袍，从头顶包裹至脚，仅在眼前一块留有纱布网孔，说密不透风，绝不过分。身着布尔卡的妇女，在街道上行走，形同移动的帐篷。对男性而言，即便是阿富汗男性，相信也很难真正体会身着罩袍的压抑感受。

现任阿富汗国民议会副议长、2014年总统选举候选人法齐娅·古菲（Fawzia Koofi）在其自传中如此形容她十几岁时初试罩袍的体验：“我从蓝色细小网孔的眼缝看出去，感觉一切都在向我逼近。山似乎扛在我肩上，世界仿佛同时变大和变小。呼吸大声，十分闷热。我感到幽闭恐惧，如同遭到活埋。我觉得自己像是比人类低下的物种。自信消散，变得渺小、微不足道而无助。”

这大约便是一种服饰对女性产生巨大影响力的最残酷而直接的描述。一种封闭的生活，大约也是从这里出发的。由布尔卡带来的生活的种种不便，例如过马路时的缓慢，再到上楼梯时的迟缓，久而久之会塑造人的不健康心态。在中国历史出现过的男人发辫、女子裹脚，对社会文化产生的负面影响，大率如此。

布尔卡也有讲究。在多数阿富汗北方省份，妇女罩袍颜色是白色，只有在首都喀布尔和南方，罩袍才是蓝色。这也拜塔利班统治喀布尔所赐。

不太为人所知的是，塔利班禁止女性着白色罩袍、裤子甚至袜子。原因是，塔利班旗帜为白色，他们据此认定妇女着白色是对神圣旗帜的侮辱。妇女因为身着白色罩袍而遭殴打。塔利班刚进喀布尔城，她们先因为不穿罩袍遭殴打，后来，又因为穿错颜色被打。

罩袍本身，并不是塔利班的发明，当社会上存在一定自由时，罩袍也可以避免千篇一律。我在阿富汗生活的年月，已经是后塔利班时代，罩袍几乎是清一色的浅蓝色廉价尼龙面料，多数来自邻国巴基斯坦的简陋作坊生产线。

而在前塔利班的过去时代，罩袍曾经是女性身份、地位乃至生活品位的象征。高端、大气、上档次的或许会是丝绸面料，带有柔软的皱褶，跟随女子优雅的走动而优雅地起伏。即便是封闭、不人道的眼缝，也有若干文章可做。爱美的人儿会在布面上绣出些花儿来。这样高大上的罩袍绝不会在家中粗手粗脚地洗涤，一定会送去干洗店由专门处理罩袍清洁工作的技师对付。师傅会用上蒸汽熨斗，将皱褶烫平。

查希尔国王统治时期，贵妇甚至着罩袍侧身骑马。据说，当时的男人，对罩袍骑马的女子，有着莫名的崇拜和欣羡。

对于普通阶层而言，罩袍首先具备实际用途。高原严酷环境下，强烈阳光直射和夹带尘沙的强风，对女性的伤害巨大。罩袍是保护女性的设计，这或许是它的最初源起。至少，一些罩袍的维护者曾以此为理由，向法国等少数打算立法禁止罩袍的国家申诉。无法知晓，这些抗议者中，女性的比例到底占多少。毋庸置疑的却是，罩袍，作为一种服饰，竟然成为一项政治议题。千真万确。

在前塔利班时代，当反对苏联入侵的圣战士统治喀布尔的时候，罩袍便开始悄然回来。圣战士中，极端原教旨主义者并不占多数，他们没有强力推行罩袍。然而，女性及其家属倾向认为，在原有秩序暂时推翻，新的秩序尚十分可疑的情形下，面对满街持枪男人，罩袍遮挡性感曲线，是一种针对潜在性暴力威胁的有效防护。

到塔利班时代，罩袍才成为铁的纪律。伴随罩袍规定变得严厉的，还有女性出门的限制。塔利班要求，任何走出家门的女性，不管因为何等理由，必须有一名男性亲戚（muharram）陪同。这项陋习应当是来自信奉原教旨主义的某些阿拉伯国家，而并不符合已经发生了变化的阿富汗社会文化。塔利班对于执行此类植入性的戒律，十分上心，他们甚至设立了天下奇闻的机构——“善恶部”（Ministry for the Propagation of Virtue and the Prevention of Vice）来处理类似事务。

在阿拉伯语里，这种部门称作mutaween，亦可直译为宗教警察部队。这种机构应该也是塔利班从其主要金主沙特阿拉伯那里移植过来。

现阶段，存在类似机构的地方还有伊朗、巴基斯坦、印度尼西亚的亚齐自治地区和巴勒斯坦控制的加沙地带，另外就是新近冒头的“伊斯兰国”。

在塔利班控制的阿富汗城市街头，善恶部的检查站有权任意拦阻他们所判断或许不是亲属关系的男女，要求检查对象拿出证据，证明其相伴外出的“正当性”。

于是，令人啼笑皆非的事情曾经发生——计程车司机竟要求有急事外出的孤身女子假冒自己的亲属，办法是把自己的祖宗八代在开车前临时交代一遍，教女子背熟，以便应付可能发生的检查。当然，这样的冒险旅程，车资翻倍，也不足为奇。

女人们最大的人生期盼或许是婚姻。在阿富汗，婚礼仪式通常极其庞大，一般小康之家就有可能请到千名以上宾朋。

女子在等待婚礼到来的阶段，有十分浪漫的所谓“玉手纹花之夜”（henna night）。这一程序通常是在婚礼前夜，在新娘双手以各种色彩的指甲花染剂（henna ink），彩绘美丽吉祥的图案，有的还饰以金粉银粉和珠宝，以示华贵。

这一工作通常由美容院来完成。当然，在塔利班统治时期，大小美容院作为反宗教场所而大多关张，玉手便只能由女性亲属在家中纹花了。

婚礼举行当日，最严肃的仪式是由阿訇（mullah）主持的证婚礼。这一仪式并不对所有宾客开放，新婚夫妇和两名证人在一静室接受阿訇的证婚。

婚宴亦有男女之防。男女宾客不得同席，条件优越的家庭会以两栋单独住宅分别招待两性来宾，稍欠的则在一个大厅中拉起布帘，将两性隔开。

竟然和中国的习俗亦有相似的部分，新娘会在婚宴过程中更换三四套服装。第一套或许是民族传统的裙衫，通常是绿色，代表春天、希望和未来，第二套则是带头饰的白色西式婚纱。尽管观众除了新郎，并无其他异性的瞩目，但这也仍然是阿富汗女子毕生最期待的高光时刻。

新娘的女性亲属在整场婚宴中，敲打铃鼓（daria）助兴。这种长椭圆形的鼓状乐器在伊朗、阿富汗、巴基斯坦和印度等地，十分流行。

新郎的部分则乏善可陈。通常只是着西装打领带。有的在西装外套下仍着过膝长衫，蔚为奇观，让我想起影视片里见到的20世纪初的中国男子，将西装、皮鞋和长衫混搭穿着。

婚宴后大约一个星期，新婚夫妇尚有一个隆重的接受道贺的仪式，叫作takht-jami。届时，两口子坐在彩饰、鲜花和缎带中接受贺喜和礼物。在巨富豪门，贺礼甚至可以是别墅、汽车、黄金珠宝。在寻常人家，也就是锅碗瓢盆和数十美元礼金。

在这之后，多数新娘的辉煌篇章就将告终。进入漫长的相夫教子、柴米油盐的日常生活。

残酷的现实至此逐渐展现狰狞的本来面目。用“命如蝼蚁”来形容阿富汗妇女的一生，并非夸张。在这个社会，妇女的生命和健康不受重视，女婴出世后遭遗弃的现象也十分普遍。

女人长大后，掌握家庭经济命脉的多数男人，不愿意花钱为女子求医问药。医生和药品都是短缺资源，女性医护人员数量极少。在塔利班时代，禁止男性大夫接诊女性，甚至连为女病患开具最简单的感冒药方也不被允许。这直接导致大量阿富汗妇女死于流感、发烧、病菌感染、骨折和难产等普通病症。

2010年，我走在喀布尔街头的时候，很难想象人们带着沉醉表情向我表述的属于查希尔国王时代的美好回忆：身穿蓝色裙装制服的女司机，驾驶着同样蓝色的公交电车。这是在西方国家，也不曾多见的动人风景。打开电视，有美丽的年轻女子播报新闻，少女们目不转睛地盯着荧屏，盯着自己对未来的梦想。转天去满街的发廊，模仿女主播的发型。

倘若说，是塔利班独力摧毁了这如梦如幻的阿富汗，或许有欠公平，一个极端、畸形社会文化形态的诞生，很多人都需要担责，反思。然而，确定无疑的是，塔利班对阿富汗社会的伤害与摧残，超过任何政治势力。

我一直担心自己有时过于戏谑的笔调会让读者诸君对塔利班生出些同情乃至谅解。因此，在这重点讨论塔利班的一章末尾，必须加上前述一笔。

第四章

“山姆大叔”的“灰色战争”

| 第一节 |

生命无价？

2017年，距离美国发动阿富汗战争，已经过去16个年头。有人说，这是美国进入21世纪后延续最久的冲突。尽管叙利亚、“伊斯兰国”已经替代阿富汗，成为中东乱局更为引人注目的关键词。然而是阿富汗战争，在新世纪里，第一次改变人们对战争的传统定义，勾勒出新的战争形态。

与以往战争相比，阿富汗战争的不对称性相当突出，一方的经济、军事实力占据压倒性优势，但处于弱势的一方丝毫不准备退让。冲突的迁延不决，导致战争受益者与受害者的矛盾结合。因此，有人以“灰色战争”来描述这场冲突。

战争双方均付出高昂的生命代价。然而在西方媒体的报道中，似乎只有美军伤亡才是新闻，而阿富汗军队与平民的死伤永远成不了焦点，每天发自阿富汗的消息都在重复“某日打死几名塔利班武装人员”，日子久了，受众似乎已经产生阅读疲劳，阿富汗死人不是新闻，不死人好像才是新闻。人们总说，生命无价，然而在阿富汗，似乎生命有价，而且，有人的性命似乎比另一些人更加值钱。

2010年1月11日就是这样一个让人体会世态炎凉的日子。那天，北约国际安全援助部队中有3名美军阵亡，还有另外3名来自其他国家的外国军人阵亡。6名欧美人的生命牵动很多人神经，国内编辑部自然给我打电话催稿子。

于是，我给北约联军新闻官山克斯上校打电话要情报。意料之中，山克斯坚决不公开阵亡者姓名，甚至阵亡的地点。他说，这样做，为了保护美军家属的情绪。

山克斯没有说谎。依照北约部队的规定，阵亡人员的详细资料只能由派出国公布，驻阿指挥机构只能以“外国军人”描述伤亡者，不得提供更多资料。

就在此前一天，服务于某德国驻阿援助机构的3名雇员触雷身亡。由于死者都是阿富汗籍，几乎没有外国媒体对此事有兴趣。

在阿富汗新闻圈，人们心照不宣：外国人死亡是新闻，外国军人死亡尤其是新闻；阿富汗人被地雷炸死不是新闻，被外国军队打死，才是新闻。阿富汗人就连失去生命，也得和外国人扯上关系，才可能吸引眼球。

我曾经在首都喀布尔的第五区采访国际援助合作署的战争寡妇援助项目。这家机构每月向每个失去男性户主的阿富汗家庭发放50千克大米、3千克干果、3升植物油和2包盐的援助物资。这就是在国际援助机构眼里，一名阿富汗成年男性生命的价格。

然而，有胜于无，聊胜于无。那天，在物资发放现场，一些没有登记，因此没有获得受助资格的妇女，激怒地围住援助机构官员，差点儿打起来，场面极其难堪。

那个瞬间，一个念头闪现在我心头：就在北京，在其他舒适的地点，年轻人正抱怨工作强度大，工作时间长，工作烦琐无聊，工资还不够高。他们不需要为得不到50公斤大米而跟人打架。

那天采访回来后，我决定在瓦齐尔·阿克巴汗区内散散步，透口气。新华社喀布尔分社新闻采编部主任哈利姆坚持要求我带上保安再出门。我没好气地告诉他：“I can protect myself.”我真正想说的是：“我没有觉得，自己的生命有那么值钱。”

与阿富汗人相反，另一些人的生命则合情合理地受到加倍呵护。例如，到此一游阿富汗的外国政要。细心的读者不难发现，外国高官到访阿富汗，新闻标题永远有“突访”二字。“突访”背后的含义是：直到专机落地前，不会提前公布行程。

这样做，是出于安保需要。

落地后，想见到高官也绝不容易。记者为了几百字的短消息，往往要因为烦琐的安检而耗费一天。

比如2009年12月，时任北约秘书长拉斯穆森突访阿富汗。虽然明知不会爆出什么猛料，记者们还是老老实实10点半就来到总统府，恭候12点才预定开始的拉斯穆森—卡尔扎伊联合新闻发布会。

想进总统府，照例得连过三关，经受三轮搜身检查，让男性保安人员浑身摸个遍。那天不知道是不是因为有外国大官光临，保安摸得格外仔细。记者还被要求把手机、钱包、相机给狼狗闻一遍，看看是不是藏着炸弹。

总共有60多个记者，搜身的人手不够，每个过程都需要排队，摸得又特别仔细。等一切弄完了，坐到新闻发布会会场，已经是12点了。

出来一个新闻官，脸上毫无愧色地宣布，拉斯穆森和卡尔扎伊将推迟到场。还算不错，把大家拉到一个大食堂吃午饭。饭菜不错，有米饭、鸡肉、羊肉和烤馕。不过，吃的时候，有便衣在席间巡视，貌似监狱集体吃饭的场景。

彼时，我暗自窃笑，心里想："估计便衣担心记者吃下食物后，产生什么化学反应，能制造出某种生物武器，对领导展开攻击。也说不定。"

13点，拉斯穆森和卡尔扎伊终于来了。一通陈词滥调的说话和答记者问。我真想抢过话筒提问说："拉秘书长，您到底几时离开阿富汗回国？"

西方政要流行"突访"，几时来的不宣布，几时走了也不说。这样做，他们是安全了，可苦了我等小记者，总是被编辑部拷问政要行程。正常情况下，这个要求不过分，只是此地真的不正常。

真想告诉编辑，不是打死我也不说，是打死他们也不说。就连阿富汗政府新闻官和其他有关部门，也多次搞错政要行程。比如，拉斯穆森那次几时到的喀布尔，就有的说头晚，有的说今晨。

后来想想，问拉斯穆森本人也没用。万一他说当晚走，回头喀布尔机场附近虚报个炸弹，说不定又得改第二天早上飞，我就又误报行程了。新闻工作在阿富汗这样的地方真的不好搞。

也不是没有记者获得优待。例如，时任美国总统奥巴马访阿，专机上总带着美联社和法新社记者，因此他们是不用担心误报总统行程的。不仅是生命不同价，新闻记者也不同价。

回头说下和北约部队新闻主管尚克斯相识的过程。

那也是在2009年12月，时任美军参谋长联席会议主席迈克尔·马伦也突访喀布尔。我在阿富汗政府新闻信息中心参加马伦的新闻发布会。

原定15时45分开始的发布会，延迟至16时15分才开始。马伦戴着眼镜，一身浅色迷彩服，身材魁梧，语音清亮还带着些和蔼。15分钟讲话，5分钟答记者问。照例并无新意。要点是美国最终将把安全责任交还阿富汗人自己。“你们美国人不打来这里，这里又哪里来的安全问题？”假如马伦去趟喀布尔街头，每个当地人都会跟他这么说。

参谋长联席会议主席名义上是美国最高军职，实际上仅仅是总统、国防部长和国家安全委员会的首席军事顾问。下达军事命令、决定战争走向的权力掌控在总司令美国总统与国防部长手里，具体执行权又在中央司令部司令等战区指挥官手里。所以马伦的职务其实是没有含金量的鸡肋。

布什总统任内，军事决策权完全在国防部长拉姆斯菲尔德手中，马伦的前任理查德·迈尔斯和彼得·佩斯没有多少话语权。奥巴马竞选期间，马伦偶遇一脸疲惫的未来美国总统，亲切地握住对方的手说：“赶快去睡一会儿吧。”这份并非刻意为之的关切似乎建立了马伦在奥巴马心中的地位。奥巴马就任总统后，十分重视马伦的意见。马伦是主张美国增兵阿富汗的高官之一，他认为，阿富汗战争是遭到忽视的战争。

那天离开的时候，我看见院子里马伦乘坐的白色防弹装甲车。车身一尘不染。就在这辆豪车旁，我给了北约联军新闻主管尚克斯上校一张名片。上校回头果然依照名片把新闻稿传到分社的邮箱里。不过，那天，也许是我的中国人面孔，他对我的态度客气而疏远，却和同样是第一次见面的西方记者聊起自己的孩子。

什么地方都有阶级斗争。正是在多年驻外的新闻工作后，我完全改掉了大学里练成的美式英语。我很自豪，讲一口中国腔调的英语。

另有一日，一个身处国内的朋友在和我网上聊天时问出一个我一直萦绕心头的问题——“中国老百姓真的关心阿富汗的事情吗？”

我不得不承认，我不相信有太多中国人真正关心阿富汗，除非，在阿富汗发生的事情能和中国扯上边。这是新闻的贴近性要求所决定的，实属正常。

比如，还是在2010年1月，阿富汗总统卡尔扎伊赴伦敦参加对他的国家具有重要意义的阿富汗问题国际会议。观察家们认为，这次会议的重要议题是评估与塔利班言和的可能性。这对于阿富汗局势的重要程度不言而喻。

消息灵通人士告诉我，阿富汗政府、塔利班和较为超脱的另一武装派别希克马蒂亚派三方势力，正在摩尔多瓦或者拉脱维亚举行秘密会谈，为“招安”大计做准备。

假若把这些写进稿件，不会有太多人真正了解我在说什么，更不会知道，我说的这些，对这个国家，对这个国家3000万人民意味着什么。就算我穷尽笔墨，把事情说清楚了，读者诸君也最多说一声“原来如此”。

当时有国内同事宽慰我说，同一个月，海地发生大地震，死亡人数超过20万，人们的新闻兴趣点在海地，当然顾不上阿富汗。我明白，人们对海地的关心是真诚的。人们为地震后凄惨的景象震惊，为牺牲的中国维和人员流泪。然而，流泪几分钟后，人们将继续只想着自己的家人，自己的工作，自己的股票，自己的基金，以及自己下一顿饭吃什么。这便是现实的残酷。

2004年，我曾赴斯里兰卡报道海啸。至今，我的一位好友还在向别人介绍我说：“他去亚齐（属于印度尼西亚）报道过海啸。”

多数人类并不冷漠。他们有爱心，关心世界其他角落发生的悲剧和喜剧。不过，与此同时，尽管被称作“高级动物”，和其他动物一样，人类也自私。归根结底，人们其实真正关心的是和自己有关的事情。

作为多年在战地工作的记者，我早已了解，永远不要高估自己的价值。其实，如同战士一样，当子弹从头顶飞过，再有生花妙笔的记者也会发现，所有的深文大意都不再存在。我们所关心的，其实仅仅是自己，最多，还有最靠近自己的那名战友。

在阿富汗工作的短短一年中，每当我出差或休假回来，所有阿富汗同事都会对我说：“欢迎回家。”“欢迎回家”和“欢迎回来”，虽只一字之差，却对我具有非同寻常的意义。

那次邻近分社的爆炸后，同事们常常提醒我不要再继续在窗户边办公。听到这些温暖的话语，我明白，其实，我也同样自私，保护所有关心我的人不受伤害，才是我最关心的事情，重要性甚至超过报道新闻。

“亲爱的同事们。当危险来临的时候，我会挡在你们前面，不管飞来的是火箭弹，还是子弹。”这是我从来不曾对同事说出的话语。

假如把生命有价的话题抛给美国人，相信他们的价值观决不允许自认不珍惜阿富汗人的生命。然而，号称重建阿富汗10多年之后，阿富汗安全局势并无根本性改善，这是无法否认的事实。并且，由于“伊斯兰国”（美国错误政策的另一产物）等新的不利因素的产生，阿富汗的未来甚至面对更加严峻的挑战。

其实，早在2010年，我在阿富汗的时候，阿富汗从上到下各阶层，似乎都不再有人讨论阿富汗战争的正面意义。2010年10月7日是美英部队发动阿富汗战争9周年纪念日，但我清楚记得，当天阿富汗官方没有举行任何纪念活动，政府官员也未发表任何相关讲话。

普通阿富汗人对这样的周年纪念也没有任何兴趣。我们街访居民时，谈起这场战争，大部分回答是“想不起来，也不在乎”，“塔利班被赶走了，但阿富汗没变化”。

21世纪初，战争初起，塔利班的势力尚偏处阿富汗东南一隅，到2010年左右，已经向昆都士等北部地区扩展。到了今天，更已遍及全国。

人们通常用胜负来判别战争结果。但对于这场发生在阿富汗的“灰色战争”，却实在难以确认胜利的天平会倒向哪一边。

国际组织调查结果显示，2010年就有563名北约军人在阿富汗丧生。而2001年战事打响那年，北约军人死亡人数不过12人。

2010年2月发动的那场“共同行动”的搜剿行动，出动多达1.5万名北约军人与阿富汗政府军士兵，号称2001年以来阿富汗规模最大的军事行动。然而，旨在消除塔利班在南部赫尔曼德省势力的行动并不成功。半年多之后，在这个省，塔利班又悄然卷土重来，在许多地区实际掌握了控制权。

自2010年至今，从媒体的报道看，北约部队与阿富汗政府军的各种规模清剿行动从来没有停息。但有了“共同行动”的前车之鉴，多数分析人士对这些行动对安全局势的积极影响不再盲目乐观预期。

在美国，这场战争在2001年开打时得到大约88％的民众支持。不过，到了

2010年，美国有线电视新闻网的民调结果显示，已经有58%的美国民众反对阿富汗战争。

美国的盟友对这场战争的态度也在改变。北约国际安全援助部队中，瑞士、荷兰、加拿大、德国、波兰，最后是美国的铁杆盟友英国先后退出。

信心受挫的大背景下，奥巴马祭出“先增兵后撤军”的新鲜法宝。

这一奥氏新战略的诉求也变成“破坏、肢解和击败‘基地’组织位于阿富汗与巴基斯坦的核心，同时确保阿富汗不再是针对美国和其他地区的恐怖主义避风港”。自此，不难发现，不仅美国在阿富汗的军事存在逐渐减少，相比发动战争之初，战略目标也大大降级，不再大言“实现阿富汗的民主、自由”。

然而，美国分析人士认为，增兵大半年以来阿富汗局势毫无改观，甚至开始恶化，说明这一战略已经失败，美国的既定目标难以达成。

即便是战略转向务实，效果也并不理想。按照奥巴马的计划，2011年7月，北约国际安全援助部队开始从阿富汗逐步撤军，为弥补盟军撤出后的兵力缺口，美国民众发现，更多他们的子弟被派往那个地方阿富汗。

好在，阿富汗问题最终只能依靠政治解决，这一共识逐渐得到强化。

我在阿富汗的这一年，目睹美国在军事方面继续受挫，没能取得任何有价值的进展。与此同时，美方与包括塔利班在内的阿富汗开始谋求政治洽商，力求借助政治手段结束战争。对话塔利班，从绝对的“政治不正确”终于变为能够接受的选项。

出于对双方对话的期待，国际媒体在2010年就十分关注阿富汗官方与塔利班高层展开会谈的新闻，猜测双方在中东卡塔尔和欧洲某地进行秘密会谈的消息不绝如缕。当然，在那个阶段，对话仍然是敏感话题，官方与塔利班当时均否认此类消息的真实性。

确实，由于当时的核心障碍无法清除，对和平前景很难乐观。焦点问题在于，塔利班坚持以外国军队全部撤出阿富汗为实现和平的前提。然而，阿富汗官方在外军是否撤离、何时能全部撤离等问题上并无自主决定权。这从反面证明，后来将美国、俄罗斯、中国、巴基斯坦、伊朗、印度等相关利益方一起纳入对话框架，是多么重要的进展。

在2010年，撤军问题上拥有最大发言权的美国政府，虽公开表态支持和谈，但在撤军时间表问题上态度犹疑。奥巴马起初宣布从2011年7月开始撤军，随后却又在多个场合强调，美国不会中止对阿官方的军事支持。因此，不少分析人士质疑美国实施退出战略的诚意。

其他多方中，伊朗与美国，巴基斯坦与印度，这些国与国之间的政治角力为塔利班继续提供着生存空间。不客气地说，包括阿富汗在内的各国政治势力，似乎都没有把普通百姓的生命当作头等要务。

联合国数据显示，2009年有2412名阿富汗平民死于战火，比2008年多出14%，当年，这是2001年阿富汗战争爆发以来平民死亡人数最多的一年。联合国驻阿援助团当时说，塔利班发动的各类袭击是造成这些平民死亡的主要原因。塔利班则反驳说，美国和其他西方国家部队应对阿平民伤亡负主要责任。

到了2016年，联合国驻阿援助团公布的数据显示，阿富汗全国共有3498名平民在暴力冲突中丧生，另有7920人受伤。更加令人心痛的是，在2016年伤亡的阿富汗平民中，有923名儿童死亡，2589名儿童受伤。联合国驻阿援助团这次说，阿富汗冲突各方都应致力于减少平民伤亡，不再把板子打到塔利班一方身上。

多方框架下的阿富汗和谈不再羞羞答答，而是正大光明地推动起来。然而，操持生杀大权的各方政治势力，是否真心把百姓的生命放在首位？仍待检验。生命无价，是人们美好的价值观宣言。然而，求诸实际，答案却往往令人失望、嗟叹。

| 第二节 |

奇葩的新兵训练

奥巴马战略的核心诉求之一是：逐步向阿富汗官方移交安全职责，帮助阿富汗军警最终能够独立遂行安全行动。

早在2002年，日内瓦会议就推出“五大支柱计划”，授权美国人训练阿富汗国民军，德国负责训练警察，英国训练反毒品人员，意大利培训司法机构人员，日本负责训练打击非法武装人员。成效如何，一直受到国际社会高度关注。就我在当地的观察，情况并不令人乐观。

2010年2月17日，正当北约和阿富汗联合部队同塔利班武装在南部赫尔曼德省马尔贾地区激战之际，在位于首都喀布尔城东郊的训练中心，阿富汗国民军的新兵训练照常进行。那天，我决定跑一趟这个训练中心，亲眼看看这训练。

那日雪后天晴，这处训练基地三面环绕的山峦上，白雪覆盖。放眼望去，上千名身穿绿色作战服、头戴绿色贝雷帽或钢盔的国民军新兵正开展基础步兵课目、炮兵课目、实弹射击和狙击伪装等多项训练。

在基础步兵课目训练场，新兵头戴钢盔，身背全副装备，手持美制M-16自动步枪，利用石块等作为掩护，向前方目标逐步跃进。另一些士兵匍匐前进，穿越铁丝网阵。

身穿灰色迷彩作战服的美国陆军第十山地师军人和阿富汗国民军的老兵士官一起负责训练。训练场上，美军教官不断大声吼叫：“俯低身体，端稳枪。”

第十山地师特长是在雪地和山地作战，阿富汗多山，多季降雪多，这个师派驻阿富汗作战并担负训练工作，是相当适宜的。

这个师是美国陆军唯一的山地师，以轻型步兵为主力，配属包括空中突击力量在内的诸兵种合成部队。同时，该师所有装备均可通过空运快速部署，是执行紧急作战任务的快速反应部队。该师组建于第二次世界大战期间，先后参与二战、越南战争、海湾战争、索马里内战、阿富汗战争和伊拉克战争，作战经验以及与当地部队的协同经验都较为丰富。必须承认，由这支部队来担负训练阿富汗国民军的职责，是相当适宜的。

那天，在训练现场，第十山地师士官谢德拉克·米勒告诉我，平均每个阿富汗新兵连有5名美军教官负责指导训练，整个新兵训练日程持续8个星期。其中，基础步兵课目为第一项。米勒说，阿富汗新兵训练刻苦，老兵教练也相当认真，唯一的困难是国民军士兵英语普及程度较低，缺乏翻译人员，多数情况下美军教官只能使用身体语言和阿军士兵交流。

射击教官、24岁的国民军中士阿卜杜勒·瓦希德说，他先前曾在赫尔曼德省同塔利班武装作战。他训练过的一名士兵当时就在马尔贾作战，前一天，这名士兵打电话给他，说马尔贾军事行动“战况正常”。瓦希德解释说，所谓正常，就是说军方伤亡不大。

国民军第125营营长阿卜杜勒·哈拉拉迪中校那天在射击训练场监督训练。他告诉我，第125营是新兵营，目前约有1400人，每天都要投入紧张的训练。结束8个星期的训练后，该营将进行分流，一些兵员会进入后勤或其他后方单位，约有500人至600人将开赴前线，走上战场。

中午时分，一些新兵结束训练课目，席地而坐，开始集体就餐。一份午饭包括手抓饭、一块馕、一块炖牛肉、一些豆类和两个橘子。2010年，按哈拉拉迪中校的说法，阿富汗国民军待遇有所提高，新兵训练期月薪8250阿富汗尼（约合174美元），结束训练后月薪将升至1.35万阿富汗尼（约合284美元），参加战斗的人员还另发战斗津贴。这在人均年收入不过500美元左右的阿富汗，确实算得上不错的待遇。

正在大口吃饭的新兵拉希德抬头笑着对我说：“（当兵）是份不错的工作，收入不错。其他工作不好找。”

蓝天，白云，雪山脚下，和营长共餐，这顿饭吃得很香。但所看到的一切，未必如同听到的那样令人鼓舞。

枪虽然是M-16，但不难看出，多数是老旧、淘汰下来的家伙，有的还可能是仿制品，看上去很可疑。

基础步兵训练科目更是把生瓜蛋子的本来面目暴露无遗。受训者看起来还没完全摆脱当老百姓时的习惯，匍匐前进的过程中，屁股撅得太高。不止一个家伙在举枪瞄准的同时，还不忘冲手拿相机的我笑一下。笑容灿烂而淳朴。猜想如果不是我在，训练员可能早就大脚踹在这些不专业的老百姓屁股上。

参加实弹射击阶段的受训者，似乎相对有些经验和自信。他们排成一列，向着大山推进。大山脚下，摆着一行人形靶，卧倒，射击。清脆的M-16枪声响彻山谷。动听的声音。我紧贴着枪手拍照，很过瘾，几天来的郁闷消减了很多。由于美军新闻部门缺少对我们的信任，拒绝批准我们去马尔贾前线采访，这对我而言始终是个遗憾。在这里听听枪声，过过干瘾，也是好的。

很显然，阿富汗国民军加紧训练新兵，除马尔贾战场需要补充兵员因素外，恐怕与奥巴马的阿富汗新战略不无关系。奥巴马明确说，将逐步把阿富汗的安全职责移交给阿方，美军力争从2011年7月起开始撤离阿富汗。为此目的，美国领导的北约国际安全援助部队当时已经和阿富汗国民军成立了联合安全过渡司令部。

这个司令部的媒体联络主管格雷戈里·布雷齐尔上校那天也出现在训练场上。他告诉我，当时在马尔贾前线作战的阿富汗军人数量占北约与阿富汗联合部队的60%。他对比说明，2009年7月，联军在赫尔曼德实施军事行动时，阿军人数所占比例仅为6%。

“想知道任何有关北约部队帮助阿富汗军队训练的事宜，你可以一天24小时随时给我打电话，”布雷齐尔非常热情地对我说。一般而言，西方军人对我们警惕性极高，态度较为冷漠，这位美国军官的热情，也许透露着美国等西方国家想在阿富汗实施“退出战略”的迫切心情。然而，有的时候，越是热情，反倒越是令人生疑。

2010年2月的早些时候，时任阿富汗国防部长瓦尔达克说，阿富汗国民军兵力两年内将从当时所有的大约8.6万人增至17.1万人。不需要多少军事专业知识也能看出，这个增幅相当可观。

瓦尔达克说，扩军计划将分两步走：2010年年底前增至13.4万人，最终目标为

2011年年底前达到17.1万人。

似乎为了回应外界对于阿富汗军事自主能力的质疑，国防部长解释说，在阿富汗国民军扩充兵力的同时，其他国家将向阿派出更多军事训练人员，帮助国民军提高战斗力。2010年2月，在阿富汗国防部长公布扩军计划时，阿境内驻扎的北约国际安全援助部队大约有11.3万官兵，其中包括大约6.4万名美国军人。

在随后的岁月里，西方国家的退出与阿富汗军队的扩张确实按照瓦尔达克的说法在逐步实现。然而，2010年2月17日在国民军训练场上，新兵在训练中向我眨眼做鬼脸的奇葩景象，总是令我难忘。让我感觉到，在阿富汗的这场政治战中，作秀的意味是如此浓烈。

其中，与我走访训练场同步的马尔贾战役，恐怕就诠释了“战争秀”的含义。这场由北约国际安全援助部队和阿富汗军警在南部赫尔曼德省马尔贾地区发起的联合行动，代号为“共同行动”。从北约部队公布的计划看，整个行动分为“造势”“清剿”和“重建”三阶段，显得高端大气，如火如荼。

赫尔曼德省在阿富汗34个省份中面积最大，人口密度却最小，罂粟产量一度占全国一半以上，是阿富汗塔利班活动的中心地带，美国和北约部队在这个省投放的兵力占驻阿外军总数的12%。那里气候炎热，降水稀少，作战绝对不轻松。

宣传战早就在西方媒体的全力配合下沸反盈天，在当时，似乎整个西方社会都意识到，“共同行动”能否取得成功将是对美国阿富汗新战略能否见效和阿富汗问题能否最终得到解决的重要“测试”。和伊拉克战争不同，阿富汗战争是西方国家一致认可的行动，美国和其盟友都希望证明，他们在阿富汗所做的一切是正当、正确的。

“造势”可谓不遗余力。美方宣布，“共同行动”不以杀伤塔利班人员为主要目的，而以建立正常社会经济秩序为终极目标。因此，最大限度地争取民众支持，减少平民伤亡成为当时联合部队面临的第一要务。

阿富汗战争自2001年打响以来，美国及北约盟军伤亡人数不断增加，各个出兵国国内的反战呼声不断增强，各国政府承受相当大的压力。“杀敌三千，自损八百”绝对不是联军希望看到的结果，最大可能减少联军官兵的伤亡，因此也成为“共同行动”成功与否的重要指标。

为此，奇葩的事情竟然发生。不顾兵家大忌，联军不惜放弃突袭效果，早早向外界公开行动计划，行动发起前一个多星期就开始持续“造势”，呼吁马尔贾民众撤离战区或避免外出。相当数量居民战前已离开战地。联军还提前包围了马尔贾城，对栖身这一地区的1000多名塔利班武装人员形成心理压力，促使其中部分人员放弃抵抗。看起来，联军的搂草行动，与其说是为了打兔子，不如说是为了赶兔子。

在当时看，“造势”初见成效。2月14日，在行动发起一天后，北约部队和阿富汗军方公布说，在13日行动首日，只有一名美军和一名英军身亡，塔利班方面则有27人丧生。对于如此规模的行动而言，这确实是可以接受的损失。

然而，问题来了，顾了政治，就顾不上军事。兔子赶跑了，何谈“清剿”？联军在马尔贾城内外展开针对塔利班武装人员的所谓清剿行动，极少发生大规模交火。联军的主要任务似乎变成清除塔利班在马尔贾城及周边地区埋设的大量地雷和其他简易爆炸装置。

一名不愿公开姓名的北约部队军官当时不无得意地告诉我，排雷行动中，美军动用了较为先进的突击破障战车。这种战车每辆造价高达375万美元，车身上安装有宽度4.6米左右的排雷装置。这种车辆装甲相当坚固，即使触发地雷，车身也仅是“轻轻一震”。

赫尔曼德省省长曼加勒说，联军排除的爆炸物总重量数以吨计。这是2001年阿富汗战争打响以来，北约部队动用最多数量工兵的一次军事行动。清剿行动似乎变成了工兵行动。

当然，清剿确实有的。北约和阿富汗作战部队在马尔贾城内逐个街区、逐个住宅地进行搜索。战前，联军预计马尔贾地区塔利班武装人员在1000至2000人之间，其中包括100名左右的外国人。然而，真的打起来，投入巷战的“敌人”远低于这个数目。

这当然不会出乎联军的意料。马尔贾地区的11万居民多数属于普什图族，而塔利班主要构成也是普什图族。普什图族的重要信念之一便是庇护客人。奥马尔正是因为这一信念，才不惜与美国一战，也不肯交出拉登。塔利班人员藏身普通马尔贾家庭，伺机再起，是再正常不过的战术选择。清剿落空，自然是战场作秀的必然结果。

清剿不成，重建当然更是空话。“共同行动”的最大卖点是，联军号称要在消灭塔利班势力后，逐步推进政府管治改革和经济社会重建，以彻底消除塔利班卷土重来的可能性。

因此，清剿行动尚在进行之中，北约部队和阿富汗政府的重建计划就已经迫不及待地启动。“共同行动”发起后，阿富汗国民军分别在马尔贾和邻近的纳德阿里区召开两次部族长老会议。联军方面发表公报称，这两次会议取得“积极结果”。然而，观察家们普遍认为，仅靠沟通不足以确保民众支持。

据我们的采访所得，部族长老“持保留态度”做出回应，强调是否支持政府，取决于行动开始后平民遭受损失的程度。而北约部队不得不承认，即使做足减少伤亡的工夫，仅在2月13日，还是有12名阿富汗平民遭北约火箭弹误炸身亡。

当然，阿富汗中央政府的派出机构能否在马尔贾站住脚，疑问就更大了。此前，在2009年，北约部队和阿富汗国民军在赫尔曼德省也曾展开3次大规模军事行动，迫使塔利班一度“偃旗息鼓”。但外国驻军一旦撤离，塔利班马上卷土重来，再度轻易获得当地控制权。

再者，在马尔贾开展经济重建知易行难。阿富汗鸦片产量当时占全球产量的90%以上，其中赫尔曼德省占阿全国鸦片产量的40%，如何说服民众放弃暴利的鸦片种植，转向其他行业，是一大难题。同时，只有摧毁马尔贾鸦片种植基地，才能对塔利班这一重要财政来源“釜底抽薪”。这一切的先决条件是清剿塔利班能否取得真正的成效。然而，战争秀绝对无法实现这一目的，其他的一切，自然更加无从谈起。

2017年，“共同行动”已匆匆过去7个年头，阿富汗南部的局势并未改观。塔利班继续活跃，普通民众则继续在贫困和危险中度日。

回到阿富汗自主承担安全职责的话题，阿富汗自身军事能力的扩充究竟是不是泡沫?

仅从数据看，是乐观的。早在奥巴马新战略出台前，美国支持的阿富汗现政府上台后，阿富汗国家军事力量的重建便已开始。一开始便成立两个军事分支，分别是“阿富汗国民军”和“阿富汗空军”（后改为“阿富汗国民军航空部队”）。

国民军是中央政府主要的军事力量，空军则只有少量飞机。同时，多支民兵部队十分活跃，有些民兵听命于中央政府，不少民兵忠于塔利班、“基地”组织以及现阶段的“伊斯兰国”，这些队伍对阿富汗中央政府和外国部队怀有敌意。

到2016年，国民军号称已编成31个营，其中28个营可以随时投入战斗。国民军尽管拥有一些重型武器，但坦克及装甲车数量不足。有些更高级别的部队虽已编成，但实战能力未经考验。大多数的国民军营级单位仍然在美军的监督下执行任务。

不仅如此，阿富汗国民军效率低下和腐败盛行的局面迄今并未改善。美国人确实花了大力气培训阿富汗军队，但其努力受制于阿军的腐败、识字率低、后勤无保障和纪律缺乏。

我在阿富汗的时候，阿富汗的文盲率高达70%，迄今也并无改善。在此大背景下，军队的文盲率也很高。联军从2011年起，才将识字课目列入基本陆军训练的必修课目，计划到2012年，使阿富汗国民军的识字率超过50%，这个极低的期望值，就足以说明一切。

逃兵始终是阿富汗国民军需要面对的问题。我在阿富汗的2009年至2010年，据阿富汗国民军消息人士透露，每4名阿军战斗兵员中，就有一人逃离军队。为此，一些不愿公开姓名的美军人员告诉我，国民军最终扩张到什么数目并无任何意义，因为这个数目由于逃兵的规模，永远不可能真实。

另外，美军不断报告，他们提供给阿富汗国民军的车辆、武器、装备和燃料遭偷窃。美国时常需要在行动前收走阿富汗士兵的手机，以免泄密。

2016年8月，美国国防部还接到驻阿人员的报告，指出阿富汗安全部队中存在“吃空饷”现象，领薪的“幽灵士兵”和“幽灵警察”竟然数以万计。

到了2016年，官方公布的阿富汗国民军和国民警察数量已经高达32万人，而实际人数远低于此。在赫尔曼德省，阿富汗官员透露，该省安全部队多达一半的领薪人员实际上不存在。

这就是我在2010年目睹的奇葩新兵训练的背景。这或许可以部分说明，阿富汗安全局势的改观，前路迢迢。

| 第三节 |
可控性爆炸

“可控性爆炸”（controlled explosion）时常出现在阿富汗军警发布的各类新闻公报中。阿富汗官方人士向我解释，这一说法的含义是，可控性爆炸与自杀式袭击等恶性事件相反，是由官方有计划的遂行，目的正当，因此多数不会造成危害，比较常见的例子是安全引爆地雷或其他爆炸物。

然而，现实中的一些所谓可控性爆炸，被官方用于掩盖恐怖袭击的发生，减少公众的恐慌与愤怒。这个可疑的外交词汇，充分体现了阿富汗局势的复杂程度以及阿方自主承担安全职责的难度之大。

记者也深受可控性爆炸之苦。喀布尔是座小城，面积275平方公里，比北京的海淀区略大。因此，稍具规模的爆炸，全城都能听见。为了和其他通讯社争抢新闻时效，我们往往听到爆炸响动，先抢发快讯，然后再联系相关消息来源的同时，开车外出寻找现场。

十次中有八次，这样的搜寻无功而返，得到的官方回复是——“可控性爆炸”。据我们内部了解，其实，这些爆炸中，为数不少是恐怖袭击，但由于没有造成伤亡，或伤亡较小，当局认为可以掩盖，美其名曰“可控性”。这样做的好处一是可以营造安定团结的假象，二是减轻安保疏漏的责任。由此不难看出，安保机构的颟顸塞责，达到了何种程度。

这些可控以及不可控的爆炸，是我们战地记者日常工作的重要组成部分，我们紧绷的神经和悄然隐藏在内心深处的战地伤害综合征也大多拜这些爆炸所赐。

印象最深刻的不一定是炸弹在十几米外爆炸或枪击声就在身边的极端场景，更多时候，是那种始终难以放松的疲乏。

比如，2010年1月26日那天，我事后命名为“爆炸日”。

那天中午，饭刚吃到一半，两声闷响远远传来，听起来好像是火箭弹。我匆忙丢下饭碗，叫保安兼司机阿卜杜勒拉上我，东、南、西、北四个方向满城去找，却没找到爆炸点。

无功而返后，线人打来电话说，是工程爆破。鬼扯。依我多年工作经验，听得出是火箭弹。中国驻阿富汗使馆的武警战士证实了我的猜测，爆炸后，他们登上使馆楼顶的平台，清楚看见了现场。当然，也许确实没有造成伤亡，所以，官方瞒报了这次恐怖袭击。

那天天快黑的时候，第二次炸响。这次分社的门窗有颤动。很快得到内部消息，这次爆炸在位于城东贾拉拉巴德公路的美军菲尼克斯军营附近。赶过去，警察封路。硬闯，被警察推出来。各国记者不准进入。其实，警察也只是圈外人，圈内是两辆美军装甲车封路，几名美军步兵用步枪同时指着记者和警察。

两名身穿便衣的阿富汗警察飞跑过去，想进入现场勘察。美军咆哮声震天，拦住这两名警察，一名美军搜身，另一名美军持枪做射击姿势。搜身完毕，才放人。

天完全黑了。七八辆北约国际安全援助部队下属的土耳其军队装甲车开到。美军对阿富汗人不信任至此，连外线警戒都宁可交给土耳其人。

我在现场看到一名受轻伤的中年男子，伤在头部，裹上纱布后能自行走动，警察架他上车送医院治疗。

这次终究不能再用“可控性爆炸”来搪塞。内政部稍后发表声明说，一名自杀式袭击者在美军巡逻车队经过时，引爆装载炸药的车辆，致使6名平民死亡，自杀者也丧生。没有公布的是，现场多名目击者说，看见4至5名美军受伤。这大概就是美军如此暴躁，如此如临大敌的真正原因。

那夜回到办公室发完稿后，我累到声音沙哑，对所有同事说：“What a day. Go home. Have a nice sleep.”这不叫“可控性爆炸”，这叫“可控性报道”，他们控制报道，记者受控受累。

我在喀布尔的一年里，首都基本上每个月发生一起大的恐怖袭击事件。因此，每个月到月中的时候，我们都像等待楼板上落下第二只鞋一样，“期盼”着事情的发生。2010年3月，局势稍稍平稳，我们一时竟然难得清闲起来。清闲下来，就很希望早点儿“过关”，想着早点儿炸完，这个月就算交代了。阿富汗的3月，天非常蓝，春天来了，极度温暖，我们却在等待爆炸。我们不是怕死，是神经绷得太紧。别人控制爆炸，我们只能控制自己。

当然，这里发生的“可控”现象非止一端。下面再说一个“禁售化肥”的奇闻。

在世界各地，禁止销售麻醉品，甚至香烟、酒类的事情，都不算稀罕，但是禁止销售化肥的事情，却只在喀布尔听说。

2010年1月，塔利班武装人员在喀布尔对总统府和外交部等重要机构发动一次袭击。阿富汗执法部门声称，包括此次袭击，反政府武装那一阶段频繁使用硝酸铵化肥制造发动袭击的炸弹。

于是，时任总统卡尔扎伊颁布法令，禁止在阿富汗使用、生产、储存和销售硝酸铵化肥。阿富汗多个部门联合出台一项计划，全面执行卡尔扎伊颁布的禁止生产、销售、使用和储存硝酸铵化肥的法令，各部门的计划书煞有介事地写道：给予农民2至3个月期限使用完手中剩余的硝酸铵化肥；给予上缴硝酸铵化肥的农民一定实物或现金补偿；开展禁令宣传活动；教授农民使用其他替代化肥的方法。

计划听起来考虑周详，无懈可击，依据也确实存在。内政部副部长曼格尔举行新闻发布会通报说，官方统计数据显示，在此前的2009年全年，阿富汗市场上销售的硝酸铵化肥中有80%没有投入农用，而用于制造爆炸物。

情报部门进一步介绍说，塔利班武装人员为了扩大爆炸物材料来源，自2007年起开始使用硝酸铵化肥制作炸药。

尽管如此，我心中仍有大大的问号：不从提升执法能力方面来寻求解决方法，仅仅依靠禁售材料，能解决安保问题？须知，可以用作制造爆炸物的材料很多，其中不少都是日常生活的必需品，难道要将这些材料全部纳入禁售名录？这种头痛医头、脚痛医脚的方法，恐怕治标不治本。为此，我特地上街转转，打算看看民众对此事的反应，以及实际执行的效果。

那天，分社的阿富汗籍摄影记者扎比丢了手机，心情很不爽。其实给他买个手机不难，不过假如其他员工跟着丢手机，都攀比要求买新手机，就会比较麻烦。

所以，我想了一下，决定带上扎比去拍照片，以并肩战斗、工作的方式表示对他的安慰和支持。路上讲了几个笑话，扎比有了笑容。当然，禁售化肥也是笑话之一。

我们在喀布尔城区的第四区找了个卖化肥的小铺，开始拍照片采访。店主是个大胡子，自称35岁，卖化肥3年了。

店主向我们展示样品。白色的产地是巴基斯坦和俄罗斯，黑色的是美国货。指着身后库房里上百麻袋的化肥，他高调地说："我这里的货色都不含硝酸铵，所以政府的禁令不会对我造成损失。"

这么讲政治的回答令人索然乏味。我们离去的时候，几个被拍摄了的看客要求我们付钱。我对扎比说："告诉他们，我们不但不付钱，而且要收胶卷钱。"

扎比说了后，几个家伙看看我一脸严肃真要收钱的架势，讪讪笑着散了。回去的路上，扎比想想还觉得好笑地说："胶卷钱？现在谁还用胶卷。"我看了他一眼，没说话。忘记丢手机的事情就好。

这里插入扎比，是因为想对他有所纪念。这位出色的摄影记者后来受到塔利班的恐吓，强迫他停止为外国人工作，否则就要对他的家人不利。扎比只能离职。几年后，他重新出山，为路透社工作，2016年，在一次采访中，扎比和他的新同事一道死于"不可控"的爆炸袭击。

那次采访禁售化肥，大部分受访者对此没当回事。在这个有令不行的国度，即使是这样一桩不太靠谱的施政，其实也很难落实。在阿富汗当局和塔利班的这组关系中，当局像被扎比拍摄后要收钱的人，而塔利班就像我——"要钱？我还要收胶卷钱呢。"就在采访的那天，又有3个美国兵死于路边炸弹袭击。这大概可以算得上是胶卷钱。

不只是化肥，生活在和平国度里的人们很难想象，在阿富汗，汽车贴膜也可以被列入危险品。

阿富汗内政部2010年3月宣布，在全国范围禁止汽车使用有色贴膜，以避免恐怖分子和其他不法人员利用贴膜为掩护，从事不法活动。时任内政部发言人巴沙里专门召开新闻发布会，态度强硬地说，这项禁令生效后，警察有权强行清除汽车玻璃上的有色贴膜。

巴沙里解释说，一些恐怖分子和从事绑架活动的犯罪嫌疑人利用汽车有色玻璃作为遮挡，逃避检查，增加了警方检查非法武器和爆炸物的难度。

巴沙里还强调，这项禁令对包括政府公车在内的一切车辆适用。不过，他没有说明美军等外国军队车辆是否也在禁令的管辖范围之内。

可控性爆炸，禁售化肥，禁止使用汽车贴膜，这些荒谬的现象背后是由于安全力量薄弱而导致的无能为力。

由于多年战乱，阿富汗文盲率高达70%以上，这样的教育基础，不仅滞后经济发展，也无法诞生一支强有力的安全队伍。在我和阿富汗警察打交道的经验中，出现过不少令人啼笑皆非的场景。

居住在喀布尔的日子里，工作之余，我不多的消遣之一，是和阿卜杜勒一起驾车去到分社5分钟车程外的碧碧马赫鲁山顶。暮色四合，山顶有风，夕阳下，是最令我心醉的风景。

然而，山顶驻守的警察总是败我好兴。起先，是个矮小猥琐留着小胡子的家伙，松松垮垮地背着支AK-47，帽子歪戴，领口敞开，像极了老电影中的汉奸伪军。他每次不厌其烦询问我们："带自动步枪了吗？"

后来，换了个面容和善、形象比较正面的警察，但问题还是同一个："带枪了吗？"阿卜杜勒照例冷笑着回应："没带枪，带了RPG（火箭筒）。"警察讪讪地走开了。我和阿卜杜勒大笑三声，驱车绝尘而去。

世上竟有这样敷衍塞责的安检？谁带了枪会告诉警察？为什么不稍微费点儿劲儿，搜查一下车厢？我们议论说，大概原先那个喜欢自动步枪的家伙已经被铁腕的内政部长比斯米拉派到赫尔曼德省去打塔利班了。阿卜杜勒恶毒地说，估计塔利班见此人如此喜欢自动步枪，就给了他一枪，送他上了西天。

从山上下来，我们回到分社所在的街口。哨卡驻守的5个警察围成一圈正打排球。其中一个，打球的时候，AK-47还挎在胳膊上，荡来荡去，玩得很high。这个形象倒挺正面，打排球毕竟是一项健康运动。有些时候，这个哨卡的生活方式就似乎不那么健康。比如深夜只有一名警察值班时，该人总会目光呆滞地傻坐在哨位里，一动不动。阿卜杜勒总是指控说，这小子又吸鸦片了。

我总是教育阿卜杜勒，不要侮辱人民警察。看到打排球的场景，我终于找到说服阿卜杜勒的正面教材。可惜，阿卜杜勒的指控并非造谣污蔑。阿富汗吸毒人群众多，其中就包括大批军警人员。这让人联想起旧中国旧军队里的“双枪兵”，一手烟枪，一手步枪，如何能战胜敌人？

和旧中国类似，无能的执法队伍，在老百姓面前倒是威风凛凛。我在喀布尔，有时着急出门采访，忘记携带证件。有几次倒霉，碰上警察拦路临时检查，把我和一票同样没带证件的西方人抓在一起，叫我们的司机回家取护照，才肯放行。

看起来，证件还真是个重要的东西，没有它，好像就没有办法证明我们不是恐怖分子。然而问题是，这些负责检查证件的警察，多数别说英文，就连本国文字都不识得几个，如何能看得懂外国护照？有一次，一个家伙不懂装懂，拿着我的护照翻来覆去看，就是不放行，赶时间办事的我，忍无可忍，一把从他手中抢过护照，假如不是司机拦着，我甚至可能和这个警察打起来。

当然，天下乌鸦并非一般黑，人民警察也有立功的时候。2010年4月的一天，5个山里来的恐怖分子，乘坐一辆越野车，进城后，在去喀布尔市中心的途中被警察拦下。车上抄出两件自杀式爆炸用的背心和一堆爆炸物品。

这难得的胜利，让喀布尔人民由衷感谢警察同志。第二天，碧碧马赫鲁山上又多了不少游人。人间四月天，生活很美好。警察抓住了坏人，防止了爆炸的发生，人民群众笑开颜。

相比警察，和阿富汗军人的相处经历，要稍微愉快一些。下面说的寻枪内政部，就是这样一出愉快的小插曲。

2009年12月23日，阳光特别灿烂，听说内政部当天有一批枪要展出。这个热闹一定要瞧。司机开车把我送到内政部所在的那条街街口。这是喀布尔城的“中英街”，新城区的鸡街和花街附近。可惜，街市很萧条。头戴法式圆顶帽、一身灰色制服的警察扎住了街口，不让车辆进入。

只能步行往里走。沿街走了50米左右，快到正门了。警察再次拦住，正门不能走，请走侧门。这都是为防汽车炸弹。这里附近炸过好多次，离着不远的印度使馆也炸过一次。理解万岁。

在狭窄的侧门，又被警察拦住了。搜身检查。满脸胡子的粗大汉子，在我身上一通乱摸。我一把抱住警察老兄，一边用阿拉伯语高呼“真主赐予安宁”，一边开始摸他。我一摸他，他就不摸我了，也说声“真主赐予安宁”，就放我进去了。

内政部院子里一个小空场，放着一圈几十条AK系列产品。有俄制的，有中国制造，还有巴基斯坦仿制品。内政部反恐局局长法希里兴致勃勃地用达利语接受电视记者采访。内政部今天要把这批缴获的塔利班枪支移交国防部处理。

大概因为是在内政部地盘，记者有点儿冷落国防部官员。我就和国防部反非法武器联络官瓦希德少校聊起来。

少校英语很好。他告诉我，这些枪会拿去专门的工作室鉴定、检验和登记。然后，作为合法武器发给警察和有证保安使用。这个方式很好，浪费武器是可耻的，应该爱惜这些枪。从锈迹斑驳的枪身看，一些枪年代久远，恐怕参加过反苏战争，是英雄枪。

一声“AHU”，少校手下一个年轻士兵，黑红瘦削的脸上带着笑，两手各提两支步枪，跳到我眼前让我拍照。在那天，由于“AHU”，我对阿富汗国民军印象极佳。连带着，我对这个国家的前途多了些信心。

少校说，“AHU”这个外号的意思是“快速”，我笑着说：“不知道是枪射的快，还是别的什么射的快。”大家都开心地大笑起来。

警察的素质似乎低于军队，这可能和薪水与待遇的差异相关，由于收入的关系，一般是军队挑剩的人才会进入警队。

阿富汗当局一直努力改变这种状况。办理警察学校就是其中一招。2010年，喀布尔警察学校就有568名新警官毕业，走上工作岗位。这些警官在警校学满3年毕业，其中约三分之一在喀布尔省工作，余者派往其他各省工作。

北约国际安全援助部队在阿富汗承担一部分训练阿富汗军队和警察的任务，训练内容包括探测与排除简易爆炸装置等技能。

2010年，阿富汗共有约9.4万名警察，阿政府当时计划在2011年之前将警察人数增至13.4万人，以加速自主承担安全职责的进程。到了2017年，阿富汗警察数量肯定已超过10万，但效率和能力的提高程度，恐怕仍然需要打上问号。

尽管如此，不应当忽视这些警察的奉献。根据我当时掌握的官方数据，仅仅2009年3月至2010年3月一年的时间，阿富汗就有1400多名警察死于与塔利班相关的各类暴力事件。

在喀布尔，在整个阿富汗，恐怖阴影似乎是一种常态。人们最放松的时候，反而是恐怖袭击发生后的第二天。因为，这一天，也许恰恰是最安全的。有点类似在战场上，士兵躲在炮弹坑里，只是因为，弹坑里重复落下炮弹的概率相对较小。

某日下午，来了场急雨，把喀布尔洗得很干净。

碧碧马赫鲁山顶有一道彩虹，竖直垂至山顶。彩虹之上，是尚未消散的乌云。彩虹之下，是洗去了尘沙的山峦。这些山峦，在雨水的冲刷后，不再是沉闷的土黄色，而显出温柔的黛色。

坐在山顶的青石上，找寻山下的绿色。星星点点。

一个矮个警察，笑容满面，倒背长枪，走过来搭腔。他叫乌马荣，是巴达赫尚省的乌兹别克族人。他说，中国人是邻居，他的家乡有很多新疆过来的商品。巴达赫尚省与新疆相邻。乌马荣看上去很亲切。

递了支香烟给他。他吸了两口，大声招呼远处的同伴。然后走过去把吸了两口的烟卷给了搭档。乌马荣脸红红地告诉我，他不是很爱吸烟，但他的搭档很爱吸烟。

矮小，笑容可掬，健谈。乌马荣让我想起好兵帅克。遇见他，让我的心情变好。

天渐渐凉了。这里下了雨，萨朗山口可能就会下雪。彩虹点亮我下午的心情，夜晚，用哪里的遥远烛火来温暖我的梦乡？这是我无法对阿富汗警察兄弟说出的内心独白。

| 第四节 |

终点在哪里

2017年，阿富汗战争开打已经16个年头，人们不禁要问，终点到底在哪里？包括中国、美国、俄罗斯、巴基斯坦、伊朗、印度等国都已纳入阿富汗和谈的框架。暂时而言，假如阿富汗当局能够与塔利班达成和平协议，似乎便可以宣告战争结束。然而，这场浸透鲜血的灾难是否真的能用一纸合约来画上句号？人们又应当从中汲取哪些教训？

寻求终止冲突，似乎是从松口认可“招安”塔利班开始。我在阿富汗期间，阿富汗问题国际会议于2010年1月28日在英国伦敦举行。在这次具有标志意义的会议上，近70个国家和国际组织的代表会后发表公报，同意阿富汗总统卡尔扎伊提出的“招安”塔利班计划。

之后的岁月里，没有一方放弃和谈努力，然而，各方同时见证了“招安”计划的知易行难，实际操作过程中，多重困境始终存在。

卡尔扎伊和塔利班骨干力量一样，来自阿富汗南部，在其政治生涯早期，还有过与塔利班合作的经历，因此，他对塔利班有着深入的了解。卡尔扎伊当权后，一直主张尽可能把包括塔利班在内的各派政治势力纳入国家发展进程，认为这是改善阿富汗安全局势的根本途径。然而，2001年战争开打后的头几年，美国及其西方盟友对卡尔扎伊的和谈计划一直持保留态度。

在2010年1月的伦敦会议上，“招安”设想终于第一次得到与会代表的普遍首肯，不少国家表示愿意出资帮助阿富汗政府实施“招安”计划。美国等国家随即同意拨款5亿美元，建立“塔利班信托基金”。

分析人士认为，“招安”计划得到认可的直接原因是阿富汗安全形势持续恶化。战争初期，塔利班势力范围退缩至南部的坎大哈省和赫尔曼德省，后来却逐渐向北部和西部扩展。进入2010年后，塔利班在阿全国范围发动多次恐怖袭击，导致大量北约国际安全援助部队军人丧生。随着驻军伤亡人数上升，美国及其他出兵国政府面临各自国内强大舆论压力，不得不考虑“退出战略”。在这种情形下，卡尔扎伊的“招安”计划给了美国等出兵国家一个“台阶”，有助于他们摆脱骑虎难下的困境。

就当时的短期目标而言，美国方面至少希望“招安”计划能够分化瓦解塔利班武装，或至少能削弱塔利班的力量。

这项“招安”计划在伦敦得到好评，但在阿富汗国内，却受到强烈批评，这种批评的声浪即使到了今天也并未完全平息。

反对观点之一是，塔利班人员从“招安”中获益，可能对社会产生不良示范效应。根据卡尔扎伊的“招安”计划，阿富汗政府将给放下武器的塔利班成员发放津贴和土地，帮助他们就业并过上正常的生活，其实质是“以金钱换和平”。

当年，阿富汗《早上八点》报主编卡西姆·阿卡加尔接受我采访时说：“（招安）等于告诉年轻人，应该先拿起枪杀人，然后同意缴枪，你就可以获得一切。”

此外，塔利班可能借助和平协议重返政治舞台，引起民权维护者和妇女权益保护者的担心。阿卡加尔说，一旦众多塔利班人员返回主流社会，他们可能在其势力范围内重新推行极端主义理念，损害社会经济生活和民众权益。

与塔利班和谈，一直到现在，始终是阿富汗政府面临的道义困境。多数阿富汗平民对塔利班统治心有余悸。在塔利班统治下，阿富汗经济停滞，民生凋敝，妇女权利几乎完全被剥夺。

为新华社工作的阿富汗员工，多数来自塔吉克族，其中一些曾经是反塔武装“北方联盟”的成员，与塔利班有不共戴天之仇。这些雇员聊起与塔利班和解，都说，假如塔利班回来掌权，他们只能逃到塔吉克斯坦等外国去避难。

卡尔扎伊政府及其继任者，必须慎重权衡，谋求同塔利班和谈，有可能影响其支持率，对政府施政产生新的不利影响，也为自己的潜在政敌，准备了进攻火力。

还有观察家指出，与塔利班和谈使外国军队驻阿的合法性更受质疑。联合国将塔利班列入恐怖组织黑名单，美国等西方国家才有理由发动阿富汗战争并在该国驻军。卡尔扎伊谋求与塔利班和谈的筹码之一是把塔利班从黑名单中去除，但这样一来，外国军队就失去了继续在阿富汗驻扎的理由。如果外国军队过早撤离，而阿富汗军队又不具备稳定国内安全局势的能力，该国局势必将进一步恶化。

后来的事实证明，这种担心绝非多余。美国和其西方盟友，确实伴随和谈的推进，逐步实现了“退出”战略。然而，阿富汗安全局势并未好转。相反，暴力继续升级，平民伤亡数字逐年递增。随着“伊斯兰国”势力的渗透，阿富汗不仅没有趋向稳定与和平，反而距此更加遥远。

“招安”计划从一开始就在执行层面面临诸多难点。

疑问之一：如何选择谈判对象？自美国2001年发动阿富汗战争以来，塔利班最高领导人奥马尔行踪成谜。卡尔扎伊希望借助阿富汗部族势力搭建与塔利班对话的平台，但各部族多数仅仅考虑自身利益，他们各自联系的塔利班人员未必能代表塔利班整体。因此，如何建立与塔利班最高层通话的直接渠道，一直是卡尔扎伊需要面对的难题。2016年，奥马尔证实死亡后，塔利班如同拉登死亡后的“基地”组织，离散化迹象更加明显。阿富汗当局如今更加难以掌握牢靠的谈判对手。

疑问之二：如何界定“招安”对象？卡尔扎伊为显示反恐决心，声称“招安”对象必须放弃暴力活动、割断与“基地”等恐怖组织联系。然而，塔利班与恐怖组织存在千丝万缕的联系，如何确定谈判对象确实已“金盆洗手”，一直并无可操作的方案。如今，“伊斯兰国”势力的渗透，使得这方面的困难更大。

疑问之三：如何打消谈判对象的顾虑？塔利班“家法”甚严，先前向政府“投诚”的塔利班人员大多下场悲惨，轻则遭恐怖威胁，重则丧命，这使得愿意同政府和谈的塔利班人员心存畏惧。例如，前塔利班头目阿卜杜勒·萨拉姆2007年向政府投诚后被任命为赫尔曼德省穆萨堡地区的行政长官。此后，塔利班人员不断对他发动袭击，他本人虽幸免于难，但一个儿子和几名手下因此身亡。另一名投向政府的前塔利班头目哈克萨尔则被塔利班打死。如何保证和谈对象的人身安全，打消他们的顾虑，也是重要难点。

疑问之四：如何确保美国的全力支持？当年，时任美国国防部长盖茨说，“招安”对象仅限塔利班中低层人员，不包括奥马尔等首脑。假使最高领导人不被纳入和谈计划，又如何能指望“招安”计划在塔利班一方获得“组织保证”？此外，时任美国国务卿希拉里·克林顿曾公开表示，美国支持阿富汗政府“招安”塔利班，但对其具体实施方案“十分关切”。这一说法暗示，美国早在2010年就未必完全认同卡尔扎伊谋求同塔利班和谈的具体方式。现如今，特朗普上台后，美国的阿富汗战略肯定会面临调整，新的变数正在酝酿。

作为和平计划的一部分，对塔利班人员放下武器进行经济补偿，帮助他们就业和重返正常社会生活，所需资金数额巨大，依赖国际社会，特别是美国的支持。很难想象，要在墨西哥边界建墙并要墨方出钱的特朗普，会掏钱给塔利班。

唯一的利好是，美国和西方盟友的大部分军队已经撤离阿富汗，塔利班过去始终坚持和谈必须以外国军队全部撤出阿富汗为前提，这一重大障碍如今反而已经变得微不足道。

另外，从多个利益相关国加入和谈框架看，现阶段，促和的诚意比以往确实大大提升。

首先是美国。稳定阿富汗局势并早日从“泥潭”脱身，从奥巴马时代，便已成为外交重点。特朗普尽管与奥巴马在诸多议题上南辕北辙，但在阿富汗问题上，却可能难得一致。比之奥巴马，倾向孤立主义的特朗普，或许会更加积极地摆脱阿富汗。当然，阿富汗能否实现稳定与和平，可能在特朗普的议程上，并无以往的优先位置。但至少，美国不会成为阿富汗和平进程的阻力，是确定无疑的。

在奥巴马时代，美国便竭力拉拢北约加大对阿富汗的民事援助。尽管这些国家提供的援助可能“微不足道”，但有了广泛的“国际支持”，美国政府至少可以对本国民众和国会有所交代。

特朗普上台后，更加关注国内政治与民生议题。在阿富汗问题上，特朗普可能更加卖力推动其他国家“埋单”。

然而，由于英国“脱欧”等自身问题，加之与特朗普的情感疏离，阿富汗问题上的一个重要发言人——北约可能降低权重。

相反，俄罗斯尝到在叙利亚问题上大显身手的甜头后，更加有兴趣在阿富汗和谈中体现作用。这既符合它在阿富汗的传统影响力，也符合它在中亚的现实战略利益。

伊朗是阿富汗的西部邻国，阿富汗的官方语言达利语本就是波斯语的一支，两国在文化上有接近性。伊朗原先就在阿富汗具备一定政治影响力，纳入阿富汗和平进程，对伊朗而言，是提升影响力与维护战略利益的需要，也是阿富汗当局和塔利班能够接受的。

巴基斯坦作为原教旨主义比较盛行的国度，传统上与塔利班比较接近，阿富汗当局也一直指责巴方支持塔利班。近年来，阿富汗和平会议数度在巴基斯坦首都伊斯兰堡召开，是很好的趋势。巴基斯坦对塔利班具备一定影响力，假如诚意足够，能够为和谈进程提供实质性的助力。

印度在阿富汗重建中投入了较大财力、物力与人力，受到阿富汗官方与民众的欢迎。印方纳入阿富汗和平进程，为阿富汗当局所欢迎，但塔利班和巴基斯坦两方则未必满意。如何发挥好印方加入的积极作用，限制负面效应，是各方应当注意的问题。

不管如何，肇祸于始，弃之于终，恐怕将是美国在阿富汗的未来走向。美国将不可避免地在阿富汗重复其“越南经验”和“伊拉克经验”。

在1965年的越南，美国开始改变以特种部队和顾问团为主要干预形式的方针，大规模地投入地面部队与北越部队作战。

德浪河谷一战，美军与越军1比12的阵亡比例使美国驻越最高指挥官韦斯特莫兰认为，美军可以用这个消耗比例拖垮越共。

韦斯特莫兰错了。越军可以轻松选择作战的时间与烈度。想打的时候，他们就从柬埔寨过来打一仗，打够了就撤回柬埔寨。美军却不能进入柬方境内。听起来很耳熟？是的。在2010年的阿富汗，塔利班也是如此，打赢了就打，打不赢就跑到巴基斯坦，重要的是，美军从法理上不能进入巴方境内追击。

在阿富汗，美国为首的北约军队一开始想要完成不可能完成的任务——打到塔利班坐到谈判桌前为止。这让人想起2005年的爱尔兰，那一年，爱尔兰共和军终于自动放弃武装斗争。注意，并非是被英军打到停火。

2005年之前的几十年里，爱尔兰共和军共造成数万人死伤，但这一组织的正式成员只有500人左右。2010年的塔利班正式成员有多少？据估计，在1万人至2万人之间。看了这组数据对比，已经无人相信这场反恐战争能够胜利。

如今，和在越南一样，美国也终将彻底离开阿富汗。

第五章

恐怖阴云下的生活

| 第一节 |
血滴落在我的衣袖

关于阿富汗的新闻，大多被恐怖袭击所占据，以至于人们对这个国家的认识似乎笼罩着一层血色阴影，遮蔽了一切。其实，阿富汗不仅有流血与死亡，还有其他丰富色彩。尽管这种非常态的日常生活，有时令人愉快，有时嗟叹，有时令人悲伤。

在阿富汗的3000多万人口中，99%以上信仰伊斯兰教，其中又有90%以上属于逊尼派。不同于伊拉克等一些国家，在阿富汗，不同伊斯兰教派之间的矛盾冲突并不激烈，什叶派教众从事宗教活动的自由度相对较高。

2009年12月27日，适逢什叶派阿舒拉节，我出门瞻仰一下什叶派的阿舒拉纪念仪式。

那天上午，天色灰暗，白色的太阳躲在云层里。在肮脏、低浅的喀布尔河河畔，什叶派塔基亚汗·乌姆米（Takia Khan Umumi）清真寺正用扩音器大声唱经。上千名教众聚集此地，观看牺牲礼。

数十名青壮年男子，赤裸上身，手提金属链栓束的刀片。随着大喇叭发出号令，众男用刀链从前往后，向自己的光脊梁上招呼。脊梁先是红肿，继而出现血痕，最终流出殷红的鲜血。

鲜血飞溅，围观的人群潮水般后退，防止刀片散飞伤人。血花落在我的头脸、衣裤和相机上。有一滴落在我的虎口，分外鲜红。

有“服务生”不畏危险，走上前去，用绸缎巾幅为伤者拭血。有人还奉上牛奶，供“勇士”补充营养。

一名哈扎拉族男子脸色苍白，看似将不支倒地。身旁一位亲属抱住他苦苦相劝，叫他停止自残。男子坚持不肯。一名头戴绿色贝雷帽、身着绿色迷彩作战服的哈扎拉族国民军军人也来相劝，男子这才放下刀具，退到一旁，静静地啜饮牛奶。

哈扎拉族人之所以从外貌上容易分辨得出，是因为该族群据说是成吉思汗西征时蒙古大军的后裔，长相酷似我辈。全世界哈扎拉人口大约三四百万，其中280多万居住在阿富汗。在该国什叶派穆斯林中，哈扎拉族人数最多。今天现场自残者中，也以哈扎拉族居多。连维持秩序的军警，也多数是哈扎拉族面孔。

哈扎拉（Hazara）一词来源于波斯语“哈扎尔”，原意是“1000”，一开始用来指称蒙古帝国军队的千夫队，由此可见，哈扎拉人自称成吉思汗后裔的可信度确实存在。人口基因学者研究发现，哈扎拉人具有蒙古与突厥血统，这两个族群是蒙古西征大军中的主要组成成分，这从另一层面佐证了哈扎拉人与成吉思汗的关系。

历史上，阿富汗的哈扎拉民族多灾多难，自19世纪起，哈扎拉人便开始受到阿富汗最大族群普什图族人的迫害。由于普什图族长期掌控阿富汗政权，哈扎拉人在政治上受歧视，经济上被课以重税。为此，哈扎拉人不断发起抗争，这加剧了与统治族群的矛盾，形成恶性循环。20世纪，塔利班曾血洗哈扎拉人聚居的马扎尔沙里夫城，死者数以万计。

阿富汗旅美作家卡勒德·胡赛尼的小说《追风筝的孩子》为不少人所熟知。其中，主人公即是一对普什图族和哈扎拉主仆，这对少年伙伴的爱恨情仇，生动揭示了阿富汗的族群矛盾，以及这种族群矛盾对国家政治和个人命运造成的沉重影响。根据这部小说改编的同名电影在2007年上映，获得多项国际电影大奖。然而，人们在为小说和电影的感人情节一掬同情泪水的时候，并不一定能记住“哈扎拉”这个名词。

在反抗塔利班的军事行动中，哈扎拉人和塔吉克人一道，出力甚多。这两个族群也因此关系较为和睦。政治甚至影响到我们驻外新闻机构的日常生活。在新华社喀布尔分社，正式员工绝大多数是塔吉克人，唯一的一名电视记者奥米德恰恰来自哈扎拉族，却与其他同事相处愉快，这绝非偶然。

回头再说那天的阿舒拉仪式。半小时锤打自残后，一组完毕，另一组数十人接替登场。结束“表演”的人众，退至场边，悄然揩拭血迹，披起衣裳，无人呻吟，无人叫喊，无人流泪。

或许，哈扎拉族的不幸际遇，使他们对于受难者的节日“阿舒拉”节更能感同身受，也因此更能全情投入？隐忍，流血，牺牲，这就是这一纪念仪式的意义，也或许恰是哈扎拉人秉持的传统信念。

“阿舒拉”为阿拉伯文“第十日”的音译。根据伊斯兰教历，这一天是伊斯兰教历1月10日，是伊斯兰教圣日。

“阿舒拉节”是伊斯兰教什叶派穆斯林为哀悼穆罕默德外孙侯赛因遇难的重要纪念日。公元680年，侯赛因对时任哈里发不服，携家属离开麦加。行抵伊拉克境内卡尔巴拉时，遭哈里发派遣的骑兵追击，侯赛因一行全部战死。

那日正是伊斯兰教历1月10日（阿舒拉日）。什叶派认为侯赛因是殉教圣徒，这一天遂被定为该派蒙难日和哀悼日。每年这一天，世界各地什叶派穆斯林举行隆重纪念活动。

刀链自残，是以牺牲方式哀悼侯赛因的殉难，原本是极为神圣严肃的事情。不过，我在那一天的喀布尔河畔，并未感受到太多的神圣与严肃。在千名看客中，为数众多高擎手机，拍照猎奇。流血和圣洁之间，似乎存在距离。看客多数属于其他族群，其中不少应当不是哈扎拉人。有人流血，有人旁观，经由这幕场景，可以透视族群间的隔膜。在世界的各个角落，人们各有坚持，但做到相互理解与包容，却何其艰难。

那日采访归去，照常吃饭、工作。夜半沐浴，洗净全身，方觉不洁感稍去。一声叹息，上床睡去。后来发现，衣袖上沾染的血迹难以洗净。还有记忆里的血色，也长久挥之不去。

和“阿舒拉节”的相对“小众化”不同，斋月则是伊斯兰教各派共同的最重要节庆，在巴基斯坦、阿富汗和伊拉克生活多年的我对斋月的记忆十分深刻。

斋戒月简称斋月（Ramadan，Ramazān），在每年伊斯兰教的第九个月进行。依照伊斯兰教《古兰经》规定，所有穆斯林必须在这个月恪守以下戒条：每天自封斋、晨礼（Fājr，意为“日出”）到日落期间，停止饮食、性交等生理活动；当天日落后直至次日晨礼之前，方可正常作息吃喝（包括食用开斋饭）。

与很多人的想象不同，古兰经绝非与人情绝缘。经书第二章之第185节规定，老人、病人（含经期女性、孕妇及产妇、残障人士）等可以不守封斋；旅行者还可以在旅途结束后，补齐所欠的封斋日。

经书还有其他变通之处。例如，对于生活在传统伊斯兰社会的部分穆斯林，倘若未能在斋月当中封斋，允许在其后相对固定的时段进行，具体执行时还可以根据个人自身的健康条件以及所在区域的气候、时差等进行调整。

不仅如此，惩罚措施也颇见人情味。根据古兰经第二章之第184节，未恪守斋戒者，须布施食物给老弱或贫民作为“抵斋”，以此赎罪。

由于斋月依照伊斯兰历法，不与公历同步，因此每年斋月起始的公历日期是不确定的。

2010年的斋月，我在喀布尔度过。在阿富汗的一年里，我习惯和中、外同事一起吃饭。斋月当然也不例外。由于每天封斋结束后有一个“小开斋”，晚餐还比平日丰盛。

那年斋月在公历8月。8月19日晚7点多钟，毛拉通过清真寺的大喇叭通知可以吃饭，这令人心旷神怡的通知和室外的及时雨同步到来。暑热并未消散，诡异的是，雨天里的月亮又大又亮。有句俗话叫“国外的月亮更圆”，我常年在外工作，没有发现国外的月亮更圆，倒是发现国外的月亮更大。

伊斯兰社会较为传统和保守是事实，但与我们的想象不同，不少穆斯林男子很疼老婆，也绝没有大男子主义的表现。例如，我们的保安苏菲就是如此，他在家中是掌勺的那位，因此，在单位，大伙儿也是吃他办理的伙食。

那晚，吃了苏菲炮制的“布朗尼”（蔬菜馅饼）、馕、炖茄子和手抓饭，大家在一天紧张工作后，心情都好了很多。

我问苏菲："法鲁克沙（苏菲的真名，苏菲是绰号，意为有学问的人），是不是你跟安拉说，请赐予我们雨水？"作为虔诚的信徒，苏菲可没拿此事开玩笑，他一本正经地回答："不一定是我说的，也可能是其他好人说的。"

我说："我觉得你是好人。"苏菲并不附和这一称赞，继续一本正经地说："只有安拉知道谁是好人。我不知道我是不是好人。"

我坚持道："你是好人。"苏菲没想到老板这么固执，最后只好笑了笑："那好吧。"我得寸进尺地要求说："你帮我个忙，告诉安拉，我是好人。"苏菲郑重地点点头，应承下来。

其实，雨水在伊斯兰社会是十分重要的祥瑞。发源自阿拉伯半岛广袤沙漠的伊斯兰教，很早就把雨水视作真主的重要赐予。在穆斯林心中，雨水预示着丰收，预示着清凉，预示着祝福。

8月19日恰巧是阿富汗独立纪念日，这个日子倒没有按伊斯兰历法计算，而是按照公历。1919年的8月19日，阿富汗摆脱英国殖民统治，获得独立。

那天早上6点半，记者就被通知在国防部门前等待纪念活动。但到了9点，还没开始。记者全都毛了，集体抵制活动。

没有人采访。连电视直播也没有。时任总统卡尔扎伊冷冷清清地在一些政府官员和外交官陪同下，向国防部大院内的独立纪念碑敬献鲜花。这一切当然是拜糟糕的安全局势所赐。在公众场合举行盛大的仪式，在喀布尔是件奢侈的事情，也许会付出鲜血与生命的代价。

那天，还有一位国内朋友在网上跟我讨论说："像阿富汗这样的国家，是不是还不如不要独立来的好。"是啊，话糙理不糙。"独立""民主""自由"，这些美好的词汇，其实从来就不是天经地义地可以与"美好"画等号，人们只是由于遵从"政治正确"而不愿意承认。

说句反动的话，有"布朗尼"可以吃，不用每天担心被炸死，这样的生活，即使不独立，不民主，不自由，也很美好。

"法鲁克沙，请告诉安拉，我是好人。我不怕死。但我不希望爱我的人为我担心，"这是那天我没有说出口的话。

与斋月相比，更加鲜为人知的是阿富汗人也过春节。和农历春节一样，阿富汗的春节也是每年的开始。其实，这种春节（Nowruz）并非阿富汗独有，而是起源自伊朗，最初是为了庆祝每年的春耕开始。

在格鲁吉亚、亚美尼亚、伊拉克、中国等一些其他国家，波斯历春节也是历史悠久的传统节日，人们的庆祝方式包括清扫住处和外出购物，节日餐点则包括豆类、布丁甜食和各色干果。

2010年3月21日是波斯历纪元1389年1月1日，我在喀布尔迎来阿富汗春节。这一天，成千上万人聚集在喀布尔的清真寺，用祈祷、音乐和舞蹈来庆祝这一节日。人们还种树，用这种方式迎接春天的到来。

塔利班执政期间禁止人们庆祝春节。塔利班倒台后，他们再无没有权力宣布人们的欢庆非法，但他们仍用自己的方式表达对音乐、舞蹈以及其他令人身心愉悦的事物的反对。

就在那天，霍斯特和赫尔曼德两个省发生了炸弹袭击。霍斯特2死4伤，赫尔曼德11死7伤。还好，喀布尔的安全保卫工作在春节期间没出乱子。首都春节无人死亡。

| 第二节 |

这里的春节没有烟花

没有在伊斯兰国家长期生活与工作的经历，很难理解文化差异对人的日常生活可以造成多大冲击。在阿富汗，由于安全局势的影响，这种冲击更为特殊。

和其他一些伊斯兰国家一样，阿富汗人的休息日不是周六、周日，而是周五。因为周五，才是伊斯兰教的礼拜日，而非基督教的星期天。于是，新华社喀布尔分社也入乡随俗，周五放假，周六、周日正常上班。国内编辑部的同事有时好奇地询问：“你们怎么周六、周日也不歇着，那么多稿子？”呵呵。一笑而对。

同样，圣诞节、公历元旦这些节日不在阿富汗人的节庆目录中。中国的正版春节，则更是不在其列。在那些寂寞日子里，包括我在内的异乡客无不拥有一些印象深刻的场景与片段。

2009年的圣诞平安夜，我心头浮起的一句话是 —— “平安夜，在家才平安。”

那晚，和同事一起喝白粥，吃块馕，就一袋榨菜。平安是福。想起一位在北京的好友，一次，他在老家的同学问：“你们北京也过圣诞节吗？”朋友打趣说：“当然得过！我们也吃饺子。”哑然失笑。

那个夜晚，城中几个高大上的场所塞雷纳宾馆、黎巴嫩餐厅、金钥匙餐馆，都会有圣诞树，有丰盛的自助餐。然而，圣诞节正适合恐怖分子向异教徒开战，那些节庆地点，是恐怖袭击高危目标。因此，这样的夜晚，假如没有工作，还是待在家里更好。

那晚，我的圣诞礼物希望是睡个踏实觉。不希望因为发生什么事情，被迫中断睡眠，披衣起床工作。

在那个时刻，我很难想象，自己后来在香港的派驻生活：欣赏圣诞花车，看满街的红男绿女擎樽对月，被店铺里打折的绚丽衣衫晃花了眼……

不管怎样，那个平安夜，我还是在网上写下：“所有祝我平安、快乐的朋友，我也祝你们平安、快乐。”但愿我的朋友能读懂我的真诚。

2009年的最后一天本来应当是愉快的一晚。受中国驻阿使馆的邀请，正在吃饭、唱歌，等待新的一年的到来。不料吃到一半，传来某工地中国籍工人遭绑架的消息。于是，只得和大使一起中途离席，听取相关公司的情况汇报。

经过和大使的反复研究，认为发公开稿，将对营救工作造成不利影响，和国内编辑部联系，也取得一致意见。决定暂不发公开稿，只作内部情况汇报，同时预制好公开稿，由大使帮忙把关，一旦情况恶化，再发不迟。

一通忙乱，夜已深，新的一年已经悄然来到，忘记给我妈打电话了。

转天是元旦，在使馆喝了新年的第一顿酒。麻烦事儿出人意料的顺利解决了。由于消息没有扩散，被绑架员工所属公司在阿富汗有关部门协助下，与绑架者谈判，缴纳赎金后，人质得救，安然无恙。

大使、商务参赞都很开心，我们一起喝了不少酒。大使和参赞感谢我的配合，没有公开报道，低调处理，有助于事情的和平解决。我只是松了口气，当然算不上开心。有时，人们只能妥协，用并不一定上得了教科书的方式解决问题。新闻工作并不例外，有时，放弃新闻，反而是最佳的新闻伦理。因为，生命更加重要。我可以妥协。但我不会为此自豪。

记得那天后来，在漆黑的夜里，回到瓦齐尔·阿克巴汗区。警察严密封锁道路，检查所有车辆。那几日，我们居住的这个区警报升级，恐怖分子据称又要发动袭击。

一名警察拦住我们的车辆，用严厉的口气和司机兼保安阿卜杜勒对话，要求我们出示证件。可能是情绪不佳，又喝了酒，我对阿卜杜勒："告诉他，我会让中国使馆打电话给内政部，你会因为无礼而丢掉工作。一字不漏地翻。"阿卜杜拉对警察说了一通，不知道是不是真的按我的意思翻译，警察敬了个礼，放行。我那天心情不好。对不起，警察叔叔。

还有一日，是2010年1月15日，本该也是个愉快的夜晚。

记得当时我正和一些国内同事在网上热烈地讨论新华社某部门新年联欢会的盛况。谁喝多了，谁唱歌了，谁扮周杰伦又弹又唱了。同事们辑录的视频中还有我的照片。餐后有抽奖活动，一些人中奖了，一些人没有。

突然，一声巨响传来。好像是火箭弹，而且弹着点离驻地不远。愉快的谈话突然就结束了。保安阿卜杜勒和塔利班打过仗，他证实了我的看法——是火箭弹，而且距离很近。

我马上联系线人，布置同事发英文快讯。中国大使秘书打电话来问情况。我叫他转告大使，初步分析是火箭弹，具体正在查。

线人很快电话回报，是火箭弹，弹着点在德国使馆附近街道，伤4名平民，其中一人重伤。布置同事留守后，我抓起相机，让阿卜杜勒驾车拉我去现场。

只有5分钟车程。证实是在德国使馆附近。警察动作很快，封路，不许进入。现场有情报部门高级官员。我心里有底，伤亡不严重，不是必须硬闯的场合，遂打道回府，布置同事发中文稿，又打电话到中国使馆通报情况。

搞定一切后回到网上，告诉仍在等待的国内同事，没事儿，让我们继续聊周杰伦。在国外工作期间，经常有国内朋友提意见，说我总是不告而别，人机分离，网品较差。我只能说是塔利班不让我和你聊天，不知道这样的解释能不能让人满意。

农历除夕也同样不消停。

凌晨两点多就被国内值班的编辑打电话叫起来，说是北约与阿富汗联军的“共同行动”已经在赫尔曼德开打。

夜里停电了。摸黑下楼去警卫室，叫醒保安苏菲，让他启动发电机。在寒风中瑟缩了3分钟，等发电机开始轰响后，我回到办公室写稿。

那天有大批稿件处理。直到中午，工作暂停，想起晚上要在使馆吃年夜饭，只能下午抽空去看一下好友陈大明。

大明的“金钥匙”中餐馆距离我们驻地步行不到5分钟，当然，他还担任着阿富汗华人商会的会长。除夕，陈大明亲自掌勺，准备一桌丰盛的年夜饭，犒劳一起工作、生活的生死弟兄。

“可惜，这里的春节不让放焰火，”这是陈大明那天见到我的第一句话。

2010年，时年53岁的大明脸庞清隽，个头适中，胖瘦适度，身体结实，看上去比实际年龄年轻。过年了，他换上崭新的白色制服，头戴高顶厨师帽，亲自下厨料理年夜饭。

大明说，那顿饭内容丰富，海鲜原料从阿联酋迪拜和巴基斯坦卡拉奇进口，还有一些菜式所用原料是从家乡上海捎来。

他向我展示菜单：凉菜是酱鸭、花生米拌腐竹、海蜇配萝卜丝、白糖腰果和腊肠；热菜有海鲜羹、西芹鱿鱼卷、柠檬鱼丝、黄油煎鲳鱼、椒盐龙虾和西兰花；汤菜是草鸡汤。另外还有水果。

一名大厨、一名二厨和一名配菜员和大明一样来自上海，年龄都在50多岁，和大明是多年搭伴的老兄弟。

“辛苦一年了，除夕夜不能亏待弟兄们，”大明说至此，脸上微露笑容。

店里还有11名阿富汗当地雇员，其中包括跑堂和持枪保安。大明说：“给他们发红包，请他们吃炸鱼。”长桌上铺就洁白的桌布，菜肴已摆好。客人是大约10位阿富汗华商和中资机构人员，都是大明的老朋友。

每逢佳节倍思亲。

大明说，他已10多年没回上海老家过年，每年除夕夜给快八十岁的老母亲打电话，老母亲都会忍不住哭泣起来。

每年除夕夜，两个姐姐、一个弟弟和一个妹妹陪伴老母亲吃年夜饭。虽然大明总是缺席，但家人会照例给他摆上碗筷。每次回国短暂休假结束后返回的时候，老母亲都坚持送儿子到机场。“一见到老母亲要开始哭泣了，我就立即转头，再也不敢看她一眼。”

2010年，大明的女儿已经25岁，快要结婚了，未来的女婿在银行工作，“女婿和他的家人都很好”。

大明1992年出国闯荡，当年女儿才7岁，此后父女俩的联系主要依靠电话，但感情很好。阿富汗安全局势不断恶化，女儿一次在电话中对爸爸说：“爸爸，再做做你就回来吧。”大明听至此，在心里暗暗地流泪。既有心酸，又有欣慰。

大明那天告诉我，眼下老母亲身体还很硬朗，坚持自己料理家务，连小时工都不肯请，“等将来她需要人照顾时，我就回去”。

大明1992年第一次出国后，在阿联酋迪拜发展。给中餐馆打工一段时间后，他自己开店当老板，后来又做过旅游公司业务。他2005年10月来到喀布尔，当年12月租下眼下的店面，开始经营。大明经过市场调研，改革菜式，使中餐适合外国人的口味，顾客越来越多。

联合国驻阿机构2006年将“金钥匙”列为定点餐馆之一。联合国机构对定点餐馆认证极为严格，对餐馆的卫生条件和安保措施要求极高。2006年喀布尔餐馆大约在190家左右，获得联合国认证的仅17家。

不过，2009年8月阿富汗总统选举后，阿全国安全形势急剧恶化，首都喀布尔也不断发生恐怖袭击，对大明的生意造成极大冲击。

2009年10月28日，一伙塔利班武装人员闯入位于喀布尔市中心的一处联合国人员住所，将10多名联合国外籍员工挟为人质。在阿安全部队随后的武力解救行动中，3名塔利班武装人员被击毙，但6名联合国外籍员工也在交火中丧生。

这一联合国人员住处和“金钥匙”餐馆同在一个街区。事件发生后，联合国撤走大批驻喀布尔的人员，使大明失去不少顾客。

2009年12月15日，“金钥匙”餐馆几十米外发生自杀式汽车炸弹袭击。巨大的爆炸气浪把餐馆多处窗玻璃震碎。大明承认："炸上门来，谁能不怕？"这件事后，他第一次觉得喀布尔并非久居之地。

大明说，尽管餐馆已做足安保功夫，但他仍十分担心自己和所有员工的安危，"常常凌晨两三点钟还睡不着觉"。阿富汗没有规范的保险业务，"任何员工，包括阿富汗人，只要出了事儿，百分之百都是我的责任"。

到"金钥匙"吃饭，和在喀布尔很多就餐场所吃饭一样，需要经过严密的安检。大门外一道岗哨，两名持AK-47自动步枪、身穿浅蓝色制服的保安人员打开紧闭的金属门。

进入第一道门后，另一名保安使用安检设备对顾客进行全身检查，验明未携带武器后，再放行进入第二道门。这扇门上用英文写着"带枪者不得入内"的字样。这种就餐场景在喀布尔十分普遍，是身处国内安全环境下的人们无法想象的。

为了预防恐怖袭击，"金钥匙"餐馆建有可容纳六七十人的地下室。地下室金属门厚达6厘米。另外，餐馆所有窗户玻璃均贴有防爆膜。这种防爆膜可以确保在遭遇爆炸冲击波时，窗户玻璃不致碎裂伤人。

除了爆炸威胁，阿富汗包括首都喀布尔在内，还随时有发生绑架的可能。大明要求所有中方员工，无事时尽量减少外出。由于恐怖威胁加剧，来"金钥匙"就餐的顾客大幅减少，但由于菜肴可口，打电话来叫"外卖"的老主顾仍然很多。

接受记者采访过程中，大明多次接听叫外卖的电话。他微笑着说："一天外卖的营业额差不多有七八百美元，这是眼下餐馆生意能够维持的重要支撑。"

尽管有些许的伤感，大明仍高兴地迎接新年的到来。他在餐桌后的墙壁上挂上一米见方的五星红旗，换上崭新的唐装。

大明和员工的年夜饭提前在下午4点开始。因为和国内有3个半小时时差，他们可以边吃饭边收看中央电视台春节联欢晚会。吃完饭，还不耽误晚上的营业。

不到一年后，大明离开了喀布尔，但他仍没有回到老母身边，继续转战阿联酋，继续独在异乡为异客。在大年除夕对话大明，让我想起不少国外结识的同胞。我们在非常态的生活中维持常态，期盼着亲人与好友的理解与支持。

那天下午4点半（北京时间晚上8点），开始在使馆收看春节联欢晚会。晚会很热闹，有的小品很好笑。但我却莫名其妙地觉得很厌烦，觉得很吵，只想一个人待着。

我一个人跑出屋，走到使馆空旷的大院里，看看两道大门的岗哨和手持九五式自动步枪的中国武警，看看蓝天。我席地坐下，抽了支烟。

晚上吃饭的时候，很多馆员都喝高了。我和同事王岩也不例外。茅台入腹，却翻滚着想造反而出。脆弱的肠胃大概承受不了烈酒了。即使是好酒。

我在文中多处提到酒，其实，在国外工作，为了保持头脑清醒，随时应付工作，我除了在使馆，几乎不饮酒。甚至已经不习惯喝酒了。听说，喝酒，也需要常练习。

那天，又没有给母亲打电话。我实在无法像平日那样向母亲伪装快乐，我怕她终于听出我的疲惫和伤感。

我在喀布尔的“吃喝生涯”当然不仅是与国人在一起。

某日在五星级塞雷娜酒店吃了顿丰盛的自助餐，还是日本人埋单，特别高兴。2010年1月，日本《读卖新闻》伊斯兰堡分社首席记者酒井圭吾跑到喀布尔来采访，请我吃顿饭，了解一下阿富汗的形势。知道我此前在伊斯兰堡待过近3年后，双方自然又有了更多话题。

和多数我接触过的日本人一样，酒井很可爱。礼貌，周到，谦逊，工作态度讲求实际。他告诉我一些日本方面的有益信息。我也适当点拨他一些对巴基斯坦和阿富汗的形势分析。

说到当时备受关注的卡尔扎伊内阁难产，我告诉他，这是老卡和议会的双簧，目的是向西方社会秀民主，无须紧张。酒井惊叹说：“我采访的阿富汗人士都和你说的一样。”多新鲜。

分别的时候，有个小细节令人感动。酒井知道我刚打完电话，叫警卫开车过来接我，就特地陪我坐在酒店大堂，抽完一支烟，等我的车来了，才离开我。

回去的路上，突然很想给我在北京的一位大哥打个电话，告诉他我现在很出息，见了日本人，不打不骂，还准许他掏钱请我吃饭。我现在很文明。呵呵。

只是所谓的塞雷纳五星级酒店，也只是说起来好听。楼仅三层，主楼外面还砌了一道安装铁丝网的高墙，围墙装着大铁门，有持枪保安把守。亲爱的五星级，别叫塞雷纳了，还是叫普雷森（Prison）吧。

其实无理由笑话别人。新华社喀布尔分社，同样一点也不高大上。我去了之后，分社附近经历一次严重爆炸（前文已述）。分社主楼本来就垒了一道沙袋工事，爆炸后，我又申请经费，在警卫室的外墙垒起了第二道沙袋工事。这样，再爆炸的时候，又多了一层对冲击力的防护。笑人家五星级酒店像监狱，我们堂堂国家通讯社分社就像炮楼。

垒工事的时候，两名保安苏菲和阿卜杜勒一整天都和工人一起干活。我问阿卜杜勒："叫工人干就行了，干啥自己也干？"他回答："我们必须跟他们一起干，这样才放心。这也是为了保护我们自己。"很好的回答。

完工后，我与王岩一起在工事前合个影。我告诉他："只要我在，所有的危险，由我第一顺位去承担，你是第二顺位，因为，你有女朋友。"这位当时刚30出头的小伙子回答："我也要和你一样。"

| 第三节 |

喀布尔城有浪漫

说起阿富汗人，读者诸君的印象是不是只有男性的长胡须、大头巾与包裹妇女全身的"布尔卡"罩袍？撩开厚实的面纱，此间偶尔爆发小小的浪漫，就绝少为人所知了。

我2009年至2010年常驻阿富汗时，该国已摆脱塔利班统治近10年矣，至少在首都喀布尔街头，为数众多的妇女已然脱下"布尔卡"长袍，撩开面纱，露出娇艳的脸庞。不仅如此，一些青年男女甚至以欲说还休的方式展开了浪漫的自由恋爱。

塔利班统治时期禁止妇女工作和接受教育。妇女出现在公共场合，必须穿着"布尔卡"，还必须由男性亲属陪伴。

我第一次短暂到访阿富汗是在2003年，彼时，尽管塔利班已下台近两年，但在我一周的逗留期间，竟未见到一名妇女的面容。那次在公共场所见到的妇女，尽数披挂浅蓝色的“布尔卡”。这种服饰望之形同“移动的帐篷”，包裹妇女全身，只在眼部织出网眼，留作看路之用。

重回喀布尔，我见证了变化，在街头看到一些当地妇女身着西式服装，自由呼吸，自由行走。这一场景在塔利班统治时期甚至下台后相当长的时间里，都是难以想象的。

在市区中部偏北的“第三马卡罗莱恩市场”，出售珠宝、服饰、羊毛制品的店铺和贩卖水果、蔬菜的摊点鳞次栉比。这里不仅成为商业中心，而且竟然变成喀布尔年轻人开展异性交往的最著名场所。

假若是在黄昏，夕阳晚照，“第三马卡罗莱恩市场”内，20岁上下的年轻人便会扎堆。青年男女多数仍是同性结伴，但当男孩和女孩相逢时，互有好感就会心一笑，目光饱含爱慕。

一场恋爱或许就从这些无声的身体语言出发。过程一般是这样：在街头相逢并彼此相中的男女，会趁别人不注意的时候，用小纸片传递手机号码。然后并不着急相会，先通过手机谈恋爱，情到浓时，才正式出双入对地交往。到了今天，网络社交手段不断更新，不知道，喀布尔的年轻男女，是不是又多了不少沟通渠道？

当然，父母拍板的婚姻仍是喀布尔青年婚恋的主流。即使在浪漫的“第三马卡罗莱恩市场”相识相爱，据说真正能修成婚姻正果的男女为数不多。

另外，多数青年男女仍觉得这种自由交往不宜公开。在“第三马卡罗莱恩市场”，所有我曾试图采访过的青年女性均表示拒绝。

不仅如此，我在喀布尔街头邂逅的每一名脱下“布尔卡”的女子，无一例外地拒绝记者摄下她们美丽的容颜。即便如此，这些美丽容颜终于能在自由的空气里绽放，已然是相当喜人的进步。有了这一进步，我相信，喀布尔的色彩或许终将越来越绚丽。

与我2003年首访喀布尔时相比，2009年至2010年的喀布尔，尽管恐怖袭击依旧频发，但已悄然在商业方面取得不少进步。2003年，全城仅在美国军营有一处较正规的超市，六七年后，喀布尔已拥有“城市中心”“春花商城”等购物中心和多家超市，给喀布尔带来更多的生活气息。

比如位于市中心的“春花商城”，达利语叫Gulbahar，意为“春天的花朵”，所以中国人把它叫作春花商城。名字听上去有点土，但很可爱。

这座购物中心共有8层，最上面4层当时尚未完成装修，外墙蒙着绿色遮雨布。地下一层是咖啡厅，地上第一层出售珠宝，第二层出售服装，第三层出售电器、化妆品、手机、生活用品和音像制品。刺鼻油漆味提醒人们，此处仍在不断装修。

第二层有数十家服装专卖店。记得其中一家店名可直译为“黑店”，令人忍俊不禁。店主塔吉克族人穆斯塔法·萨德尔2009年的时候35岁，上唇有微髭，笑容可掬。

萨德尔告诉记者，“春花商城”是2008年5月建成，一年后，已有数百家商户在此经营。他的“黑店”2008年6月开张，算是较早进场的商户。阿富汗政府有一项德政，不对商户课税，以鼓励其发展生意。

“黑店”主营牛仔服饰，主要进货渠道是土耳其和中国。因此，萨德尔会讲突厥语，也会用中文说“谢谢”等简单词语。

在当时，一条并非知名品牌的牛仔裤，萨德尔开价35美元，还强调说：“只是给你们这个价，别告诉别人。卖别人都是45美元。”出价20美元，他还价25美元就再不松口，最后成交。这一幕极像中国小商品市场的情景，很熟悉，很亲切。

萨德尔承认，受阿富汗较低经济发展水平制约，多数普通阿富汗民众无力承受春花商城的高消费，他的这家店铺生意较为清淡。

在商城中也可以看到一些女顾客。她们有的身着“布尔卡”，有的没有。即便是露出脸庞的妇女，一见相机镜头就急忙躲闪。在商城入口处，警察对顾客进行“无微不至”的搜身，提醒人们，春花也罢，黑店也罢，仍然抵不过恐怖阴云的威力。

说完逛街，再说说运动。在中国，“叼羊”这项运动一般和新疆联系在一起。中国人也许听说过“叼羊”，但多数不知其详。“叼羊”的起源很难考证，不过，可以确定的是，它不仅为维吾尔族民众所喜爱，也同时盛行于其他国家的乌兹别克人，哈扎拉人、塔吉克人，吉尔吉斯人，哈萨克人、土库曼人族群。这其中也包括阿富汗。

在阿富汗，叼羊称作布兹卡兹，被誉为阿富汗“国技”，主要风行于普什图人之间。布兹卡兹的规则有点类似马球，只是没有球杆和球门。比赛时，选手分为两队，每队十人，一小时内在马背上争夺一头小牛或小羊的尸体，获胜一方授奖，牛羊赛后也被烹吃，以昭示幸运。

喀布尔的叼羊比赛多在冬季举行，规则更为简单。比赛场地为郊外大片空地。在空地上两处不同地点用白色泥灰各画一个大圈，两支骑手队伍在场地上争抢宰杀后的羊只或牛犊，把抢到的羊或牛犊扔入圈中，扔进次数多的队伍获胜。

2009年12月18日，喀布尔温暖冬日，蓝天白云。大约500名喀布尔民众聚集在市郊，观看“叼羊”表演。3天前，喀布尔刚刚发生一起自杀式爆炸袭击事件，致使8人死亡、40人受伤。18日这一天，恐怖阴云似短暂消散。至少在“叼羊”现场，只有欢声、笑语和掌声……

那天的比赛是喀布尔省队的一场内部训练赛，在喀布尔北郊靠近机场的一片空地上展开。此处背倚土山，远远能望得见白雪覆盖的兴都库什山脉。20多名骑手坐于马背，排成一列，蓄势待发。一名头戴白帽、挥舞皮鞭的老者充当裁判，一声哨响，比赛开始。

虽然是内部训练赛，但赛况仍很激烈。刹那间，20多匹骏马挤成一团，骑手们展开混战，全力抢夺放在地上的大约30公斤重的牛犊。抢夺中，骑手的身体猛烈碰撞，有人用脚踢踹对方，有人用马鞭抽打竞争者抓住牛身的手。

骑手多数头戴皮帽，身穿厚棉衣，脚蹬及膝马靴。一名光着脑袋不戴帽的年轻骑手引人注目。他所骑的骏马毛色黑亮，体型高大，超过一般马匹。这名骑手的骑术也出类拔萃，不时紧勒缰绳，使马几乎直立起来。他瞅准机会，冲出包围，俯身抢到了牛犊。

抢到战利品后，这名骑手一手控缰，一手倒提牛犊，绕场飞奔，雄姿英发。其间骑手的棉袍衣襟散开，露出肌肉鼓起的胸膛。观众连声叫好，报以热烈掌声。

我在场边和一名退出混战、稍事休息的骑手聊了起来。骑手名叫沙赫扎曼，时年40岁。他18岁就参加“叼羊”运动，入选喀布尔省队多年。沙赫扎曼告诉我，阿富汗全国34个省中多数省份拥有“叼羊”队。马主多为当地富人，出资雇佣驯马师并负担马匹饲养和训练所需费用。代表省队的骑手由专门的技术委员会挑选。“叼羊”队获胜后，除赛事主办者提供奖金外，马主也会奖赏骑手。

我笑问沙赫扎曼：“你都40岁了，还搞这么激烈的运动，你妻子不担心吗？”

沙赫扎曼笑答："她当然担心，但我太喜爱'叼羊'了。"

和赛场内的欢声笑语相比，比赛场边一些手持AK-47自动步枪的阿富汗国民军士兵在执勤，他们神色严峻，保持戒备。军人和枪支提醒我们，这个国家还面临着恐怖威胁。看起来，"叼羊"这项据说由成吉思汗带入阿富汗的运动，已将勇敢精神深深植入阿富汗人的血液。这种尚武勇敢，倒是颇适合阿富汗的国情。

阿富汗人不仅喜欢"叼羊"，排球这种比较现代的运动，也很受欢迎。

2009年12月14日情人节那天，喀布尔天空有些阴霾，但不时有阳光冲破阴沉。那天，我跑到阿富汗奥委会体育馆，观看16支来自全国各地的排球队打选拔赛，为阿富汗国家男子排球队招募新人。

那天首先出场的是东南部霍斯特省队和喀布尔"红新月"队。"红新月"队身穿红白两色球衣，霍斯特省队身穿浅蓝色球衣。比赛争夺激烈。双方虽然都是业余选手，但竞技水平却相当专业。由于目的重在选拔队员而非争夺锦标，所以比赛只进行一局。最终，赛前被认为实力稍高的"红新月"队反而落败。

随后，更多球队捉对厮杀。阿富汗国家排球协会市场部经理胡沙尔·马利克扎伊在场边告诉我，这次比赛可能持续2天至3天，包括他本人在内的7人委员会将经由观察比赛，遴选未来阿富汗国家男子排球队的16名队员。

马利克扎伊说，这是阿富汗国家排协连续第二年举行这项赛事。国家排协负责各地球队赴喀布尔比赛的食宿及旅费。阿富汗人民热爱排球运动，早在20世纪70年代起，就广泛开展这项运动。其后，多年战乱严重影响阿富汗排球运动发展。2001年阿富汗战争打响后，在阿富汗奥委会和排协大力推动下，全国34个省中有多个省成立排球队，竞技水平也不断提高。

"我们阿富汗人爱打排球"，马利克扎伊笑着说。他本人曾是霍斯特队球员，去年刚刚退役，担任排协官员。

我当时还在场边采访了等待上场比赛的北部朱兹詹省代表队。这支球队的主力球员20岁的阿卜杜勒·哈迪说："我们球队在这次比赛中不属于强队，但我们每个人都会尽力发挥水平，竞争国家队位置。"

哈迪说，在仅有40多万人口的朱兹詹省，经济发展较为滞后，开展体育运动条件较差。排球队平时没有专业场地训练比赛，只能在泥地打球。由于冬季多雨雪，这次比赛前，朱兹詹省队已停止训练两个月了。

另外，球队缺乏经费，队员平时都有正式工作，利用业余时间训练和比赛。排协官员马利克扎伊介绍说，这种情况在其他各省也很普遍，马利克扎伊正努力开展工作，争取驻阿企业和其他经济机构出资赞助这项运动。“最重要的是，我们阿富汗人不会放弃对排球，对体育的热爱，”马利克扎伊说。

那天，阿富汗奥委会体育馆容纳大约200人的观众席上，坐满观众。在体育馆周围，持枪警察严密戒备。在体育馆上空，时常有军用直升机飞过。不过，在体育馆内，只有球员得分后的欢叫声和观众的击掌叫好声……这一场面，令我经久难忘。

大半年后，到了2010年10月，广州亚运会即将召开，我去探访阿富汗代表队的准备情况。

阿富汗奥林匹克委员会副秘书长、广州亚运会代表团团长尼克比恩告诉我，阿富汗将派出由127人组成的代表团参加广州亚运会，代表团中起码有两名运动员具备夺取奖牌的实力。

尼克比恩说，虽然阿富汗仍处在战乱之中，但人民对体育的热爱之情不减。塔利班政权倒台后，群众体育运动逐渐恢复开展，竞技水平不断提升，已在一些国际比赛上取得了良好的成绩。

他还说了不少官方的话，比如：阿富汗运动员有信心在广州亚运会上向亚洲和中国的体育爱好者展现自己的风采，力争佳绩。他感谢中国举办这样的体育盛会，使阿富汗运动员有机会与亚洲各国和地区运动员同场竞技，增进友谊。

尼克比恩说，阿富汗代表团中运动员人数为103人，其中女运动员8人，总共参加13个项目的比赛。这些项目包括体操、篮球、台球、拳击、板球、高尔夫、柔道、空手道、射击、跆拳道、举重、摔跤和武术。在这些项目中，阿富汗运动员有望在板球、柔道、跆拳道、举重、摔跤等项目上取得佳绩。其中，跆拳道男运动员鲁·尼帕伊和内·巴哈维具备了夺取奖牌和冲击金牌的实力。

时年25岁的巴哈维是2008年北京奥运会开幕式上阿富汗代表团旗手。巴哈维曾获2007年世界跆拳道锦标赛72公斤级银牌，这是阿富汗运动员在世锦赛上获得的首枚奖牌。他还在2006年多哈亚运会上获得一枚铜牌。

时年23岁的尼帕伊2008年在北京奥运会上战胜世界冠军、西班牙选手胡安·拉莫斯，夺得跆拳道58公斤级铜牌，这是阿富汗运动员有史以来夺得的第一枚奥运奖牌。

尼克比恩还说，在集体项目中，阿富汗体育爱好者对阿富汗运动员在板球与篮球这两个集体项目寄予厚望，希望板球队和篮球队能打出水平。阿富汗男子篮球队在2010年早些时候举行的南亚运动会上获得该项目金牌，篮球运动员已成为阿富汗民众心目中的偶像。

后来，在广州亚运会上，阿富汗运动员果然夺得两枚银牌和一枚铜牌。尼克比恩大叔没有吹大气。

阿富汗人对亚运会还真的很关心。2010年11月，广州亚运会开锣后的一天，我正在值班室和保安苏菲与奥格格一起吃晚饭，司机法里德B（因另有一名记者也叫法里德，所以分以A和B称呼二人）本来可以下班了，但也开开心心地席地坐下，和我们一起吃。

当时小法刚结婚不到一个月，我疑惑地问："你不赶紧回家，不怕媳妇儿生气？"

苏菲坏笑着说："他想等爸妈睡着了，再回家见老婆。"大家一起"喔——"的一声表示明白了。

小法赶紧转移话题对我说："昨天我看亚运会了。这次亚运会在中国举办。"我告诉他，我采访过你们的跆拳道队员了。苏菲又坏笑着说："法里德B天天都和老婆玩儿跆拳道。"我板着脸告诉苏菲："法鲁克沙，我可以负责任地告诉你，法里德没和老婆玩儿跆拳道，他们玩的是另外一种运动项目。"于是，大家一起开心地大笑起来。

边吃饭边看电视其实是不少阿富汗人，包括我们这些异乡客在喀布尔的重要娱乐活动。

又有一晚，我在警卫值班室和苏菲、奥格格一边吃饭，一边看电视。托洛电视台是喀布尔比较受欢迎的一个电视频道，晚上7点黄金档固定是土耳其电视连续剧，达利语的配音。主要是生活剧，元素不外是爱情、商场、警匪和凶杀。

中间也插广告，内容大多涉及饮料和食品。那天突然来了段公益广告。一位面容和蔼、包着头巾的中年女教师在授课。一群十来岁的孩子，身穿浅蓝色的校服，显得朝气蓬勃。

一个孩子站起来抑扬顿挫地朗诵了一段。苏菲翻译说，这孩子说长大后要当工程师。镜头切换到未来世界，一个年轻人头顶安全帽站在建筑工地上。苏菲说，这就是刚才那孩子，长大真的当上工程师了。

理想多么美好。我问苏菲："你儿子想不想当工程师。"他回答："我儿子想当大夫。"

我们的两个骨干记者中，哈利姆大学学的是工程，法里德A学的是医科。他们没有干上工程师和大夫。希望，苏菲的儿子能当上大夫。

饭毕，走到院子里。头顶，黑鹰直升机不时低空掠过，向着南方和东部飞去。南边是坎大哈与赫尔曼德，东部是霍斯特。那些地方，天天在开火。

有阿富汗人造谣说，这些黑鹰有的飞向北约营地，有的飞向塔利班营地，飞向塔利班营地的，是给塔利班送武器和弹药。美国人悄悄给对方当运输大队长，目的是不让塔利班垮掉，好继续理直气壮地留在阿富汗。

谣言很可耻。我相信，这一定不是真的。在阿富汗，人们更加珍惜阳光，厌恶阴霾。

| 第四节 |

明天在哪里

愿景很美好，现实却很骨感。

阿富汗五分之三的领土面积存在交通不便的严重瓶颈。阿富汗战争以来，该国经济主要倚赖外国援助，其中来自欧盟的援助占阿富汗国内生产总值的40%。即便如此，2016年，人均GDP仅527美元，全球排名第172位。农业是主要经济支柱，而可耕地面积还不足农用地的2/3，却要养活3000多万人口。

2010年前后，阿富汗存在价值万亿美元矿藏的消息传遍全球，令关心这片土地的人燃起希望，又有人担忧，匹夫无罪，怀璧其罪，这里的军事战将要演变成经济战。

当时的情况是，美国媒体在2010年密集释放消息说，美方勘探人员在阿富汗发现丰富矿藏，其中大部分是现代工业亟需原料，总价值大约为1万亿美元。阿富汗官方随后宣布，这些矿藏价值比美方声称的还要高，达到3万亿美元左右。

消息放出后引起国际社会关注，一些分析人士当时指出，美方与阿方选择这一时机释放消息，或许意味阿富汗战争战略方向由主打军事向主打经济转变。

美国《纽约时报》报道称，由美国国防部官员和美国地质学家组成的勘探队发现，阿富汗境内蕴藏包括锂、铁、钴、金、铜、铌、稀土等大量金属矿藏。其中，蕴藏量最丰富的是铜矿和铁矿。此外，阿富汗还蕴藏大量铌矿，用铌制造的合金是一种重要的超导材料。

再有，阿富汗锂矿储量与玻利维亚相当，后者已探明的锂储量高居世界第一。锂是制造可循环充电电池的重要原材料，被誉为“21世纪新石油”。

《纽约时报》报道依据是其报道人员获得的一份五角大楼备忘录。这份备忘录由五角大楼和美国地质勘测局在对阿富汗全国范围进行数年连续勘探后做出。

不过，令人费解的是，阿富汗拥有巨大矿藏并非新闻。随便翻开一本介绍阿富汗相关知识的书籍，都会看到清楚的介绍，该国本来就是矿藏丰富的国家。

中国社会科学院出版的《列国志：阿富汗》篇中写道，阿富汗自古就采掘和使用宝石、金、银、铜。早在1977年，一份篇幅达419页的报告在西方公之于众。报告称，阿富汗全国有58处固体可燃性物质矿床，898处金属矿物矿床，114处稀有金属矿床，4处放射性和稀土矿床，105处贵金属矿床，118处非金属矿物矿床，21处宝石矿床等，其中煤、铁、盐、天然气以及各种宝石矿最为重要。

美方与阿方在2010年突然放出并非新闻的新闻，显然并非为普及地理知识，如此喊话的动机与背景在当时引起诸多猜疑的目光。其中，美方1万亿美元的估价与阿方3万亿美元说法由于缺乏科学依据而格外令人生疑，难免有“炒作”嫌疑。阿富汗矿产和工业部顾问贾利勒·尤姆利亚尼甚至公开说，这些矿产资源将成为未来支撑阿富汗经济的支柱。

按1万亿美元作价的话，以阿富汗当时全国2900万人口计算，平均每人可拥有价值34482.76美元的矿藏。难怪有媒体惊呼阿富汗将成为另一个沙特阿拉伯了。阿富汗经济经多年战乱后饱受摧残，2010年时的国内生产总值仅约120亿美元。

这一“巨大发现”其实了无新意。早在2004年，派往阿富汗参与重建项目的美国地质学家在位于阿富汗首都喀布尔的阿富汗地质勘探局图书馆发现一些地质图表和数据。资料显示，阿富汗境内可能蕴藏大量矿产资源。

美国地质学家随后发现，这些数据是20世纪80年代苏联入侵阿富汗时由苏联专家收集而得。当苏联军队撤出阿富汗时，这些数据被遗弃。

进入90年代后，阿富汗内部战乱依旧不休。为躲避战火，一些阿富汗地质学家将这些资料带回家中保管，直到美军2001年进入阿富汗驱逐塔利班政权后才将这些数据放入地质勘探局图书馆保存。“确实存在图表，但由于30多年的战争，矿藏并未开采”，曾供职于地质勘探局的阿富汗工程师艾哈迈德·胡贾布莱说。

在这批资料的“指引”下，美国地质学家2006年开始勘探阿富汗潜在矿产资源并于次年“颇有新收获”。

但随后两年内，这些数据没有得到美国和阿富汗官员重视。2009年，美国国防部派赴伊拉克执行商业发展任务的一个特别行动小组转赴阿富汗后得到了这批数据。在这之前，除了当时参与勘探的地质学家外，没有人曾查阅这些数据，更没有人想到这些枯燥的勘探数据背后或许蕴藏大量财富。

这个特别行动小组随即邀请美国地质专家根据先前勘探数据找寻矿藏，并将勘探结果通报时任美国国防部长罗伯特·盖茨和阿富汗总统卡尔扎伊。

阿富汗的突然露富当然自有玄机，巨大矿藏既然并非一夜之间冒出，当时大加炒作自然有台前幕后的多重背景。阿富汗当地分析人士认为，首先，美国和阿富汗政府达成默契，释放发现巨大矿藏的消息，以吸引更多国家参与阿富汗经济重建，为解决阿富汗问题寻找新药方。

2010年，阿富汗战争进入第10个年头，这个国家的安全形势不仅未见好转，反而空前恶化。美国终于认识到，武力不是解决阿富汗问题的根本良方，开始将注意力更多投向经济领域。同时，美方也终于承认，单边力量难以解决问题，需要多方共同努力，就资源开发而言，蛋糕一家是吃不动的，需要大家来分。

2010年7月，多国代表在阿富汗首都喀布尔举行阿富汗问题国际会议。这次会议上，以经济发展促安全形势成为主题。阿富汗方面为这次会议准备了一揽子计划书，涉及经济项目涵盖农业、水利、畜牧业、交通与航空业，总价值达150亿美元。

这些项目的资金来源，当然仍须依靠外国“金主”。而选择这一时机，释放发现巨大矿藏的消息，其动机也就不言自明了。

另外，据拒绝公开姓名的中国驻阿使馆官员透露，其实，2010年更早些时候，时任阿富汗总统卡尔扎伊访华期间，就已经把阿富汗“发现”巨大矿藏的消息告知中方，希望以此作为吸引中方增加介入阿富汗经济重建进程的筹码。看起来，这万亿美元矿藏的消息，大有香饵的味道。

围绕阿富汗丰富资源的“暗战”其实早已打响。除开重要的战略地位，阿富汗所拥有的巨大资源储备，早就是列强觊觎的目标。围绕这些资源的争夺战也早已打响，并非新闻。

早在20世纪初，英国阿富汗殖民当局就对阿国矿藏展开调查。苏联20世纪70年代也在阿富汗进行过勘探。世界银行2004年的一份报告专门论述阿富汗资源的丰富性。美国勘测局则在2007年就报告说："阿富汗资源实在太丰富了"。

美国勘测局自2007年起就对阿富汗全国矿藏进行系统调查摸底。为此，该局专门改装一架英国轰炸机，机上安装测绘仪器，绘制阿富汗全国资源多维视角地图。

另外，美国国防部专门组建一支阿富汗资源调查特别行动队，在阿富汗政府与国际公司，主要是美国公司之间搭建合作开发的桥梁。

至2009年，美国已经搜集全部阿富汗矿藏资源数据，随之着手评估这些矿藏的价值。

另外一个经济大国中国也没有闲着。早在2008年，中方就在阿富汗艾纳克铜矿招标中成功中标，获得该铜矿30年开采权。依据合同，开采出的铜一半归中国。

中标的中冶科工集团计划在铜矿所在地区修建一座400兆瓦发电厂，为矿区和首都喀布尔提供电力。此外，该公司还将为铜矿修建一座冶炼厂等，并为当地阿富汗人修建学校、公路甚至清真寺。

中国获得艾纳克铜矿开采权，引起一些人不满。美国和欧洲的部分企业抱怨说，中方借助"桌面下的交易"弄到铜矿开采权。同时参加竞标的加拿大和印度公司也指责说，中国公司利用阿富汗矿业部官员的腐败在竞标中获益。

还有人怀疑中国公司对阿富汗当地民众的福利承诺是否能够兑现。这些猜测与责难并无根据，但从中不难看出围绕资源的争夺战已然升温。

宝藏虽然发现，开采运输却并非易事。这些突然冒出来的宝藏，价值究竟是1万亿美元，还是3万亿美元，还有待商榷与考证。不过，稍有常识的人都知道，开采这些矿藏并非易事。

首先，阿富汗本国没有矿业企业，依靠自身力量，无力对这些矿产进行合理开采。事实上，不仅是没有矿业企业，阿富汗几乎可以称为完全没有自主工业的国家。2010年的时候，即使是在首都喀布尔，除了一家生产火柴的企业，竟没有任何一家自主企业。因此，巨大矿藏的开采必须也只能依靠国际企业。在目前糟糕的安全形势下，外国企业来蹚浑水前肯定需要好好算一下经济账。

阿富汗当地专家估计，开掘一个大型铜、铁矿石或金矿，需要投资50亿美元甚至更多资金。还需要投资50亿美元兴建公路、铁路等基础设施，供向外运输所用。即便有外国公司"见钱眼开"，愿意"上钩"，算算经济账，能不能盈利，也还是未定之数。

这些矿藏中，为数不少分布在与巴基斯坦接壤的东部和南部地区，相当一部分处于塔利班控制区域，为保障安全所需付出的成本，更是很难计算。

已经启动的艾纳克铜矿工程可以给这一安保成本做个注解。在2010年，负责工地外围保安的阿富汗安全部队人数达到1600人。而工地内部保安还需要数百名警察的警力。据了解，负责内保的这几百号人的生活成本将由中方公司负责。

其次，再看运输。阿富汗是内陆国家，无海港。那么，未来矿产品如何运到海港？选择一：向东再向南，借助巴基斯坦南部国际海港卡拉奇出海。难点在于，货物必须途经阿巴边境，而这里是塔利班最为活跃的地区之一。北约军队运输队尚且频繁遭袭，何况是民用车队。选择二：西部的伊朗。难点在于，伊朗边境远离阿富汗已经探明的矿藏地。选择三：向北经中亚各国运往俄罗斯。难点是路途遥远，成本太高。

更要命的是，向这三个方向前进，均无铁路。依靠公路运输大宗矿产品，代价之高昂，任何矿业巨头都需要思量再三。而修筑铁路非数日之功，恐怕也是大公司们决策前需要反复掂量的事情。匹夫无罪，怀璧其罪。历史上，拥有富饶资源却引来刀兵之祸的国家与民族不在少数。万亿美元矿藏，对于已经战火连绵的阿富汗来说，究竟是福还是祸，目前还难料定。

如同伊拉克民众指责美英入侵意在控制该国石油资源，阿富汗民众顺理成章也会怀疑西方国家入侵阿富汗，在反恐之外，还含有控制资源的目的。

美国国防部官员组成阿富汗矿藏勘测小组，五角大楼起草阿富汗矿藏报告，这更令美国人介入阿富汗问题显得可疑。这种民众心理，对于塔利班可能成为有利因素，成为该组织进行舆论宣传、争取民众支持的工具。

另外，阿富汗中央政府与地方势力之间存在的矛盾，也可能在万亿美元矿藏的利益驱使下，变得更为严重。中央政府与地方势力，尤其是部族头领，势必将会就矿藏控制权以及开采后的利益分配等问题展开激烈争夺，甚至引发更多流血冲突。

与此同时，政府内部以及相关利益集团，也可能趁机攫取国家财富，这笔财富不排除成为加剧阿富汗政坛腐败的催化剂。实际上，矿业是经营利润周期较长的产业。从启动开采到见到效益甚至可能需要四五十年的时间。阿富汗各种地方势力以及塔利班等反政府武装未必懂得这些经济规律，他们得到消息后，或者疯狂圈地，或者动武抢夺，由此导致暴力活动进一步升级，绝非平民百姓之福。

低调做人高调做事，或许方为上策。阿富汗矿业部多次举行招标推广会，吸引外国公司参与采矿。中国读者关心的是，对于经济发展过程中日益感受到资源能源压力的中国来说，在近邻阿富汗发现丰富矿藏，到底该如何应对？

一些分析人士认为，美国释放阿富汗存在万亿美元矿藏消息，意在针对中国，但就其方式而言，存在两种不同观点。观点之一认为，美国始终视中国为争夺资源的对手，中国迅速崛起，在非洲等地区的资源开发利用方面展现自己独特的方法，基础设施、农田水利以及铁路等配套工程相当成功，这对美国构成很大的竞争压力。美国担心在阿富汗依靠一己之力，难以与中国争雄，出于长远考虑，希望吸引更多西方国家参与进来，抵销中国的竞争力与影响力。观点之二则认为，美国希望在阿富汗问题上加强与中国的合作，放出万亿美元矿藏的消息，旨在吸引更多中国企业进入阿富汗矿业，从而也促使中国政府在阿富汗问题上承担更多义务。

部分美国政界军界人士认为，中国在享受阿富汗经济利益的同时，应当承当更多安全职责，甚至应当向阿富汗派遣军队，参与国际安全援助任务。从这一意义上说，万亿美元矿藏开发，是美国用来拉中国入局的手段之一。

长期以来，中国外交政策遵循睦邻、富邻的指导思想。自2008年中国进入阿富汗开采铜矿后，中国在阿的开发模式，具备明显特色。中方帮助阿方建学校，修铁路，盖清真寺。企业与当地居民建立较为融洽的关系。另外，中国坚持不派兵阿富汗，也令阿富汗民众对中国产生好感。

2010年初，阿富汗总统卡尔扎伊率领一个庞大的经贸代表团到中国，与中方签署一系列合作协议。这表明，阿方自身也有意愿，想吸引更多中国投资，这并非美国的支持或者反对所能左右。按中国驻阿外交人员的说法，中国在阿经济发展，应当遵循低调做人、高调做事的方针，讲求实际，顾全大局。中阿经济合作，既要算好政治账，也要算好经济账。赔本赚吆喝的事情，未必对国家的外交大局有利。

就中国对阿富汗的经济援助而言，自2002年至2010年，中方已向阿方提供总计9亿多元人民币的重建援助。这一数字在后来继续以年均千万美元以上的幅度增长。

尽管如此，百废待兴的阿富汗对中国有更高的期望。而中国秉持一贯的作风与立场，一定不会对别国的资源“新发现”指手画脚。如今，“一带一路”倡议中，阿富汗是重要的航程站点之一，人们都在关注，中国因素能为阿富汗带来多少积极影响。

第三部分

伊拉克篇

第一章

你好，巴格达

第一节

为什么要去巴格达？

2010年差不多接近尾声的时候，我的阿富汗之旅也将终了，已经确定下一站是伊拉克。彼时，利比亚和叙利亚局势尚未恶化，阿富汗和伊拉克还是人们认为世界上最危险的地方。即便是我的亲朋好友，也不明白我何以不让自己歇歇，一定要连续转战这样两个国家。

2010年12月25日，圣诞节，喀布尔天气阴沉。闫亮恰在圣诞节过生日，我们祝他生日快乐。闫亮和章建华是单位派来接替我和王岩的。我将在那个月底离去，而他们初到之后，就抓紧适应当地的工作、生活环境。

大明虽已离去，我们和金钥匙餐馆的关系依旧良好。那天下午，我抽空到餐馆订了晚上的菜单，点了大虾和带鱼。王岩已回国，剩下的三个大男人对着一个奶油蛋糕，似乎总有些奇怪的感觉。所以，这个就省了吧。

订完餐回到办公室，顺利地签了新一年的租房合约，堵住了房东涨价的要求。虽然省的不是自己腰包里的钱，仍然有些欣慰的感觉。和《追风筝的人》中一样，我们的房东也是普什图人，这位白须长者不通英文，依靠他十五六岁的小儿子当翻译，和我讨价还价。这位小儿子就要去伦敦留学。看见他，我不由得想起《追风筝的人》作者卡勒德·胡赛尼。也许这又是一个在喀布尔出生、成长的普什图人，将要在西方社会度过自己今后大部分的人生。我要说，他是幸运的。

那天晚上，三个人简单喝了瓶红酒。大家都有点儿上脸。酒这个东西就是如此，总是不喝，慢慢量就变浅了，容易醉。结账的时候，站在柜台的位置，远远看着还在热烈交谈的两个新同事，内心竟有一丝微微的痛。希望，他们可以平安、顺利地度过接下来的一年。我没有用“快乐”这个词儿。

“快乐”，在这里，实在是个太奢侈的词汇。但是，接在“生日”两个字后面，实在也没有比“快乐”更妥帖的祝福语了。那就这样吧，生日快乐。

那天席间，聊起我即将赴伊拉克，同事不胜感慨，问起我理由，我没有回答。倒计时了，我即将离开阿富汗。按惯例，离开某一人生驿站，似乎应当说些什么。然而，突然无语。似乎无话可说。

关于这个国家，似乎美好记忆不多。满眼黄土，遍地战火，官府腐败，民风刁蛮。匹夫无罪，怀璧其罪。战略位置的重要，致使大国以此为抓手，角力争夺。烽火连绵，干戈不止。我将离去，而此地苦难未已。

关于我身边的人，总怀不舍之心。朝夕相处的同事，中国人也好，阿富汗人也好，一起工作，一起吃饭，一起面对艰辛与危难。情感在心里，尽管，并不善于表达。

离开前的另一日，夜幕降临的时候，月亮特别大特别圆。叉着腰站在院内，和阿富汗员工一起聊天。我真心地告诉他们，从他们身上我学到很多东西，学到如何迎接苦难与危险。

离开阿富汗，生活仍将继续。无论如何，总是要诚实、勇敢、坚强地去生活，尽力照顾、保护身边的人。仅此而已。伊拉克，也没有什么例外。

即将和我赴伊拉克一起工作的人叫作王宏彬。他先于我赴任。

2011年4月29日凌晨，在漆黑的夜里，这个26岁男人孤身一人飞往伊拉克首都巴格达。

他需要在阿联酋首都阿布扎比转机。假如一切顺利，在飞往巴格达前，他须一个人在阿布扎比冷气开得过大的候机厅里枯坐几个小时；假如不顺利，飞机晚点，他就得多坐上几个小时，甚至10多个小时。我没有到机场去送行，只是祝他一切顺利。

那天，我在日记中写道："王宏彬将在伊拉克至少工作、生活一年（事实上，任期延长，他在那里待了近两年）。不管他愿不愿意，等他回来的时候，他会对生活有了不一样的认识。或许甚至，他会变成另外一个人。再过大概一个月，我会去那个地方（伊拉克）陪伴王宏彬，一起工作和生活。有关应该如何积极地面对人生和工作，有关事业，很多人有很多美好的理想和设想，我们从来不会鄙视那些理想和设想中包含的美丽元素。相反，我们很珍视这些。但是，更重要的是，当枪声和爆炸声响起的时候，我们最关心的是，战壕里紧挨着自己的那个人。当然，我们不会忘记，在任何地方，都要诚实、坚强、勇敢地生活。王宏彬，那个地方见。"

我启程是在2011年6月10日。那天北京时间凌晨1时30分，我从北京机场起飞。9个多小时后，我飞抵阿联酋首都阿布扎比。按计划，应当是阿布扎比时间10日10时（北京时间13时50分）起飞，飞往伊拉克首都巴格达。

从北京飞往阿布扎比的一路，我都在睡眠中。尽管航空公司职员体贴地给了我靠窗的座位，并且没在我的身边安排其他旅客，但半躺半坐的姿势，注定导致半梦半醒的睡眠。而且，可惜了航班提供的好电影。我一部都没有看。

阿布扎比时间10日9时顺利安检，登上飞往巴格达的飞机并扣上了安全带。不过，很快机长就通知大家返回候机大厅，原因是巴格达机场因沙尘天气而关闭，我们的航班将推迟整整一天。原来，沙尘天气并非北京独有，呵呵。

由于没有办理阿联酋的签证，我只能在机场度过整整一天。航空公司把我和其他10多名相同情况的旅客安排在机场内的宾馆。然而，由于没有空房间，我们10多个人被安排在一间面积五六十平方米的休息室。只有沙发，没有床。

电话通知了单位的外事局和已经在巴格达的同事王宏彬。宏彬一早起来看见沙尘天气就已经从巴格达机场了解到情况。他嘱咐我照顾好自己。

机场宾馆的无线网络要收费。还好，有免费的热咖啡和三明治。我喝了几口咖啡，嚼了一份三明治，披上宾馆提供的毯子，跑到候机大厅去上网。和朋友们在网上联络上之后，心情就好了很多。

这是第三次在阿联酋的机场过夜了。前两次是在迪拜。

第一次是2004年12月26日，印度洋海啸后的第二天，我从伊斯兰堡赶赴科伦坡，支援斯里兰卡的报道。由于错过了伊斯兰堡经卡拉奇飞科伦坡的航班，只能先向西飞到迪拜，再折而往东南去科伦坡。

迪拜机场的那个夜晚也是特别寒冷。10多个小时里，我很忙碌地上网做功课，把斯里兰卡和海啸的情况临时抱佛脚地学习了一下，准备一到当地，就能够干活儿。那一夜，时间过得很快。

第二次是2010年1月11日，我从喀布尔经迪拜飞香港出席单位的亚太地区工作会议。那一夜，迪拜机场依然特别寒冷。我喝了几杯加冰威士忌，靠在冰冷坚硬的候机大厅座椅上，睡得很香。

也许，年纪渐长，更加喜欢回忆。

那夜，在阿布扎比机场休息室里共度一夜的10多个人里，有几个印度男人，两三个巴基斯坦男人与女人，来自斐济的巴格达机场保安人员、前女警丽萨，另外还有几个伊拉克男人。

空气臭烘烘的像牲口棚。但我半躺在沙发上还是睡得挺香。转天晨起，居然找到久违的神清气爽的感觉。

早饭不错，有面包、鸡蛋和咖啡。吃饭的时候和丽萨聊了几句。原来，她服务的英国G4S安保公司承包了巴格达机场的安保工作，来自斐济的安保人员有数十人。斐济人相对西方国家人员，在巴格达比较安全，这是安保公司愿意雇佣他们的重要原因之一。

这位有5年警龄的黑人妇女，身高超过1.70米，身材壮硕，笑声洪亮。她需要钱，巴格达需要有经验的安保人员。各取所需。

和头天同样，当地时间9时开始登机，10时30分的时候，终于飞了出去。

在机舱里，身旁坐着的是43岁的工程技术人员卢克。卢克19岁的儿子今年考上了大学，因此，2008年起就在美军巴格达基地工作的卢克，决心续约一年，继续在伊拉克工作。卢克说，高薪加避税，这就是伊拉克好过美国的地方。

两小时后，飞机开始下降。机场上空仍然有沙尘。卢克告诉我，他第一次到达巴格达的时候，一名旅客在飞机降落后，听到“可疑的声响”，怀疑外面有爆炸，打死也不肯离开机舱。丽萨拍了拍我的肩说：“欢迎来巴格达。”我回敬说：“欢迎回家。”

从机场至最近的检查站大约有15分钟车程。在这个距离内，机场只给少数车辆发放通行证。所以，机场偌大的停车场内极其空旷。而穿越沙漠通往检查站的路途也同样极其空旷与安静。

打着黑领带、穿着白衬衣的出租车司机，利用这一安保措施，找到了生财之道。15分钟的车程，他们要价50美元。在检查站，我把难缠的司机交给前来迎接我的巴格达分社伊拉克籍办公室主任达乌德。在我和宏彬见面寒暄的时候，达乌德已经把价还到30多美元，打发走了出租车司机。

从检查站至分社所在的曼苏尔宾馆，还有15分钟车程。那天，巴格达交通畅通，车辆不是很拥挤。街头军用车辆比较少，只看见少数几辆伊拉克军队的轻型装甲巡逻车。

我就这样开始在伊拉克不到两年的生活。没有想到的是，一年多时间，人生里如此短暂的一瞬，在巴格达却显得那么漫长。以至于离开几年后，我在一次独自看电影的时候，感叹说："这场电影像我在伊拉克的生活一样漫长。"

2016年2月，我已经派驻香港工作，休养生息。某日，难得看场电影，却选了《13小时：班加西无名英雄》（*13 Hours: The Secret Soldiers of Benghazi*）。看这场接近2个半小时的电影，好似让我回到在伊拉克度过的接近两年时光，漫长而挣扎。

电影故事发生在2012年9月11日，地点在沙尘扑面的利比亚城市班加西。

美国大使克里斯托弗·斯蒂文斯高调地出现在班加西的公众场合，声称要在战后的政治、社会废墟上恢复与利比亚人民的联系。他赢得了掌声，但危机已悄然掩至。

大使先生居住的官邸不是通常戒备森严的美国战地使馆。班加西的临时驻地仅有两名外交特勤人员，还有一群日薪仅28美元的利比亚保安。

这与我在巴格达的生活有点相似。2011年6月至2012年6月，差不多一年的时间，我和王宝彬托庇于中国驻伊拉克使馆的保护，与包括大使在内的10来名中国外交人员居住在巴格达的曼苏尔酒店。

那座酒店其时已经歇业，不提供任何服务。大约一个班的中国武警战士担当内卫。和班加西的美国大使临时驻地一样，曼苏尔酒店的外勤由薪水低廉、居心叵测的伊拉克安全部队担负。我们时刻担心着袭击的到来。

正如在班加西的斯蒂文斯大使一样，一旦有事，我们没有近在咫尺的部队可以增援，没有撤退通道。

2012年“9·11”那天，美国大使没有我们幸运。几十名武装人员向班加西的大使驻地发动了袭击。

观影那天，或许是影院第三排的座位太靠前，声像效果又太好，枪击的火光如此逼真，爆炸后的碎石乱舞，似乎扑面而来。坐在银幕前，恐惧却比现实生活好像还要来得强烈。

2010年，我蹲在泥泞的喀布尔街道，拍摄持枪军人冒雨冲来，四周是AK-47自动步枪清脆密集的爆响，我没有畏惧；2011年，在伊拉克国庆阅兵仪式上，在恐怖分子迫击炮袭击的震响中，挺直身体，举起相机，我没有畏惧。

但看战争电影，枪战和血腥的场面却总让我心悸、头痛。处在和平环境里，奇怪的是，有人反而变得脆弱。

在班加西，大约一英里之外的中央情报局“秘密”营地（其实早已是公开的秘密），6名合同安保人员（雇佣军）主动要求营救大使一行。

他们没能救出大使，只带回了大使警卫中的一员。接着，武装人员对中情局营地发动进攻。9月11日晚至12日晨，经过10多小时激战，中情局营地终于等到了利比亚友军和美方的联合增援。

这座四方的营地，让我想起在巴格达的国际媒体中心。那是面积仅大约半个平方公里的小营地。两座三层小楼为外国记者提供食宿。

我和同事自2012年6月与使馆分别，住进这个当时只剩下中国记者的国际媒体中心。

班加西的6名雇佣军来自美军海豹突击队和游骑兵。我在巴格达的营地，是由AKE安保公司的退役英国特种空勤团军人负责安保。

在世界各地，精英部队的退役人员效力于各类安保公司，为在战地的政府官员、商人和记者服务。他们用鲜血和生命为代价，保护他人的安全，换取金钱。这不是多么高尚的职业，但不可或缺。

我在巴格达打交道最多的是曾经在特种空勤团服役的罗伯特·曼（Robert

Mann）。我坚持认为这是他的化名，曾打趣说："什么人会管自己叫'男人'（Mann与Man同音）？"身高1.9米的大汉罗伯特只是大笑回应。

我们有过严重冲突。

营地安保条例规定，进出营地必须乘坐车辆，假如自己没有车辆，营地将会收费提供（通常是装甲车辆）。有一日，我坚持要求自己出营地散步，罗伯特坚持不允许。

我平静地看着他的眼睛，冷淡地说："我必须去散步，试试看拦住我。"

罗伯特妥协了。他叫一个伊拉克保安背着AK-47陪我出门。那一天，我绕着围墙，漫步一圈，还在水泥地上和伊拉克小孩踢了一会儿球。心情很好。

事后几年，我一直为当年的任性后悔。在极端的条件下，人的情绪不稳定，宣泄的对象往往是身边很亲近的人。

这就是为什么，影片中佣兵小组组长罗恩总是和中情局站长争吵，但最后，却以牺牲生命为代价，保护了站长在内的其他人。

罗恩和他的战友在影片中营地内的4座小楼楼顶，抵抗了武装人员的漏夜进攻。

在电影故事发生的同一年，我在巴格达。只要不外出采访，我常常在营地的楼顶徘徊，吸烟。我怀疑我吸完了这辈子该吸的烟，所以，回国后，我戒烟了。

在极度苦闷之时，我不负责任地很想来一场班加西13小时式的对垒，一了百了。

这样的事情终究没有发生。虽然，很多夜晚被重机枪或炸弹爆炸的声响惊醒，但是，在伊拉克的接近两年时光，我和中国同事毫发无损，我的伊拉克员工毫发无损。

班加西那晚的夜战间隙，罗恩的战友兼好友杰克说："罗恩，很抱歉告诉你，我今天和老婆通话，她说又怀孕了。我不希望今早的电话成为遗言。"

杰克还说："奇怪的是，打仗的时候，我感觉不到害怕，只有停下来，我才感到害怕。"

这些台词，好像子弹般打进我的胸膛。我想起曾经告诉同事王宏彬：不管你愿不愿意，这段经历将改变你。

我和宏彬交流不多，在巴格达分别后也很少联系。但是，我们都很清楚，在那朝夕相处的两年里，假如危险袭来，我们会用身体为彼此遮挡子弹。

影片中6人小组中唯一战死的正是组长罗恩。我认为，他很幸福。在现实中，假如我的同事和下属受伤，我会比我自己受伤，痛苦百倍。

在影片的末尾，导演交代说，获取勋章的是中情局站长，而6人小组幸存人员得到的是和家人幸福地在一起生活。

是的，有时候，我们的冒险行为，似乎只是为了让自己更加懂得珍惜平常的岁月，而不是为了让某个人为自己点赞，哪怕是点赞加一。

| 第二节 |

在伊拉克，我们正常生活

到达巴格达那天，多尘多风，令人不快。转天，太阳就在晴空高照。风轻轻地吹。

在宾馆约有1公顷的大院里漫步。尽管久未营业，曼苏尔酒店规整的四方绿地仍然告诉我们，它有着美好的履历。

西班牙人当初把16层楼刷成暗红色，在阳光下透着些深沉的色彩。那天，一些工人正在做装修施工。希望他们早日让宾馆恢复五星级的旧貌。

历经丧乱，枣椰树挺立依旧。有些结了果实，有些没有。圆形的游泳池干涸而蒙尘。池边一些地方，爆炸后的瓦砾遍地，尚未整修，荒草疯长，有时看得见狐狸出没。尽管如此，我仍然怀想，当年，池中是否也荡漾着天蓝色的波浪？这让我想起澳门黑沙滩凭海的心型游泳池。我也曾在澳门驻站。记忆里，那些天蓝色的波浪，那些宁静安详的日子，并未远去。

院子面朝底格里斯河的一侧为装修用的掘进工具开了扇两米阔的门。踱出门，就是浩浩汤汤的底格里斯河。河水是阴沉的灰色，但并不浑浊。站立门前，面朝河流，右手是桥梁，左手也是桥梁。没有船只经过。空旷。有晨风轻轻地吹过。暑气稍稍有些散去。

宏彬说，这道门是安全缺口。是的。门边没有持枪警卫。人们可以沿两侧桥梁的桥孔下到桥脚下的河岸，然后就可以找到这扇门。进入。希望他们来的时候不要带枪或者炸弹。然而，不带这些，他们又来做甚?

那天，70多岁的前新华社巴格达分社雇员阿布·新浪（Sina）带着个“蒙古大夫”来为我抽血。抽血是为了办理居留签证用。每三个月续签一次，因此每三个月要抽一次血。希望他们不要浪费我健康的血液，把它积攒起来给需要的人用。我的血型是A。

宾馆大门的警卫见过新浪，但没见过“蒙古大夫”，所以拒绝放大夫入内。新浪只见过宏彬一次，和我是初会。因此，不奇怪他错认宏彬为我。从宾馆大堂到大门的一路，新浪热情地和宏彬汇报着抽血的事宜，没有理我。

到达门房，我们看见三十多岁皮肤黝黑、胳膊粗壮的大夫。新浪热情地邀请大夫给宏彬扎针。宏彬和我赶忙纠正说，需要抽血的是我。新浪这才恍然大悟地冲着我笑道：“原来你才是张先生。”

宏彬用从国内带来的碘酒药棉帮我消毒。大夫是不管这个的。我很幸运，抽的很顺利。据说，以前某倒霉的同事曾被扎过好几针。这便是我称抽血人为“蒙古大夫”的缘由。

记忆里，那是快乐的一天。门房墙上贴着什叶派领导人萨德尔的画像，他严肃的脸似乎也带着笑意。

过了几天，2011年6月15日，又是一个晴天。干爽炎热的天气，适合游车河。居留签证下来了，所以，我可以合法地第一次出街。在巴格达，能够外出，如同过节一样快乐。

在2011年，“伊斯兰国”尚未出世，巴格达还是全国最危险的地方。不夸张地说，每一次外出，都是一次冒险。中国驻伊使馆当时与我们同住曼苏尔酒店，我们两家机构是当时已经停止营业的酒店唯一的长期住客。使馆官员每一次外出，都被要求乘坐防弹汽车，并由中国派驻的武警战士持枪保卫。

那天，分社司机巴沙尔驾车带我们出了绿区，来到较为安全的凯拉代区。这一区是富人区，主要居民是什叶派穆斯林。据说，西方人可以在此地逍遥地平步街头。我们却没有看见这样的景象。

车辆等红灯时，巴沙尔抱怨说："巴格达也就这个区还有几盏红绿灯。"我告诉他："我们很幸运，这里居然有红绿灯。"其实，这个世界上有不少城市是没有红绿灯的，比如，我去过的巴控克什米尔首府穆扎法拉巴德。

在凯拉代区，枣椰树很多，街道很清洁。楼房多数不超过4层。行人多数着西式服装。偶尔才见一位老人身着白色及踝的长袍，戴着阿拉伯式样的头箍。蓦然看见，远远的，一个长发披肩的女子身影，姿态婀娜。她上身是桃红色的短袖衫，露着小臂，下身是黑色的过膝裤，露着光洁的小腿。

这是我见过最可爱的伊斯兰国家街头一景。没有布尔卡。没有头巾。可爱的女人。一位朋友说我太热爱伊斯兰国家了，总是挑这样的国家去常驻。部分正确。我没有故意挑巴基斯坦、阿富汗和伊拉克这三个国家去寻求冒险大满贯，然而，在这些国家，我确实学会了珍惜生命，珍视任何美丽瞬间，不把任何幸福安康当作天经地义。

在凯拉代区，一座白蓝色的电信高塔鹤立鸡群，它曾经被命名为萨达姆塔。伊拉克战后，名字改为巴格达塔。这大概和中国有些地方把"中正路"改名为"解放路"类似。未来有一天，人们或许会忘记萨达姆。而巴格达，将依然是巴格达。

为安全计，新华社驻伊拉克的中方人员经外交部批准，和使馆同住。而分社原先的办公所在地位于逊尼派的街区，伊拉克籍的雇员继续在那里上班。雇员中，除司机巴沙尔是什叶派，基本都是逊尼派。他们低调地坚守在这里工作，两点一线，来往于各自住所和分社之间。

那天，办公室主任达乌德和我讨论了是否在分社配备枪支的问题。3名警卫中，有一人家里有枪。不过，假如枪支用作办公地点的保安用途，需要申请许可证。

这倒不是最大的障碍。主要的担心是不要惹祸。原先的保安哈桑在我到任两个月前因为修理电路触电身亡。达乌德说，哈桑40开外，人很稳重，假如他还健在，枪支可以确保在安全的手中。但现在，顶替哈桑的是他两个儿子，都是20上下岁数，枪在他们手里，或许不牢靠。"看看再说吧，"我结束了讨论。

那个时候，我有些想念在喀布尔的保安苏菲和阿卜杜勒。有他们和一支AK-47离自己不远，总是让人觉得心里很熨帖。

那天午间在分社与宏彬及六名雇员聚餐。饭食很简单，碎肉手抓饭，西红柿煮菜豆，底格里斯河的烤团鱼，一点点蔬菜色拉。饭菜很香。按我的老习惯，喜欢与雇员讲笑话，放松心情，营造和谐。达乌德说他爱Spice，我和英文记者贾迈勒说他是Spice man。大家都笑了。

在当时，尽管美军尚未撤离，但在巴格达的存在却很少显现。这是让我欣慰的一点——美军的存在，总是伴随危险，他们经常成为袭击目标，连累不巧恰在周围的无辜。

初到巴格达，街头看不见美军，但很有秩序。警察头顶藏青色大檐帽，雪白的长袖衬衣，藏青色长裤。白色代表干净与宁静。安全部队没有随意拦下我们的车辆检查证件。而且，和喀布尔的警察相比，他们眼神清醒、正常，不像吸过毒或没睡醒。另外，他们显得有文化，即便看不懂我护照上的英文，但一定能阅读护照上阿拉伯文的签证。我相信他们。

晚间，还是会偶尔传来一声枪响或火箭弹爆炸的声音，这让我时不时地还是会在某个瞬间想起我的喀布尔。但是，我会慢慢爱上巴格达。

由于平时不和伊拉克同事同住，所以，隔三岔五我与宏彬会去分社与雇员一道吃个饭，联络感情。

一天，主菜是烤鸡，配上手抓饭和蔬菜色拉。一种用切碎的茄子、土豆、柠檬和橄榄做成的酱涂在面饼上，味道很独特。另外一种豆类制成的布丁也很香，用宏彬的话说，“味道很有层次”。

那天饭毕，我正靠在沙发上半睡半醒，突然看见安保监视器的画面显示，保安海德正透过大门的窥孔监视宅子外路过的陌生人。想起前一次来分社，司机巴沙尔很奇怪地过门不入，兜了一圈才回头。他告诉我们，一辆陌生车辆跟了很久，不能让这辆车知道外国人进了哪扇门。

小心无大错。2011年，在很多人看来，是伊拉克战后相对安全的一年。之前，2006年至2007年那段最血腥的日子里，分社雇员下班回家途中经常在分社周围看见横尸街头的场景。2007年，美国官方统计数据显示，伊拉克平均每个星期发生的袭击事件大约1600起。这其实并不遥远。到了2011年，袭击事件的数量大幅下降了，就在我们聚餐的那天，经新华社报道的巴格达爆炸袭击事件就有5起。死人不多。

但是，还是会死人的。

那天下午，还去了老城区的穆塔纳比街。那条街道以10世纪伊拉克经典诗人穆塔纳比为名，据称是巴格达知识精英汇聚的地方，有不少书店和露天书摊。

战后，书店只开早市。所以，那天我们只看到破旧的老楼与满地的垃圾。一些满脸横肉的青年盯着我们的眼神含着仇视。

那些年的生活使我能够分辨友善、漠然、不友善和仇视等不同的目光。仇视的目光不会令我恐惧，也不会令我愤怒，却会让我扫兴，觉得了无意趣。

彼时，尽管“伊斯兰国”还没有诞生，但伊拉克并不平静，巴格达并不平静。比如2011年7月4日美国独立日，通常，这一天巴格达绝不会消停。那天，“名记”贾迈勒主动写了条长稿综述。贾迈勒主动写综述的日子，一定是不平静的日子。

数了一下我们当天所发的所有稿子，全国有七八起暴力事件，品种比较全，枪击、汽车爆炸、路边炸弹和人肉炸弹都有，但伤亡总数不大，11人死，30多人伤。

黄昏时分，暑气稍退，我和同事们坐在分社所在曼苏尔区的街边，吃吃冰激凌。那个小雪糕店的环境相当好。室外有遮阳伞，红色、绿色和黄色的塑料椅，显得很清洁。服务生很友善，总是面带微笑。一个六七岁的男童弄了根长长的橡皮管，给街面洒水降温，边洒边乐，不知道在开心什么。

我每次问达乌德大叔去吃个冰激凌安全不安全，大叔总是回答：“不安全。不安全。不过，你说了算，你说去就去吧。”问年轻的司机师傅巴沙尔，回答就比较爽：“没问题。没问题。”

吃完冰激凌，回到停车处，巴沙尔不怕弄脏了时髦的紧身牛仔裤，趴在车底，仔仔细细地找了半天，然后直起身子，一脸阳光地说：“呵呵，没炸弹。”我在心底笑着说：“这还真的不是在搞笑。”

突然才想起来，贾迈勒那天早些时候的稿子里有一段写了一起路边炸弹爆炸，就在我们吃冰激凌的曼苏尔这一区，死了3个警察，炸伤4个人，还毁了几辆车。吃吃饭，吃吃冰激凌，有时还真的会死人。这不好。

在战地工作，我有个迷信，从来不说“怎么很久没有爆炸”这样的话。先前试过说这样的话，结果总是立竿见影地朝相反方向去。屡试不爽。

在巴格达，这个小迷信仍然灵验。比如，我有时在稿件中写道，凯拉代区如何被认为较为安全，西方人可以自由走动。然而，2011年美国独立日，这里就发生了一起汽车炸弹爆炸，3死8伤。

在搬去媒体中心前，我和宏彬与中国使馆同住曼苏尔酒店，也是因为该酒店有伊拉克军人把守，相对安全。然而，也并非万无一失。比如，我在酒店居住的房间临街。据说，2009年，街面的一次爆炸，气浪把当时坐在这间屋里的新华社同事掀翻在地上。水泥天花板也掉下来大大的一块。我住进去时，房间已修补粉刷一新，但天花板仍然有一块凹陷，可以看出旧时遗迹与伤痛。

还记得，2010年12月28日，我即将从喀布尔离任的前一天，“金钥匙”中餐馆的新经理老李摆了一桌送行酒。新华社的3个人都喝了不少。接替我的章建华听说过巴格达的一些情况，他流着眼泪叫我去巴格达后一定要换间屋，不要再住在临街的那一边。

我没有换房间。也不打算换。但是，我要谢谢你，建华。

我在巴格达的时候，总在枕边放着一块“出入平安”的佛牌，是台湾影星张世在北京雍和宫求来，送给他的好友、台湾音乐人“狗毛”，“狗毛”在我离京赴巴格达前转送给了我。从巴格达离任回京后，我坚持把这个佛牌还给“狗毛”，告诉他：“它跟我去了趟伊拉克，一定能给你带来好运！”共产党员不该迷信。我错了，向组织检讨。

在巴格达的日子里，喀布尔的朋友们仍然牵挂着我。某日，喀布尔分社的司机兼保安阿卜杜勒给我打了个电话。

阿卜杜勒的中文一定不如我的达利语，所以我们只能用支离破碎的英文交谈。分别身处两个手机信号都巨差的国家，热烈地在千里之外问候彼此的母亲。我还单方面问候了他的其他家人。

阿卜杜勒告诉我，阿富汗的形势比以前好，不知道真的假的。他叫我在伊拉克一定要注意安全，说：“你怎么跑去伊拉克了，那里多危险！”听喀布尔人说巴格达危险，搞笑之余，自有辛酸。

在巴格达，接到杜拉（阿卜杜勒的昵称）的电话不止一次，他叫我注意安全也不止一次。听一个亲手打死过若干塔利班的糙哥情感细腻地叮嘱安全是件略微奇怪的事情。不过，这叮嘱，令我感动。

人们总是恐惧自己未知的事情，哪怕自己已知的境遇未必好过未知的前景。这就是人在阿富汗的杜拉为什么会担心在伊拉克的我。其实，说句难听的，假如我是和尚，他又何尝不是秃驴？呵呵。

塔吉克人阿卜杜勒，全家是塔利班的仇敌。他的一个兄弟死于塔利班的炮火，另一个致残。他和哥哥苏菲、弟弟奥格格是新华社忠诚的保镖。每个夜晚，轮班端着AK-47守夜，让我们中国人能够睡得香甜。

在喀布尔的一年里，我经常和杜拉一起登上分社附近的小山丘，看看蓝天白云，抽上几根香烟。时光飞逝如电。喀布尔突然离我如此遥远，如同那些在喀布尔发生过的思念与幸福，一起变得离我如此遥远。

如果我说，我这一辈子最幸福、内心最温暖的一年是在阿富汗度过，有多少人会相信？不管朋友们相信不相信，反正，我是信了。

枪声，爆炸，是塔吉克兄弟和我一起共度过的人生。在我们相互陪伴的日子里，多次讨论过塔利班杀回喀布尔的可能性。我曾说，我会留下，和杜拉一起拿起枪战斗，我不怕打一场别人的战争，只怕，让爱我的人为我担忧。

杜拉在电话中总是说，盼望有一天我能重回喀布尔，能再见到我。这样的日子，不是没有可能。我从和我一起战斗过、生活过的人身上，学到了一点：人生的幸福或苦难，一定不是由你身处何地所决定，一定是由你自己的心灵所决定。我，已然完全不在乎，自己的下一站，会是哪里。无论在哪里，我，还是我。

可惜，这些复杂的心事，我无法用言语对杜拉说明。陪伴过我的好兄弟，我只能真心实意地和你互相问候对方的母亲。

在巴格达，我在某日的日记中写道："我和宏彬要上街去玩耍。我们要在非常状态下正常地生活。我们要开心、健康、乐观向上地生活在巴格达。就像我们在任何地方一样地生活。工作，学习，娱乐。"

| 第三节 |

记者，危险离你究竟有多远？

初到伊拉克的新鲜感渐渐麻木后，伊拉克的生活，慢慢变成温水煮青蛙似的折磨。即便有浪漫，也不折不扣是血色浪漫。在首都巴格达，几乎每天都有鲜活生命被恐怖袭击夺走。新闻记者是高危职业。这不是玩笑。

出于安全因素考虑，每逢巴格达有新闻发布会召开，会场上基本见不到外国记者，所有外国新闻机构派出的都是伊拉克籍雇员。电视摄像哈米德·迈亚希（Hameed al-Maiahi）是其中一位。

迈亚希40岁出头，身材略胖，相貌平凡。他回忆说，2010年某日，他去鲁巴伊大街拍摄画面。摄像机刚架好两分钟，就听到枪声越来越近。迈亚希和另外2名同事赶紧回到车里。一辆红色轿车疾驰至迈亚希的车旁，车内几名枪手用装了消音器的手枪开火。

迈亚希语气平淡地说："我中了7枪。一枪在脸上，另外6枪在肩部、后背和腹部。"

这或许解释了他为何习惯性地把左脸颊朝向与他交谈的人。或许，他害怕人们看见他右脸颊上子弹留下的伤疤？

迈亚希伤愈后继续从事原先的工作，因为，他和他的家庭需要这份高风险的收入。

至今没有查明谁向迈亚希开枪。迈亚希在巴格达新闻圈也并没有因为中弹而一举成名。一项非官方的统计数据显示，截至我在伊拉克的2011年，美军入侵伊拉克以来，已有263名记者在伊拉克身亡。偶尔听人谈起迈亚希时，也只是语气平淡地说他已经够幸运。

所有在伊拉克工作的记者都明白，他们面临的危险相当多样化，包括被绑架、殴打、羞辱，直至被枪杀。

枪击，是最常见的威胁。在伊拉克或者阿富汗的城市街道上，假如出现电视摄像和摄影记者，通常是不穿戴防弹衣和钢盔的。不是因为勇敢，而是因为常识告诉我们，现在还没有一种钢盔足以阻挡M－16和AK－47步枪的直射。

迈亚希的同事阿祖拜迪（Kadhum Hussain al Zubaidi）说："穿戴上那些玩意儿（钢盔和防弹衣），等于邀请恐怖分子向你这位大人物开火。"

他还说，直接站在大街上有时会比躲在车内安全。在车内不能随便按相机快门。因为，不少临街的建筑物内有安全部队的狙击手。有时，神经过敏的狙击手看见闪光灯闪烁，会误以为是枪口的喷焰，会一枪打过来。站在大街上拍照，起码不会被人误以为在打枪，不会招致"还击"。

伊拉克安全部队常常禁止媒体报道爆炸袭击现场。原因是无法保证记者安全。恐怖分子越来越多采用二次袭击的方式，即先发动一次爆炸，等救援人员和新闻记者赶赴现场后再实施第二次爆炸，以制造更大杀伤。

暗杀和绑架的阴影也时刻存在。一些武装组织人员为报复媒体对其进行的"负面报道"，在记者驻地附近或者外出采访报道途中实施袭击。

有时，为外国人工作，也会成为极端分子向同胞下手的理由。因此，一些外国驻伊新闻机构为达到不"连累"伊拉克雇员的目的，实行外籍雇员与伊拉克雇员在不同地点办公的制度。

关于记者职业的风险，这其实不是新鲜的话题。只是在伊拉克这样的地方，危险，可以如此接近。

说到记者与危险这两个话题，不得不提到新华社巴格达分社的英雄"名记"艾哈迈德·贾迈勒。2003年3月20日，美国发动伊拉克战争。贾迈勒是外国新闻机构为数不多留守巴格达的工作人员，他是全球首个发出伊拉克战争正式开打消息的新闻记者，为新华社争得荣誉，也获得中国新闻奖等崇高荣誉。

战争爆发后，美军连续20多天轰炸巴格达，贾迈勒始终坚守在分社，不断采写新闻稿件。当时，巴格达秩序已经混乱，武器泛滥，暴力滋生，几乎没有一处居民区算得上安全。贾迈勒的三个孩子2003年时分别只有8岁、7岁和5岁。在响彻全城、日夜不停的爆炸声中，孩子们眼中充满恐惧。贾迈勒并无善法，只能安慰他们，叮嘱他们远离窗户。

一天中午，贾迈勒正在分社工作，他的住宅附近爆发激烈冲突，美军遭到阻击。小儿子哭着打来电话，说害怕，让贾迈勒回家接他。贾迈勒只能等待天黑，才敢穿越交火区，把家人从住宅接到办公室。

事情不止如此。交战之初，美国人警告说，萨达姆可能动用化学武器。因此，贾迈勒劝说妻子带孩子离开巴格达，去外地暂时躲避，但妻子拒绝离家。不久，一支搭载出逃平民的车队因被怀疑运送萨达姆逃亡而遭美军空袭。既然，逃亡并不安全，一家人只能决定留下，不再有异议。

忧心的不仅如此。当时，各种通讯中断，老贾发稿只能依靠分社配备的海事卫星。海事卫星信号一旦被美军截获，很可能被当作伊拉克的情报机构，导致分社成为美军飞行员的打击目标，还会危及周边居民。老贾只能一方面尽量安抚不安的邻居，一方面发稿时尽量首先确定上空没有美军战机。有趣而辛酸的是，搬到分社居住的贾妻和孩子们临时充当老贾观测员，爬上楼顶为他放哨。

这就是一名战地记者如何面对危险、坚持工作的典型故事。通过老贾的事例，大家不难了解，当记者在巴格达是件什么样的工作。

我到伊拉克后，安全局势并无明显的好转，“基地”组织等活动依旧频繁。巴格达当时仍是全国范围内遭受袭击最多的地区。我们也花了很多心思，确保全体中外人员的安全。

当时分社驻地分两处地点：一是位于曼苏尔区的分社，当时作为伊拉克籍雇员的办公地点。这一地点人流较少，恐怖袭击虽也时有发生，但造成伤亡较少。分社的伊拉克籍雇员多数为新华社工作5年以上，忠诚度高，安保经验丰富。当时设置3名兼职行政雇员，专门负责保安工作，轮流值班，保证24小时无脱岗现象。分社虽然未配备枪支，但装有电视监视设备，可监控分社大门、院落及门前道路。

考虑雇员安全因素，我和宏彬这两名中国籍记者减少赴分社次数，主要借助电话和互联网进行工作联系。这样做，也可以淡化分社的外国机构特征，防止恐怖分子侦知我分社雇员为外国人工作，从而找到袭击借口。

中国籍员工起初的住所在伊拉克外交部附近的曼苏尔酒店。酒店虽已暂停营业，本身没有保安功能，但由于我们和中国使馆住在同一楼层，该楼层有内派的一个班武警战士持枪保护，安全性较高。同时，为保护使馆安全，伊拉克内政部特地派出军队驻守在酒店的外围，增强了安保力量。

2012年6月，使馆和我们与酒店的租约到期，由于酒店提出大幅涨价，使馆决定搬迁另租驻地，我们也只能和使馆分开，另找安身之所。新驻地仍然离伊拉克外交部不远，是国际知名安保公司英国AKE集团的媒体招待所。当时因美国有线电视新闻网（CNN）等西方记者已经撤离，这个招待所住客较少，较为低调，有利于安保。

招待所有8名AKE公司的持枪警卫防护。出门后，四个方向均有伊拉克军警岗哨，袭击者若攻击招待所主楼，至少需要冲破两道武装警戒线，困难较大。能够造成较大杀伤的汽车炸弹更是没有机会到达招待所主楼。由于以上原因，这一地点没有遭遇袭击历史，安保较为可靠。

分社在安全局势下，还制订了一套安保措施，主要有：一、减少内派人员和雇员不必要外出；二、加强和中国使馆、伊拉克内政部的信息沟通，及时了解安全信息；三、突出对伊拉克籍雇员工作、生活条件的关心和改善，加强感情交流，营造团结氛围，杜绝内外勾结，确保情报及时、畅通。

即便如此，各种意想不到的情况还是会发生。我没想到的是，美军于2011年底撤离伊拉克后，安保局势并没有改善。由于伊拉克政府管治能力欠佳，各职能机构腐败颟顸，军警胡作非为，致使社会秩序混乱，还严重影响到包括新华社在内各外国媒体的工作环境。

2012年2月11日，负责首都安全防务的伊拉克陆军对新华社巴格达分社办公室所在的曼苏尔区进行挨家挨户安全检查，行动中无端没收我们分社防护用具计防毒面具5件、防弹背心3件和钢盔3件。

这些防护器具是新华社在2003年伊拉克战争之前经伊拉克海关放行后由正当合法途径入境的，持有防护器具亦不违反伊拉克相关现行法律。由于安全形势不稳，恐怖袭击频发，在该国活动的外国记者工作中存在生命危险，不管使用与否，配备此类防护用具也是极其必要的。

那天出事时，我和宏彬正在出席中国使馆的活动，不在现场。后来了解的情况是，新华社伊拉克籍雇员用阿拉伯语将上述理由向军人解释后，这些人仍强行没收器材并以所谓“安全理由”拒绝告知其所属部队的具体番号。

我了解情况后，立即将此事报告本单位上级部门和中国驻伊使馆。

经过了初到巴格达的“蜜月期”后，我也早已发现，伊拉克军警并不比阿富汗军警强多少，扰民害民之举时有发生。

伊拉克军人在安全行动中更是随心所欲，妄加处置，并非单独针对新华社或其他外国媒体，对待本国百姓，也是一贯如此。

2012年，伊拉克什叶派穆斯林掌控大权，伊安全部队中吸纳大量什叶派穆斯林，他们或许是看当局的眼色行事，拘捕众多逊尼派穆斯林恐怖嫌疑人及其家属。对这些人员，有关部门不及时执行司法程序，长期予以非法拘禁，拘禁中多次发生被拘人员遭虐待，女性甚至遭性侵犯等恶性事件。

这些事件经伊拉克当地媒体广泛报道后，引起该国逊尼派民众不满，全国范围内的抗议示威活动不断发生。

另外，安全部队随意入户搜查、粗暴执法的现象更是每天都在发生，并且拒不表明部队番号和单位，使遭受侵害的民众投诉无门。

时任伊拉克总理马利基承诺加强对安全部队监管，改变不当执法的现象，但这一承诺始终尚未见到明显效果。新华社防护器材遭无端抢夺可算是一件明证。

在伊拉克，记者不仅人身安全没有保障，工作环境也十分恶劣。安全局势不稳，恐怖袭击频发，伊拉克安全部队的骚扰与阻挠，更令外国媒体雪上加霜。

在首都巴格达，安全部队岗哨林立，任意指定军事安全目标，以安全为由禁止记者拍摄照片与视频。

2012年1月，法国杂志《外交世界》月刊（*Le Monde Diplomatique*）记者纳迪尔·登杜恩（Nadir Dendoune）在巴格达街头因拍摄照片被拘捕，国际记者权益保护组织和伊拉克当地媒体工作者协会均对伊官方提出抗议，要求释放登杜恩，但伊拉克官方置之不理，继续关押登杜恩且不及时开展任何法律调查程序。

伊拉克官方就其所谓的安全措施既无可以依据的明确条文，在执行过程中更是随心所欲。

伊拉克文化部下属的媒体管理委员会，每年向每家外国媒体驻伊机构收取高达3000美元管理费，声称这些费用用于协助外媒工作，保障外媒权益。但新华社记者工作时向安全部队人员出示媒体管理委员会所颁发的采访许可证时，安全部队人员完全置之不理，坚持阻挠记者工作。

伊拉克政局动荡，政府机构处处存在教派冲突与矛盾，政令不行，这是导致无章可循、有章不依局面的根本原因。

在当时，鉴于工作环境恶化，多数西方媒体已缩减驻伊人员，CNN、英国广播公司（BBC）和法新社等西方三大通讯社均无西方国家人员驻伊，仅保留少量伊拉克籍当地雇员留守。

这就是巴格达生活的狰狞面目。记者面临的危险，绝不仅仅是死亡。

| 第四节 |

在路上

在伊拉克的近两年时间里，偶尔的逃离，尽管旅途劳顿，却成了难得的享受。

新华社系统内，巴格达分社受设置在埃及首都开罗的中东总分社管辖，因此，我一年两次可以出差到开罗一游；由于巴格达金融系统不靠谱，我们从土耳其伊斯坦布尔的银行领取工作经费，这样，又多了领略伊斯坦布尔风情的机会。在路上，风景有时令人沉醉，有时令人感伤。

伊斯坦布尔，一个诗意的名字。

第一次到达这座城市是在2011年的9月。这是一年中最美丽宜人的季节。在博斯普鲁斯海峡的岸边，看看五颜六色的轮船，看看湛蓝但并不花哨的地中海，这不就是很多人童年的梦想？

我曾沿着海峡，乘游船向着黑海口行驶。两岸是五颜六色的楼房。海峡把这座城市分成欧洲和亚洲。黑海的入海口，烟波浩渺。俄罗斯舰队、突厥骑兵和东罗马帝国武士的身影在我脑海中浮现。这里曾经是君士坦丁堡，曾经是拜占庭。

第二次到访，是2012年的2月。风雪漫天。在泥泞的塔克西姆广场步行，看白鸽在寒风中瑟缩。爱尔兰酒吧的健力士黑啤口感纯正，让我想起现在定居中国南方的一位酷爱黑啤的长者——单位的一位老领导。侍者的英语很差，如同这座城市里的多数人一样。除了黑啤，这间酒吧不是非常爱尔兰。

乘坐20世纪二三十年代的电梯，上到某座小楼的顶层。喧闹的迪吧，男女在纵情狂欢饮酒。男人很男人，女人很女人。从四面的木窗看出去，风雪中的伊斯坦布尔之夜很沉静。

这是一座有烤鱼汉堡和土耳其烤肉的城市，可以随意饮酒，可以见到身形曼妙、衣着现代的女子。地铁和公交车上，人们很安静，没有人大声谈笑。然而，在夜晚贝西克塔斯足球俱乐部的主场附近，年轻的男孩唱着骑兵般的歌儿，声音雄壮。这应当是个收放自如的民族，知道什么是文明，什么是骁勇，知道应当在什么样的场合内敛抑或释放。

第一次到访，我夜晚来到圣安东尼教堂，不得其门而入。第二次来，我就在一个雪后晴朗的冬日下午，走进这教堂。我安静地端坐在木质长椅上，静静地看着点燃烛火的男男女女。

蓝色的清真寺，各式各样的清真寺，祈祷时分的高分贝大喇叭诵经，提醒我们，这是一座伊斯兰城市。这是一座可爱的伊斯兰城市。至少在我逗留伊斯坦布尔的岁月，那里没有那么多爆炸，没有那么浓重的不安色彩。

记得2011年9月那次到访，在通往黑海口的游轮上，秋日如此凄美。海鸥在船舷边飞舞。美丽的15岁姑娘妮娜一直用破碎的英文字句和我艰难地聊天，她坐在我身边的栏杆上，一直陪伴我。她不是伊斯坦布尔人，她来自伊斯梅尔，她看得见我的感伤和孤独。

鲍勃·迪伦的《你属于我》是我最喜欢的歌曲之一。这首歌中，提到了开罗，提到了金字塔。

历史与文化的遗迹，并不是吸引我去埃及的理由。我在每次飞往开罗的航班上，总是轻声哼唱这歌曲中的第一句“See the pyramids along the Nile”。

然而，金字塔似乎并不坐落在尼罗河的岸边。起码，开罗附近的金字塔距尼罗河非常远。在胡夫塔附近，恼人的小贩不断缠绕着我们，兜售纪念品，旅游警察在拍照之后也会要求小费。如同无数其他负有盛名的美景一样，现实中的金字塔不如画中美丽。

很想问一下鲍勃：“你是否真的来过埃及？”

每次在开罗逗留几日，我都很慵懒，无情绪去看任何古迹。除了开会、工作，就是躺在茶馆舒服的沙发上抽水烟，或者跑到某个高档酒店的酒吧喝酒。在开罗一般的场合，也是不允许饮酒的，尽管这是个世俗化程度很高的伊斯兰国家。

又一次去开罗，盛夏里某个清凉如水的夜晚，拉了几位年轻的同事和我一起乘小帆船沿着尼罗河夜航。萨那来的女记者娓娓讲述着也门政局和总统萨利赫，水声和灯影，我跳出了画面，仿佛飘荡在空中，我的心底，流淌着那首歌。

有人告诉我，这并不是鲍勃·迪伦的原创歌曲，这原本是一首女人唱给远方恋人的歌曲。我不知道鲍勃为什么要翻唱这首女人的歌曲。

但对于我来说，别无他意。一切都可能只是想象，如同并不存在的相互依偎的金字塔与尼罗河。这似乎呼应着某种说法——没有一种东西是永恒的。比如爱情。

或者，这个世界上我们曾经想象的所有美好，都会消失甚至本不存在。没有你属于我，但是，我还可以属于你，属于一切我遵守的承诺与誓言。或许，这是我们能够坚守的唯一底线。还能退往哪里？

我曾在巴基斯坦、中国澳门、阿富汗、伊拉克和中国香港等地常年驻站，不仅是驻站伊拉克期间，在其他长期派驻的岁月里，也有很多短暂抽离，让自己放纵性灵、思考人生的经历。

其中，泰国，是我印象甚佳的所在。我曾用“面朝大海，夏花烂漫”形容泰国之旅。夏花般的泰国，令人难忘。

海子说，面朝大海，春暖花开。以我的经验，即使在春天，吹着海风想来也会觉得寒冷，投入海水去游泳想来也会觉得寒冷。而在泰国，海水总是温暖，美丽，宁静。

2002—2005年，我生活在清心寡欲的伊斯兰教国家巴基斯坦。2004年的6月，我动身去泰国拥抱喧嚣的世俗之乐。

那时，巴基斯坦国际航空公司飞泰国的航班比较别出心裁，先飞到更东方的香港落一下脚，再折回向西来到曼谷。这样，直飞仅需五六个小时的航程一下拉长到10多个小时。

即使经历了这样令人疲惫的旅程，当曼谷灯火通明的夜晚出现在窗外的时候，我还是感到了温暖。伊斯兰堡始终不变的漆黑夜色实在已经让我的心寒冷了太久。

在远离恐怖阴影的曼谷旅店床上舒适休息了一晚，又草草了事地花一天时间逛了逛著名的大皇宫和几个寺庙后，我决定直扑芭堤雅——看大海的心情真是太急迫了。

就在大皇宫附近的道边小憩时，一个当地中年男子靠近我，用并不流利的英文搭讪说："先生要不要去芭堤雅？我可以帮忙安排交通和住宿。"

在泰国，旅游就是这么简单而舒心。后来发现，这位大哥给我在芭堤雅安排的旅店房间，足有60平方米，开窗见海，每晚房费约合人民币仅160元。而且，他从旅行社获取报酬，从我这里，分文不收佣金。

芭堤雅，泰语意为"雨季之初的风"，位于泰国湾东部，距曼谷约160公里车程。

小"面的"拉着我和另外五六个外国游客从曼谷著名的混乱交通中杀出重围，冲出城后，我沉沉地睡去了。

醒来时，道路两旁已满眼是热带特色鲜明的棕榈树。摇下车窗，海风的味道飘了进来，泰国湾就伸展在我眼前。

在芭堤雅，沿着海湾的走向，旅游区自北向南分成三大部分——北芭堤雅、中芭堤雅和南芭堤雅。我所下榻的旅店位于中芭堤雅。从店门出来，就是环岛公路，越过环岛路，便是大片的沙滩。

到达时正是傍晚，我拿起相机，走向门前的海滩，去捕捉夕阳下的风景。站在沙滩上，我望着远处被晚霞染成葡萄紫色的天空，望着泛着夕阳深沉光彩的海浪，久久地沉醉。

近景里出现了一个长得不是很美丽的泰国女人，带着一条很俏皮的斑点狗，在海滩上漫步。情绪很好的主人脱了鞋，光脚踩在沙滩上行走，性格安静但也还是调皮的斑点狗，亦步亦趋跟随着主人，嘴里叼着主人的鞋子。这个画面美丽而诙谐，教我十分喜欢。

把镜头推远，我看见海上归来众多疲倦的游船。游船驶近后，下来的是劳累了一天后显得意兴阑珊的游人。他们大多脚步沉重。转天早晨，却又会有新一拨游人跟着游船出海。想来，出发时也会同样满脸兴奋，归来时也会同样一身倦意。

在2004年，芭堤雅小城登记人口为10万，实际容纳人口在30万至50万人之间，多出来的大部是游客。居民靠着旅游业过活。

餐饮，购物，夜生活，设施和服务堪称一流。那一日，我从海边回来时，夜色已来临。沿着环岛路施施而行，到处是霓虹灯影。饿了想吃饭的话，除了海鲜丰富的泰国餐外，德国、法国、意大利、美国、越南、日本、韩国、中国等各国口味的餐馆，随处可见。价格很公道，路边摊的一份叉烧饭，约合人民币4元。

芭堤雅购物中心号称亚洲最大规模的海滩购物中心。货品很齐全，档次又拉得很开，有世界名牌，也有价廉物美的大路货。泰国政府还规定，外国游客消费达一定金额后，可以在商店领取退税证明，出境时在机场可以凭证明领到返还的税款。

芭堤雅居民体现了泰国人最让我喜欢的包容度——不管你来自哪个国家，不管你信仰什么宗教，不管你是什么肤色，只要你腰别钱包来到这里消费，皆可得到最高礼遇。

当然，也不是尽如人意。那晚，当我去一家比较奢华的服装专卖店时，从计程车司机那里听到一个奇怪的建议：“你去那家店时，不要说是中国人。那家店不喜欢中国人，你就说是日本人或者新加坡人。”

我觉得很讶异，决定把情况搞搞清楚。进去那家店后，我叫了个店员过来，赏了他一笔比较丰富的小费，然后直截了当地请他把歧视中国人的原因跟我说说。该店员告诉我，来芭堤雅的中国人给当地人留下坏印象的原因是以下这些：一是说话声音大。可能因为英文不好，又大多是跟团旅游，购物时，一会儿抢着叫导游翻译，一会儿急赤白脸地杀价，把原本安静的环境变得嘈杂，让其他客人很反感。二是小气。很多光看不买，且没有给小费的习惯。他还很不拿我当外人地说，芭堤雅人表面对游客一视同仁，实际心里还是有杆秤的。最受欢迎是欧美游客，其次是日韩。

原来是这样。那个晚上，我在一家德国餐馆吃饱用木炭火烤的猪排，喝足慕尼黑啤酒后，回到旅店，却并没有很快入睡。身体是疲倦的，大脑却不肯停止思考。我一直在想那个关于中国人形象的问题。

想来，10多年后的今天，更加富裕而知礼仪的中国人，不再会让芭堤雅人不悦了吧?

第二天早上下了一场透雨。到下午，天空放了晴，整个芭堤雅像水洗过了一般干净。我出了旅店，在街边租了一辆仿造的美式军用吉普，开着它出去转转。从中芭堤亚出来，沿着环岛路一路下去，到南芭堤亚，折回来再到北芭堤亚，也就一二十公里的路，吹着海风，晒晒太阳，我一高兴，信马由缰就跑了几个来回。饿了渴了，在路边随便找个店吃个三明治，喝杯冰凉的啤酒，感觉心情很爽利。

快到傍晚的时候，路过一个古旧的栈桥。这个栈桥用木料打造，已然有些年久失修，伸向海湾大概100多米，面朝一片空旷的海水，透出几分中国古诗词的韵味。我停下车，上桥慢慢踱过去。在桥的边缘，一个高高瘦瘦的西方人正向海水里甩竿垂钓，一旁站着个身材小巧的泰国女郎。

在芭堤雅，身形威猛的欧美肌肉猛男配上个头矮小的本地姑娘，是街边常见的一景。这些女郎大多是花钱雇来的陪侍（Escort girls），据说价廉物美，是不少西方工薪阶层在芭堤雅流连忘返的重要原因。

所以，当这个名叫杰瑞的英国人告诉我，身旁的泰国小美女是他太太时，我吃了一惊。

杰瑞一边往鱼钩上装毛虾做成的鱼饵，一边告诉我，从皇军海军退役后，他找了份时间比较自由的工作，只要一有时间，就来到芭堤雅，觉得这里比在苏格兰的老家还要亲切。两年前的2002年，他和在曼谷工作的太太结婚，在芭堤雅买了房子。这之后，杰瑞每年一半时间在英国工作，一半时间在泰国度过。

我问杰瑞为何如此喜欢泰国。杰瑞说，在英国压力山大，生活费用很高。在泰国，压力要小很多。房子便宜。购买汽车可以免税，一辆很好的本田轿车才不到1万英镑。另外，泰国女人不如西方女人强势，对待丈夫温柔顺从体贴，让男人比较容易找到尊严。

杰瑞最后笑着告诉我：“芭堤雅是西方蓝领阶层眼中的天堂，习惯穿西服套装的上等人是不到这里来的。”我也笑着对他说：“那么我应该也属于此地，我不喜欢穿西服。”

海风很劲。上杰瑞钩的都是些不够巴掌长的小鱼。事实上，杰瑞的兴趣显然不在鱼，而在钓的感觉。他总是细心地把上钩的小鱼摘下来，又放生回了海里。夕阳渐渐地沉没到远处的波浪，我挥手作别了杰瑞，往回走。回头一瞥，看见杰瑞仍静静地持竿悄立在桥边，娇小的泰国妻子静静地依偎着他，在夕阳的余晖里，站成了一幅美丽的剪影。

一天晚间，我到镇上著名的步行街去闲逛。这是标准的夜店一条街，除了少数几个店铺和餐馆，其他都是酒吧和迪斯科舞厅。不少酒吧门前站着打扮妖娆但肤黑身矮的妓女，热烈地招呼路人。

在一家名叫“卡萨布兰卡”的音乐酒吧门前，拉客的是个有点儿谢顶的西方中年男人，这反而引起了我的兴趣。走进去一聊，原来这位叫罗特的老兄是德国人。他十年前来芭堤雅，一下子爱上了这个地方，从此住下来不走了。开了这个酒吧，由于没有妓女招揽生意，不是特别火爆，不过，也还是有些喜欢音乐的客人会来光顾，他们所奉献的银子也足够德国人在这里开心地活下去。

罗特请的乐队还不错。尽管成员都是泰国人，但欧美流行歌儿唱得很地道。我坐下来和罗特喝了几瓶德国啤酒，聊了聊足球。等到大家都有点儿喝高的时候，谈话气氛就逐渐变得很像兄弟间的交流。我问罗特：“你想不想家？”罗特说：“每年回去度个假就够了。”

他告诉我，在德国觉得自己一事无成，是个失败者。在泰国就比较好，没有人关心你事业是不是发达，只要开心就好。他说：“在我的国家，我很难想象自己会坐在酒吧门前，大声嚷嚷着招揽顾客。但在这里，我不仅这么做，而且这么做的时候很开心。”看看他戴着眼镜、文质彬彬的教授模样，我理解了他热爱泰国的原因——这里可以让人彻底放下精神包袱，不用去扮演自己被迫扮演的社会角色，可以让你想哭就哭，想笑就笑。

后来，罗特提出让我尝尝他自己酿造的德国老白酒。我饮了几盅，感觉入口如刀，入腹似火，很舒服。再几盅下肚后，我是真的高了。我大声吩咐乐队，不要再唱太新的歌曲，来几个六十年代的乡村民谣。乐队主唱是个长发披肩的可爱妹妹，她笑着将我一军："老掉牙的歌我不会唱，你高兴就自己来唱吧。"说完，这小妞居然跑到吧台边歇着去了。

鼓手和吉他手也跟着起哄，马上开始了前奏。醉眼蒙眬中，我听出来好像是约翰·丹佛的《乡间路，带我回家》，于是就对小妞说："别欺负我不会唱，我今天还非给你表演一下不可。"结果我还真把这首歌完整地唱完了，醉中感觉好像是另外一个人在唱，我自己却坐在台下听，歌声充满了怀念家乡的情绪，貌似很动人很好听。

回旅店的时候，我没叫出租车，而是上了一辆"招手停"的小巴士。在车上，我身旁坐着一个胖大的西方中年男人，搂着一个打扮俗艳的妓女，大声调笑。对面却坐着一个当地的良家妇女。妇女穿着很保守，估计是刚从打工的地点加班回来。面对眼前的这对男女，她脸上看不出一点儿表情。

游客常常忘记，他们声色犬马的生活周围，尚有10万芭堤雅居民在静静旁观。很难猜想，他们平静接受的外表下，在内心的深处，有没有对眼前的这一切感到尖锐的厌倦。

我听说，曼谷居民到芭堤雅度假是不和外国游客住在一起的。他们会选在比较偏僻的南芭堤雅一角，那里有几个酒店专门招待本国人。到了夜晚，那里没有酒吧，没有舞女，没有喧嚣，只有海浪静静地拍打着岸边。

10多年后的今天，泰国政坛也不平静，曼谷街头有时喊打喊杀，芭堤雅是否依旧风花雪月，不问世情？这，令我倍感好奇。

记忆里，基本上，那仍然是个愉快的夜晚。罗特的酒很不错，第二天早上醒来的时候，我完全没有感到宿醉的痛楚，反而觉得休息得很好，精力出奇的健旺。于是我决定去出海。

在旅店大堂订了个游艇，半小时后，我就上了船，出发向附近一个叫"珊瑚礁"的小岛驶去。听说，那个岛的沙滩细白如玉，那个岛的海水最深最蓝。一路无话。快到滩头的时候，我们几个游客换乘小木船上岛。海水果然是蓝。船夫把船上的一条木板抽开，露出一截玻璃的船底，透过透明的玻璃，可以看见水中美丽的珊瑚和游鱼。

来到岛上后，我们换上泳装，游泳、潜水，学习驾驶单人摩托艇。休息的时候，我和一个看上去60多岁的加拿大大爷聊了起来。这个叫托尼的大爷在温哥华附近养牛。差不多5年前和老婆离了婚。他说："我一离了婚，运气马上就来了。牧场挣了很多钱。现在，又买了三处房产。我最担心的是，死之前怎么才能把钱花完。"

离开芭堤雅前的那个晚上，我到号称全城最好的海鲜餐厅去吃饭。这家叫"龙虾锅"的餐厅建在一座浮桥上。我倚栏而坐，晚风从海上轻轻地吹过来，宁静在我的周围弥漫开来。

一般说来，离开一个地方前，我习惯让自己静下心来，整理一下心情，回想一下所看到和听到的东西，以方便今后的回忆。但是在离开芭堤雅的前夜，我放弃了思考。我来，我为了放松我的神经；我在，我遇见很多放松了神经的人们；我离开，我带着放松了的神经离开。

在面朝了好几天大海的日子里，我几乎忘记了看看有没有花朵在海边盛开。然而，我又好像始终感觉到花香在弥漫。一段旅行，就像整个人生，面朝大海，夏花烂漫，让自己感到温暖，让寒冷走开，不管长短，怎样都好。

或许，这就是那么多人热爱泰国的原因。她让人平安喜乐，暂时忘了烦恼。我祈祷，曼谷街头发生的一切，终将过去。

我不知道，别人是怎样。对我而言，常年在外的生活，包括在危险的战地，只是一种适合自己的生活方式。在路上，脚步不止，读书不止，思考不止。

第二章

那个地方伊拉克

第一节

在钢筋水泥的丛林中

2005年，美剧《那个地方》播出，描述美国陆军第三步兵师一个班级单位在伊拉克的作战经历。在重点探讨伊战对美军及其家庭的影响之余，该片也展示了伊拉克民众在战争中遭受的苦难。

不同于片中美军这样的过客，伊拉克人对祖国身处的不幸有更深刻的体认。事实上，每个人的日常生活，都不难感受到国家灾难对个体命运的投射。

"在钢筋水泥的丛林里。"这句歌词本用来形容高楼林立的都市环境给现代人造成的心理压抑，然而在巴格达，它被赋予了另一层含义——无处不在的钢筋水泥防爆墙，在加强安保的同时，给人们的生活造成了不便，也让人们的心理时刻处于戒备状态。

我在巴格达的日子，伊拉克战争打响已过去8年多，然而，在这座城市，"三步一岗，五步一哨"绝非夸张之词。无处不在的检查站、防爆墙和铁丝网时刻提醒人们，这里仍然是战区，是世界上最危险的城市之一。

驾车行驶在巴格达街头，远则几百米，近则数十米，必有土黄色沙袋垒成的掩体。全副武装的伊拉克军人或警察在机枪哨位的后面，用紧张、警惕的目光打量过往车辆。他们不时拦下车辆抽查证件，并用探测仪器检查行李箱是否暗藏武器。

某日，在商业区凯拉代区，杂货店店主穆罕默德·法希米向我抱怨市内的检查站太多了："很多时候，堵车是因为排队接受安检。很多人为此而上班迟到。"

的确，多数巴格达市民有过在检查站前排队等候数小时的经历。相同的上班路程，在伊战前30分钟能抵达，在战后，至少需要两个小时。

和哨卡同样有碍市容的，还有水泥防爆墙和防爆路障。水泥路障可以减缓自杀式汽车炸弹袭击者驾车冲向目标的速度，为阻止袭击赢得宝贵时间；防爆墙则可有效减弱爆炸的冲击力，减少伤亡。几乎每个巴格达人都清楚它们的功效，但仍有人对其颇有微词。一些人认为，安全部队有意识地在逊尼派和什叶派聚居区之间构建防爆墙，加深了不同教派民众间的疏离和隔阂。此外，水泥防爆墙和防爆路障加剧了堵车状况，间接为自杀式汽车炸弹袭击者创造了"良机"。每逢堵车，人们分外焦躁不安，祈求悲剧不要发生在自己身上。

伊拉克政府一度曾计划减少巴格达市区检查站和防爆墙的数量，但恐怖袭击持续发生，迫使计划取消。23岁的士兵萨贾德告诉我："检查站和防爆墙增加了出行的困难，但与失去生命相比，我认为这点代价值得付出。"

喜欢也罢，厌恶也罢，检查站和防爆墙已经成为巴格达人日常生活的一部分。蔬菜小贩乌姆·蒙塔哈尔说："这东西（防爆墙）确实有用，现在巴格达比以前安全多了。几年前，我儿子头发长得跟树冠一样，但是不敢出门去理发。现在我们可以出门，甚至可以在外待到深夜。"

假如说，检查站、防爆墙仅是绕不过去的生活难题，无处不在的枪支则给巴格达市民的生活时刻投射浓重的恐怖阴影。有一度，美国各界讨论禁枪的话题充斥新闻频道，这在伊拉克人眼里，可发一笑。在伊拉克，弄到枪支和买大白菜一样容易，这绝非夸张。据统计，在战后伊拉克，平均每百人持枪30支。

在这样一个极度缺乏安全感的地方，枪支既能为人带来生命的保障，也能使人更轻易地失去生命。

2011年前后，根据伊拉克内政部的不完全统计，在这一人口大约3100万人的国家，私人枪支数量达到950万支。按照这一比例推算，这个国家平均每100人，拥有30支私人枪支。

我当时就此采访了一名不愿公开姓名的伊拉克内政部官员。他说：“在全球178个允许私人持枪的国家中，伊拉克私人持有枪支和人口的比例排名第十三位。”

造成伊拉克私人持枪数量巨大，存在历史和现实的双重因素。

早在萨达姆统治时期，国家的安全管控十分严厉，私人持枪受到严格控制。那一时期，暴力活动和恐怖袭击在伊拉克境内并不多见，是伊拉克安全形势最好的时期。

美国2003年发动伊拉克战争后，推翻具有较强控制力的中央政府，在开启恐怖活动“潘多拉”之盒的同时，也将大批枪支释放入民间。

在战后伊拉克，枪支流入民间的主要渠道是：利用管制空白，反政府武装人员和企图自卫的民众均从军队、警察武器库中盗走大批枪支；另有众多武器，掌控在黑市武器商手中。

伴随枪支的失控，是安全局势的不断恶化，到2006年至2007年间达到顶点，逊尼派和什叶派穆斯林之间的教派冲突、库尔德人和阿拉伯人之间的种族仇杀均极其严重，造成大量平民伤亡。情况最严重时，在首都巴格达街头，随处可见倒毙的尸体。

2012年5月，伊拉克内政部做出一项新规定，为私人持枪打上合法化烙印。根据该规定，每户家庭允许拥有一支枪，但必须到警察局登记备案。当地分析人士认为，这项规定出台后，将使伊拉克家庭私人持枪数目再攀新高。

内政部对此的解释是，允许私人持枪，便于掌握民间枪支的数量，加以控制；同时，私人持枪，在安全形势恶化的背景下，也有利于民众自卫。

这条法令颁布之后，刺激了枪市。伊拉克并无枪支销售的公开合法渠道，所谓枪市，实际是“黑市”。我当时走访黑市了解到，内政部对枪支解禁后，各类枪支价格普遍上扬。例如AK-47式自动步枪，以往单价不超过320美元，枪支合法化法令颁发后，价格已升至530美元左右。

黑市枪支顾客并不愿意接受采访。有不愿公开姓名的黑市枪贩告诉我，购枪者主要目的在于保卫自家人员和财产的安全。理由是，伊拉克安全局势恶化并不仅仅体现在恐怖袭击的增加，入室抢劫和绑架等刑事案件也时有发生。武装人员甚至经常直闯平民甚至军警和政府官员的住宅，开枪杀人。因此，私人购枪，很多情形下实在是情非得已。

在我对并未持枪的中立人士采访时则发现，民众对私人持枪存在支持与反对两种声音。

巴格达民权活动家穆罕默德·奥特曼（Mohammed Othman）接受我采访时说："私人持枪不会对安全形势起积极作用。持枪人将对没有武器的人和所在社区造成威胁。"奥特曼还认为，更深层次的禁枪理由是，多年身陷暴力渊薮的伊拉克，应当致力于建立去武器化的平民社会，只有国家才有权利拥有枪支。

奥特曼说："国家应当给予每一位公民尊严、安全、和平生活的权利。应当摒弃用枪发言的文化。"

64岁的退休公务员阿布·阿巴斯也反对私人持枪。他说："我建议政府重新考虑放开私人持枪的决策。过去，虽然有枪者很多，但毕竟还属于地下状态。今后，可以公然持枪的话，弱肉强势的丛林法则将统治我们的国家。"

阿巴斯认为，私人持枪公开化将导致国家暴力活动加剧，流血冲突增加。他认为，保卫自己和家庭安全的责任，不应当由个人来担负。

"这项法令是糟糕的步骤，不利于国家的和平与稳定，"阿巴斯老人说，"我们希望拥有和平，远离流血。"

34岁的杂货店主穆塔达·哈桑（Murtadha Hassan）却支持私人持枪。他认为，每家每户拥有一支枪，既可以防范恐怖袭击和其他暴力犯罪，又不至于导致枪支泛滥。

他说，过去很长时期以来，伊拉克安全部队收缴了大批私人拥有的枪支。但他们的收缴行动往往是针对和平居民，这些人持枪的目的仅仅是自卫。而对于真正具备危害性的恐怖分子和反政府武装人员，安全部队的收缴行动并无大的成效。这样，禁止私人持枪，等于削弱了平民自我防护的能力，反而增加了坏人的气焰和武力上的优势。

“政府放开私人持枪，鼓励了平民自卫，是当前安全形势极其不稳情况下讲求实际的选择，”哈桑说。

曾经留学美国的巴格达大学政治学教授萨巴赫·谢赫不仅支持伊拉克私人持枪，对美国政府不控枪似乎也有独到见解。

他认为，私人拥有枪支，传递的是对人权的尊重，是建立在对人具备自我掌控理性的信任基础上的权利，也是反抗各种暴政的民间基础。假如不允许私人拥有武器，就不可能由民军在莱克星屯打响第一枪，从而开启美国独立战争的大幕。鉴于私人持枪与美国得以建国的直接联系，一两个精神不正常的罪犯利用私人武器，犯下刑事罪行，实在不是构成控枪的理性基础。

“坏人总比好人更容易搞到枪。而且只要拥有作恶的动机，使用什么手段就变得不那么重要。因此，控枪，实际是捆住了好人保护自己的手脚，”谢赫说。

谢赫的理论，恐怕对于伊拉克也同样适用。与其信任政府和安全部队，不如信任自己手中的枪支。这，或许是伊拉克今天的现实。对我这样一个局外人而言，伊拉克安全部队的不靠谱也并非秘密，因此，谢赫的观点，看上去难以反驳。

然而，钢筋水泥的丛林，加上枪支横行，这总让人联想起不讲道理的丛林法则，弱肉强食，令人不安，这却是伊拉克人生活的现状。

美国人强调，要在战后伊拉克重建秩序，实现民主。然而，如同在世界其他地方的诸多实践，美国人的努力在伊拉克，依然未见成功。

尽管美国官方对所谓“伊拉克重建计划”津津乐道，但就连他们本国媒体，对于自己政府和军队在伊拉克战后的不负责任，也已看得相当清楚。

《洛杉矶时报》记者戴维·苏基诺在报道中这样描述：（美国）士兵认为，只要打下巴格达，就拿到回家“机票”，没人告诉他们打完怎么做，没有重建计划，没有战后指导意见。

主导发动伊拉克战争的美国前总统小布什如此解释他为何对伊战如此有信心：“我相信自己的直觉。”小布什或许完全不知道，美国历史上几乎所有推翻外国政府的行动都只是制造痛苦与愤怒，让世界人民更加痛恨美国。

美国在外国从事“政权更迭”已有超过百年历史，但推翻之后弃之不顾的模式从来没有改变。例如1989年12月，美国突袭巴拿马。推翻诺列加政权后仅仅几个小时，美军“惊奇地”发现，当地陷入暴乱，不到36个小时内，暴民把巴拿马城的购物中心洗劫一空。关于消灭敌方安全部队后如何重建秩序，美国当局竟然在入侵前毫无预案！

在伊拉克，历史重演。小布什宣告战争结束后，短短几小时，巴格达街头陷入混乱，甚至连国家博物馆也遭到洗劫。

几个星期后，美军解散秘密警察和精英部队共和国卫队，随后又解散了全部军队。军人全部被赶回家中，有些甚至携枪而走。30多万受过军事训练的年轻人，没有职业，会发生什么严重后果？几年后，美国当局才如梦初醒似地分析说，这些流入民间的军事力量，是导致伊拉克战后混乱的重要因素之一。

美国军方忠实地执行时任国防部长拉姆斯菲尔德的计划，用较小规模军队达成战争胜利。在这一理论指导下，美军没有兵力清剿城市以外的区域，更无力量封锁边境，防止外国武装人员的渗透。这直接导致恐怖势力在伊拉克的坐大，并催生了后来的“伊斯兰国”。

2003年3月20日伊拉克战争开打至4月9日萨达姆倒台，美方仅死亡122人，而随后的两年时间里，美军却付出了2000多人的生命代价。

为了这虚构的民主胜利，伊拉克人民付出的代价，则更加高昂。可怕的不仅是死亡，还有生存的种种痛苦。

| 第二节 |

“民主，就是不间断的供电”

2003年，假如评选最令人印象深刻的电视画面，巴格达街头人们推倒萨达姆雕像的镜头或许能够中选。

美国人似乎比伊拉克人对这幕场景还要兴奋，他们曾声称要在伊拉克建造中东民主自由的样板。到了我在伊拉克常驻的时候，恐怕很多伊拉克人会嘴角一撇，回敬道：“民主就是不间断的供电。”

安全威胁、官员腐败和不作为折磨伊拉克人日常生活。即使在首都，市政供电平均每天也仅有六七个小时。各种型号发电机几乎是所有公共和私人场所必备之物。常年习惯于听到发电机轰鸣声，使我后来初回北京五环外的家中后，在宁静夜晚里几乎夜夜失眠。

“切电”和“权力移交”在英文中都可以用“power shift”表述。所有在伊拉克生活的人恐怕无不痛恨“切电”这个词。那意味着，你正在欣赏的电视节目突然黑屏，难得享有的片刻宁静突然被打破。

伊拉克常年炎热。尤其是在夏季，近50摄氏度的高温天气下，简陋家用发电机胶皮传送带咔咔作响，仿佛随时会断裂，机身则发出类似拖拉机般的轰鸣。满头大汗的人们站在一旁无助地看着机器工作。这是巴格达街头常见的一景。

炎夏中的某日，在一家杂货店门前，38岁的店主阿基尔·穆罕默德告诉我：“天气预报说今天最高温度有48摄氏度，要是没有电，这日子怎么过？”

阿基尔说，巴格达省政府号称正努力增加市政供电时间，“他们说，争取每天供电时间达到12个小时，可就算真的做到了，剩下12个小时我们怎么过？”

由于连年战乱和安全局势的不稳，伊拉克国家电力系统几近瘫痪，输电线路老化破损，发电能力远远不能满足实际用电需求。

我在伊拉克的2011年前后，伊拉克全国每天用电需求大约为125亿瓦特，但当时国家电网发电能力每天仅60亿瓦特，就连首都巴格达每天也仅有四五个小时的市政供电，夏季政府机构办公日平均供电不足4个小时。

为了弥补用电短缺，经济条件较好的伊拉克家庭可以选择向私营发电机机主购电，或者购置家用发电机自行发电。但那些经济条件不允许的家庭，就只好忍受酷暑，或者，像退休职员卡里姆·贾西姆那样，在自家院子里泼水降温。

那天，贾西姆放下洒水盆，一边用小蒲扇扇着风一边告诉我：“待在屋里像蒸桑拿，坐在院子里还好些，用扇子扇扇，稍微有点风。”

贾西姆说，使用家用发电机或向私营发电机机主买电，每月的开支大约需要100至200美元，他自己一个月退休金才170美元，实在用不起“私电”。

伊拉克政府确实想了很多办法，谋求解决电力短缺问题，比如与包括中企在内的外国企业合作建造发电厂，向邻国伊朗和叙利亚买电，还采取优惠政策，发展私营发电机。

巴格达省议会电力委员会主席阿尔坎·贾纳比接受我采访时说：“先前运营私营发电机需要向政府缴纳燃料费，自2012年6月起，政府向私营发电机免费提供限额燃料，争取把私营发电机的收费价格降下来。”

那个地方伊拉克，石油蕴藏其实极其丰富，不缺乏发电所需燃料。不间断供电需要的只是电网的完善与增容。这不涉及资源问题，而是与“稳定”“安全”“廉洁”和“高效”等关键词相联系。

站在巴格达的骄阳下，裸露的皮肤仿佛在灼烧。巴格达市民期盼政府能切实解决电力供应短缺的难题。不然，“电荒”如同几乎每天发生的暴力袭击一样，也会引发恐慌。

与用电相比，食物当然是生活中更加基础的需求。因此，当伊拉克政府2012年提出一项改革方案，打算废弃实行20多年的食品配给制度，以此来打击腐败、振兴私营经济时，民众一片哗然，在社会上掀起轩然大波。

20世纪90年代初，海湾战争后，伊拉克遭到联合国制裁，物资匮乏，民生艰难。萨达姆政府当时为保障民众基本生活需求，维持社会稳定，开始发放一种类似中国粮票的食品配给卡。伊拉克人持这种卡可以远低于市场价格的货币购买米、面、糖、油等生活物资。

美军2003年发动伊拉克战争后，萨达姆政权被推翻，针对伊拉克的国际制裁也已取消，呼吁取消食品配给制度的声音开始在新政府内部出现。

理由主要是：一方面，这一制度助长和繁衍腐败行为，食品从采购、运输到发放各个环节都可能经过层层盘剥，高价采购劣质产品、克扣斤两等现象普遍。一些食品配发点的经销商告诉我，通常30千克的一袋面粉，到配发点的时候少个十来千克“很正常”。

另一方面，食品配给制度在当时已经成为伊拉克新政府很大的财政负担，且不利于私营经济的发展。根据联合国数据，每年伊拉克政府花在食品配给上的经费占财政总支出的7%。而战后伊拉克人口持续增长，若继续实行食品配给，政府的财政压力还会加大。

伊拉克当局的替代措施是，用现金取代食品配给卡，废除配给制度后，向每一名国民每个月发放15美元予以补偿。

然而这项提议一经公布，立即招致民意反弹，一些政治人士为讨好选民也纷纷站出来反对这一改革方案。

反对人士指出，伊拉克长期经受战乱和制裁，失业率一直高企，相当一部分民众生活困难，严重依赖国家补贴食品。废除食品配给制度，无异于切断了这些人的生存保障线。

非政府组织统计数据显示，2011年前后，伊拉克生活在贫困线以下的人口占总人口的16%左右。此外，政府补偿的现金杯水车薪，根本不够居民食品支出。一些人担心，政府放开食品市场后，将导致商人投机倒把，囤积居奇，抬高物价，使百姓受害。

同时，也有不少民众，尤其是中产阶层支持这一改革方案，要求用现金取代食品配给卡，但要求政府提高补偿额度。

一位食品配给站负责人穆罕默德·阿卜杜勒说：“很多人都不想要（配给）卡

了，因为每个月可选的东西只有一两种。不像以前，至少有8种，多的时候有10种商品供应，比如像豆子、食用油、大米、糖、肥皂、婴儿奶粉等。现在大部分人都想要钱，而不是卡。但他们希望补助金能多一点，15美元少了点，25美元还差不多。到时候人们肯定要钱。”

为平衡各方利益，伊拉克政府暂时搁置这一改革方案，未来交民众投票决定。直至今天，伊拉克人还在继续这种凭票购物的生活，这让早已摆脱困难时期的中国人，感慨良多。

战后伊拉克的医疗卫生状况也同样引人担忧。

某日深夜，28岁的伊拉克人阿里·阿巴斯把即将临盆的妻子送至家附近的一家医院，却被告知没有医生有空接生。阿巴斯只能带着妻子穿过整座城市，在离家很远的一家医院迎来新生命的诞生。

“或许再晚一分钟，我就会失去大小两条生命，”阿巴斯心有余悸地告诉我。

多年战乱，让伊拉克陷入缺医少药的境地，阿巴斯的遭遇仅仅是冰山一角。在2003年伊拉克战争爆发前，尽管受到国际制裁和战争破坏，伊拉克医疗卫生系统仍维持较高水准，每年甚至有成千上万的外国学生和病人从周边国家赴伊拉克学医或就诊。

伊战爆发后，大批优秀医生以移民等方式流失到约旦、叙利亚、阿联酋等周边国家以及美国和欧洲，伊拉克医疗卫生水平就此一落千丈，成为中东地区最落后的国家之一。非官方统计数据显示，伊战前伊拉克大约有3.6万名医生，到2011年前后，伊拉克医生数量不到战前的一半。

不仅医生数量大幅减少，医疗设施也不能满足患者需求。自20世纪80年代起，伊拉克未新建一座公立医院，民众普遍陷入看病难的境地。

另一方面，医生在伊拉克成为战争主要受害者之一。在多数国家，医生是体面的职业，收入优厚，受人尊敬。但在伊拉克，医生却往往与“绑架”“袭击”等词汇相连，成为犯罪分子绑架的重点目标和恐怖袭击的对象。

相比其他社会阶层，医生在伊拉克仍属高收入人群，因此而被绑票者盯上。另外，多数医生供职于政府下属的公立医院，被恐怖分子认定为替政府打工，成为“黑名单上的人”。

根据医生自组社会团体的统计数据，自2003年至2011年前后，有超过500名伊拉克医生非正常死亡。

巴格达儿童医院内科医生塔里克·赫姆德对失去身边的同事有着痛切的记忆。他曾经的指导老师阿什拉夫和医院的前院长希沙姆都是恐怖袭击的受害者。他说："整个社会陷入混乱。一部分人别有用心地杀害医生、教授等知识分子，目的是为了将这个国家有知识的人清除殆尽。"

我曾和赫姆德谈起驻伊美军将于2011年年底前全部撤离伊拉克，赫姆德说，希望美军的离开使安全形势向好的而非坏的方向发展。他希望，更多的同事能够选择留下，帮助这个苦难深重的国家。遗憾的是，美军的撤离，并未促进伊拉克安全形势的好转。赫姆德大夫恐怕会深深失望。

在食品、医疗、用电这些基础需求存在严重困难的社会里，婚恋这样的人生大事，似乎也变得奢侈起来。

某日，在巴格达市郊一处花园洋房内，一群青年男子吹起小号，打起手鼓，手拉手，和着音乐扭腰转圈，欢庆好友哈立德·马吉德的婚礼。

那是新娘的家。时年29岁的新郎马吉德身着意大利风格的紧身黑西服，细窄的领带勒着他粗壮的脖颈，看上去略有不适。但马吉德有理由欢喜，在付出不菲的物质财富后，他的求婚终获"我愿意"的答复。

巴格达市区地点较偏的一套两室一厅公寓，2011年前后的价格大约10万美元（约合62万元人民币）；独栋两层小楼，至少20万美元（约合124万元人民币）；假如房子在较繁华的市中心，价格还要翻上3番。这样的房子，马吉德还是买不起，他结婚后只能和心爱的姑娘暂时栖身自己父母家。

除开购房这项最大支出，购买新娘首饰、付女方彩礼和举办婚庆活动等杂项开销加在一起也需数万美元。

就职于一家外企的马吉德当时月入约1000美元（约合6222元人民币），在巴格达算得上高收入，但他还是无力买房。

"现在城里能结婚的都是有很强经济实力的人，我在想，这样下去，结婚大概会成为一项专属富人的奢侈活动，"马吉德苦笑道。

那天，迎亲队伍在新娘家短暂欢愉后，接走身着白色西式婚纱的新娘。迎亲车队照例是由借来的车辆组成，新人的花车是辆低档的韩国“现代”越野车。

入夜，人们在马吉德父母家的庭院中点燃篝火，男人们围成一圈跳起阿拉伯舞蹈。马吉德换了一身棕色西服，一条细斜纹的领带。不时有人上前和新郎行贴面礼，说些祝福的话。

马吉德的父亲说：“我希望他（儿子）先安定下来，暂把他的新家安在我们这里。希望他慢慢能自立门户，有自己的房子和孩子，有一切别人都有的东西。”

能够举办一场体面的婚礼，马吉德已很知足。毕竟这仍是不时有爆炸发生的动荡地区，物价和房价不断上涨，失业率高达30%，安全状况依旧糟糕，每天都有人死于恐怖袭击。

我问他，伊拉克的安全形势是否会影响年轻人结婚？马吉德沉思片刻后答道：“安全形势肯定会影响人们对结婚的考虑。但总不能都等到街上再没人被炸死了才结婚吧？”

在世界其他角落，人们正为捍卫自己更高级别的诉求而努力。但在伊拉克，人们所需要的权利除了不被杀戮、有工作、有食物，还有一天24小时不间断供电，想结婚的时候可以结婚。这就是此处最需要的“民主与自由”。

然而，美国人似乎听不到这样的声音。看起来，有些掌权的美国人，甚至对“重建”这样的议题似乎也不感兴趣。

推翻萨达姆政权，对于美国，其实不是随机性的动作。伊战发动大约一年之前，美国国务院曾经草拟一项“未来伊拉克”计划，项目涵盖推翻萨达姆政权后的安保政策、重建方案以及民主转型措施。大约200名伊拉克部族和政治组织代表参与了这个项目，初步拟订的计划书多达13册，领域涉及从石油工业至司法体系的方方面面。

国务院的庞大专家组前往五角大楼进行游说，要求战后立即赶赴伊拉克投入工作。然而时任美国国防部长拉姆斯菲尔德连扫一眼计划书的兴趣都没有，大手一挥，否定了计划。

拉氏的态度代表了当时美国当局的主流意见：伊拉克战后不会出现任何问题。伊拉克战争的战场指挥官托米·弗兰克斯将军后来回忆，在当时，他没有接到任何情报显示战后美军将在伊拉克遭遇如此强大的反抗力量。

从小处着眼，在伊拉克的失误是美国国防部和国务院的矛盾所致，这是典型的官僚主义流弊，很多国家都曾遭遇。然而，从更深层次而言，美国的外交政策总是在理性与非理性之间摇摆，伊拉克只是这种摇摆的又一个受害者。

某一些时刻，美国当局相信自己是“上帝的宠儿”，受到众神眷顾，政府必须向民众灌输“美国是特殊国家”，才能在这个文化如此多元的新国家塑造凝聚力。历史上不是只有一个国家政府曾经这么做，但现阶段，全世界恐怕只有美国政府相信，把己国价值观与政治、经济体系强加于他国，是在受到上帝的指示。因此，小布什才会公开宣称，建立在资本主义和个人自由选择基础上的美国政府体制，对任何社会任何个人而言，都是正确的。也即是说，西方式民主，是放之四海而皆准的真理。

另一些时刻，美国当局又认为，国家如同个人，自我利益是最高原则，美国和其他国家并无二致，也受利益驱动。因为如此，在美国推动的政权更迭事例中，大部分情况下，美国推翻别国政权后，对推动民主进程贡献甚少。相反，人们倒是发现，只要遵从美国的意志，美国当局愿意扶持任何独裁与邪恶政权。

在伊拉克，当最初的茫然过去后，美国毕竟还是投入巨大资源，试图建立民主的亲美政权，或许这照顾到理性和利益的双重考量。然而，即便到了今天，离成功似乎仍然遥远。伊拉克人民，正在美国的又一次“民主试验”中饱受折磨，承担后果。

| 第三节 |

勇敢的心

在艰苦岁月里，人们往往能释放出承受苦难的巨大潜力与能量，“勇敢的心”，这是我送给伊拉克人民的赞誉。

与阿富汗相似，在巴格达的斋月里，更能看出穆斯林的坚忍与勇气。

2011年8月30日，巴格达迎来开斋节。白天，人们涌入市场疯狂购物，集市人头攒动，让人产生错觉，仿佛来到春节前的中国某地。

巴格达城西贾米亚区（AL-JAMIA）一家杂货店店主纳赛尔告诉我：“与2006年和2007年没法比，现在巴格达安全多了，你能看到这么多人在街上逛。今天我会把店开到凌晨。”

是的，人们当然不会忘记2006年的巴格达。下班的路上，能看见尸体随便躺在街角。据说，那一年开斋节的街头冷冷清清。

2011年的斋月当然也不可能完全消停。就在2天前的8月28日，巴格达的乌姆·库拉清真寺遭自杀式炸弹袭击，致使28名正在祈祷的民众死亡，其中包括一名伊拉克国民议会议员。这位议员原本接受了新华社的采访请求，准备在开斋节后接受我们专访，主题是“‘9·11’十年后的伊拉克安全形势”。这像是个黑色幽默。但是，它是伊拉克的现实。

开斋节那天，人们似乎已然忘却几天前的这起惨案。店主纳赛尔说：“对伊拉克人而言，假使一个月仅发生一起死亡超过10人的恐怖袭击，那这就是平静的一个月。”如此界定“平静”，也像是个黑色幽默。同样，它也是伊拉克的现实。

对纳赛尔而言，相较安全形势，电力短缺才是更大的难题。“人们很起劲地买饮料、酸奶、牛奶和坚果，这本该是个大赚一笔的机会，可惜利润都让用电的花销给吃没了，”纳赛尔抱怨说。

斋月里，从日起到日落，人们禁饮禁食，在50摄氏度左右的高温下，缺电使这个斋月更加难熬。请读者诸君原谅我在此书中多次提到电力供应的问题。早已淡忘电力短缺记忆的中国人，很难理解，在巴基斯坦、阿富汗和伊拉克这样的地方，用电可以如何影响人们的生活。

物价上扬是另一个难题。开斋节前，所有的食品都涨价，有的翻倍。38岁的家庭主妇乌玛·阿里（Um Ali）告诉我：“我们需要适应涨价，就像适应每天都爆炸死人。”

夜深了，一群年轻人在扎瓦拉公园里快乐地做着“马海比斯”（mahaibis）游戏。分成两组，一组中的一人手心里握着一枚戒指，另一组需要准确地猜出戒指在谁的手中。

19岁的奥马尔·穆罕默德说：“希望就像戒指，始终在手心握着。有一天，开斋节会在伊拉克恢复本来的面目，所有人都在开斋节感到平静和充实。”

开斋节那天，美国“黑鹰”直升机24小时在巴格达上空巡弋。巴格达国际机场因收到可能遭火箭弹袭击的情报而一度关闭数小时。

一直到次日凌晨3时，我在确定全天巴格达确实没有发生一起恐怖袭击事件后，发走了稿件。稿件一开始拟就的题目是《巴格达平静迎来开斋节》。这并非先入为主，预设议题，而是美好的祝愿。那天，让我欣慰的是，直到发走稿件前的一瞬，才终于确定，可以不用删去标题中的“平静”二字。

转眼到了2012年，这一年巴格达的开斋节，与前一年并无二致，袭击频仍、物价上扬和高温炙烤，仍然是穆斯林斋月里伊拉克民众最揪心的三件事。尽管如此，人们仍然怀着虔诚和淡定的心，静静度过这一年一度的伊斯兰重要节日。

此前一天，在7月31日，巴格达多个地点发生恐怖袭击，遇袭地点包括位于闹市区的内政部下属反犯罪局办公楼，全城数十人死伤。当月早些时候，“基地”组织伊拉克分支（“伊斯兰国”前身）声称将在伊拉克全境发动新攻势。这个月更早些时候，在23日，伊全国一天内发生数十起袭击，造成数百人伤亡。

斋月那天，32岁的巴格达市民阿里·易卜拉欣告诉我："由于担心安全，我们在斋月里会减少外出，尽量减小聚会规模，以免引起恐怖分子注意。"

内政部为斋月制定了特别安保措施，加强了清真寺等伊斯兰宗教场所以及基督教教堂附近的戒备。以往，这些地点是斋月里恐怖分子比较中意的袭击目标。

不过，对易卜拉欣而言，高温酷暑带来的困扰似乎更甚于恐怖袭击。伊拉克气象部门公布的数据显示，2012年斋月，伊拉克几乎每天的最高气温都超过50摄氏度，是30年来最炎热的斋月。

盛夏的很多时候，按斋月规矩节制饮食的易卜拉欣只能躺在树荫下歇凉。电力短缺加剧了酷暑带来的痛苦。2012年斋月，伊拉克政府特意将各部门每天的办公时间减少一至两个小时，以避免公务员中暑。

无异于往年，伊拉克2012年斋月的食品价格大幅攀升。在巴格达曼苏尔区的一家超市里，45岁的公务员阿卜杜勒·萨拉姆拿着长长的购物单乘兴而来，但钱包里的钱只够买清单上一半的商品。他惊讶地发现，超市里所有食品价格都涨幅惊人，其中阿拉伯人喜欢用作汤料的扁豆价格竟比平时翻了一番，其他食品价格也都上涨20%至30%不等。

面对萨拉姆的抱怨，超市店主沙基尔·马哈茂德解释，这一年斋月食品涨价幅度高，主要是因为政府加大了对进口商品的控制力度。伊拉克包括水果、蔬菜等在内的日用品主要依赖进口。伊拉克海关2012年加强了对进口商品的检查与检测，导致货物通关耗时增加，提高了进口商运营成本，是导致物价上涨的重要因素之一。

不过，也有人并不认可马哈茂德的解释。57岁的家庭主妇乌姆·法蒂玛说："我看这些生意人一年到头就等着斋月来涨价牟利。政府应当拿出措施，管管他们。"

尽管生活中有种种的不如意，但当夕阳落下，清凉的夜幕降临，巴格达家家户户还是摆好筵席，享受烤肉、甜点和水果的美味。这时候，戾气尽消，空气中弥漫着一片祥和与快乐，人们轻声慢语，与亲朋好友细话家常……

以上的图景，与世人印象中的巴格达不符。这个城市似乎总与爆炸、枪击和流血等字眼相联，其实生活在这里的人们并不乏对生活的热爱。温馨的场面，在战地似乎分外沁香。

地理教科书上说，巴格达自6月至8月为夏季。然而，巴格达市民认为，6月还是春天的尾巴，真正的酷暑尚未来临。其实，6月的最高气温已经超过40摄氏度了。但在2011年6月19日，位于市中心的扎瓦拉公园（al-Zawraa）游人络绎不绝。我也加入这“春游”的队伍，宜人“春光”里，巴格达空中飘荡着的花香，似乎是市民乐观、积极心态的最好诠释。

沙漠炙热的日照下，扎瓦拉公园枣椰树树影婆娑，一方方绿地整齐划一，只是有些泛着微黄。扎瓦拉湖湖水在少风的日子里只有微澜，刷着红、黄暖色调油漆的游船多数闲置在岸边，只有一叶小舟在湖心漂移。舟上的两名青年男子正谈谈说说。

摩天轮和其他多数游戏设备无人问津。大概，家长害怕烤的火热的玩具会灼伤孩子们的小屁股。

男女老少举家春游的占多数。他们悠闲地坐在树影里，有的品茗，有的静静地坐着，无语。小贩兜售着各式饮料和吃食。有爆米花和彩色的棉花糖。还有那形如戴镣铐的单簧管的阿拉伯水烟袋。

制售棉花糖的阿拉伯汉子满脸虬髯，胳膊粗壮，外表看凶神恶煞。可是，当他专注于手中像粉色云彩般的棉花糖时，目光里只有平和，甚至温柔。

远远的，一对着恤衫和紧身牛仔裤的青年穆斯林男女携手而来。只是，当发现我的相机镜头后，他们羞涩地转身向着和原先相反的方向去了。转身的刹那，他们试图掩饰，试图表明这转身并无他意，并不意味被打搅后的不悦。

坐落在扎瓦拉公园内的巴格达动物园是吸引游人最多的所在。公园管理人员告诉我，这里当时有大约1000头动物，包括狮子、棕熊、斑马、梅花鹿、骆驼、鸵鸟等。

1971年就对外开放的巴格达动物园在伊拉克战争中备受摧残。2003年开战前，这里有650至700头动物。2003年4月，美军进攻巴格达后，萨达姆的最精锐部队共和国卫队环绕动物园构筑防御工事。持续8天的巴格达之战后，动物园头口锐减至35头。除开少数食肉类大型猛兽，多数动物成了战火下饥饿居民的食粮。

我看见两头苍老的狮子在高温下倦怠地安睡。这是2003年劫后余生的两位。它们不知是否记得曾经的伙伴 —— 属于萨达姆长子乌代私人拥有的西伯利亚虎“曼多尔”。那只时年20岁的“老”虎起初是35个幸存者之一。但不久，因为无人管理而饥饿死去。

8岁的小姑娘阿明娜在妈妈的怀抱中开心地伸出小手，逗弄着笼中色彩斑斓的开屏孔雀。她还不能明了，国际社会为使这座曾经的中东第一动物园恢复到目前的状况所作出的努力。

援助者们知道，巴格达的居民不仅需要生存，还需要快乐地生存。阿明娜的妈妈告诉记者：“我们不希望孩子的童年记忆只有满街的警察和军车。”

是的，战火不能阻断人们对幸福的找寻。扎瓦尔公园还举办题为“巴格达：文明之花”的花卉展。公园专门为此划出4万平方米的展区，展出由13个国家提供的花卉、园艺产品。游人流连其间，满目姹紫嫣红，四处花香阵阵。

据说，花卉展期间，扎瓦尔公园的游客数以万计。69岁的阿里·哈法吉是其中的一位。他一身传统穆斯林打扮，头戴白色圆顶无檐帽，身着白色长袍，手持傻瓜相机，为红色玫瑰花丛中的5岁小孙子拍照。哈法吉笑着对我说：“花给我们的心灵带来平静、美和爱的感受。我希望伊拉克能让世界看到它和平与安宁的一面。”

40岁的乌姆·阿里十分喜爱来自土耳其的园艺产品。她带着两个小女儿向土耳其园丁认真学习盆栽技术。“这下我们一家又多了一项有趣的活动。”乌姆开心地说。

让渐渐从战争创伤中恢复的人民感到欢乐，是花展主办方巴格达市政府的心愿。市政府官员阿里-哈希姆·阿特尚告诉我：“举办花卉展目的不是赢利，是为了展示我们的国家和人民进入到一个新的时代。”

到了2011年，这座城市曾经因为安全因素而封闭的道路中，大约一半已重新开放；夜幕降临后，满城漆黑的场景已成历史，不少餐馆、茶座、商场和其他公共设施重新开始晚间营业，给城市的夜晚带来了活力。当然，宵禁仍然生效。0时之后，街道恢复了死寂。

轻松之余，人们并未放松警惕的神经。在扎瓦尔公园的入口处，前来参观花展的游客排着长达半公里的队伍，耐心等待接受安全部队的细致检查。

这让我想起，在这欢乐祥和的场景之上，依然浮现着战争的阴霾。记得在公园的入口处，警察足足花费10分钟，检查了我所有的证件后，才予以放行，临别还不友善地问上一句："你们外国人干吗要来伊拉克？"

我们理解警察的焦虑。外国人的存在，是"基地"等恐怖组织开展暴力活动的第一由头。"春游"巴格达，小心翼翼的欢欣和忧虑一起交织在我们心头。我们和巴格达600多万市民一道，在非常状态下，努力按正常状态去生活。

"旧书市场"与"红茶馆"，这样散发慵懒、闲适气息的"小资"词汇，在人们的刻板印象里，似乎与恐怖袭击不断的巴格达联系不上。然而，这也确实是巴格达生活真实的一面。

2011年6月25日是个周六，在巴格达城东长约600米的穆塔纳比街，闻不到硝烟的味道。太阳在晴空高照。街道两侧奥斯曼土耳其风格的米色矮楼，为整条街投射了荫凉。

这条街道其实仅是宽及3米的窄巷，大部分街面被旧书摊占据。人们或站立或蹲伏，仔仔细细的"淘宝"。这里的书籍主要是阿拉伯文和英文。其中，不乏经典之作。

街道以10世纪伊拉克诗人穆塔纳比的名字命名，曾经是奥斯曼土耳其统治时期巴格达省政府的所在地。从20世纪初叶起，这里便成为巴格达知识精英聚集的场所。起初，街道的两侧开了很多小书店，接着，在书店外的街面上自发聚集了一些贩卖旧书刊的商贩，最后，逐渐形成了在巴格达乃至全伊拉克赫赫有名的旧书市场。

一位外国读者从小贩手中淘到8本英文书籍，包括莎士比亚和毛姆的作品，全部都是英国图书公司出版的正品。小贩说："一口价，8美元。"是的，因为已经相当划算，所以，还价显得贪心并多此一举。

"额外的收获是泛黄书页后的丰富内涵。你会经不住猜想，这本书的原主是怎样一个人。或许，他是一位饱经沧桑的巴格达大学教授？"这位读者告诉我。

63岁的侯赛因老人从距此5公里的市郊卡迪米亚（Kadhimiya）来"赶集"。老人裹头巾，着长衫，长髯在胸前飘洒，这形象与他手中的英文爱情书籍形成了有趣的反差。

"我每周都步行来这里淘书，这是我生活的重要部分，"这位前巴格达大学英国文学专业教授用流利的英语说道。

穆塔纳比街的常客中多数是侯赛因老人这样的知识精英。他们衣衫整洁，吐属文雅。有句阿拉伯俗语说道：“什么是好书——开罗人写，大马士革人出版，巴格达人阅读。”巴格达人具有喜爱读书的传统，同时又和其他阿拉伯国家民众一样嗜好饮茶。

在旧书市场逛累了，就到穆塔纳比街尽头的沙赫班达红茶馆小坐喝茶。由于茶馆聚集的都是文化精英，茶余难免把盏清谈，逐渐形成了茶馆议政的文化现象。100平方米左右的店铺里在周末通常座无虚席。

人们挤坐在咖啡色的木质座椅上，喝滚热的红茶，吸阿拉伯水烟。讨论政治、社会、文化等各类热门的话题。四面墙上，百多幅巴格达城市历史照片笼罩着历史烟云，讲述着这种茶馆议政文化的传统。

沙赫班达茶馆于1917年开业。1917年是伊拉克历史的重要节点。那一年，奥斯曼土耳其帝国结束了对伊拉克的统治，英国军队占领巴格达，将伊拉克纳入其殖民统治体系。

那个年头，巴格达的知识精英在沙赫班达茶馆举行“政治沙龙”，为国家和民族的前途议论风生，挥斥方遒。这逐渐形成了传统。

萨达姆时代，沙赫班达的茶馆文化一度中断。秘密警察无孔不入地监视，发表反政府言论的知识分子往往被投入监狱，不少茶客因此将话题转向了文化和体育等软性话题。不过，在政治高压下，一些人仍然在沙赫班达茶馆悄悄散发匿名的宣传材料，抨击萨达姆统治。

萨达姆倒台后，政治重新成为茶馆清谈的主题。我到访的那个周末，茶客热议的主题是美军是否该如期全部撤离伊拉克。按伊美2008年签署的协定，美军应当于2011年年底前全部撤离。但是，美方一度以安全因素为由，施压伊方主动要求美军延长驻留权。

沙赫班达茶馆的客人，有的认为所有的麻烦都是美军造成，他们愈早全部离开愈好；有的则说，一旦美军走了，伊拉克就将陷入教派仇杀的混战，还是不走为好。

名叫加尼的巴格达大学学生说：“是的，美军应该离去。过去这些年里，总是看见他们的车辆满街跑，直升机在我家上空飞过。我受够这一切了。”

加尼认为，没有任何国家的国民喜欢看到自己的国家被别国占领，尤其是视尊严为生命的阿拉伯人。他甚至表示怀念萨达姆统治时期，“至少那时我们有尊严，没人看不起我们”。

63岁的什叶派学者布尔汗指出，美国方面声称留驻伊拉克是为了帮助伊拉克进行安保，但其实，美军恰恰是造成伊拉克安保危机的因素。

布尔汗说：“他们（美军）对武装组织拉一派，打一派。打击反对占领的武装组织，又训练、支持亲美的武装组织。而且，他们的存在才为武装组织实施恐怖活动创造了借口。”

逊尼派的商人优素福·阿比德则表示了不同意见。他认为，美军撤走可能会导致伊拉克周边邻国干涉其内政。

他说：“美国人走后，我们的邻居，好比伊朗，可能就会想来代替美国。”

阿比德代表着为数众多伊拉克逊尼派民众的想法。他们担心，伊拉克政府和什叶派的伊朗太过接近，将来会导致伊拉克政局被伊朗所控制。而美军的存在，则可以对伊朗起到制衡的作用。

2011年前后，不少政治派别在沙赫班达茶馆散发反对时任总理马利基所领导政府的宣传材料。宣传材料指责马利基政府行政效率差，腐败现象严重，应当对伊拉克糟糕的安全形势和经济形势负责。

伊拉克知识精英心里清楚，他们在穆塔纳比街和沙赫班达茶馆所寻找到的自由空间其实也笼罩着恐怖的阴云。我在沙赫班达茶馆接触的茶客多数不愿公开姓名，即便讲也不愿讲出全名。他们主要担心会成为恐怖分子的袭击目标。

2007年3月，穆塔纳比街遭遇炸弹袭击，导致近30人死亡，另外数十人受伤。死者中包括沙赫班达茶馆老板哈吉·穆罕默德的两个儿子。

那次恐怖袭击事件后，伊拉克政府封闭了穆塔纳比街，直到一年后的2008年才重新开放。那次恐怖袭击的前后，哈吉·穆罕默德多次收到恐怖组织发来的威胁信，要求他停业，声称茶馆业务与伊斯兰教教义冲突。

2011年，茶馆已改全天营业为上午半天营业。原因是，午饭后，在穆塔纳比街执勤的军警陆续下岗，容易造成安保空虚，为恐怖分子实施袭击提供机会。

另外，茶客还担心，有恐怖分子混迹在茶馆中，一旦他们的相关言论与恐怖组织观点不一致，也可能为发表言论者带来危险。因此，为防止被恐怖分子盯上，熟悉的茶客之间虽然交流起来毫不避讳，但和陌生人交谈时他们都十分小心，不愿透露自己的身份与姓名。

那天走出红茶馆，我看见，在穆塔纳比街的尽头，矗立着穆塔纳比的雕像。在巴格达，不少街道以诗人的名字命名。连年的战火，使人们几乎忘却，巴格达不止有爆炸和枪战，这座城市曾经是伊斯兰世界乃至全球的文化中心。

| 第四节 |
异乡人在伊拉克

似乎什么艰难险阻，也不能阻挡中国人海外发展的决心与勇气。在伊拉克，也不例外。在那里，同胞们告诉我："危险，只是苦难的一种。"我想，他们没有宣之于口的是：假如视危险为苦难，只能说明你经历的苦难太少。

2013年，我离开伊拉克后，一个叫作"伊斯兰国"的恐怖组织势力开始坐大，在那个已经饱受战乱之苦的国家杀人放火，声势喧天，令我很担心留在该地的若干中国友人。

我2011年至2013年在伊拉克常驻期间结识了一些中国朋友。因了共同面对战火和危险的缘故，彼此情谊深厚，非寻常生活中的酒肉之交可比。我回国后，虽然大家联系不多，但心始终在一起，牵挂着彼此的冷暖与安危。

"伊斯兰国"乱起后，我登录久未开启的QQ账号，给尚在伊国的友人留言问候。

巴格达的浙江商人黄余庆兄第一个回复，用平淡的语气说自己“还好”，再无别的话。这让我想起老黄以往常挂嘴边的一句：“危险，只是苦难的一种而已。”大约，这世上总有一些人，坚强超越他人，总是苦中作乐，展现生命力的顽强。我在伊拉克的兄弟们，便是如此。

初识老黄，可能是在中国驻伊使馆的某次活动。生长在江南水乡的他，当时年纪50不到，身高接近1.90米，魁梧强壮，南人北相，谈笑风生，意兴豪迈。那一日，我们对饮一满玻璃茶杯二锅头，彼此订交。

熟了后，老黄告诉我大概的人生经历。军队复员后，老黄在老家浙江从商，事业做得不错。十几年前，老黄秉承浙商闯荡天涯的传统，赴阿联酋迪拜发展。在当地，他建立起自己的公司，业务涉及展会、建筑、建材。

后来几年，中国人赴迪拜者潮涌，当地官方不完全统计已达数十万之众，形成城中之城之势。人潮带来商业竞争的压力。中国商人在我中华勤劳勇敢之美德外，自然少不了同行同胞倾轧的陋习。面对外国人，华商竟彼此压价，薄利竞争，导致大家生意之路越走越窄。此种情形下，老黄把眼光投向距迪拜飞行时间仅两个半小时的伊拉克。或许，险中求财是个不错的选择。危险，吓不倒有过从军经历的他。

2009年，老黄先在伊拉克南部港口重镇巴士拉落脚，干的还是老本行承办展会。做生意之余，他发现不少中国零售业主，分散经营，面对政府乱课税和店面租赁等诸多现实困难。他想，把业主集中起来，开办在国内较为普遍的小商品城，或许是个不错的主意。在他和生意伙伴的努力下，巴士拉的“中国城”小商品零售中心建立起来。货源当然还是著名的浙江义乌。老黄负责统一租赁店面，向商户收取租金。

2010年，老黄迁往首都巴格达发展。在也是恐怖袭击频发的所谓商业区凯拉代区租下一个独门院子，一栋三层小楼加几间平房，作为他和员工的生活区。在附近另一栋五层楼，再起“中国城”，做的还是如同巴士拉一样的生意。

我曾到访这座中国城，店面与中国内地乃至迪拜等地的华商小商品市场并无二致。手机、小家电和服装鞋帽等是主要经营品类。商品价位低至几个美元，高达数千美元，档次拉得较大。和寻常之地不同的是，此地华商多数神情木然，脸上带着缺乏生气的漠然。这是死亡阴影下久历危险后的疲乏与麻木，令人望之恻然。

这仅仅是老黄生意中的一部分。他还涉足老本行建筑机械行当，经常冒着危险去外省洽谈生意。

老黄不会讲英语，但他总能靠蹦几个阿拉伯语和英语单词辅以手势，和伊拉克人谈生意。此类情况，其实在我驻外华商中较为普遍。当然，老黄雇有几个很能干的年轻人，他们会讲阿拉伯语，勇敢又有冲劲，成为他的好帮手。

其中，一个叫晓峰的小伙子，给我留下很深印象。晓峰20多岁，身材清瘦，身高1.75米左右，和老板相反，身为东北人的他，讲话轻声细气，举止斯文有礼，可谓北人南相。

然而，晓峰承担着公司大部分的外勤工作，几乎每日驾驶毫无防弹设备的日产轿车，穿行于随时可能发生爆炸的城市，为公司处理日常事务。

他自己总结的经验是：遇到街角拐弯，要加速通过，不可减速，因为恐怖分子最喜欢利用道路减速的位置，放设爆炸装置。

这是怎样的城市——慢速行驶可能是死亡的理由。美国使馆和中国使馆都规定，所有人员外出必须乘坐防弹车辆，穿着钢盔和防弹衣，由持枪武装人员随行保护。举出这一事例，方能解释我对晓峰勇敢精神的赞许。男子气，并不一定靠粗犷强健的外表支撑。

有几个夜晚，晓峰驾车接我去和老黄小酌。途中，在巴格达漆黑如墨的暗夜里，我目睹他用流利的阿语应付安全部队的检查哨，那番成熟老练的举止令我心中泛起酸楚。现今的中国社会里，不少无男子气的晓峰的同龄人，守着爹妈的呵护，在无聊无趣的游戏中打发着青春。晓峰却告诉我，他一直骗父母说自己还在老黄迪拜的公司工作。晓峰甘愿置身险地的理由之一是多存点儿钱，帮扶家庭。这也是我不在此刊发老黄、晓峰等人照片的缘由——不愿让他们的家人担忧。

据我在巴基斯坦、阿富汗和伊拉克等战乱国家多年生活工作的经验，我华人是最不畏艰险的种族。我族人心存家庭和祖国，是责任感超强的一类。

和老黄联系后，某日看到媒体报道称，千余名在交战地萨马拉工作的华工已安全转移至巴格达。我闻之心中酸楚——巴格达，什么时候成为安全地了？而我深信，一旦局势稍有好转，我中国人又将成为第一批赴险谋生者。

天佑那些险地中的兄弟。在和平阳光下度日的我们，牵挂着你们。生活中的苦难，不只危险一种。勇气是我从你们身上学到的宝贵财富。那是我们面对一切的支撑。

据中国驻伊使馆不完全统计，2011年前后，在伊拉克的华人已达近1.5万人。中石油、华为、中兴等大型中企都已在伊拉克开展长期业务，其中，中石油一家就派驻中方员工多达2700多人。

当然，战火中的伊拉克，不仅有中国色彩，伊朗、土耳其等周边大国的影响力，也时有所见。

在多数人印象里，伊拉克和伊朗之间的关系与战争和流血这样的词汇相联系。然而，战后，在伊拉克首都巴格达街头，伊朗的色彩已悄然浮现。相较对抗和冲突，和谐似乎逐渐占得上风。

伊朗伊斯兰议会议长阿里·拉里贾尼2012年12月28日抵达巴格达访问。他是德黑兰那一年到访巴格达的最高级别领导人。

似乎是巧合，那天，渐入寒冬的巴格达突然回暖，天高云淡，气序和畅，若有春意。

在戒备森严的巴格达街头，拉里贾尼透过车窗，或许能看见一辆辆黄色出租车尾部的“塞帕”（SAIPA）标记。这一伊朗轿车品牌已经占据巴格达出租车型号的半壁江山。另外一半，属于“奇瑞”品牌，来自两伊共同的朋友——中国。

“塞帕”成功进入前，巴格达出租车行业用车主要来自日本和韩国。然而，“塞帕”和“奇瑞”以单价仅为日、韩产品约一半的价格优势挤走了竞争者。

不管两伊之间的政治关系如何起承转合，经济因素以和风细雨的方式让伊朗的色彩在巴格达流动起来。伊朗已同土耳其一道成为伊拉克最重要的经贸合作伙伴，它还为伊拉克提供极其重要的电力支持。在生活层面，伊朗服装和日用品的影子同样无处不在。

另一个意味深长的镜头发生在巴格达城北的卡迪米亚区和萨德尔城这两个什叶派穆斯林聚居区。这里的一些过街天桥、公路道边和居民区防爆墙上赫然张贴着伊朗已故最高领袖霍梅尼和现任最高领袖哈梅内伊的画像。这几乎等同在北京街头看到安倍晋三的画像般不可思议。然而，这在战后巴格达并未引起过度的反应。

42岁的伊拉克什叶派教长阿巴斯·赛义德接受我采访时说：“（伊朗最高领

袖）画像今年8月就张贴出来了。张贴目的是表明伊斯兰世界的团结，我们共同反对以色列对巴勒斯坦领土的占领。”

伊拉克国民议会议员卡迈勒·萨迪（Kamal al-Sadi）告诉我，萨达姆政权或许会干涉张贴伊朗领导人画像的行为，但现在的伊拉克官方不会这么做。

“我们不阻止任何人张贴画像，无论画像上的人我们是否喜欢，”萨迪说。

他认为，这些画像一直保留到现在并无特殊原因，“这（摘除画像）不是政府分内工作，其他人也不会理会”。

萨迪说，伊拉克和包括伊朗、沙特阿拉伯和土耳其等周边国家的关系较为微妙。这些国家曾经归属统一帝国，政治、地缘、部族、民族和教派等因素错综复杂。两伊既曾兵戎相见又曾水乳交融，相互间的深刻影响，不以任何人意志为转移，将会长期存在。

什叶派为主导的政治阵营掌握伊拉克政权后，两伊关系持续升温，这使地区内的逊尼派为主体的国家以及美国有些不安，保持一定程度的戒备与忧虑。

“不管怎样，两个曾经相互杀戮的国家能够像今天这样相处，足够令人欣慰，”巴格达大学的政治学教授萨巴赫·谢赫说。

在谢赫看来，只有某些除了希望本国国土安全不希望看到任何其他地方平静的国家、某些除了自己的意识形态体系不认可任何其他价值观的国家，才会愿意看到曾经敌对的两伊永为世仇。

“今天巴格达街头的伊朗色彩会让一些国家不悦，但对伊拉克人民来说，这不是坏事，”谢赫说。

伊朗之外，再说土耳其。信步走入伊拉克首都巴格达一家家具专营店，那些色彩素雅美观、式样简洁大方的样品，竟都来自龃龉不断的邻国土耳其。在一张大床的床脚处，“低调地”粘贴着一小面土耳其红底白新月国旗。

这仅是战地伊拉克市场土耳其色彩的一斑。巴格达投资委员会委员泰尔·菲伊（Their al-Feey）2012年接受我采访时说：“如今，土耳其家具产品占据伊拉克市场份额的百分之七八十；在建筑业，百分之八九十的大型工程由土耳其公司承揽；食品贸易方面，伊拉克百分之六七十的进口食品来自土耳其……”

直观的佐证不难寻到。在巴格达爆炸频发的商业区凯拉代区露天市场，标记

“土耳其制造”的服装和鞋帽俯拾皆是。

在日用品商铺，亦不难看见一瓶瓶土耳其灌装的纯净水和一盒盒土耳其加工的牛奶。在电器专营店，众多国家常见的“中国制造”不是此处的主流。

店主穆尼尔·侯赛因（Muneer Hussain）告诉我：“相较于中国货和日韩货，土耳其产品性价比最好，客服也令人满意，在我店最受欢迎。”

穆尼尔说，2003年伊拉克战争爆发后，包括土耳其、伊朗、中国、日本和韩国的多国电器产品涌入伊拉克，为抢占市场份额展开激烈竞争。伊朗产品一度形成垄断，但受教派冲突影响，一些伊拉克逊尼派穆斯林抵制伊朗产品，土耳其产品随后占据上风。

在其他市场领域，“土耳其制造”的统治力也并非在一天中建立。叙利亚一度是伊拉克的主要贸易伙伴，价廉物美的叙利亚水果、蔬菜等农产品和纺织品曾占据伊拉克日用品市场的较大份额。

然而，叙利亚危机爆发后，伊叙贸易萎缩，多数叙利亚产品的进货渠道因战乱而切断，即便得以进入伊拉克市场，由于生产和运输成本上升，叙利亚产品的价格优势也已不复存在。土耳其迅速填补了市场空白。

伊拉克经济是以石油业为主体的单一资源性经济，制造业较为落后，主要依靠进口。

在伊拉克周边国家中，土耳其制造业较为发达，土耳其产品逐渐以其优良的质量和合理的价格赢得伊拉克消费者的青睐。

在战后的伊拉克，土耳其商人先从与其接壤的伊拉克北部库尔德自治区进入，随后逐渐向中南部拓展市场。到2011年前后，伊拉克北部市场几乎是土耳其一统天下，原属于伊朗的中南部市场近年来也不断受到土耳其冲击。

土耳其经济部官方网站提供的统计数据显示，2011年伊拉克成为土耳其的第二大出口目标国，一年前的2010年，伊拉克还仅是土耳其的第五大出口目标国。

2011年，土耳其向伊拉克的出口贸易总额达到83亿美元，同比增长37.7%，前五大类出口商品依次为钢铁、粮食、电器机械、蔬菜水果和五金制品。

截至2011年年底，土耳其建筑承包商在伊拉克承建636个项目，合同总额达125亿美元。

然而，伊土两国的关系实在难称融洽。土耳其指责伊北部库尔德自治区庇护土耳其的库尔德人分裂势力，土军多次越界对伊拉克境内实施空袭。伊拉克中央政府也多次就土耳其从库尔德自治区进口原油而表示抗议。

所幸，政治纷争并未影响合作与交流。伴随经贸往来的不断增加，伊拉克社会的土耳其文化印记也在加深。

在巴格达街头，紧身短袖衫、牛仔裤和尖头漆皮鞋是众多伊拉克青年热衷的打扮，形成与一小时航程之外的土耳其城市伊斯坦布尔相似的时尚风景。这些衣着也确实多数进口自土耳其。

土耳其成为伊拉克人中意的旅行目标。战后，伊拉克对外交通最繁忙的航线在伊土之间。每天往返于两国之间的航班多达15次。仅从巴格达飞往土耳其的航班每天就有四至五次。

萨达姆的时代结束后，伊拉克的积极变化中至少有一点——这个国家不再封闭，不再孤立。

第三章

文化不死　体育不死

| 第一节 |

浴火重生　方兴未艾

伊拉克古称美索不达米亚，是人类文明的主要发源地之一，留下了诸多宝贵的文化遗存。然而，美国入侵后造成的秩序混乱，导致大批文物遭窃、损毁，令人扼腕兴叹。浴火重生，战后，伊拉克人民艰难地重启文物保护事业，保存历史薪火，接续文化传承。

2011年12月，在巴格达温暖和煦的冬天里，我跟随中国驻伊大使倪坚赴伊拉克国家博物馆考察、访问。

伊拉克国家博物馆（伊博）是世界上最著名的博物馆之一，曾被联合国教科文组织列为世界第十一大博物馆，藏有两河流域文明各个时代的文物。2003年美军入侵伊拉克后，由于安全局势恶劣，博物馆几度关闭，我们到访的那日，仍然处于闭馆状态，不向游人开放。

博物馆工作人员告诉我们，2011年前后，博物馆藏有大约20万件文物，大部分仍处于重新整理、布置阶段。

当天只向我们开放了两个展厅，一为亚述展厅，一为阿拉伯伊斯兰展厅。

亚述展厅藏有多件巨大雕像和雕塑，其中最著名的展品是五条腿的人首牛翼像。这座雕像历史上曾被放置于新亚述王国第二都城豪尔萨巴德城一座宫殿门前。人首是当时国王萨尔贡二世的形象，五条腿正视为稳定站立，侧视又向前走动，造型令人赞叹。

亚述展厅还有不少刻有楔形文字的文物，大多记载国王的军事功绩，其中有一件刻在陶土片上的展品，是当时楔形文字的字典。

那日，倪坚大使详细了解了博物馆就文物收藏和保护工作所积累的经验。伊博采取网上追踪失窃文物的手段，已经追回数千件文物，它还设立网上博物馆，将馆藏文物置于公众监督之下。倪坚大使认为，这些方法值得中国文物收藏单位借鉴与学习。同时，他也向伊博介绍了我国在文物收藏保护方面取得的成果和经验。双方都认为，倪大使此行是一次极有意义的文化交流活动。

转过年去，这座博物馆在2012年初终于重新对外开放，吸引了不少伊拉克民众和外国来访者前来参观。

前文述及的伊拉克借助网络力量保护文物事值得多花些笔墨。

2003年，伊拉克国家博物馆1.5万多件文物失窃，到2011年前后，多数尚未追回。伊拉克在国际社会协助下，利用网络力量，尽力追回失窃文物并保护现有文物，初见成效。

战后，伊拉克大量文物遭劫，是震惊世界的事情。伊拉克国家博物馆成立于1926年，馆藏文物一度多达17万至20万件，是美索不达米亚文明的重要文物收藏单位。2003年美国发动伊拉克战争后，这家博物馆遭趁乱洗劫，失窃文物多达1.5万多件，引起世界范围文物市场的震荡。博物馆工作人员告诉我，到2011年前后，失窃文物仅追回大约5000件，令国际考古界和博物馆界为之惋惜。

洗劫发生在2003年4月。忠于萨达姆的军队放弃在博物馆周边的抵抗后，美军并未立即进驻博物馆进行有效护卫，而博物馆工作人员已经撤离，从而留出了防卫空白。

伊拉克考古学家阿德尔·艾哈迈德（Adel Ahmed）曾目击暴徒洗劫博物馆的场景。他在接受我采访时回忆说："这是我见过最恐怖的景象。数千件文物随意散放在博物馆的走廊地面上，我的脚曾不小心一下子撞上一件5000多年前的大理石雕像。”

艾哈迈德说，歹徒洗劫时有条不紊地逐个展架进行搜索，没有放过有价值的藏品，显得“有组织、有目的”。他认为，美国军队对博物馆遭劫负有不可推卸的责任。事发时，一些伊拉克考古学家和博物馆工作人员曾赴美军设在巴格达巴勒斯坦饭店的指挥中心，请求美军派兵保护博物馆，但美军未予理睬。

此外，艾哈迈德甚至认为，一些美军人员涉嫌参与盗窃文物，后来被追回的文物中很大部分来自美国，艾哈迈德的指控似乎得到某种程度的佐证。

巴格达国家博物馆遭劫是现代社会罕见的事件，引起国际社会的震惊与关注。战后，包括联合国在内的12个国家和国际组织参与到帮助伊拉克国家博物馆追回失物及加强安保的工作中。这对伊拉克文物保护重回正轨，发挥了积极作用。

其实，从历史上看，伊拉克对文物保护工作相当重视。20世纪20年代，伊拉克就颁布《文物法》，对非法挖掘与偷盗、走私文物规定了严厉的处罚条文。

1990年之前，伊拉克政府中专设文物部，管理全国范围所有文化遗址和文物。那一时期，没有发现任何非法考古挖掘和文物走私活动。

战争对伊拉克的文物保护工作产生了重大不利影响。1990年海湾危机期间，伊政府为保护伊拉克国家博物馆的馆藏文物，转移了一些珍宝、雕像、陶器等珍贵工艺品。此后，该博物馆绝大部分时间处于关闭阶段，期间仅有数次短期的对外开放。

1990年海湾战争期间和战后，伊拉克国家博物馆及其他一些考古场所曾遭抢劫，丢失2264件文物和考古发现品以及2万份珍贵手稿，其中包括公元前2000年亚述时代的雪花石雕像。

此外，由于联合国的长期制裁，伊拉克经济长期停滞，博物馆因缺乏经费和人力资源而疏于管理，一些不法分子为牟取暴利，偷盗和走私活动猖獗，致使博物馆文物遭到严重破坏，大量珍贵文物流失国外。

2003年伊拉克战争爆发则使国家博物馆的劫难达到顶点。

战后，国家博物馆的运作逐渐重回正轨。负责博物馆管理工作的伊拉克国家文物委员会新闻主管穆德赫尔·扎西里（Mudher al-Zeheiri）接受我采访时说，国家文物委员会和伊拉克政府内政部共同协调博物馆的安保工作，挑选警方人员成立专门的博物馆警察派出所。博物馆的监控摄像头等设施也配备到位。

以往和平时期的博物馆管理与安保程序也逐渐恢复运转。文物保管建立起问责机制，出现损坏和遗失情况，也会逐级追究责任。

文物保护也引入新兴力量，网络力量开始发挥作用。扎西里告诉我，在追回失窃文物以及加强文物监管、保护的工作中，互联网正发挥越来越重要的作用。

2003年在美国成立了“巴格达博物馆项目”组织（Baghdad Museum Project），这一组织在网上公布了巴格达国家博物馆全部馆藏品的详细资料和照片，包括失窃的藏品。这一措施为追回失窃藏品发挥了重要作用。

自资料在网上公布后，部分失窃文物的踪迹逐渐在约旦、黎巴嫩、美国和瑞士等国被发现，有的失窃文物甚至登上了“亿贝”拍卖网站。

近年来，伊拉克政府在美国和一些国际组织的资助下，采取回购等方式，追回了大约5000件失窃藏品。互联网为追回这些藏品提供了重要的信息渠道。

另外，“巴格达博物馆项目”组织还在网上开设“3D视觉巴格达博物馆”，方便网民在家上网就可以参观博物馆。

扎西里说，网上博物馆不仅为文物爱好者提供了一种新的参观形式，更可以帮助更多公众了解伊拉克国家博物馆的藏品，动员网民的力量来监管博物馆的收藏、保护工作，也对盗窃、走私文物的行为起到威慑作用。

另外，美国谷歌公司已经和伊拉克国家博物馆达成合作协议，由谷歌协助伊拉克国家博物馆实现文物和档案的数字化。2012年，大约1.4万张文物照片免费在线发布。扎西里认为，谷歌的加入，无疑为互联网协助文物保护的工作，增添强有力的帮助。

在战后伊拉克，假若说文物保护工作是浴火重生，从废墟中找回辉煌，新闻出版事业则可以说是从无到有，方兴未艾。

新闻事业在伊拉克的诞生并非晚近。早在1869年6月15日，伊拉克就已出版第一份报纸《早拉报》。1958年，伊拉克记者协会成立，同年，伊拉克通讯社建立。

1964年4月，伊拉克颁布新闻法，规定各报须有五人组成编委会，各人义务权利均等，其中一人对编辑方针持异议，报纸即须停止出版，重新改组。1967年12月

3日，新的国家新闻和出版组织法宣布关闭私营报社，在文化部指导下，设立国家新闻出版总机构。1968年复兴党执政后，继续实行官办报纸，党派、民间组织报刊等须经审批，不准私人办报。

1971年，新闻部管辖下的新闻出版总机构被划分为群众新闻社和自由出版社，后增设了革命出版社。同年又在新闻部下增设国家出版发行局，统管报纸书刊的出版销售和外国报刊的进口业务。两伊战争期间和海湾战争后，政府加强了对新闻的检查和控制。

2003年，美国发动伊拉克战争，推翻萨达姆政权后，伊拉克新闻出版业发展迅猛。仅据2003年的统计数据，伊拉克全国当时已拥有200多份报纸、10多家电视台和20多家广播电台。多数媒体都自称独立，但实际上不同程度地接受不同政治阵营或美国的资助与支持。

2011年前后，主要报纸杂志有：

《国会报》（*Al-Mutamar*）。该报是伊拉克前副总理沙拉比领导的“伊拉克国民大会”机关报，传闻说从美国得到资金支持，经常发表由美国军方和政府机构撰写的倾向美国的稿件。

此外还有：《晨报》（*Al-Sabaah*），该报标榜独立，时常反映和政府意见相左的观点；

《视野报》（*Al-Mada*），该报是受到普遍好评的独立报纸；《日报》（Rozhnama），创办于2007年的库尔德语报纸，反映伊拉克库尔德人的观点和立场；《新闻报》（*Al-Anbaa*），2006年8月创办于费卢杰，是较受欢迎的一份报纸；《日出报》（*Al-Mashriq*），在巴格达出版，发行至其他一些国家。

当时的主要通讯社有：伊拉克通讯社，创建于1959年的国家通讯社，一度是伊全国唯一的通讯社，曾经是萨达姆政权的喉舌。2003年萨达姆统治结束后继续运营，但开始面对一些民间通讯社的竞争；伊拉克之声通讯社（Aswat al-Iraq），由联合国资助的独立通讯社，每天大约提供60多条阿拉伯语新闻、20多条英语新闻和10多条库尔德语新闻。

较为重要的电视台、电台有：伊拉克电视台（Al Iraqiya）；创办于2004年的阿拉伯语电视台，2011年前后，收视率达40%；东方电视台（Al Sharqiya），2003年开播，是伊拉克最早的私营卫星电视台，后来成为伊拉克最受欢迎的电视台；巴格达电视台（Al-Baghdadia），由伊拉克人出资创办的阿拉伯语电视卫星频道，总部设在埃及首都开罗，在伊拉克也是较受欢迎的电视台。

较受听众欢迎的电台主要有人民电台（Annas）、国家电台（Al-Bilad）等。

历经丧乱，文化不死，这是战后伊拉克令人欣慰的少数亮点之一。

| 第二节 |

足球，一种战争中的心灵抚慰剂

在巴格达，和中国使馆一起居住的日子里，踢足球，成了我们大家难得的消遣与娱乐。

2011年11月15日，星期二，下午4时左右，巴格达在秋日下温暖而宁静。我和使馆同志一起来到曼苏尔酒店新整修好的网球场。球场上尚未拉起网带，两端各放两个油漆桶充当球门，我们踢起了小场地足球。

中国使馆驻伊武官刘上校、武警周中校、我和使馆的办公室主任，这几个四十上下的“老同志”在一伙，另一伙是清一色20岁出头的武警特战士官。场边站着一个正在执勤的士官，全副武装，墨镜、耳麦加中国造九五式步枪。踢球，也不能忽视安全保障。

老同志体力比较差，年轻同志冲得比较猛，但老同志经验和战术相对比较好，17比9。老同志赢了。周中校差不多一个人踢入我方一多半的进球。

其间来了两个伊拉克棒小伙儿，似乎是负责酒店复业前装修的工人。他们一边加了一个人，明显提升了比赛的速度与技术。一次防守中，我不得不把一个棒小伙儿挤在网球场边的防护网上，用胳膊把他抱住，固定在防护网上，才从他脚下抢到球。武警战士笑话我说："首席要是手里有根绳儿，准得把人家捆在防护网上。"呵呵。终于明白为什么中国队踢不过伊拉克，人家一步出去抵我两步，体质真的不一样。

那一阵子，正在进行世界杯亚洲区预选赛，中国队和伊拉克分在同一小组。那天天黑后，伊拉克战胜约旦，出线权在握。酒店附近的庆祝枪声又开始响起来，比伊拉克战胜中国队后放的还响，还密集。

我们讨论了中国足球的问题。周中校说，他不让他那很有运动天赋遗传的儿子踢足球，让他学习滑雪和溜冰等比较高大上的运动。我没有做过调研，不知道现在学钢琴的孩子是不是就比踢足球的孩子多。我认识一个中国女人，带她4岁的小女儿去骑马、击剑。这样很好，中国人需要多进行一些彪悍的运动。看足球的人不妨少一点儿，踢的不妨多些。大家都不去鸟那些名校，别逼着孩子读太多没用的书。多干些好玩儿有趣的事情。世界或许会因此变得可爱。

在某次旅行途中，飞机上偶遇一个西班牙人。我提起梅西和C罗，该人很漠然地说，我喜欢冲浪和滑翔伞，足球我也看，但我更爱自己去运动。很希望，中国人做运动的也能多些。鸟巢和水立方已经建了就算了，以后把这些钱多用来建几个足球场，哪怕小点儿，草皮差些。

想起我小的时候，经常在街道上狂野地踢球。那个时候，中国队也踢得不好，但比现在要强些。在伊拉克，我祝愿自己虽然岁数渐增，生育能力还在，将来还能找到女人生个儿子，带他去踢球，教他打架，让他学会爱自己，爱周围值得爱的一切人，做一个像男人的男人，爱一个像女人的女人。告诉他，这个世界可以不因为我们的存在而变得更美好，但无论在怎么样的世界里，我们自己要变得更美好。

这大约正是足球在战地伊拉克的意义，它让人们看见，在混乱与危险中，世界依然有可爱之处。

转过年去到了2012年，伊拉克首都巴格达时间6月28日21时45分，北京时间29日2时45分，乌克兰和波兰联合举办的欧洲足球锦标赛迎来一场半决赛，由德国对阵意大利。

那时，我已搬到位于巴格达萨利西亚区的媒体招待所，由英国AKE安保公司经营管理并负责安保。

比赛当天，报道完东部迪亚拉省发生的涉及37人死伤的爆炸袭击后，我来到客厅。AKE伊拉克地区负责人英国人罗伯特·曼和一对来自黎巴嫩的爱立信公司伊拉克分公司职员，已经守在52英寸电视屏幕前。

没有央视五套，没有英语体育频道，卡塔尔半岛电视台体育频道解说员用阿拉伯语解说着“剧情”。来自英国、黎巴嫩和中国的陌生人，为两支不相干的欧洲足球队或喜或忧。

窗外，偶尔会有枪声和爆炸响起，“鲍勃”（曼的昵称）不时掀开窗帘，侧耳细听一下动静。这让我们没有忘记，这里是远离欧锦赛赛场的伊拉克，这里是每天都有恐怖袭击发生的巴格达。

电力仍旧短缺，即使是在首都巴格达，80%以上的时间居民依靠自家发电机供电。市政供电中断完全没有先兆，球赛进行中也不时发生；等待发电机轰响的黑屏时间里，习以为常的我们没有人焦躁，只是静静地等候。

“足球是一种心灵抚慰剂，这和我每工作3个月就有一次休假一样重要，”鲍勃说。

他笑着打趣说：“提前回家的英格兰队假如知道我在这里为他们加油，应该感到惭愧。”

在8名持枪AKE雇员的护卫和四周高耸的水泥防爆墙之外，是一片漆黑的巴格达之夜。黑暗中，一些水烟馆发出亮光和喧闹，打破了死寂。如同欧洲球迷乐意在酒吧看球，禁酒的穆斯林伊拉克年轻人喜爱在水烟馆里聚集观战。

在名叫“卡什”（KASH）的水烟馆内，21岁的穆罕默德·阿舒尔向记者展示左脸上油彩涂画的红黄黑三色的德国国旗，这位德国拥趸还身穿印着德国队中场组织核心厄齐尔8号号码的白色球衣。

“发电机燃料太贵，父亲不让我这么晚还用电视看球，”阿舒尔说，“我爱厄齐尔，他是我们穆斯林。”在卡什的更多年轻人是“中立球迷”，他们身着皇马或巴塞罗那的球衣，为德、意双方的精彩表现喝彩加油。

伊拉克没有任何体育频道转播欧锦赛的赛事，假如不来水烟馆消费，球迷在家看球需要购买价值70美元的卫星电视收视卡。

“为了看欧锦赛，我已经一个月没舍得吃冰激凌了，”17岁的伊萨·乌比德委屈地说。

水烟馆老板阿布赛义德告诉我，欧锦赛期间，生意比平时多出3倍，水烟、红茶和小食销量大增，他为此特地购置超大电视屏幕并多雇人手。不过，人流密集也增加了遭遇恐怖袭击的概率，阿布赛义德因此既喜且忧。

巴格达时间23时50分左右，德、意赛事结束。这让所有人都松了口气。凌晨1时，宵禁时间就将开始，假设比赛进入延长期或者点球大战，球迷要想看到结果，说不定就得在茶馆过夜，无法回家。

德国球迷来不及悲伤，意大利球迷来不及欢庆，在卡什的伊拉克小伙子们都匆匆上路回家。目送他们离去，我的眼眶感到微微湿润，他们中的一些人或许会在途中的路边炸弹或汽车炸弹袭击中受伤甚至失去生命。

在有些地方，为得到为数不多的人生乐趣，人们需要付出意想不到的沉重代价。

回到AKE媒体招待所，英国人曼手持巨大的手电筒开始了夜间巡查。7月2日，意大利和西班牙在乌克兰的基辅最后对决。这个世界上的多数人不知道，在那个叫作伊拉克的地方，人们也会如期欣赏决赛，即使以生命为代价。

| 第三节 |

开枪，为中国队送行

巴格达，2011年11月11日，星期五，巴西世界杯足球赛亚洲区预选赛分组赛，中国对阵伊拉克。

巴格达时间晚上7点钟左右，枪声突然响起来。我紧急联络伊拉克籍雇员夏兰，叫他查查是怎么回事儿，老头笑答："伊拉克足球队刚赢了中国，这是民众开枪庆贺。"原来如此。

枪声中，不难听出，有AK-47自动步枪，这应当是散落民间有持枪证或无持枪证的；有美制M-16自动步枪，应当是伊拉克安全部队的；居然还有声音发闷的点50口径重机枪的点射声。

关照同事王宏彬不要上阳台，关照老夏提醒办公室的其他人员，不要去院子里。冲天鸣枪其实并不安全，子弹有可能会在几百米外坠落在无辜者身上。这样的事情，我听说过很多次，还曾目睹过一次。老夏不理会我的关照，得意扬扬地宣布："嗯，这是我们伊拉克人的庆祝方式。"我没理他。

那天，负责使馆警卫工作的武警周中校招呼我到他屋里看中国队踢足球。我没去。这个世界上，一定有很多比看中国队踢足球有趣的事情可以做。

这场比赛是伊拉克主场，本来应当在北部库尔德自治区首府埃尔比勒举行。但先前伊拉克队在那个地方和约旦队的主场比赛丢了人——比赛中途，球场停电了，比赛为此中断了半个多小时。原因是球场自备发电机功率不够支撑照明用电。震怒的国际足联和亚洲足联为此取消了伊拉克队的主场资格，令其移师卡塔尔多哈去踢。可惜，中国队并没有利用上这个利好因素，还是输了。对我，这倒是个利好因素，不用长途奔波到埃尔比勒，去为这样的比赛写稿子。

庆祝的枪声仍在持续。作为一个踢输了球的国家的人，我倒是很同情正在鸣枪庆祝的踢赢的那一方。中国人可以不踢足球。中国可以有踢球踢得不好之外的别的这样那样的缺点，但是我很庆幸，我的祖国仍然比世界上绝大多数国家都要可爱。至少，比我长期生活过的那几个，都要可爱。

国内的编辑却不这么认为，他们要求我采访伊拉克足球界人士，了解伊拉克足球发展的经验，供中国足球界学习与借鉴。

也确实应当有此一问，为何身处战乱中的伊拉克能够战胜已经是世界第二大经济体的中国，打入巴西世界杯亚洲区预选赛十强赛。人们有理由好奇，是什么让这个连年战乱中的国家仍然维持如此强劲的竞技能力。

后来，我为此专访了伊拉克足协主席纳吉赫·哈穆德。哈穆德告诉我，仅靠金钱刺激不能带来足球场上的胜利，举国体制不是好成绩的必然，伊拉克足球队的胜利依靠的是人们对足球这项运动发自内心的热爱。

哈穆德说，伊拉克足球自20世纪70年代起，一直维持在较高水平。其中出现明显下滑的阶段恰恰是萨达姆之子乌代掌管国家体育工作、实行举国体制的阶段。

乌代自20世纪80年代末起成为国家奥委会和足协的领导人。当时，伊拉克各级足球队全部由政府管理，球员从政府领取工资，国际比赛取得佳绩由政府发放奖金乃至提供免费住房。

然而，哈穆德说，政府包办一切的做法并未给伊拉克足球带来佳绩，相反，由于乌代执行恐怖政策，导致球员精神压力过大，失去求胜的积极主动性，反而使伊拉克足球战绩严重滑坡。

传说中，乌代对球员的惩罚包括，球队表现不佳时，全体球员被用皮鞭鞭打足底。他甚至威胁要砍下发挥不佳球员的下肢。

其中较为严重的罪行是，伊拉克队在1994年美国世界杯亚洲区预选赛中遭淘汰后，乌代强迫球员光脚踢水泥制成的足球作为惩罚；2000年亚洲杯决赛阶段四分之一决赛伊拉克队以1:4的悬殊比分被日本队淘汰后，乌代下令对他认为应负主要责任的3名球员整整鞭打了3天。

种种恐怖措施导致球员上球场如临刑场。伊拉克足球战绩在乌代“胡萝卜加大棒”的政策下，不进反退。1996年，伊拉克队在国际足联排名表上掉到第139位，创造了该国国家队史上最低排名。

哈穆德总结那一被称作伊拉克足球“黑暗年代”的时期时说，政府对足球的全面统管，反而让球员和教练失去了自主意识。乌代及其他官员甚至对比赛的出场人员和战术安排都横加干涉。球员在场上比赛时担心失利后遭处罚，压力过大，经常发挥失常。另外，乌代还禁止球员出国踢球，导致伊拉克足球失去了对外交流学习的机会。这些都是举国体制给足球发展带来的负面影响。

哈穆德认为，是精神力量使后萨达姆时代的球员充满求胜欲望。

2003年美国入侵伊拉克，推翻萨达姆政权。此后，伊拉克安全形势恶化，政府效率低下，体育事业缺乏投入，但伊拉克足球反而取得了前所未有的佳绩。

哈穆德认为，爱国主义所激起的强大精神力量，促使球员全力争胜，获得佳绩，“他们希望借助自己在球场上的良好表现减轻人民所遭受的战争痛苦，为人民带来欢笑”。

2004年，伊拉克队在雅典奥运会上力克葡萄牙、哥斯达黎加和澳大利亚，最后取得第四名的奥运足球最佳战绩。2007年，伊拉克队又在亚洲杯决赛中以1:0击败沙特阿拉伯队，获得冠军。

这些好成绩都是在球员克服了巨大困难后所取得的。尤其是在2007年，伊拉克处于安全形势最为紧张的阶段，在首都巴格达街头，随处可见死于暴力活动的尸体。出于安全因素考虑，多数伊拉克国家队球员赴北部较为安全的库尔德自治区踢球，尤尼斯等绝对主力更是选择了出国踢球。

在种种不利因素下，伊拉克足球运动员激发出前所未有的斗志，在场上经常有超水平的发挥，用良好战绩给祖国和人民带来了欢乐。

哈穆德说：“战争痛苦使伊拉克球员和人民联系得更加紧密，爱产生了创造力。”

他认为，伊拉克足球已成为国家重建过程中提升民族凝聚力的重要推动力量。本次20强赛伊拉克队战胜中国队和约旦队后，巴格达全城向天鸣枪，欢庆胜利，战争阴影下的人们用特殊的方式享受足球带来的快乐。

“踢球的人多了，国家队才可能强大。”哈穆德说。

他认为，伊拉克足球队之所以一直能在亚洲足坛处于领先地位，不是依靠经济力量，而是依靠广泛的群众基础。

他说：“伊拉克人热爱踢足球，不管条件多艰苦，哪怕没有球场，他们也会在街头踢球。踢球的人多了，国家队才可能有充足的选材基础，才可能成为强队。”

我在巴格达的观察印证了哈穆德的说法。2012年，巴格达的安全形势虽好于2007年，但仍每天都在发生恐怖袭击活动。即便如此，民众对足球的热爱程度丝毫未减。

在我们驻地附近的一块5人制水泥地面足球场上，每天都有人在踢球。这一地区经常发生爆炸等恐怖袭击事件，踢球者有可能成为袭击的目标。尽管如此，人们仍然乐此不疲。

不仅如此，尽管国家仍处于战乱中，伊拉克的足球学校并没有停止为各级国家队输送人才。其中，著名的阿莫巴巴足球学校（Ammo Baba）建有各个年龄层次的青少年球队，不断培养新鲜血液。

在安全形势相对较好的北部地区，足球联赛没有中断。尤尼斯等球星则在卡塔尔等邻国联赛效力，这些对伊拉克足球能够维持较高水准起到了重要作用。

哈穆德还说，伊拉克足球重视依靠自身力量，但同时也注重向先进国家学习。2011年，时任国家队主教练巴西人济科既是前世界顶级球员，又具备丰富的执教经验，为伊拉克队带来先进的足球理念和战术打法。

开枪送行中国队后，巴格达全城欢庆胜利，即便伊拉克最终没能出现在巴西世界杯的决赛阶段赛场，它的民众也已足够自豪。足球是他们的热爱，是他们的骄傲。

| 第四节 |

奥运梦：世界看到伊拉克有人持旗入场

不仅有对足球的热爱，伊拉克人还有对奥运的梦想。这种梦想同样超越对金牌的追逐，体现对体育的热爱，对体育精神的追求。这个世界有时让人惊异 —— 在贫瘠的土地上，人们的精神世界却如此丰富。

2012年的伦敦奥运会，战乱未已的伊拉克仅派出8名运动员参加，该国奥运代表团团长萨米尔·穆萨维（Samir Sadiq al-Musawi）在行前接受我专访时却自豪地说：“世界将会看到我们有人能持旗入场。”

尽管就运动角度而言，这8名运动员均名不见经传，但他们的名字应当被一一提及：阿德南·塔耶斯（Adnan Ta'yes），田径男子800米选手；达纳·侯赛因（Dana Hussein），田径女子100米选手；萨法阿·拉希德（Safaa al-Rashid），举重男子85公斤级选手；穆罕默德·艾哈迈德，游泳男子100米蝶泳选手；阿里·纳齐姆（Ali Nadhim），摔跤男子120公斤级选手；努尔·阿米尔（Noor Amer），射击女子气手枪选手；兰德·萨阿德（Rand Saad），射箭女子个人选手；艾哈迈德·卡里姆（Ahmed Abdul Karim），拳击男子69公斤级选手。

穆萨维说，由于伊拉克国内安全形势尚不稳定，且缺乏必要的训练条件，这8名运动员先前均在国外训练，将在巴格达集结后出发赴伦敦。

“他们只有跟外国运动员一起训练，才能保证一定的竞技强度以及对比赛环境的适应能力。”穆萨维说。

据他预测，8人中仅举重运动员拉希德具备冲击奖牌的实力，他也是8人中唯一经由资格赛胜出后取得参赛资格的，其他7人均持国际奥委会外卡参赛。穆萨维说，他希望未来有更多伊拉克运动员依靠自身实力通过比赛取得奥运参赛资格。后来的比赛过程印证了穆萨维的预测，伊拉克人在伦敦与奖牌无缘。

穆萨维特别强调，伊拉克奥运代表团开幕式旗手将由女运动员达纳·侯赛因担当。这表明伊拉克在后萨达姆时代保持了尊重女性、男女平等的悠久传统。他还特意告诉我，中国匹克体育用品公司为伊拉克代表团提供了服装赞助。

曾经的中东体育大国伊拉克，自举重运动员阿卜杜勒·阿齐兹（Abdul Wahid Aziz）在1950年罗马奥运会上取得一枚铜牌后，从未在奥运赛场斩获奖牌。穆萨维认为，多年战争和国际制裁导致伊拉克体育水平下降。能够回到国际赛场是重要一步，只要持续努力，伊拉克的奥运奖牌梦一定能够在未来实现。

“每一位出现在伦敦的伊拉克运动员都付出了常人难以想象的艰苦努力，希望大家能为他们加油喝彩。”穆萨维说。他的要求令人无法拒绝，也不应当拒绝。

和穆萨维的谈话，让我产生了对无法获得奖牌的运动员的极大兴趣。于是，我去采访伊拉克赛艇队 —— 一支不仅与奖牌无缘，甚至无法取得奥运资格的运动队。

那天，夕阳下的伊拉克首都巴格达，几叶轻舟划破底格里斯河的金色波浪，驶向远方。

伊拉克赛艇队未能取得伦敦奥运会参赛资格，但伊拉克赛艇国家队运动员仍在坚持训练，他们相信，底格里斯河上的奥运梦终有实现的一天。

悄然静立河畔，眼望队员驾舟远去，伊拉克赛艇国家队教练马吉德·穆罕默德眼光深邃而悠远。“我们没有取得奥运资格，但奥运梦想不会消失。”马吉德告诉我。

据他介绍，阿拉伯国家赛艇运动相比世界先进水平差距较大，亚洲赛艇界能够在奥运赛场偶露峥嵘的是中国、韩国、日本、哈萨克斯坦和乌兹别克斯坦等，具有争夺奖牌的实力。

队员海德尔·阿里曾在广州亚运会取得单人划铜牌，这已是伊拉克赛艇队在大赛中的上佳战绩。未能取得伦敦奥运参赛资格使阿里略感不快，但他说："我还年轻，相信还有机会出现在奥运赛场。"

伊拉克男子体魄强健，具备在赛艇项目出成绩的基础，然而战地难以想象的艰苦训练条件折断了飞往伦敦的翅膀。

伊拉克赛艇队位于巴格达的训练场地依底格里斯河而建。走进馆内，看见一些队员正在室内模拟划船器械上进行同步划桨训练。教练马吉德告诉我，这些普通健身房常见的器械也是在2011年才刚刚配备。

观看水面训练时，也不难发现，队员使用的赛艇和桨板显得陈旧、破损。马吉德说，新艇已经订货，正在运送途中。

进入夏天，伊拉克沙尘天气较多，不适合室外训练；恐怖袭击也不断发生，一旦有大规模袭击事件发生，水警便会封锁河面，队员同样无法出艇，只得在室内训练。

马吉德说，这还是小问题，最大难题是河流并不适合进行赛艇训练，应当在湖泊训练，湖水水流较为平稳，便于准确测量划行距离和时间。貌似平静的底格里斯河水流实际上较为湍急，而且不同季节水流速度不稳定，很难精准计算，造成训练困难。

"我们还能要求更多吗？伊拉克是沙漠之国，有水就已经是福气。"马吉德苦笑着说。

伊拉克划艇队的境况似乎是整个国家体育发展现状的缩影。前文已述，人口大约3000万的伊拉克，仅有8名运动员出现在伦敦奥运会赛场。而且，这8人全部在国外训练。

曾是中东体育强国，却饱受战争和国际制裁之苦，伊拉克体育事业也亟待重建。好在，热爱体育热爱奥运的伊拉克人并未放弃梦想。

马吉德告诉我，伊拉克赛艇队成立于2004年，2012年时仅有10多名队员，另外还有数百名业余运动员从事赛艇运动，国家队定期举办国内比赛选拔人才。

那天，夕阳下的底格里斯河上，赛艇队员整齐有规律的划桨声伴着水鸟的声声鸣叫。再过10几天，伦敦奥运会的圣火就将熊熊燃烧。在为更快更高更强的赛场健儿欢呼鼓掌时，人们不该忘记，在世界的其他角落，还有众多热爱体育、热爱奥运的人们正在追逐梦想，他们的付出有时令我们生活在和平环境中的人难以想象。

梦想，不仅属于身体健全者，也同样属于身体不健全的人们，只要，他们的心灵足够强大。下面要说的是伊拉克残疾人击剑运动。

“滑步”与“飞刺”，这两个击剑运动专业词汇常常联袂出现。然而，对轮椅击剑运动员而言，飞刺的长剑，永远不再有曼妙的滑步相配合。

2011年8月的一天，在巴格达一座简陋的训练场馆，剑身碰撞铿锵，发出钝响与嗡鸣。这是伊拉克残疾人奥林匹克委员会为轮椅击剑运动员提供的一处训练场地。多名轮椅剑手正在训练。

偌大的场馆，寥寥几十张座椅，观者尽是运动员的亲友。白天，场馆内亮着灯，所有窗帘合拢，以遮蔽室外的酷暑骄阳。空调开着，但室外是超过50摄氏度的气温，凉爽，是个奢侈的词汇。

两名“全副武装”的轮椅剑手正在对练。头罩遮住了脸庞，下身是不会移动的假肢。但上肢灵活、刚劲的击刺与闪避，仍然赢得观者不断的叫好。

墙上，2010年广州亚残运会轮椅击剑个人重剑B级冠军阿马尔·阿里的大幅海报十分醒目。阿马尔·阿里就在现场。脸庞清隽，目光坚毅，有运动家的气质，让人不禁神驰想象他健全时长身玉立的形象。

“几年前的一天，我正在上班的路上，一枚路边炸弹在身边爆炸。我的脊椎受损，从此不再能行走。”阿里静静地对我谈起不幸遭遇，神色淡然。

他回忆说：“伤愈后，我在巴格达一家俱乐部学习击剑，起初参加俱乐部级别的比赛，后来就入选了国家队。第一次征战海外就是在中国广州举办的残疾人亚运会。我获得了金牌。”

伊拉克轮椅击剑队总教练艾哈迈德·阿卜杜尔·萨达告诉我，2011年前后，伊拉克全国大约有150名轮椅击剑运动员，其中大多数分散在各省市的俱乐部训练。成绩出色的被选拔到国家队，代表伊拉克出国比赛。中东地区仅科威特定期举办轮椅击剑锦标赛，伊拉克轮椅剑手有时需要赴亚洲其他地区和欧洲参赛。

并非所有人如阿马尔·阿里般幸运，可以斩获金牌。

连年战乱加上医疗条件较差，在伊拉克，先天和后天残疾人群占人口比例较高。同其他多数发展中国家一样，残疾人运动在伊拉克开展远非普及与广泛，只有极少数残疾人才能享受运动的奢侈。

19岁的轮椅少年扎因·阿比登对自己的生活很满意。他说："有时，人们用异样的眼神打量我们。但是，我的父母始终支持我。击剑让我第一次出了国，在意大利参加了比赛。我还上了大学，现在是一名大二学生，读会计专业。"

有了"滑步"，击剑有了舞蹈的韵味；没有"滑步"，"飞刺"如同折断了起舞的翅膀。然而，击剑首先是一项给予人信心、力量与尊严的运动。即使身陷轮椅，剑手手中的剑，似乎让人看得到生活的希望，看得到明天。即使，是在几乎每天发生爆炸和枪击的伊拉克首都巴格达。

与击剑相比，巴格达也有"李小龙"，这更加令人好奇。尽管这是一座与汽车炸弹和火箭弹袭击时常联系在一起的城市，但人们想象不到，这里还有人爱好武术，还有一座截拳道武馆，还有一位号称"伊拉克版李小龙"的武师艾哈迈德·阿门（Ahmed Amen）。

武馆位于巴格达市中心，门前枣椰树成荫，巨大门旗上用英文书写着"截拳道"字样。不到200平方米的练功房，陈设简陋。墙挂多幅照片上，李小龙英姿勃勃。

阿门2011年时是43岁，连鬓络腮胡，体态魁梧，鹰视虎步。他一身中式武师打扮，上身黑色对襟短褂，雪白的宽袖口挽起，下身兜裆裤扎脚，足蹬中式圆口布鞋。

伴着音响里播放的周杰伦歌声，一套李小龙标志性的双节棍耍的风声虎虎；对着木人拳靶，阿门的出招短促、迅捷，劲力由腰至肘，由肘至腕，力道雄劲，动作隐蔽，深符截拳道要旨。

阿门告诉我，他学习中国武术的渊源可追溯至30年前。20世纪80年代初，阿门还是一名13岁的初中生，机缘巧合，结识了一名在巴格达工作的中国工程师，此人自小习武，功底深厚。

阿门之前已看过李小龙电影，深慕中国武术。他拜中国工程师为师，还记得开手是一套少林龙拳，随后一学三年，直到中国工程师结束工作离开伊拉克。

此后，阿门习武不辍，克服诸多困难。中文武术资料看不懂，他就找来截拳道英文资料和音像制品，自己摸索、练习。遇有疑难，就和远在中国的师父鸿雁传书，请他指点迷津。

武艺大成后，阿门于1997年开办伊拉克史上第一家截拳道武馆。他招收学员，将英文武术资料翻译成阿拉伯文，亲自绘制拳法套路与招式，编印出教材。还按学员不同水平，分班授课。

阿门说，截拳道武技相当复杂，兼采多个武术门类之长。为了提高水准，他广泛涉猎日本空手道、中国功夫、柔术、柔道、日本合气道、摔跤、西洋拳击、韩国跆拳道和菲律宾拳术等。

阿门说："习练截拳道不仅需要体力，还需要头脑。要成为高手，需要学习医学、人体结构、疗伤复健等知识，需要知道肌肉组织如何运动，以加强搏击力道。出手时不仅要快，还要准。"

武馆一度生意兴隆。2003年伊拉克战争打响后，武馆被迫歇业。此后伊拉克安全形势糟糕，至2006年和2007年，教派仇杀愈演愈烈，巴格达街头巷尾，随处可见尸体，这样的情形下，哪有闲情练武强身？

2009年起，安全形势略有好转，阿门的武馆才重新开张。到了2011年，也仅有数十人跟随阿门习武，已难见伊战前数百弟子的盛况。

阿门说，最大难题是中东地区武术水平不高，缺乏交流与提高的机会，他希望中国武术同道能来伊拉克切磋武技，也希望自己有机会能去中国拜师求教。

他还说："我们不仅希望得到中国朋友经济援助，还希望两国提升文化、体育等层面的交流。"

或许，在伊拉克从事体育活动，练习武术，真的是件奢侈的事情。在那里，出汗也可以是一种"奢侈"。

巴格达夏季炎热干燥，室外气温常常超过50摄氏度，酷热炙烤下，汗水一出即干，不少伊拉克人开玩笑说，在这里连尽情流汗都成奢侈的事情。

要想体验大汗淋漓的痛快感觉，健身房是个好去处。我曾在炎夏走访巴格达市中心一家健身房，感受"出汗的奢侈"。

那天，在"加西姆"健身房，二三十名小伙子正在锻炼。跑步机踏板轰轰作响，杠铃哑铃不时发出铿锵的碰撞声。室内装配空调和风扇，四面墙上还安装液晶电视，反复播放健身动作示范录像。

在这间健身房，跑步机和其他器械看上去也档次较高，价格不菲。老板加西姆告诉记者，从前哑铃等器材都是本地出产，质量不好，战后，器械均从邻国科威特和阿联酋进口，质量较高。

身处这样“豪华”的健身房内，耳边响起美国饶舌歌曲，眼前是电视里播放的英语节目，让人暂时忘记这是在伊拉克。加西姆说，尽管身处战火之中，但伊拉克人仍然坚持在这种非常状态下正常生活和娱乐。2011年前后，像他这样的健身房，巴格达至少有200家，城区每个区至少有四五家。

2003年伊拉克战争打响后，美国对伊拉克的影响涉及政治、军事和经济各领域，而另外一种“潜伏”的影响——美国文化也逐渐在伊拉克发挥着作用。好莱坞大片，美式英语，网络游戏，健身房，这些美国式的娱乐文化符号开始在伊拉克盛行。

萨达姆统治时期，仅有少数健身房向专业运动员和政府官员开放。战后，普通民众只要付钱，便可以享受这项从前的“贵族消遣活动”。

加西姆曾经是专业的健美运动员，他回忆说：“以前健身房条件很差，缺电少水，器械老旧，晚上经常停电，锻炼常被迫中断。夏天太热，没空调，也没法练。”

去健身房锻炼逐渐成为不少伊拉克年轻人的重要休闲活动项目。当然，有些人健身不仅为了休闲，还抱有更实际的目的，希望练好身体谋个饭碗，将来当保镖或从事其他安保类工作。

阿米尔·穆罕默德就是其中一位。这位前健美专业运动员笑着向我展示文了刺青的强壮胳膊：“身体就是生活的本钱。”

在战地伊拉克，人们小心翼翼地度日，甚至在接受记者采访时，绝大多数人会拒绝摄影或录像，生怕形象在媒体曝光后，引来恐怖分子注意，招致灾祸。然而，令人欣慰的是，在那个地方伊拉克，人们对文化的热爱，对体育的热爱，从来没有消逝。通往未来的道路上，一定会因此而多了些光亮。

第四章

反恐，或成无法完成的任务

| 第一节 |

恐袭，有多少恶行假汝之名

2014年后，“伊斯兰国”势力逐渐坐大，把人们的目光从叙利亚、也门乱局中拉回，重新关注伊拉克安全局势。

其实，在伊拉克，恐怖势力仅仅是危害安全的部分因素，教派冲突、政治角力和外国影响，是稳定的更大挑战。不仅如此，由教派、政治和地缘因素引发的暴力冲突，常常披上“恐怖袭击”的外衣，迷惑人心，增加了安全问题的复杂性。法国大革命后，罗曼·罗兰曾感叹：自由，有多少恶行假汝之名？在伊拉克，略加改动，也能符合实际——恐袭，有多少恶行假汝之名？

2011年12月22日，巴格达发生连环爆炸，涉及全市10多个城区，造成60多人死亡，近200人受伤。在血淋淋的数据面前，伊拉克的有识之士并未将指责的矛头简单指向恐怖分子。

不少分析人士在接受我采访时说，这波可称为“浪潮式袭击”的暴力活动证明，仅靠伊拉克安全部队的严防死守，不足以维持稳定。各派政治势力求同存异，团结协作，铸剑为犁，化干戈为玉帛，才是国家安宁的根本保障。

知名观察家、巴格达大学政治学教授易卜拉欣·阿梅里（Ameri）说：“目前伊拉克安全的最大敌人并非恐怖分子，而是政治内斗和教派、种族仇杀。”

一名不愿公开姓名的内政部官员持同样观点。他告诉我，尽管“基地”组织伊拉克分支（“伊斯兰国”前身）在伊拉克继续活动，但在2011年前后，伊境内90%以上的“恐怖袭击”不是“基地”所为，而是不同政治势力或敌对教派，为从肉体上消灭对手或给对手制造麻烦而采取的手段。

2011年12月22日的袭击遍及全城，共计查明有4起汽车炸弹袭击，路边炸弹和火箭弹袭击相加则超过10起。内政部消息人士分析认为，在如此接近的时间节点，动用如此多的爆炸物和武器，需要相当长时间的准备。由此可以判断，袭击者早有安排，引而不发，一直在等待时机。

这是什么样的“时机”？伊拉克政坛当时发生的震荡给出了答案，围绕国家副总统哈希米被控参与恐怖活动，什叶和逊尼两派阵营之间的博弈日趋白热化。

就在袭击发生同一个月早些时候，国家最高司法机构最高法律委员会以涉嫌恐怖活动为由，向属于逊尼派阵营的时任副总统哈希米发出逮捕令，哈希米否认指控。逊尼派阵营认为，什叶派领导人、时任总理马利基借对哈希米采取法律行动，对逊尼派进行打击。作为回应，逊尼派议员和内阁部长在议会和政府开展抗议活动，实施“罢会”。马利基随即号召各派政治力量开会协商解决争端，逊尼派阵营加以拒绝。

观察家阿梅里当时指出，这场风波是什叶、逊尼两派势力政治角力的“测试”与“热身”阶段，内斗未来或会升级。矛盾大于团结，恐将成为伊拉克未来政治发展的主调。

哈希米是逊尼派阵营首脑人物之一，2011年前后，他是该阵营担任政府职务最高的一位。他的主要政治主张是反对美国军事存在，保护逊尼派人利益，是什叶派领导人、总理马利基的主要批评者。因此，什叶派阵营选择以他为目标发动政治攻势。

对于这场袭击，官方也未如同往常拉恐怖分子“顶罪”。总理马利基当天发表声明说，这次连环爆炸背后存在“政治动机”，意在破坏伊拉克政治进程。他呼吁民众勿采取报复措施，以免陷入袭击者挑动内乱的圈套。这实际是说，发动袭击的是逊尼派阵营力量，同时喊话支持政府的什叶派武装不要中计，陷入冤冤相报的恶性循环。

“基地”组织伊拉克分支宣布对这次暴力活动负责。然而，伊拉克内政部官员接受新华社采访时否认这一说法，认为这是“基地”贪别人之“功”以增强自身影响力的惯用伎俩。

观察家阿梅里认为，政治因素的介入，将使安全形势的走向更加不可预测；同时，主要政治阵营之间的尖锐对立，也给试图制造内乱的势力提供了机会。

这些势力中，有些无疑是来自外国。

伊拉克图拉思大学（al-Turath University）政治学教授萨米尔·朱布里（Samir al-Jubouri）接受我采访时说：“随着形势发展，伊朗、沙特阿拉伯和美国等外部势力都有可能介入，导致情况更为复杂。”

伊拉克什叶派阿拉伯人和逊尼派阿拉伯人之间的矛盾已持续相当长时间。长期以来，伊朗支持什叶派，而沙特支持逊尼派。两国与伊拉克分属什叶派和逊尼派的武装组织之间均存在密切联系，分别为各自的扶持对象提供资金、武器和人员培训方面的支持。

朱布里认为，战后伊拉克什叶派政治势力占优的情形下，沙特可能担心伊朗进一步扩大在伊拉克的影响力，而加大对逊尼派武装组织的支持力度。一旦逊尼派武装组织增加了对什叶派目标的袭击，伊朗方面也不会坐视不理。

美国方面在两大教派冲突中的态度始终暧昧。时任美国副总统拜登曾致电马利基，敦促伊拉克各方召开会议协商解决争端。

逊尼派政党“伊拉克名单”发表声明，呼吁国际社会介入那次连环袭击案的调查工作。

朱布里分析说，“伊拉克名单”这一表态，表明一向坚持主权完整、反对外部势力介入伊拉克事务的逊尼派阵营，已经意识到和什叶派阵营之间实力对比的严重不平衡，转而寻求国际支援。

听到伊拉克逊尼派兄弟的呼声，逊尼派主导的海外阿拉伯国家合作委员会（海合会）和阿拉伯国家联盟当然会有所反应，势必选择符合自身战略利益的时间节点加大干涉，这当然对伊拉克的安全局势不会产生任何正面影响。

美国也承认伊拉克安全局势受外部势力的影响，当然，它不会把矛头指向沙特、阿联酋等逊尼派盟国，却拿自己的仇敌伊朗说事。

2011年7月11日，美国时任国防部长帕内塔到访巴格达时就公开说，伊朗正持续为伊拉克反美武装提供武器，美国因此需要保留部分军队驻扎伊拉克，以对付这些受伊朗支持的武装组织。

他指责伊朗支持伊拉克亲伊朗的什叶派武装组织袭击美国目标，并表示美国方面将施压伊朗方面，要求其停止对伊拉克反美武装的支持。美方先前就多次指责伊朗支持伊拉克和阿富汗的反美武装，伊朗方面就此曾公开予以否认。

2011年，时任驻伊美军最高指挥官奥斯汀（Lloyd Austin）也公开表示，伊拉克反美武装袭击美军目标时，不仅所使用的武器更加“致命”，而且战术也更加高明。他认为，反美武装能力的加强是由于伊朗提供了训练方面的支持。

尽管美方高官对伊朗的指责是出于当时不愿撤军的自私动机，但这些说法并非无中生有。

自2003年美国入侵伊拉克起，伊朗一直对伊拉克反美武装给予包括提供武器和人员培训等多方面支持。多数伊拉克分析人士认为，伊朗支持伊拉克武装组织袭击美军的主要目的，是促使美国放弃继续驻军伊拉克的计划，在规定期限内完成全部撤军。美军撤离后，伊朗对伊拉克的影响力势必加强，这符合伊朗的战略利益。

仿佛是印证观察家们的悲观预测，仅隔不到半个月，巴格达就在2012年1月5日再发连环爆炸袭击，造成20多人死亡，另外60多人受伤。

这次袭击发生的地点，一为萨德尔城区，一为卡迪米亚城区，均是什叶派聚居区。分析人士认为，这表明，什叶派与逊尼派政治阵营之间的对立日益尖锐。逊尼派势力在政治角力居于下风的情况下，试图利用暴力手段，对什叶派势力的“打压”进行反击。

就在1月5日袭击事件发生的前一天，马利基总理宣布，对5个参与抗议的逊尼派部长职位，任命代理人选，代理人选均来自什叶派阵营。逊尼派认为，这是马利基政府清除逊尼派势力的前奏。恰在这一时机发生的暴力袭击事件，因此而更加耐人寻味。

事后，伊拉克安全部队抓获一些原隶属于萨达姆“复兴党”的逊尼派武装人员，对其展开审讯。或许是顾忌牵涉太广，后来并没有公布对这些人的审讯结果。

政治观察家、巴格达大学政治学教授萨巴赫·谢赫接受我采访时说，在伊拉克，暴力活动紧紧伴随政治角力，亦步亦趋，显示出恐怖活动政治化的倾向。

他分析说，巴格达不到半个月发生2起大规模袭击事件，背后存在两种可能性。其一，敌对政治势力直接操纵己方控制的武装组织发动袭击；其二，恐怖组织或外国势力，借助政治动荡时机发动袭击，挑动教派冲突，制造更大规模的混乱。

“无论是哪种可能性，都足以表明，政治内斗非国家与人民之福。伊拉克政治家一定要团结起来，协商解决争议，不要让国家再度陷入内乱，”谢赫说。

伊拉克战争，这场以保卫美国安全为名而发动的战争，未见得让美国变得更为安全，却实实在在地使伊拉克变得远离安全。

曾经有部电影《2012》，对整个人类世界未来遭受没顶之灾进行了预测，2012年，我在伊拉克从网上看到这部电影，忧患似乎近在眼前，真是感慨良多。

推翻萨达姆，使伊拉克从集权国家变为群雄并起的“民主国家”，这是美国引为自豪的“政治遗产”。然而由此加剧的教派冲突、政治杀戮，却愈演愈烈。

战后，什叶派、逊尼派、库尔德人和激进什叶派领导人萨德尔等多方势力，均希望在国家决策上争取更多话语权。各方旗下均拥有规模不等的武装组织，更有众多随时可以拿起武器投入作战的支持者。以恐怖主义袭击为掩护的内斗，每天都在制造流血与伤亡。

进入2012年，伴随美军离去，权力含金量提升，内斗日益升级。

观察家朱布里直言不讳地告诉我：“美国并不愿意看到一个安全的伊拉克。一个自相残杀形不成合力的伊拉克，更加符合美国的利益。”

或许如此，更容易解释，2003年入侵后，美国何以要解散战斗力强大的萨达姆军队。随后建立的新军，发展至今，在指挥部署、后勤保障、步炮协同等多个方面存在不足。检讨伊战得失时，人们以解散军队这一引发安全危机的举措作为美国“犯下的严重错误”。但朱布里认为，这是有意犯下的错误。

促生政治内斗之外，美国还为伊拉克打开了一度关在魔瓶中的教派、种族冲突。伊拉克存在分裂为逊尼派阿拉伯人、什叶派阿拉伯人和库尔德人三个国家的隐忧。

北部库尔德自治区，伊战后在美国的扶持下得以产生。这一自治区同中央政府在区域划分与石油资源控制权等方面的角力，逐步升级。在库区首府埃尔比勒市，全城仅有一面伊拉克国旗，孤独地飘扬在政府大楼的上空。这一场景，将库尔德人对中央政府的离心力表露无疑。

中部逊尼派阿拉伯人聚居的萨拉赫丁省与迪亚拉省也先后提出自治的要求，包括这两省在内的4个逊尼派聚居省份持续努力，谋求建立独立的逊尼派国家。

国际政治中，有“黎巴嫩化”这样的术语。这是基于黎巴嫩现状总结出来的政治现象，即“马赛克式的民主”，表现形式有教派政治、地方割据、中央政府权威萎缩等，其中很重要的一个特征，就是外部势力介入内部斗争，导致各派政治势力离心力大于内聚力。

战后伊拉克正符合“黎巴嫩化”的症状，它的安全问题，不应当由恐怖势力单方面埋单，所有牵扯其中的内外政治势力，都应认领责任。到底需要多少流血，多少牺牲，人类才愿意止战息争，铸剑为犁？

| 第二节 |

为了石油？

美国发动伊拉克战争是为了操控其石油资源，这是伊战前后盛行一时的说法。几年后，观察家们发现，美国企业并未在战后伊拉克的石油竞逐中占到便宜。美国当局对于石油话题，并不讳言，他们的官方说法是，推翻萨达姆政权的意义之一在于，确保国际石油市场的公平交易。

无论如何，围绕石油展开的各方角力，确实是影响战后伊拉克安全局势的重要因素之一，与反恐环境的顺逆，也息息相关。

还是那句老话，匹夫无罪，怀璧其罪。伊拉克丰富的石油资源，必然使其成为地区和世界格局的热点之一。2011年前后，伊拉克已探明石油储量约1150亿桶，约占全球总储量10%，仅次于沙特阿拉伯和伊朗，居全球第三位。这个饱经战乱的国家被看作全球最有潜力的原油供应商，这里发生的围绕重要资源的争夺始终引起人们的关注。

与一些分析师的预测不同，战后伊拉克并未出现美国石油企业一家独大的局面，群雄逐鹿，在合作中竞争，是更加符合实际的描述。

多家外国石油公司在伊拉克拥有开采项目，由于各自特长不同以及为了分担巨大的投资重负，不少公司采取合作开采的方式。竞争，以合作的方式在进行。

这些公司包括美国埃克森美孚、荷兰壳牌、马来西亚国家石油公司、英国石油公司（BP）、俄罗斯天然气工业股份公司、韩国天然气公司、土耳其石油公司、日本石油勘探公司和中国石油天然气集团公司（中石油）。

2011年前后，最引人关注的几大开采项目包括中石油与BP合作的鲁迈拉油田和埃克森美孚的南部西古尔纳一期开采项目。

在战后伊拉克，石油出口收入占国家财政总收入的95%，后萨达姆时代的伊拉克政府一直致力于提高原油出口量以增加收入。

2011年，伊拉克日产原油280万桶，日出口量大约220万桶；到2016年，日产量已增至400多万桶，日出口量超过300万桶。外国公司的参与，是产量和出口量持续增长的主要推手。

截至2012年，伊拉克共进行4次石油开采项目招标。在2012年5月的第四次招标会上，我发现，一些著名国际大公司缺席了招标会，出现在会场上的只有土耳其、韩国、日本和泰国这样一些东方面孔。

第四轮招标活动，实际上比原订计划推迟了3个月。招标项目包括12个勘探区块，其中70%的区块以天然气为主。这些区块主要位于伊拉克西部沙漠，分布在纳杰夫（Najaf）、卡尔巴拉（Karbala）、迪瓦尼耶（Diwaniya）和安巴尔（Anbar）等省份。

业内人士分析说，招标活动的不受青睐主要源于两个因素：一是开采条件艰苦，安全无保障；二是预期利润较低。其中，暴力活动造成的安全威胁成为很大的瓶颈。

事实上，这两个因素一直是伊拉克石油竞技场的主调。石油是伊拉克最重要的资源，也是伊拉克最大的国家利益，在这个重要议题上，伊拉克政府倾尽全力保持决策权和控制权。

核心政策就是紧守“服务合同”底线，坚决不给予外国公司“产品分成合同”。依照“产品分成合同”，合作者提供作业服务，回收成本后获得一定比例产品分成。在当今原油价格不断上涨的形势下，这一合作方式有利于外国公司。

依照“服务合同”，合作者在成本回收后获得一定服务回报。服务回报方式通常以平均每桶固定的报酬乘以产量。这样，外国公司获得的利润虽然相对稳定，但在油价走高的情形下，难以获得暴利。

因此，在伊拉克发生的原油杯葛，很多由这一合作方式而导致。试举一例，某公司如欲在招标中获胜，就可报出令竞争对手无法接受的低服务报酬，从而占得先机。

这是不少国际石油巨头对于伊拉克市场没有预期中那么热衷的重要理由。而对于伊拉克政府来说，仍需要在保护国家石油资源和发展经济的权衡中，继续纠结。

库尔德自治区与伊拉克中央政府之间围绕石油产生的争端，也和以上合同方式有关。这一争端后来愈演愈烈，甚至接近兵戎相见的地步，为“伊斯兰国”的势力扩张制造了安保空隙。

2011年前后，假若把存在领土争议的基尔库克省划入库尔德自治区，库区石油储备占全国的大约三分之一，产量大约占四分之一，这是个不小的比例。更重要的是，中央政府坚持只给公司“服务合同”，而库区却肯提供“产品分成合同”，这从利润角度看，是诱人的。

矛盾焦点在于，中央政府不认可库区有权自行与外国公司合作，而库区认为自己有这个权利。由于库区拥有独立的司法系统和军队，中央政府暂时无法对库区采取措施，因而转而威胁外国公司。

威胁的武器是，根据伊拉克石油法，凡是与库区签署合作协议的公司，就无权再与中央政府合作。毕竟，中央掌控着更为丰富的石油资源，多数外国公司不敢因小失大。

然而，这一威胁没有对埃克森美孚发生作用。埃克森美孚似乎并不担心因为与库区合作而导致在南部的大项目西古尔纳一期受到影响。

这家公司和中央政府之间的矛盾一度显得相当激化。库区政府2011年11月与该公司签署了旨在勘探6个油田区块的协议，这是第一家与库区政府签署石油协议的国际著名石油大公司。

伊拉克中央政府不断警告说，这项协议可能危及埃克森美孚公司的西古尔纳项目。然而，这家公司根本不理会中央政府的警告。原因很简单，这是一家美国公司。美国虽然已经撤军，但中央政府还没达到可以完全不看美国人脸色的地步。

库区和中央政府的另一大矛盾，是关于北部与库区接壤的基尔库克省的归属权问题。原因还是石油。基尔库克境内有几个大油田，中央和库区都想要这些油田。摩苏尔就是基尔库克省的首府。这座城市后来落入“伊斯兰国”之手，伊拉克政府军和恐怖组织，围绕这座城市，展开多次争夺。我写作此章时，伊拉克官方宣布收复摩苏尔，总理阿巴迪还亲赴该城视察。

对于中央政府，还有另一个顾虑。假如听任基尔库克省并入库区，中部萨拉赫丁等几个逊尼派穆斯林为主要居民的省份肯定会更加起劲地谋求独立或自治。这对国家的统一不利。

库区和中央围绕石油的争斗，实际上只是库区不断寻求独立或者更大自治权利的缩影。库尔德人的“库尔德国乌托邦”实际上也是影响伊拉克稳定的重要因素。

2013年，伊拉克北部库尔德自治区领导人、库尔德民主党主席马苏德·巴尔扎尼在一次专访中公开宣称，库尔德人聚居区将寻求“正式独立”。西方媒体分析说，这是库尔德人迄今发表过的“最强烈”独立言论。

库尔德人是久历苦难的民族，从来没建立过属于自己的民族国家。

现阶段，全世界库尔德人口大约3000万，分布国家包括伊朗、伊拉克、叙利亚、土耳其、黎巴嫩、亚美尼亚、格鲁吉亚、阿塞拜疆和俄罗斯。其中，主要人群分布在西亚国家。

在伊拉克北部的库尔德自治区，库尔德人享受较大自治权力，形成“国中之国”的格局，由他们发出建国的最强音，不足为奇。

库尔德人在西亚这片土地的生活历史可以追溯至公元前6000多年。第一次世界大战后，英国从奥斯曼土耳其帝国手中接管伊拉克，库尔德人一度看到独立希望，但终究未能实现梦想。

伊拉克建国后，库尔德人在伊境内寻求独立的努力从未停止，但均遭到伊拉克政府镇压。其中，最为国际社会关注的惨案发生在1988年，萨达姆政权对库尔德人使用毒气，导致大量人员伤亡。

1991年的海湾战争，为库尔德自治区的诞生创造了条件。1992年，在多国部队保护下，库尔德自治议会举行选举，是迈向自治的重要一步。

2003年，伊拉克战争爆发，改变该国政治格局。2005年，修改后的伊国宪法规定，库尔德自治区作为联邦制的一部分存在，使用阿拉伯语和库尔德语两种官方语言。

在2013年，“伊斯兰国”势力尚未坐大之前，库尔德自治区所辖面积大约4万平方公里，人口约650万，巴尔扎尼担任自治区总统。

伊战后，伊拉克中央政府对库尔德地区的控制逐渐弱化，库尔德地区实现经济自主和军事力量独立，处于事实上的独立地位。

库尔德独立的声浪在伊拉克战后不断上涨，但制约因素也一直存在。

首先，目前库尔德人在中东的主要分布地分属叙利亚、伊拉克、伊朗、土耳其和黎巴嫩五国。五国都面临库尔德人分离问题，各国政府均持强烈反对立场。其中，土耳其境内的库尔德工人党多年采取武装斗争的形式谋求独立，和土政府军警力量冲突不断，造成双方重大伤亡。土军还经常越境对伊拉克境内的库尔德工人党目标实施空袭等军事打击行动，引发两国争端。

因此，伊拉克库尔德自治区的独立运动，令周边国家十分敏感，担心产生连锁反应，这使伊拉克中央政府对库尔德人独立运动的抵制能够获得地区支持。

其次，库尔德人的主要支持者和保护者美国一直不愿卷入其独立事业。在美国看来，库尔德人毕竟势力有限，为他们得罪地区重要盟国伊拉克和土耳其，加重宿敌伊朗和叙利亚的不安，是不划算的买卖。

伊拉克乱局的恶化，一度使库尔德人的乌托邦看到曙光。

逊尼派阿拉伯人、什叶派阿拉伯人和库尔德人三个族群的日益离心，是伊拉克的现实状况。这一现实，已经越来越被伊拉克内外各种力量所接受。将伊拉克一分为三的呼声早已有之，并日益强烈。这是“伊斯兰国”的“功劳”，也是有人说库尔德人是“伊斯兰国”之乱受益者的由来。

库尔德自治区民众多年的努力似乎使建国梦日益贴近现实。伊战后，库尔德自治区一度是伊拉克全境最安全的地方。自治区依靠独立武装“自由斗士”（Peshmerga）有效抵御恐怖势力的渗透。自治区经济繁荣，民生得到保障，成为伊拉克的样板地区。

该区山清水秀，街道清洁，屋舍雅致。伊拉克其他地区民众，甚以赴库区度假为乐事。在其他地区恐怖袭击频发的背景下，库区给人世外桃源之感。

库区的独立性也处处可见。例如，外国人仅持有伊拉克签证无法赴库区，必须获得自治区政府许可，方能前往。

伴随“伊斯兰国”兴起后的局势变化，库区独立呼声日高。在通往库区的道路上，竟可见到“库尔德共和国”这样的路标。

无论如何，在曾经的地区大国伊拉克，分裂的阴影总是令人唏嘘感叹。或许，在历史的烟云中，早就埋下分裂的种子。

以我2011年至2013年在这个国家所接触的人群看，人们均不怀疑，众多族群间对于国家统一认同的困难。

曾经的伊拉克国王费萨尔1933年说过以下的话："我要满怀悲伤地说，伊拉克至今仍不存在伊拉克人，那里只有你不能想象到的乌合大众。他们缺乏任何爱国思想，深深沉浸在各种宗教传统和荒诞不经之中。没有共同的纽带将他们联系在一起，他们听到的只是邪恶，心向混乱，时刻准备起而反抗任何形式的政府。我们希望在这些群氓之外塑造一个民族，让我们能够培养它、教育它和改进它。"

几十年前做出的评价，迄今似乎依然合乎现实。分裂的举动，时常与安全问题相伴随。最明显的恶果是，"伊斯兰国"在中央政府和库区的对峙地带抢下势力范围，一些油田落入该恐怖组织之手，成为恐怖组织的金库。

回头来说石油，中国石油人在伊拉克表现的相对低调，部分原因是中国在世界多个角落拥有的石油开采项目已经引起西方国家，主要是美国的极大担忧。他们认为，中国在实施能源扩张，中国其实只是不得已地尽力满足自身不断增加的能源需求而已。

由中石油和英国石油公司联合进行的鲁迈拉油田项目，是伊拉克最大的石油开采项目。

2011年，中国从伊拉克进口的原油每天达23万桶，假如算上由中方转口给日韩等国的数量，这一数据达到每天28万桶。

2009年3月，伊拉克艾哈代布油田举行开工仪式，由中石油与北方工业公司合资组建的"中国绿洲石油公司"成为伊拉克战后第一单对外石油合作项目。

也是在这一年，经过伊拉克第一轮石油招标，中石油和英国石油公司联合与伊拉克方面正式达成战后最重大的石油交易，计划把位于伊拉克南部的鲁迈拉油田日产量从100万桶增至285万桶左右，这一项目总价值估计为140亿至200亿美元。

协议规定，BP持有鲁迈拉油田38%的权益，中石油持有37%，其余25%由伊拉克南方石油公司持有。超过合同产量后，中石油和BP将得到每桶2美元的服务费。

鲁迈拉油田是伊拉克原油生产必不可少的重要组成部分，在该国原油日产量中占将近一半的比例，该油田预估原油储备总量为177亿桶，高于阿尔及利亚全国的预估原油储备。

2012年，中国国有企业在伊拉克的石油总日产量为161万桶左右，占伊拉克石油日产总量的一半以上。中国企业在伊拉克十分注意安保工作，迄今为止，没有发生一起涉及中方员工的暴力伤亡事件。这是在石油角力的伊拉克战场上，令人欣慰的事情。

| 第三节 |
“溢出效应”

人们起初认为，战后伊拉克乱局，影响中东周边国家的安全，到2012年，伴随“阿拉伯春天”的后遗症不断显现，调子变了，伊拉克也成为“溢出效应”的受害者。

美国为首的西方国家希望利比亚领导人卡扎菲的倒台为所谓“阿拉伯春天”添上一把柴火，把中东地区的“民主”和“自由”之火烧得更旺。伊拉克分析人士却担心，“春天”后的权力真空会给恐怖分子以重组乃至反攻的时机。

巴格达大学政治学教授萨巴赫·谢赫接受我采访时说，后卡扎菲时代的利比亚成为又一个伊拉克或阿富汗的可能性并非没有。

萨达姆统治时期，“基地”和其他恐怖组织在伊拉克的活动是相当有限的。他倒台后，政府管治能力的削弱，军队和警察部队效率的下降，给了“基地”发展和壮大的机会，导致了战后伊拉克暴力活动无休无止的局面。

谢赫认为，利比亚反对派掌权后，也将面临类似的局面，“他们（反对派）需要尽快结束权力争斗，组织起团结、有效的政府，否则很难维持国家的稳定”。

谢赫说，卡扎菲在其统治后期，已经显露向西方靠拢的迹象，由他控制的国家机器，有能力遏制恐怖势力在利比亚的活动与发展，有他的合作，对于国际反恐大局是有利的。他的倒台，则可能打开恐怖势力在这一地区的“潘多拉魔盒”。

“支持利比亚的西方国家可能会在未来几年后悔今天的决定。”谢赫说。他的预言，几年后伴随“伊斯兰国”的崛起，得到了验证。

一些国家似乎永远拒绝承认，“道义正确”可以遗祸无穷。另一位伊拉克分析家、私立图拉思大学（al-Turath University）政治学教授萨米尔·朱布里（Samir al-Jubouri）受访时告诉我，西方国家在利比亚问题上继续重复意识形态简单化思维的错误。

朱布里说：“在西方国家眼里，似乎游行就代表着民主，反对卡扎菲就代表着自由。其实，没人认真研究，游行的队伍里，和卡扎菲作战的队伍里，这些复杂的构成，以及这些复杂构成未来可能会带来的安全隐患。”

朱布里说，卡扎菲向美国传过话，说反对派中不少人其实是有影响力的恐怖分子。西方媒体的采访证实卡扎菲说法并非完全没有根据，这些人承认在伊拉克和阿富汗打过“圣战”，有的直接说“基地”组织成员是好人。

“美国情报机构未必对这些情况一无所知。但延续其一贯短视的外交与国防政策，美国又一次急匆匆站到‘道义正确’的一方。”朱布里说。

他认为，利比亚反对派阵营的最高军事指挥官被内部人暗杀，这一情况并没有引起足够重视。胜利前夕，指挥官不明不白地死了。这说明，内斗已经悄然开始。而一个内部分裂的统治机构，恰是恐怖分子扩张势力最适合的土壤。

另外，利比亚反对派掌权后也将面对如何分配石油带来巨大利益的问题。今后，石油收入分配的矛盾不仅存在于国家内部，还涉及各路支持过反对派的国际势力。这一矛盾处理不当，可能会使国家成为新的地区安全“火药桶”。

朱布里的预言也得到了验证。直至今天，利比亚暴力活动猖獗，为此，新华社不得不将派驻该国的分支机构转移到第三国。

和我交流时，朱布里还指出，多年的集权统治严重削弱了利比亚公民的权利，而缺乏政治素养的公民遇到难以解决的社会问题，往往会诉诸简单的暴力。推翻卡扎菲的行动恰为滥用暴力提供了“正面示范”。

以班加西为中心的反政府武装，从无到有，从弱到强，经历近半年时间夺取首都，在这一过程中，北约持续空袭支援功不可没。这令人联想起阿富汗战争。美国强大的空中力量，为反塔利班联盟的胜利，开辟了道路。

然而，与此同时，另一种和阿富汗的相似，则令人忧虑。与阿富汗反塔利班联盟类似，利比亚各路武装力量之间也较少协作，甚至存在矛盾。“利比亚反对派”这一名词，某种程度上只是外界一厢情愿赋予他们的标签，而对这些武装而言，每一个似乎都更愿意突出自己的地域和部落属性。在西部反对派武装眼中，来自东部班加西的反对派如同“外人”。

并且，反对派内部“成分”复杂，观点多元。既有宗教组织，也有世俗团体；既有长期对抗卡扎菲政权的铁杆反对派，也有政局动荡后才投向反对派阵营的前政府高官；既有“不打算与西方走得太近”的力量，也有亲西方的呼声。这些都为未来乱局埋下了伏笔，也是恐怖组织所乐见的局面。

另一位伊拉克分析师谢赫当时还为利比亚反对派提出三点建议：

一是反对派执掌政权后，首先要避免2003年美国入侵伊拉克后犯的最大错误——从军队中清除萨达姆所领导的阿拉伯复兴社会党的支持者及军官。这直接帮助恐怖组织和其他从事暴力活动的势力获得了人力资源。利比亚反对派应当尽量与放弃支持卡扎菲的前军警力量合作，共同为维护国家稳定努力。

二是要力争解决卡扎菲没有解决的部落问题。在100多个部落间尽力实现利益平衡，这样才能防止利比亚问题的“阿富汗化”，不给极端势力和恐怖分子趁火打劫的机会。假使部落问题解决不当，利比亚问题将和阿富汗问题一样，超越内政范畴，给地区局势和国际安全造成严重不利影响。

三是要依靠自身的力量，尽量减少西方国家的影响力。利比亚大局已定后，多数欧美国家急欲脱身。从突尼斯和埃及的经验可知，今后西方对于利比亚的关注和支持会逐渐削减，联合国、非盟、阿拉伯联盟的维和部队，谁会最终担负起帮助利比亚的使命，当时尚未可知。新利比亚需要剥离亲西方的标签，不让恐怖主义势力在其境内以反西方为由找到生存与发展的借口。

后来的事实表明，利比亚并未实现谢赫的设计，利比亚的局势并未好转。

紧接利比亚事件，叙利亚危机逐渐升级。2012年前后，伊拉克政府、议会以及不同教派普通民众在叙利亚问题上表现不同倾向。出于政治和宗教的贴近性，什叶派为主导的伊拉克政府持同情叙政府立场。伊拉克政府是少数支持叙利亚政府的阿拉伯国家政权之一。

阿拉伯国家联盟（阿盟）就中止叙利亚阿盟成员资格进行投票表决时，伊拉克是少数未投赞成票的国家之一。此后，伊拉克政府在多个场合重申，主张经由政治途径和平解决叙利亚危机，反对诉诸武力，反对外部势力介入。

伊拉克政府采取这一立场由以下几点因素决定：

其一，宗教因素。与巴沙尔政权相似，伊拉克政府也是什叶派为主导，一个由什叶派主导的叙利亚政府掌控的邻国，有利于伊拉克。同时，时任伊拉克总理马利基身为什叶派穆斯林，在萨达姆当政期间也曾在叙利亚避难，得到叙政府的保护，感情上接近叙政府。

其二，伊朗因素。马利基政府因其什叶派背景，显现亲伊朗倾向，两伊之间的经贸往来日益增多，关系较为友好，伊朗在伊拉克政府内政、外交等决策上正发挥日益明显的影响力。伊朗支持叙利亚政府，对伊拉克政府的态度也产生一定影响。

其三，现实因素。伊拉克和叙利亚毗邻，两国经贸往来频繁，叙利亚是伊拉克日用品等多项进口商品的主要来源，在伊拉克经济生活中存在重要影响力，一个稳定的叙利亚政局，符合伊拉克利益。同时，伊拉克政府也担心叙利亚局势失控后导致难民潮涌入，促使伊拉克内部主张国家分裂的逊尼派势力和其他反政府力量受到鼓舞，在伊拉克引发连锁效应。

尽管政府态度倾向于叙利亚当局，但伊拉克国内其他各方势力与民众意见在叙利亚问题上态度并不一致。不同教派和利益是意见分歧的根源，马利基政府威信不足，加剧了分歧。

时任伊拉克全国议会议长努杰菲是逊尼派穆斯林，他的立场接近逊尼派为主导的叙利亚反对派，在他影响下，伊拉克全国议会在多次议会会议上发表支持叙反对派、抨击巴沙尔政权的言论。

在议会态度影响下，伊拉克民间舆论也发出较多不利于巴沙尔政权的声音。伊拉克多家媒体刊载、播放反映巴沙尔政权“镇压民众”的新闻，认为叙政府应对国家混乱负主要责任。

普通民众受教派和民族因素影响，意见不一。我为此专门进行的街头采访结果显示，什叶派民众较为同情巴沙尔政权，但迫于舆论多数的压力，通常较为隐晦地表达对叙政府的支持态度；逊尼派穆斯林和库尔德族民众则比较明确支持叙反对派。

27岁的什叶派穆斯林摄影师穆纳夫·赛义迪（Munaf al-Saedi）接受我采访时说："叙利亚反对派受卡塔尔和沙特阿拉伯等外部势力支持，假如反对派掌权，叙利亚一定会像2003年美国入侵后一样混乱。叙利亚人不应当通过武力来决定自身命运。"

32岁的逊尼派穆斯林、超市老板阿尤布·萨阿德（Ayoub Saad）说："巴沙尔必须下台。杀害自己民众的人不能继续担任总统，他的政权超过很多红线，已经是非法政权，所谓的改革完全是欺骗。"

21岁的库尔德人大学生萨拉·阿里（Sara Ali）说："巴沙尔应当从突尼斯、利比亚和也门前领导人的经历中吸取教训，停止针对平民的暴力。我们希望国际社会干预保障叙利亚民众的权益。"

伊拉克政府对叙政府的支持立场，某种程度为"溢出效应"创造了条件。伴随叙利亚危机不断升级，伊拉克逊尼派武装人员不断通过伊叙边境，进入叙利亚，加入叙利亚反对派一方作战。这些武装人员受沙特和卡塔尔等国暗中操纵和支持，他们卷入冲突，导致问题复杂化。

伊拉克外交部长兹巴里曾公开承认，有伊拉克武装人员加入叙利亚反对派阵营参与武装冲突。伊拉克官方曾公布消息说，接到叙利亚方面移交的伊拉克公民尸体。这些人均在叙利亚境内身亡，死亡原因不详。然而，伊拉克国内多数媒体和分析人士认为，死者中多数为伊拉克武装人员。

伊拉克政府为此发表声明，要求在叙伊拉克公民回国，总理马利基下令成立专门委员会，接运伊拉克公民从叙利亚撤离，并为此将自己的私人飞机交付该委员会使用。

在当时，伊拉克各方政治势力尚未意识到的恶果是："伊斯兰国"前身——"基地"组织伊拉克分支借助支援叙利亚逊尼派反政府力量为口号，聚拢人员，扩充实力，投身叙利亚冲突的武装人员得到实战锻炼后，重回伊拉克，壮大恐怖组织力量，并最终催生出“伊斯兰国”。伊拉克也因此真切领教了“溢出效应”的可怕。

也是因为这种“溢出效应”，我在伊拉克有了接触叙利亚人的机会，从侧面感受到一场地区性危机的深刻影响力。

2012年12月2日，冬季慵懒的阳光照在伊拉克北部库尔德自治区杜胡克省的杜梅兹（Domez）叙利亚难民营，50岁的叙利亚妇女哈基玛·卡西米（Hakima al-Qasimi）在单薄低矮的帆布帐篷里燃起薪火，抵挡冬日赶不走的清寒。

哈基玛是达梅兹难民营总计约2万营员中的一人。联合国难民署数据显示，至2012年底，伊拉克全境已容纳5.7万叙利亚难民，其中库区容纳约4万人。

杜梅兹难民营距达胡克省首府达胡克市大约20公里。难民尼亚齐·努里（Niyazi Nuri）告诉我：“达梅兹（难民营）已容纳5593户家庭。每天仍有数百人加入。库区政府和国际组织正协力为难民提供一切必要的人道主义援助。”

在难民营入口处的铁丝网外，正有百余人手持表格排队等候入营，脸上身上的倦容与尘沙显露了道途的艰辛。已经入营的人员守候在联合国难民署巨大的办公用大帐外，等待领取生活用品。

在大帐的后面，是高达两层楼的袋装粮食和其他物资。正在清点物资的联合国难民署官员苏卜希·艾哈迈德（Subhi Ahmed）告诉我：“这是叙利亚难民在伊拉克度过的第一个冬天。难民署正组织一批冬装并紧急为新入营的人搭建多达千顶帐篷。”

苏卜希说，达梅兹的难民已经得到医疗援助。难民署还计划尽快建造起供水系统，实现管道供水。

肩扛手提塑料方桶的难民是达梅兹的一景。一名神情憔悴的中年男子坐在轮椅上，水桶搁在失去行走能力的双腿上。这一幕令人望之黯然。

一些儿童在风中裸露身体，迎风露出不畏寒的笑容，心酸的母亲却说，这是为了减少洗涤孩子衣服造成的用水浪费。

好消息是，孩子们有了学校。学校名为“卡米什利”，是一个叙利亚名字，教授语言却是库尔德语。校长阿卜杜勒·赛义德说：“学校目前共有50名老师和1646名男女学生。随着新营员到来，学校近期还将扩招500人。”

两天前入营的64岁老人阿卜杜勒·奥斯曼告诉我，他来自大马士革，逃离时那里正在交战。

“叙利亚已无安全所在，没有供电和其他一切公用设施。人们亦无法工作谋生，吃光存粮后只能背井离乡，”奥斯曼叹道。

我们离去的时候，又见到妇女哈基玛，点燃的篝火让她脸上多了一丝亮色。

“我来自伊叙边境的阿布卡迈勒（Abu Kamal），我儿子在政府军中服役，我已一年多没见过他，”哈基玛说，她以手遮脸，躲开镜头，“我不希望照片被叙利亚交战双方看到，那样，我儿子会有危险。”

到了我写作此章节的2017年初，叙利亚危机仍然持续，“伊斯兰国”则使我离开后的伊拉克更加混乱不安。两处火点，互相助燃，地区扰攘的责任究竟应当由谁来负？值得所有人深思。

| 第四节 |

人人心中都有一个萨达姆？

无人否认，领导人对国家大势常常发挥决定作用。反过来，人们往往将政治成败归功或归咎于领导人，即便这种功过臧否未必符合实际。

在伊拉克，国家领导人身处国际、国内的多层夹缝中，很难判断他们在历史进程中到底扮演了怎样的角色。或许，需要等到若干岁月后回头看，才能得到更清晰的答案。

2011年至2013年，我在伊拉克的日子里，时任总理马利基便是一位不太容易了解的领导人。我回忆起2011年专访他的经历。印象中，他不苟言笑，喜怒不形于色，不讲英语，看不出任何与西方贴近的文化色彩，意志坚定，不像是轻易妥协、改变立场的人。

那是2011年的7月16日。马利基订于当月17日至21日访华。这是他执掌伊拉克权柄后首度访华，对其行前专访似乎是应有之义。

当时，伊国局势算不得太平，首都巴格达几乎每日发生爆炸、枪击事件，造成人员伤亡。在如此国度做领导，绝对是高危职业。那天阳光炙热，沙漠中的城市，室外温度接近50摄氏度。我清晨7时出门，经历4重安检，11时方抵达坐落于昵称“绿区”的国际安全区内的总理府。在总理府干等一个小时后，又被告知，出于安全因素考虑（其实就是防止恐怖分子事先侦得总理位置），专访地点改为总理官邸。

再经一番折腾，当马利基出现在我面前时，我偷眼看表，已是14时左右。

时年61岁的总理身高约1.78米，微微谢顶，发际线靠后，显露高阔前额，唇上蓄一字胡须。戴眼镜，目光深邃。握手时感觉其手掌宽大温暖，有力度。没有笑容。

马利基不讲英语，因此我们自寒暄始，长达45分钟的采访均依靠翻译完成。在母语阿拉伯语之外，8年在伊朗的生活，使他掌握的唯一一门外语是波斯语。

我们的交流主要围绕伊中经贸关系进行，话题涉及石油开采、建筑和电力等行业合作。

马利基坦承，伊拉克重建工作面临诸多困难，其中资金方面制约因素十分明显。他说：“基础设施、公共服务设施以及政府办公机构的建设都需要大量资金，因此伊拉克首先要做的是依靠石油工业增加收入。”

我插话问：“这种情形下，中方的好处是什么？”总理的回答听不出任何感情色彩：“伊拉克会以利润回报投资者。”

在这样难得的采访机会中，常规问题之外忍不住夹带私货是我的习惯。之前，我一直设计，怎样就其扶持什叶派、打压逊尼派政治势力的问题发问。

实际操作中，我的问题是：“在新一轮内阁人员调整中，出现少数派别人数占优的情况，总理作何评价？”马利基脸上仍然没有任何表情地回答：“内阁部长人数符合公众和不同政治派别的要求，人员调整目的是使政府更加有效地服务于公众。”

2011年年底，是美军撤离的最后期限。那次专访前后，围绕撤军，争议最为热烈。其时，美国人并未放弃在伊拉克保留5000至1万人兵力的企图（正如同他们后来在阿富汗的计划），但伊国内各方势力对给予美军领事裁判权坚决说“不”。我希望窥探马利基对此事的真实态度，但问题出口只能是：“总理对美军撤离后，伊拉克安全部队自主承担安保职责的信心有多大？”

马利基说：“尽管暴力事件还时有发生，但相对于2006年和2007年，伊拉克安全形势已有明显好转，安全部队训练水平和装备水平均有大幅提高，已具备自主承担安保职责的能力，不需要外国军队帮助。”

正当我暗觉失望时，他补充了我需要的重要一句：“美国近期向伊拉克提供了一批新式武器。为帮助伊拉克军队掌握这些新武器的使用方法，保留一部分美军从事培训工作也是合乎情理的。”

这和我掌握的情报一致，一些所谓的军事顾问将留下来，而未来这些人的轮换，也给美军人员的增减预留了空间。

更重要的是，从马利基的回答可以看出，他对于美国的“适当”援助，持欢迎立场。

总体而言，我和马利基的这次近距离接触，没有感觉他身上展现西方文化色彩的任何标记，没有幽默的打趣，没有礼貌周到的家常话。

同时，异于我接触过的巴基斯坦前总统穆沙拉夫、阿富汗总统卡尔扎伊和斯里兰卡前总统库马拉通加夫人，马利基亦无南亚国家领导人普遍具有的温暖好客气质。

这印证了外界对他的猜测：从1979年年仅29岁起，直至2003年美军推翻萨达姆，20多年的流亡生活，造就了伊拉克总理的戒备心、无安全感和自我保护意识。他不是一个轻易向人敞开心扉的人。

这种生活，似乎也培养了他坚定的意志力。2012年1月6日，另一次近距离看到马利基，加深了我的这一印象。

那是在巴格达举行的庆祝伊拉克建军91周年阅兵式。正当马利基在观礼台发表讲话时，距离大约200米处落下5枚火箭弹。和他近在咫尺、记者席上的我，看见总理挺直身板继续发言，没有任何位移。一瞬间，我想到，20多年的动荡危险生活也能造就人坚强勇敢的性格。

可以佐证这种坚定意志的是，掌权以后，马利基对80万伊拉克武装力量的掌控是有效的。在2011年前后，军队中的指挥层已基本操纵在支持马利基的什叶派穆斯林手中。因此，美国人即便有所不满，但已经意识到，将他拉下马，可能引起军队士气瓦解甚至瘫痪，这恐怕会导致局势不可收拾。

另外，在什叶派掌权下，什叶派主要聚居区的伊拉克南部较为稳定。那一地区，正是我国石油利益的主要分布所在。因此，美国人此时以多族群权力分享为名对马利基的颠覆，将使我国利益受损。此点，我国领导层和相关人士，也已经留意到。

前文已有述及马利基和逊尼派政治阵营主要代表塔里克·哈希米在2011年的角力。在那次对决中，马利基某种程度上展现出"强人"的一面，反对势力甚至指其为"独裁者"，说他是萨达姆二世。

当时，伊拉克最高司法机构最高法律委员会向身为副总统的塔里克·哈希米发出逮捕令，罪名是涉嫌参与恐怖活动。哈希米否认这一罪名。大多数伊拉克分析师认为，马利基策动对哈希米的法律行动，是政治斗争的驱使，意在对未来能否独掌大权做出初步试探，同时也借此观察美国对逊尼派政治势力的保护程度。

哈希米1942年出生于首都巴格达，属于伊拉克马什哈丹部落（Mashhadan），是伊斯兰教逊尼派阿拉伯人。

1959年至1962年，哈希米就读于伊拉克一所军事学院，毕业后加入军队，1975年退伍；1969年在穆斯坦西里亚大学获得经济学学士学位，1978年又在该校获得经济学硕士学位。伊拉克前总统萨达姆也曾就读该校。退伍后，哈希米成为逊尼派政党伊拉克伊斯兰党的活跃分子。

2005年伊拉克举行选举，伊斯兰党成为逊尼派最大的政治团体，哈希米也于2006年4月成为新政府的副总统。在他就职副总统前后，哈希米的一个姐姐和一个兄弟先后死于暴力袭击。

哈希米担任副总统后，成为总理马利基的有力批评者，同时也对美国在伊拉克的军事存在持反对立场。他认为，伊拉克安全形势恶化应由美国人负责，美军撤离后，伊拉克将会恢复稳定与安宁。

2006年12月，他却出人意料地在先前的敌手美国前总统小布什和伊拉克反美什叶派领袖萨德尔的支持下，试图整合多教派联合势力取代马利基政府。这一努力未获成功。

同在2006年12月，哈希米提出，应将“基地”组织和伊拉克反美武装组织区分开来。他认为，在合理的安排下，后者可以加入到伊拉克政治进程中来。他的主张一定程度影响到美国在伊拉克的政策。

随着小布什增兵伊拉克，逊尼派反美武装开始与美军及伊拉克安全部队合作对付“基地”组织，2007年后，伊拉克的暴力活动出现明显下降，安全形势有所好转。这也间接促成了伊美于2008年底签署驻军地位协定，划定2011年12月底为美军撤离的最后期限。

在2010年大选中，哈希米所属的伊拉克伊斯兰党加入马利基主要政敌、前总理阿拉维领导的世俗伊斯兰教联盟“伊拉克名单”。

在国家的其他重要政策方面，哈希米反对实行联邦制，主张按人口分配石油收益，要求在军队和警察力量中增加逊尼派阿拉伯人的比例。

哈希米被控涉嫌参与恐怖活动，似乎并非全然无中生有。

2011年11月，巴格达戒备森严的“绿区”发生一起爆炸袭击案件。事发地点位于国民议会大楼附近，伤者中包括一名议员。马利基宣称，这是一起针对他本人的袭击事件，并下令他控制的内政部和警方展开调查。

随后，内政部下属安全部队陆续拘捕10余名为哈希米服务的保安人员。据内政部声称，其中有人在审讯中供称，哈希米对多起恐怖袭击事件或事先获知，或授意执行。

伊拉克最高司法机构最高法律委员会先下令禁止哈希米出境，又下达对他的逮捕令。安全部队和警方还包围了哈希米的办公室和住所，其家人声称，受到骚扰。

哈希米赴北部库尔德自治区首府埃尔比勒。当时，首都巴格达为总理马利基所基本控制，马利基本人身兼国防、内政和安全三个重要部长职位，负责首都巴格达防务的内政部安全部队基本听命于马利基。库尔德自治区拥有独立武装，和中央政府之间存在离心倾向。因此，对于哈希米而言，库尔德自治区较巴格达更为安全。

哈希米在埃尔比勒召开新闻发布会，否认参与恐怖活动，声称内政部所公布的证据全系伪造，并表示愿意走上法庭应诉。

但他要求，为确保受到公正审理，应在库尔德自治区开庭审理案件，并由阿拉伯国家联盟派代表监督审理过程。

哈希米所属的政治阵营“伊拉克名单”认为，马利基策划针对哈希米的法律攻势，意在赶哈希米下台，削弱其反对力量，最终达到“独裁”目的。属于“伊拉克名单”这一派的国民议会议员还采取“罢会”手段，抵制议会举行的会议，表示抗议。

政治分析人士、巴格达大学政治学教授萨巴赫·谢赫认为，马利基策动这一事件除了有意削弱敌对政治势力外，也想观察美国方面对他的支持程度，以及美方对逊尼派的保护程度。

首先，哈希米是当时逊尼派阿拉伯人在伊拉克政府中的最高职位者，作为伊拉克总统委员会三名成员之一，他拥有立法否决权。因此，利用涉嫌反恐罪名，逼哈希米下台，是马利基可以获得的直接政治收益。

其次，美军撤离后，伊拉克政坛出现权力真空，马利基独揽大权的欲望上升。2011年前后，马利基领导的什叶派阵营在政府总共42个部长席位中，占有多数，他本人还身兼国防、内政和安全三个关系武装力量的核心职位，而逊尼派仅拥有7个部长职位。力量对比，已经形成一边倒的形势。

因此，当时对马利基独揽大权的唯一制约力量，其实是来自美国方面。马利基对哈希米发动攻势，既可以试探美国对他的容忍度，也可以测试美国对逊尼派的保护程度。

谢赫当时预计，这仅是美国撤军后，伊拉克政局内斗的开始。伊拉克各派政治势力，利用所掌握的武装力量，以恐怖活动为掩护，发动对政敌的袭击，较为常见。因此，决定这一事件未来发展走向的关键因素并非哈希米是否确实指使手下实施暴力袭击，而是马利基对形势的估量与判断。

从当时情况分析，执法部门并未立即对哈希米执行逮捕，并任由他前往库尔德自治区，表明马利基留有余地，并不打算就此与美方和逊尼派摊牌。

再之后，马利基和总统、库尔德人塔拉巴尼、属于逊尼派的国民议会议长努杰菲分别发表声明，呼吁各方举行会议，协商解决争端。这表明，包括马利基在内的伊拉克政坛三股主要力量什叶派阿拉伯人、逊尼派阿拉伯人和库尔德人，当时都没有一击制胜的实力与信心。

马利基和哈希米这轮掰手腕，可以视作伊拉克内部政治斗争长期过程的一个片段。在后萨达姆时代，或许政治家仍然难免内心里独揽大权的欲望，但起码在表面上，无人承认自己有独裁的意愿，事实上，也很难有人具备萨达姆的政治实力，马利基也不例外。

这种互相牵制的政治局面似乎符合美国分而治之的意图，是美国有意促成并乐见其成的结果。然而，政治纷争给安全局势造成的不利影响，似乎不在各方势力的考虑之内。当时不少独立分析人士就批评说，萨达姆虽然不在人世，但现如今的政客人人都想当萨达姆，独揽大权，无人把百姓安危当一回事。

有趣的是，在伊拉克，如同在其他一些国家，不少人一边大骂美国，一边关注着美国的一切。2012年，美军已经撤离伊拉克，但美国仍继续影响着这个国家，很多伊拉克人在关注，是奥巴马连任，还是共和党人罗姆尼抢班夺权。

“实在要我选，我选奥巴马吧。”32岁的政府公务员穆罕默德·穆巴拉克（Mohammed Ghanim Mubarak）对我说，“民主党的政策多少比共和党好些。我希望奥巴马再多干一任。”

美国和穆巴拉克不能说全无干系，他的家人中有多人身在美国。最早去美国的亲人是他的叔父。20世纪90年代，海湾战争后，伊拉克深受国际经济制裁之苦，经济一落千丈，人民生活逐渐陷入困顿。穆巴拉克的叔父就在那时离开故土，经多年打拼后取得美国国籍。

穆巴拉克的两个兄弟和一个表弟2008年离开祖国，移民美国，2012年时，正在等待绿卡。

这3个人当初都为美国安保公司驻伊机构服务。这项工作具备高薪高危的特点。为外国效力的伊拉克人，很容易成为恐怖分子或任何“爱国者”的袭击对象。尤其是，穆巴拉克的兄弟们还是持枪工作。

2006年至2007年是伊拉克战后安全形势最为糟糕的时期。首都巴格达的大街小巷随处可见遇袭者来不及安葬的遗体。穆巴拉克的兄弟感觉到危险迫在眉睫。其中一人甚至收到“基地”组织邮寄的恐吓信，声称假如继续为“外国侵略者”效力，就将对其家人或自身实施“惩罚”。

在各自所服务的美国安保公司协助下，穆巴拉克的3兄弟先后赴美，继续在各自公司的美国总部工作，过上了算不上太好但却足够安全的生活。

“至少，（在美国）他们不会那么容易失去生命。”穆巴拉克说。

他说，假如能有机会，也会移民去美国，和兄弟们在一起。

穆巴拉克属于什叶派穆斯林，支持伊拉克总理马利基领导的政治阵营“国家法律联盟”。马利基及其政治阵营受美国支持，在大政方针上也基本和美国保持一致，同时又由于和伊朗同属于什叶派教派，在政治上不免受到伊朗的影响。从积极的角度讲，是左右逢源，从消极的角度讲，又可说是左右为难。

穆巴拉克这样的年轻人，抛开自身政治倾向的影响，能够对己国和他国的政治生活，做出较为理性的认知，这是难能可贵的。

他说：“美国选举对我的生活没有什么直接影响。按我的理解，美国政策有其稳定性，不会因领导人的更替，而有大的变动。”

他认为，假如新的领导人上台，更有可能发生变革的也是在美国国内经济领域。这一块，也是美国选民真正关心的部分。

就中东的政治形势而言，尤其是对于动荡中的叙利亚和寻求变革的其他阿拉伯国家，美国或许能够发挥影响力，但人们可能过高估计了这种影响力。

“不管是奥巴马还是罗姆尼，相信都会继续支持中东国家的政治变革。他们似乎认为，这些国家的改变，符合美国的利益。”穆巴拉克分析说。

但他认为，以上看法需要时间的验证。比如，在美国乐于见到的后卡扎菲时代，他们国家的大使反而遇袭身亡。因此，一个变革后的中东，到底是否符合美国利益，还很难说。

对于中东国家而言，变革之后，形势到底是更好，还是更坏，也并不明朗。比如在伊拉克，后萨达姆的时代，人们得到了自由表达意见的权利。然而，每天的市政供电只有几个小时，每天都有在恐怖袭击中丧生的可能性。

“有人说，萨达姆时代不民主。照我看，最大的不民主，就是像现在这样，未经通知我，就突然断电。”穆巴拉克说。

他同样认为，叙利亚人并不知道自己想要什么，“他们没有从伊拉克的历史吸取教训。破坏永远比建设容易。在你并不确定新的东西是否更好的时候，为什么要先打烂拥有的东西呢？”

回到美国大选，道理也是一样。“奥巴马似乎不是那么糟糕，我们不知道罗姆尼是不是更好。”穆巴拉克说。

同时，他不认为，新的美国总统会在伊拉克政策上发生什么改变，“美国的伊拉克政策很成熟，他们想让伊拉克比较听自己话，但又不想牺牲太多美国人的生命。现在，这两点都做到了”。

穆巴拉克相信，不管是奥巴马还是罗姆尼，不管他们嘴上怎么说，但他们不会真正把伊拉克人的福祉放在心上。

比较而言，穆巴拉克认为，奥巴马在伊拉克问题上的表现还算不错。他执行了前任小布什的计划，如期将美军撤离伊拉克并继续在经济和军事层面支持这个国家。

与小布什不同，奥巴马调低了对伊拉克的期望值，不再试图在这里建立中东民主制度的样板，“只要（伊拉克）情况不会变得更糟，奥巴马就满意了”。

穆巴拉克不认为罗姆尼上台就会在伊拉克引起什么变化，缺乏理性的人才会再在伊拉克大搞动作。

“这个国家最需要的就是稳定。”穆巴拉克总结说。

在战后伊拉克，民智渐开，不少人像穆巴拉克一样，已经不再无限放大领导人的作用。萨达姆统治时期，他在民众心中有如男神。他死去后，神话不再。人们传说，萨达姆尽管一贯标榜反美，但事实上却对美国人俯首帖耳。比如，他在入侵科威特前，其实曾征求当时美国驻伊大使的意见，得到首肯后才放手大干。谁知过后美方不予承认，他中了圈套。

伊拉克人渐渐明白，一个国家是否存在萨达姆这样的人并不重要，关键是要有健康的制度体系，确保萨达姆这样的人不能掌权。往深了说，人人心里或许都有一个萨达姆，然而好的制度，可以让人人守法，放弃作恶。

这或许就是“独裁者”马利基遭遇反对声浪的积极意义。如今，马利基早已被阿巴迪取代，伊拉克仍然处在恐怖阴影下，但绝大多数人不会梦想回到萨达姆的时代。

丨第五节丨

何物“伊斯兰国”

我在伊拉克的时候，“伊斯兰国”还仅是“基地”组织伊拉克分支，影响力有限。2014年，“伊斯兰国”突然发力，导致混乱中的伊拉克危机加剧，引起国际社会关注。这个恐怖组织是如何发展至今天的规模，值得探讨与研究。

“伊斯兰国”形成于2004年前后，是美国入侵伊拉克后，伊境内多个圣战组织联合组成。2004年10月，组织领导人约旦籍人穆萨卜·扎卡维向当时尚在人世的本·拉登宣誓效忠，因此当时的名称是“基地”组织伊拉克分支，组织成员主要是外国赴伊拉克的反美武装人员。

2006年1月，“基地”组织伊拉克分支和伊拉克当地一些逊尼派反美武装组织合并后，更名为“圣战者协商会议”。这次更名目的主要是推动本土化并与“基地”组织适当拉开距离。这表明，“伊斯兰国”早已开始有意识凸显其独立性。

2006年6月，扎卡维遇袭身亡。这名外籍领导人故世后，“伊斯兰国”本土化和脱离“基地”的趋势日益明显。

当年10月12日，“圣战者协商会议”与其他四个伊拉克反美武装组织以及一些逊尼派部族代表举行会议，宣誓要把伊拉克从什叶派统治下解放出来。第二天，“伊拉克伊斯兰国”（ISI）宣告成立，这是“伊斯兰国”首次亮明建国诉求，不过，当时建国目标尚限于伊拉克境内。

ISI成立内阁，确定奥马尔·巴格达迪（不是现任领导人贝克尔·巴格达迪）为埃米尔，而实际掌控权力的则是扎卡维的埃及顾问阿尤卜·马斯里。

ISI的成立遭遇伊拉克境内和多个国际圣战组织的反对。反对者认为，在伊拉克成立另一个伊斯兰国家，与国际圣战运动建立泛阿拉伯联盟的目标不一致。

2008年，ISI以伊拉克平民为袭击目标的错误战略，导致它的本土同盟者离心离德。在时任驻伊美军最高指挥官彼得雷乌斯团结伊拉克本土势力的成功政策下，“觉醒委员会”等伊拉克逊尼派武装组织开始放弃反美立场，转而与“基地”组织和ISI等外国势力作战。ISI自己承认，组织在当时陷入深重危机。

叙利亚危机爆发使ISI重获生机。组织以加入叙利亚圣战为口号，重新赢得伊拉克逊尼派武装人员的支持。沙特阿拉伯和卡塔尔等逊尼派海湾国家加大了对ISI的经济和武器援助。更多外国人加入到组织中。组织成员经过叙利亚内战锻炼，战斗力和士气得到极大提升。恐怖组织获得新生。我在2011年下半年曾为新华社撰写题为《“阿拉伯之春”或为恐怖主义之春》的新闻分析稿件，对此表达了深重忧虑。

2013年4月9日，ISI正式更名为“伊拉克和黎凡特伊斯兰国”，表明该组织的“雄心”已扩展至伊拉克之外。

“伊斯兰国”首任领导人为约旦人穆萨卜·扎卡维。生于1966年的扎卡维早期在阿富汗领导反苏武装斗争，自20世纪90年代起赴伊拉克活动。

美国入侵伊拉克后，扎卡维领导反美斗争，各国情报部门称，他应为伊拉克境内多起自杀式袭击和人质斩首事件负责。其中，较为著名的袭击事件包括：2003年8月首都巴格达的连环袭击，导致联合国伊拉克问题特别代表塞尔吉奥·维埃拉·德梅洛身亡。

2005年起，扎卡维被认为采取失败策略，将袭击目标指向平民，导致组织失去人心，遭遇重创。2006年6月7日，扎卡维在巴格达北部死于美军空袭。

次任领导人为奥马尔·巴格达迪。此巴格达迪非现任领导人贝克尔·巴格达迪。巴格达迪实为化名，意为巴格达人。恐怖分子多用此类化名，例如多人名叫科威迪，意为科威特人；扎卡维，意为扎卡人（扎卡系约旦地名，扎卡维出生地）。

贝克尔·巴格达迪在奥马尔·巴格达迪死后沿用其化名，表明继承遗志的决心。因此，未来某日贝克尔死后，假如再出现新的巴格达迪，读者诸君实不必惊异。

公开可见的奥马尔·巴格达迪个人信息几乎没有。可知的是，他和“基地”派给扎卡维的顾问马斯里同时死于2010年4月18日的美伊联合军事行动。突袭发生在萨达姆老家提克里特西南约10公里处“伊斯兰国”一个“安全屋”。

奥马尔和马斯里被火箭弹打死。奥马尔的尸体从“安全屋”内一个藏身洞里被发现。他的儿子死于同一次袭击。

贝克尔在奥马尔死后接管“伊斯兰国”。

和前任类似，贝克尔不喜抛头露面，主要借助互联网向支持者发号施令，很少公开演讲。美国情报部门只掌握此人2005年至2007年被美军囚禁期间拍摄的2张照片，当时他还是无名小卒。不过，无人能确认这2张照片是否确实是贝克尔本人。

和拉登以及“基地”现任领导人扎瓦希里不同，贝克尔从不发表任何录像资料，这种做法和阿富汗塔利班相似。

塔利班发言人扎比乌拉·穆贾希德频繁和媒体联系，2010年我担任新华社喀布尔分社首席记者期间，甚至在电子邮箱里收到他的来信。但这位穆贾希德到底长啥样，无人能知。

这么做的好处是，即使未来巴格达迪死亡或被擒，新的巴格达迪可以继续战斗，宣布自己未死，维持领导层权威。

法国媒体曾报道，贝克尔·巴格达迪真名是易卜拉欣·巴特利·萨马拉伊（其实仍像是化名，萨马拉伊意为萨马拉人）。他出生在逊尼派占多数的萨马拉城，曾经在巴格达伊斯兰大学就读，并且获得硕士和博士学位，他的家族很有名望，其兄弟和多位男性亲属是神职人员。

扎瓦希里曾要求贝克尔专注伊拉克，但后者不听，大力介入叙利亚危机。他甚至企图吞并“基地”在叙利亚的分支组织“救国阵线”，这导致和“基地”的决裂，“伊斯兰国”宣布和“基地”断绝关系。

尽管“伊斯兰国”一度被西方媒体炒作得声势喧天，但我认为，它实力远低于阿富汗塔利班。

西媒对其人数估计不一，大致在五六千人至1万之间。我透过西方电视媒体报道观察到，“伊斯兰国”武装人员使用貌似美军的一些装备，包括M16步枪、M4卡宾枪、M203枪榴弹、M60和M240机枪以及美式“毒刺”型地对空导弹。这些武器装备在伊拉克唾手可得，不足为奇。

有报道说，他们拿下伊拉克北部数城后，缴获部分美军“黑鹰”直升机、重型火炮和坦克。但据我了解，包括战斗力成熟的阿富汗塔利班在内，全世界恐怖分子还不具备使用美式重型装备的训练水平。恐怖分子包括“伊斯兰国”在内，仍停留在轻步兵的作战阶段。

这也是我不看好其能攻占首都巴格达的理由之一。

伊拉克情报部门从截获“伊斯兰国”成员的通讯内容分析，该组织可能拥有20亿美元资产。

和“基地”类似，“伊斯兰国”的外部财政支持主要来自沙特和卡塔尔等海湾逊尼派国家。20亿美元中，大约4.29亿美元来自占领北部重镇摩苏尔后从银行中抢劫所得。有分析师说，这笔钱足够“伊斯兰国”招募6万名战士，在一年时间内，支付他们每人600美元月薪。

当然，这对于旨在建立一个新国家的组织而言，算不得什么。

再看对手。伊拉克陆军常备人数27.15万人，预备役人数52.85万人，总数80万人。经过多年经营，伊拉克陆军主导力量是什叶派穆斯林，这些部队最终不会听任逊尼派掌控国家。这和逊尼派领导人萨达姆当政时，什叶派军队人员离心离德，面对美军入侵不战而逃的情形是不同的。

尤其是，在首都和南部地区，什叶派势力强盛，什叶派武装组织的频频示威表态已经说明，这个什叶派人口占多数的国家，不可能轻易重回逊尼派统治。

从国际环境看，什叶派地区大国伊朗和美国均反对“伊斯兰国”，极端主义倾向也导致其不可能从世俗伊斯兰国家土耳其等国得到支持。沙特和卡塔尔等几个“铁粉”的支持，力度有限。

而且，这个组织血腥的行事风格，导致它迟早会和支持者反目成仇。最终，势头会逐渐减弱。当务之急是，伊拉克本国各派政治势力需要认清形势，团结起来，搁置教派和民族争议，同心协力消除“伊斯兰国”这一迫在眉睫的危机。

“伊斯兰国”的“哈里发梦”，确实有把伊拉克推向分裂的危险。“伊斯兰国”早在2014年已宣布建立“哈里发国”（Caliphate），即“阿拉伯帝国”。该组织声称，其国家领土囊括从叙利亚北部延伸至伊拉克中部的迪亚拉省，“伊斯兰国”首领阿布·贝克尔·巴格达迪为国家领导人，即“哈里发”。

建国后，该组织正式自称“伊斯兰国”，删去一度采用的“伊拉克和黎凡特”前缀。

哈里发梦的发布，引来国际社会一片嗤笑之声，有分析人士认定，此乃痴人说梦，必将招致各方联手打压，最终烟消云散，好梦成空。

其实，痴人说梦亦自有缘起和逻辑。在当代伊拉克的古代版图里，曾有长达6个世纪确实为哈里发帝国所统治。了解历史，是直面和解决现实困惑的基础。

“伊拉克”一词，在历史长河中，大致可以区划在底格里斯河与幼发拉底河之间。在此两河流域，自苏美尔人建立最早的人类文明起，先后经历多个族群的统治。历史学家普遍认同的是，公元636年发生的阿拉伯人征服，是现代伊拉克历史的起点，赋予当代伊拉克社会两个决定性的文化特征——阿拉伯语和伊斯兰教。

此后600多年里，伊拉克并非仅仅伊拉克人的伊拉克，其首都巴格达曾经是整个阿拉伯帝国中心。这一帝国横跨欧亚非，是当时世界的统治力量。

1258年，旭烈兀率蒙古大军攻占巴格达，终结阿巴斯王朝，自此，哈里发帝国退出伊拉克这片土地。

此后近千年里，重现阿拉伯帝国荣光的梦想，是很多阿拉伯人的共同心愿。现今的阿拉伯版图，切割为数十个大小强弱不同的国家，这些国家的形成，很多是英国等殖民国家人为的产物。其中，就包括伊拉克。因此，某一日发生版图的重划，并非凭空想象。

本·拉登就是梦想重建阿拉伯帝国者之一。他认识到，在现实条件下，借助常规手段，无法实现梦想。这是他走向恐怖主义道路的根本原因。

巴格达迪，这位神秘面纱尚未揭开的“哈里发”，认为自己是拉登的真正传人，其理据也正在于同样的“建国梦”。巴格达迪认为，“基地”组织现任领导人扎瓦希里性格柔弱，眼光短浅，已然背离拉登的道路。

巴格达迪组织和“基地”决裂的导火线是扎瓦希里强令巴格达迪局限于伊拉克范围活动，而巴格达迪坚持要卷入叙利亚危机。这一冲突的背后，并非单纯对势力范围的争夺，更起作用的是根本诉求的分歧——巴格达迪组织要建立哈里发帝国。这就是该组织多次更名的逻辑脉络，从伊拉克伊斯兰国到伊拉克和黎凡特伊斯兰国，最终到达阿拉伯帝国。这是恐怖分子的终极理想。

厘清梦的逻辑后，应当了解梦的现实性。专家们的看法是对的，这个梦，距离现实太遥远。

首先，仅在伊拉克，哈里发梦能得到的支持便并不稳定。巴格达迪组织的骨干成员其实是怀揣梦想的外国人，配合其行动的所谓伊拉克“逊尼派叛军”成分复杂，包括部落武装和前萨达姆政权军事人员。

这些暂时同巴格达迪联合的力量，历史上就曾反对巴格达迪组织以平民为袭击目标的手段，并曾与其发生激烈冲突。是叙利亚危机爆发和马利基高压政策加剧，才暂时使这些势力倒向巴格达迪，伴随矛盾的变化，产生分化和离心，也是很自然的事情。

其次，从国际上看，巴格达迪组织必将逐渐陷入孤立。美、俄、中等大国，无一支持，齐声喊打；地区大国伊朗和叙利亚已经出手；原本的“金主”沙特阿拉伯与卡塔尔，初意不过是希望借助巴格达迪打击亲伊朗的马利基政权，却断不会支持一个阿拉伯大帝国的建立。

看起来，哈里发梦的未来并不美好。然而，这一梦想，却由其核心的数千成员借助枪炮而推行，造成流血和灾难，祸害不知何时方能停息。这已成饱受战乱之苦的伊拉克人民身上的毒刺，需要国际社会各方付出巨大努力，方能拔除。

美国人以打击“伊斯兰国”为由头，成功实现撤军后的重返。美军在伊拉克境内不仅对“伊斯兰国”目标实施定点空袭，其特种部队也参与到地面作战中。

美国前总统奥巴马曾声称，这是有限度军事行动，美国不会被拖入另一场战争。然而，美军再度军事介入伊拉克乱局，毕竟引起国际社会高度关注，人们希望借助对美军空袭伊拉克台前幕后的观察，判断伊拉克乱局前景、美国中东政策的未来走向以及全球安全形势的发展态势。

这不是一场低廉的战争，重返，或许更加昂贵。

2003年至2011年长达8年多的伊拉克战事，耗费美国大约3万亿美元资金，造成4000多名美军士兵阵亡。

这场战争更使美国威信下降。战争爆发10多年后的今天，有关正当性的争论并未停歇。多项美国民调显示，大多数美国人认为自己的国家在阻止伊拉克的暴力冲突方面并无责任，反对干预的意见占据主流。奥巴马在推进空袭决策过程中，面临巨大国内民意阻力。

伴随国内反战呼声高涨的还有美国实力缩水和财政预算减少。阿富汗和伊拉克两场战争的军费开支使美国深陷债务泥潭，财政赤字剧增进一步冲击国际经济圈对美国偿债能力的预期。受此影响，美国不得已收紧军事支出。

美国的现行制度，决定不同政党政府施政的延续性不足，摇摆性较强，任何一项决策的出台，均可能遭受多方掣肘。

早在2014年6月，“伊斯兰国”武装在伊拉克北部攻城略地之际，奥巴马便开始考虑如何动作，他早已下令把“乔治·H·W·布什”号航空母舰紧急部署至海湾地区，以应对伊拉克可能升级的危机。

然而，在那次部署后，除开派遣几百名美国特种部队军人，担任伊拉克政府军军事顾问和保护美国驻伊人员，奥巴马并未采取进一步行动。

两个月之后，姗姗来迟的“没有时间表”的空袭行动，应当是美国政坛多方角力后的结果。

当时，受中期选举临近的形势影响，共和、民主两党间关系阶段性紧张，就诸多议题双方拒绝妥协，导致多项决策流产。因此，即便奥巴马提前做出预判，选择以军事方案介入伊拉克，但按照法律程序，总统必须获得国会同意。由于两党在国会竞争态势，这一提案显然难获通过。并且，此前共和党控制的众议院就已轻松通过一项决议，禁止奥巴马在未征得国会同意的情况下向伊拉克长期派兵。奥巴马选择在国会休会期间下达空袭命令，显示其有意再次绕开国会。奥巴马在白宫南草坪回答记者提问时明确说，不会在伊拉克问题上寻求国会支持，这有力的印证了上述观点。

美军开始空袭后，白宫、国务院、国防部等部门均就伊当时局势与美军行动进行表态，多名发言人详细解读空袭合法性、正当性，明确界定“有限军事行动”含义，同时呼吁国际社会共同参与对伊援助。

时任白宫发言人欧内斯特在例行记者会上说，奥巴马并未对空袭“伊斯兰国”提出具体时间表，何时结束行动将视情况而定。他还说，美军参与“有限度”，与此前伊拉克战争完全不同。他解释说，所谓“有限”军事行动包括三层含义：一是保护驻伊美国公民安全；二是化解伊北部辛贾尔山区人道主义危机；三是帮助伊安全部队打击“伊斯兰国”。他还透露，美国正积极和约旦、土耳其、阿联酋等中东国家沟通，未来还将与北约讨论谋求在伊拉克问题上的合作。

时任美国国务院副发言人玛丽·哈夫则强调，美军应伊拉克政府请求，才以空袭方式介入。各种谨言慎行，恰恰透露空袭决策的艰难过程。

上任之初便被授予“诺贝尔和平奖”的奥巴马，似乎较为在意自己的和平形象。2011年年底，奥巴马宣布撤军伊拉克。这是他执政生涯浓墨重彩的一笔，以结束不名誉的战争、挽救军人生命，获得支持率，这是他乐意为之的。不得已在同一国家再陷战争泥潭，这使他十分不情愿。

各方均认同，空袭并非“速战速决”的解决方式，有白宫官员劝谏奥巴马勿让美军在对抗“伊斯兰国”时打头阵。美国知名智库布鲁金斯学会专家认为，假使伊拉克政府军从内部开始瓦解，美国实施更多军事援助均将失去意义。此种情形下，美政府应考虑如何使美国损失最小化，接受并着手应对伊拉克可能出现的分裂局面。这表明，伊拉克政府军一度的弱旅姿态令华府各方对介入伊拉克饱含顾忌。

在我撰写此章节的2017年初，伊拉克军队宣称重夺北部重镇摩苏尔，“伊斯兰国”似乎遭遇重创。然而，美国刚刚经历政权更迭，特朗普就任总统后，中东政策尚不明了。美国对“伊斯兰国”问题的干预程度不清晰的情况下，未来变数很多。这符合我一贯对反恐的看法：在复杂政治、经济形势影响下，反恐，或许日益成为不可能完成的任务。

回顾“9·11”事件以来的世界，发表“正义终将胜利”的反恐宣言固然可以鼓舞人心，指出铲除恐怖主义之难的残酷现实，则更需要勇气。

拉登、奥马尔先后辞世，但巴格达迪又横空出世，“基地”和塔利班尚未消亡，“伊斯兰国”又日益坐大。面对反恐越反越恐的现实，人们不禁想到，或许，恐怖活动将如同普通刑事犯罪一样，成为伴随人类社会始终的社会现象。人们旨在根除之，但首先需要学会适应之，接受其不断骚扰的现实，不断与之抗争并继续乐观地看待我们身处的世界。

2011年8月30日伊拉克首都巴格达民众欢度开斋节的情景给予我某种启示。当天，在这个几乎每天发生恐怖活动的城市，数以百万计平民涌上街头欢快地度过节日。美军黑鹰直升机24小时盘旋城市上空，数万军警执行安保任务。

人们并非不知，如此的拥挤人流将带来何等危险，可是，恐怖阻挡不了他们追寻美好生活的脚步。一位平民告诉我："就算明天仍有不幸降临，我们今天也要快乐过节。"

这种勇气，给人鼓舞。当天，巴格达没有发生一起恐怖活动。

或许，承认根除恐怖主义非一蹴可就的目标，这并非消极悲观，反倒是积极面对现实的乐观？如同明知杀人、抢劫、强奸这些刑事犯罪活动不能一朝一夕消除，但并未影响警察勇斗犯罪行为的斗志与勇气。

乐观或悲观，"9・11"后，人们思考了很多，学会了很多。人们看到，以反恐为由，入侵一个国家并推翻其政权的行为，未必奏效。萨达姆和本・拉登都不在人世了，但世界并未变得更加安全。如今，不仅是美国，几乎所有西方国家每年都得拿出巨额预算用作反恐经费。

共识似乎已经达成，消除异质文化间的冲突，缩小社会阶层间的经济不平等，这是铲除恐怖主义滋生土壤的根本途径。然而，这也是绝对无法由一代两代人达成的目标。

一些卓有成效的具体措施正在实施，为打击恐怖活动，保护生命发挥着作用。在阿富汗和伊拉克，军警限制新闻媒体对恐怖活动的报道，常常禁止在爆炸现场拍摄视频或拍照。这样做的逻辑是，恐怖分子恰欲借助媒体曝光，渲染"战果"，减少媒体的报道，就减弱了恐怖分子的心理攻势，打击了恐怖分子的斗志。

媒体为报道受限而苦恼，然而，为了打击恐怖的需要，或许，这种苦恼也算值得？

或许，为了让这个世界的恐怖阴云渐渐散去，需要每个人的力量。政府，需要修正"以暴制暴"的热战思维，意识到靠打赢一场战争、推翻一个政权、消灭一名首领，不可能战胜恐怖主义；媒体，应当发出更理性的声音，不做恐怖分子的宣传机器；民众，保护好自己，多一点理性，平和地对待身处的环境，为减少这个世界日益上升的喧嚣与戾气贡献一分力量。这些，或许都能帮助我们更好地面对恐怖。

尽管，反恐，或许将成为暂时无法完成的任务，但是，这并不是世界不可以变得更加美好的理由。

第五章

别了，幼发拉底

| 第一节 |

回家，游骑兵打头阵

参加伊拉克战争的美国陆军游骑兵（United States Army Rangers）拥有响亮的口号——“游骑兵，打头阵！”（Rangers lead the way）。2011年底，当美军正式撤离伊拉克的时刻到来，人们发现，美国人回家的路上，依然是游骑兵充当开路先锋的角色。只是，比之8年多前，一马平川杀入巴格达的豪情壮志，撤离时的先锋官，多少有些失落，有些消沉。

2011年12月11日，在昏黄蔽日的沙漠烟尘中，我来到驻伊拉克美军的科斯卡尔苏兵营（Cos Kalasu），报道美军将这座基地移交给伊方。

在基地，美国陆军第75游骑兵团（75th Ranger Regiment）某营营长贾森·海斯（Jason Heyes）中校告诉我，基地移交后，撤军即可启动。游骑兵所配属的第一机械化师将先驱车10余小时进入科威特。游骑兵部队是先头部队，中校将提前12小时派出侦察分队，先于大部队前进，还将给沿途伊拉克部落的头领送钱，请他们协助安保。

“我们在科威特短暂休整后将陆续回国，希望能在美国过圣诞，”海斯中校说到这里，脸上露出了笑容。

美国陆军游骑兵与美国陆军特种部队、三角洲部队并称美国陆军三大特种部队。美国陆军第75游骑兵团是游骑兵唯一的正式编制单位，受美国陆军特种作战司令部（USASOC）指挥。该团总部设在美国本土乔治亚州本宁堡，下辖三个营。

游骑兵是经过特殊训练的轻装步兵，是美国陆军中的精英。申请加入游骑兵，必须通过游骑兵学校训练，才能获授游骑兵臂章，拥有游骑兵资格。获得资格的游骑兵可以在其他单位服役，也可以加入第75游骑兵团。

“游骑兵”一词的出现甚至早于美国独立。1756年，为与法国殖民军队和印第安军队作战，英军的罗伯特·罗杰斯少校征募9个连的殖民地武装人员，组成游骑兵（Rogers' Rangers）。罗杰斯认为，殖民地武装人员在恶劣环境下的生存与狩猎技能，将能带来战场优势。在英法战争和独立战争中，游骑兵将高度灵活的精英部队概念发挥得淋漓尽致，对欧洲过时的静止步兵战术发起了重大挑战。

在之后200多年历史中，游骑兵在美国参与的战争中几乎无役不从，战果辉煌，在我们看过的不少好莱坞战争电影中，都有游骑兵的身影。但是，直至第二次世界大战之前，游骑兵并没有在美军中成为正式编制。

1942年5月27日，经卢西安·特拉斯科特少将向时任美国陆军参谋长乔治·马歇尔建议，美国政府批准组建第1游骑兵营，这成为游骑兵的首个正式单位。随后，游骑兵部队规模不断扩大，在北非登陆战、诺曼底登陆战等重大战役中，游骑兵一马当先，表现优异，建立卓越功勋。电影《拯救大兵瑞恩》中展现的诺曼底登陆场景中，米勒上尉指挥的分队就隶属于游骑兵部队。

游骑兵在诺曼底登陆行动中震撼人心的一幕发生于1944年6月6日的奥马哈海滩。当时，美军遭遇德军迫击炮和机枪组成的强大火力网，伤亡惨重。美军第29步兵师副师长诺曼·科塔准将一回头，正好看见第5游骑兵营营长马克斯·施耐德中校。科塔问：“你们是哪部分的？”施耐德回答说：“第5游骑兵营，长官！”科塔说：“那好，该死的，如果你们是游骑兵，那就打头阵吧！”从此，游骑兵拥有了自己的专属口号。

游骑兵还有与中国军队合作的经历。太平洋战争中，法兰克·麦瑞尔在缅甸组织一支不到2000人的突击队，称为“麦瑞尔突击队”，与孙立人将军领导的中国远征军合作，对日作战，取得密支那大捷。二战结束后，麦瑞尔突击队并入改编后的第75游骑兵团。

越南战争中，游骑兵以美国陆军第75步兵师第13游骑兵连的番号出现，实施敌后破袭，进行战损评估等侦察任务，经常与兵力远超自己的对手作战，声誉卓著。

1991年，在海湾战争中，游骑兵也是主要的步兵与特种兵突击力量。

1993年，游骑兵在索马里遭遇“滑铁卢”。在摩加迪沙搜捕军阀首领艾迪德的行动中，首名美军伤亡就发生在游骑兵身上。一名游骑兵在遂行直升机索降时，竟然坠地受伤，导致半身不遂。

对于这次失败行动，美国公众主要关注的是美军遭受的重大损失：整个行动中，美军有2架直升机被击落，另外2架被击伤，另有好几辆美军汽车被击毁，19名美军士兵死亡，多达84名美军受伤，还有1名美军被俘。然而，美国军方已经注意到其中的一个细节：游骑兵的训练内容和水平出现滞后。随后，美军在特种部队的作战训练中，开始借鉴英国等国家的先进经验。

现阶段，游骑兵学校培训课程大约两个月。整个训练中，受训者缺少食物补给和睡眠，却必须完成山地、丛林和沼泽作战三大训练课程，以“魔鬼”式训练来磨炼自己的技战术能力和耐力。在这些不同环境课程中，还穿插更残酷的耐力训练，在长达3.2英里的训练路段，受训人员需要从15米高悬崖上利用绳索速降，跨过横亘在峡谷上的索桥，还要穿越铁丝网下由血浆和泥水混合而成的大水坑，最后还要携带担架翻越山峰，把“受伤人员”送到终点。

进入21世纪，游骑兵又先后出现在阿富汗和伊拉克战场。然而，军事观察家发现，游骑兵学校的训练课目与阿富汗和伊拉克实际情况仍然存在差距，游骑兵在伊拉克的城市作战中并没有取得引人瞩目的战绩。“只有苦劳，功劳不显”，可能是游骑兵离开伊拉克时，较为符合实际的自我评价。

游骑兵的境遇，似乎是整个驻伊美军命运的缩影。在伊拉克，美军迅速推倒了一个政权，但对整个国家后来陷入混乱与无序，束手无策。回家时刻到来，除了与家人团聚的期盼，美军并无更多值得高兴的理由。

2011年撤军前，美军在伊拉克竟然拥有多达505座基地。我探访的科斯卡尔苏兵营是伊美两军交接的第502座基地。

这座兵营建立于2003年5月，位于巴比伦省首府希拉市（Hillah）附近。这一基地易手后，仅剩3座驻伊美军基地尚未完成交接，一度多达17万之众的驻伊美军也仅剩7500人。2011年12月31日撤军最后期限到来前，剩余3座基地也将全部交接，剩余美军将全部撤离。

那天科斯卡尔苏兵营的交接仪式极其低调、简约。在面积仅200平方米的会议室中，伊拉克总理马利基的特派代表萨阿迪（AL-Saady）和驻军美国陆军第一机械化师（1st Cavalry Division）少校威廉·纳瓦罗（Navaro）签署并交换了基地移交文件。签署加交换，整个过程仅持续5分钟。交接完毕后双方握手，萨阿迪和纳瓦罗的笑容均十分灿烂。

随后的升降旗仪式上，双方表现大异其趣。伊方接管部队陆军独立后勤支队出动一个班士兵，吹着军号，肩扛步枪，正步前进，在指挥员激昂的口令声中，将红、白、黑三色的伊拉克国旗升起；而美方却只是纳瓦罗少校本人独自默默地将星条旗降下，折叠好，交给手下的士兵。

降旗时，纳瓦罗神情黯然，那个瞬间，他或许会想起伊战近9年时间中，在这里先后驻守的美国纽约陆军国民警卫队（New York Army National Guard）、美国陆军第四步兵师、第三步兵师和他自己所在的第一机械化师。

放眼能容纳整师人马的军营，由于撤退早在基地移交前就已启动，在我到来的那天，绿色的帐篷早已腾空了大半，水泥防爆墙和沙袋工事间，偶尔有三两名男女军人悠闲漫步，有的手中还拿着纸筒冰激凌。

通往营区出口的地带，长长的一列防爆运兵车等待着出发，车外站立的军人，多数仅身着绿色圆领T恤，有的手中已迫不及待挥舞起棒球球棒，真正的圣诞假期已经不远了……和等待离去的美军车队擦肩而过的，是一辆接一辆进入营区的伊军运兵车，车上的军人看见记者就兴奋地欢呼，挥舞手臂，摆出象征胜利的“V”字手势。

宽敞的兵营食堂已变得冷冷清清。餐桌上一堆原本较受欢迎的“M”号口粮居然无人问津。24岁的美军中士齐克·法利（Zeke Farley）拿起一袋这种主体为冷冻汉堡的口粮，笑着说：“再吃最后一个。终于要和这种食物告别了。”

食堂的另一端，几名头戴红色贝雷帽的伊拉克军人已经来接管。他们高兴地从饮料机上取用美国咖啡，还比画着代表胜利的“V”字手势。21岁的列兵穆斯利姆·阿巴斯（Muslim Abbas）说：“我的心情有些复杂。一方面，在这座原本属于美军的兵营升起我国国旗，感到自豪；另一方面也觉得保卫国家的责任从此变得更加重大。”

42岁的美军第一机械化师师部作战参谋迈克尔·布拉夫（Brough）拿出钱包，给我看他和5个孩子的合影，其中两个孩子并非亲生，分别收养自中国温州和埃塞俄比亚。

“孩子们已经懂事了，总是说‘爸爸小心’。我很难向他们解释为何要发生这场战争。我只能对他们说，生活中的有些事情无法避免……”布拉夫说。

据非官方统计数据，至2011年底，布拉夫口中“无法避免”的伊战已导致4485名美军和超过10万名伊拉克人丧生。战争对所有相关人员造成的显性或隐形伤害更加无法避免。

对于接管科斯卡尔苏兵营的伊军军人，祖国未来的安全形势尚不明朗，遭受新的流血牺牲仍有可能；对于即将离去的美军游骑兵，回家的路也不乏凶险，尤其，对于打头阵的部队而言。

随着2011年12月31日美军全部撤离伊拉克的最后期限日益临近，与人们的想象不同，首都巴格达及全国其他多数地方看不见大军开拔的场景。正如同，人们更看不清楚美军离去后这个国家的未来。

这似乎是一次在多数人视线之外的撤军。我当时在一篇相关稿件中以《静悄悄的撤离》来作为标题。

美军静静离去的背影后是伊拉克人静静的目光。这不是一次以万人为单位的兴师动众的大撤离，这是持续多日的若干个小规模分散调动。仅在通往科威特的撤军唯一交通线上，才看得见美国军车和美国军人。撤离伊拉克的美军先经由陆路至科威特休整数日，然后飞返美国。2003年3月，他们正是沿着相同的路线，从相反的方向，攻入巴格达。其时，何等势如破竹，何等意气风发。

实际上，美军撤离过程早在2011年前两年就已悄然启动。2009年，美军撤出所有伊拉克城镇，只保留在505个基地以及城市以外地带的军事存在；2010年，美军终止在伊拉克境内的作战任务；2011年年中，一度高达17万之众的驻伊美军已经减至4万余人。

2011年6月，我到达巴格达后，曾在街头驱车数小时看不见一名美军。这早已不再是2003年至2008年的情景 —— 美军军车和装甲车队在这座城市的街头横冲直撞，嚼着口香糖的美国大兵任意叫停车辆，进行检查。

两年来，伊拉克人已经习惯看不见美军的城市。只在戒备森严、普通人很难获取通行证的“绿区”，偶尔能见到一两个守卫美国使馆的美国海军陆战队队员。

仍然是随处可见两层楼高的防爆炸水泥墙，把所有街区切割的支离破碎；仍然是十步一岗，五步一哨，只是检查站的守卫者早已换成了伊拉克安全部队；仍然是直升机昼夜在城市上空盘旋，只是机舱口伸出的机枪已握在伊拉克军人手中。

这些场景，使初到者明白，伊拉克仍然是战区，是随时会发生爆炸和流血的险地。但对伊拉克人来说，这已是伊战开始后8年多来生活的常态。他们甚至感觉不到，一次或许具有历史性意义的改变正在身边发生。

关于美军离去后的安全形势，人们看不清楚。时任伊拉克总理马利基说，伊拉克安全部队已做好独立承担安全职责的准备，美军的离去更将使恐怖分子失去发动袭击的道义支撑。然而，当时我采访多名军方人士，也听到担忧的声音，伊拉克安全部队在情报、训练、后勤和装备等各方面尚存在不足，未来暴力活动升级的可能性无法排除。

一名街头执勤的军人在接受我采访时，先是满脸笑容，拍拍手中的AK-47自动步枪，非常自信地说：“我们有能力保卫自己的国家。”但当被问及姓名时，他马上收起了笑容，“不能说。万一被恐怖分子知道，我就有可能没命。”

这一场景形象地说明了伊拉克人的矛盾心情。紧随看不见的撤军，或许是看不清的未来。游骑兵已经回家，伊拉克，还是那个伊拉克。

| 第二节 |

留有“尾巴”的撤军

2011年12月18日，最后一支驻伊拉克美军车队进入科威特境内后，时任美国国防部长帕内塔签署官方文件，正式结束伊拉克战争。这比当年年底完成撤军的约定期限，提前了不到半个月，这样做的好处或许是：一、提前撤离，显示撤军诚意；二、让恐怖分子抓不住最后时间节点，来不及实施袭击。

为美国撤军鼓掌之余，伊拉克人同时发现，战后仍有数以百计美军驻留伊拉克境内，成为撤军之门关闭后留下的“尾巴”。

其实，这已是美国领导人第四次宣布伊战结束。早在2003年，时任美国总统布什宣布在伊主要战事结束；2011年10月，时任美国总统奥巴马重申恪守撤军承诺的同时，二次宣布伊战结束；帕内塔2011年12月15日在巴格达就已经正式宣布，驻伊美军任务结束，第三次发出停战信号。

留有“尾巴”的撤军，既揭示了持续近9年的伊战不得人心，又反映了美国撤军的无奈与纠结。

以莫须有罪名发动的伊战，造成大约10万伊拉克人、近4500名美军丧生，3万多美军受伤，100多万伊拉克人无家可归。伊战被伊拉克人民、美国人民以及世界其他地区人民同声声讨和反对，因此美方领导人不得不一再宣称伊战结束，以安抚民意，争取谅解。

对美国而言，撤军是如此不情不愿。伊拉克丰富的石油资源，毗邻伊朗、叙利亚的重要战略位置，使美国实在舍不得放弃这份“战果”。2008年美伊签署驻军地位协定，确立2011年12月31日为撤军最后期限，之后美方不断施压伊方，敦促对方主动要求美军逾期驻留，但伊方的坚决立场导致多回合谈判最后终止。几经波折，撤军终成现实。

然而，作为撤军的“尾巴”，剩余数百名美军将驻扎美国驻伊使馆内。

美国使馆设于伊拉克首都巴格达“绿区”内，面积0.44平方公里，相当于梵蒂冈城大小，是名副其实的“城中之城”。据估计，当时使馆人员多达1.5万人，包括1000名外交人员和数千安保公司雇员，是美国在全球最大的使馆。

不愿公开姓名的美国使馆人员告诉记者，美国政府未来将再出资雇佣5000名安保人员增派美驻伊使馆。这意味着未来使馆内配备武器、具有战斗力的人员将近万人，且这些安保人员多为美国复员军人。由此可见，此次撤军并不能同美国军事存在的完结画等号。

从巴格达上空俯瞰，美国使馆已成地标性建筑。这提醒人们，一场战争尽管在一再重复的停战宣言后画上句号，但美国继续控制伊拉克的企图并未放弃。美军几已撤尽，美国并未离去。

前后几度宣布伊战结束，不断对伊方施压试图保留部分驻伊美军，这深切地反映美国的离去是多么不情不愿。

用某种方式继续维持存在，这是美国人一定要留给伊拉克人的政治遗产。一个庞大的美国驻伊使馆，或者可以视作这一遗产的标志。

美国驻伊使馆于2009年建造完工，耗资高达7.5亿美元，地点紧挨巴格达穿城而过的底格里斯河畔，位于戒备森严的国际区（俗称“绿区”）内，面积0.44平方公里，相当于梵蒂冈城大小。集中了伊拉克政府机构与国际派出机构的“绿区”已然是巴格达的城中之城，而美国使馆则是城中之城的城中城。

美国方面一直“低调”地保持使馆神秘面目，多数人无法获准进入使馆区，即便外国使节到访，也必须按规定路线行进，在规定区域内活动，不得任意前往不在计划内的位置。

关于使馆人员数量，被多数人认可的传言是1.5万。但据不愿公开姓名的美国使馆官员透露，在2011年，实际使馆人员不足1万，在美国撤军后，计划逐渐增至1.7万人。

实际上，在当时美国使馆人员构成中，外交人员仅占1000人左右，其余绝大多数为使馆雇员，其中占较大比例的是安保公司雇员，另有200多名美国军人，包括撤军后留驻帮助伊拉克军队训练的人员，也有按常规警卫美国使馆的海军陆战队队员。如此计算，安保人员和美国军人起码有数千人，均为配备武器、具有战斗力的人员。

如此庞大的外交使馆，如此多的人员驻扎他国领土，世所罕见，这自然引起伊拉克方面的关切。持反美立场的什叶派领袖萨德尔当时发出警告，美国使馆如不压缩人员规模，萨德尔派将视其为侵略者，并将对其发动袭击。时任伊拉克国民议会议长努杰菲则公开称，如此庞大美国使馆的存在“不合逻辑”。

然而，无视伊拉克方面的反对，美方继续谋求扩大使馆规模。美方表示，为了在撤军之后保持其影响力，将继续增加使馆人员，增加的数千人，主要是由政府出资雇用的安保公司人员。

时任美国驻伊大使詹姆斯·杰弗里辩称，美国使馆雇用庞大保安队伍，并非耀武扬威，而是安保确有这样的需要。

从巴格达半空俯瞰“绿区”，军事城堡般的美国使馆向伊拉克总理府投下山一般的阴影。这幅图像，成为相当长时间里伊美关系的一种隐喻。伊拉克保障主权的斗争，并未随美国大兵的离去便可宣告胜利。

不愿离去的美国人，不久就开始了重返。

转过年去，在2012年11月前后，大约3000名美国军人重返伊拉克，部署在伊拉克西部与叙利亚接壤的安巴尔省和中部萨拉赫丁省军事基地。伊拉克当地分析人士推断，美军悄然返回伊拉克，旨在协助伊拉克安全防卫和伊军训练，但不排除为军事干涉叙利亚作准备。

伊拉克非官方阿拉伯文媒体独立通讯社和布拉萨通讯社当时报道说，“回流”美军部署在安巴尔省阿萨德基地和萨拉赫丁省拜莱德基地。独立通讯社报道，返伊美军人数为3000。耐人寻味的是，伊拉克和美国官方均未否认这些报道。

2012年10月就任的美国驻伊大使比克罗夫特接受伊拉克媒体采访时说，部分美军重返伊拉克属实，目的在于协助伊军训练。他没有披露返回伊拉克的美军部队番号和人数。

按照美伊2008年签署的协定，驻伊美军2011年年底“全部”撤离伊拉克。但所谓“全部撤军”并不彻底。当年12月底，美国官方承认大约有200名美军驻留伊拉克，职责主要是保卫使馆和协助伊军训练。

巴格达大学政治学教授谢赫和我交流时说，美军重返伊拉克，目的或是利用伊境内军事设施和基地干涉叙利亚局势。安巴尔省阿萨德基地距伊叙边境直线距离仅100多公里。谢赫认为，伊拉克政府与叙利亚总统巴沙尔政权关系良好，但在大的政治方向上仍须听命于美国。少量美军协助伊军训练或许符合情理，而多达数千人的部队返回，不太正常。

另有一些政治分析人士认为，美军重返伊拉克可能有多重战略指向。一是伊拉克安全形势仍不稳定，美国军事存在有利于伊方安保。二是美国加强军事存在，保持对伊朗威慑，显现美方确实有对伊朗采取军事行动的可能。三是在靠近伊叙边境的地区增兵，显示武装干涉叙利亚危机的可能性上升。这不符合伊方利益，只是美方没有表明态度前，伊方不便公开反对。

后来的事实证明，美军对叙利亚局势的干预不断升级，位于伊拉克境内的前美军基地充当了前进基地的角色。

其实，说美军抑或美国重返伊拉克，其中“重返”二字，值得重重打上问号。

前文已经述及，就在美军号称“全走”之际，伊拉克首都巴格达，便有“城中之城”。美国圈出庞大使馆区，在内驻扎1万多人，其中数千为持械人员。这些人中，绝大多数声称是安保公司雇员。然而，其中几多为退役军人，又有几多可随时“重返”部队，实在难以评估。

其时，马利基政府和美方也公开承认，美军留有人数不详的单位，帮助伊军培训并承担美国使馆安保工作。这些人员将实施轮替。由于人员变更全无独立机构的监督，这更为实际人数的增减留下暗箱操作的足够空间。

以上是撤军之尾的确凿实证。前文述及的几千兵力重返，则更显“猫腻”——2012年，为新华社工作的伊拉克籍雇员在伊西部毗邻叙利亚的安巴尔省阿萨德军事基地看见美军出入和“大力神”运输机起降。当时，正是叙利亚局势较劲之际，这几千人曾经意欲何为，是不难想象的。

伊拉克当地的军事分析人士告知我，现代战争发展至今，简单以人员往来界定撤军或派兵，意义不大。资金、后勤和基地建设才是应当关注的重点。

美国“撤军”后，在伊拉克留下多达505个军事基地。全部基地据称已移交伊拉克政府军，但大批物资和基础设施并未拆除和运走。我曾实地走访部分基地，在有些基地，有美军人员驻留指导伊军训练并帮助维护设施。

美军在伊拉克的渗透痕迹如此明显。以致后来美国竭力要赶下台的马利基总理卫队中，都有身穿伊拉克特种部队军服的海豹突击队员。

如此，问题自然显露，从所谓撤离到所谓重返，这中间的路途真的那么遥远？

何况，即便真正撤出的人员，不少也仅仅撤至毗邻伊拉克的科威特。假使拥有一辆性能优越的好车，从伊科边境驱车至巴格达，仅须三四个小时。还有那随时可以用航空母舰调集的人力。

在我看来，美国不是来得不够及时，而是根本未曾离去。撤离抑或重返，无非是自抬身价，讨价还价，彰显己身重要性。当时，时任美国总统奥巴马多次指责中国享受伊拉克战争的红利，但拒不承担国际义务，讥笑我国搭“顺风车”，从来指望不上。相反，美国就似乎十分享受被人指望，所以一旦有事，就要疾疾乎“重返”某地。说“重返”，先是推卸了责任——我走了，你才出的事；还可以叫屈平反——我现在回来是为了帮你。

在这样的文字游戏下，人们并未淡忘此地乱局的根源和祸首。美国及其西方盟友，恰恰由于自以为太背负他人的期许，不是做得太少，而恰恰是做得太多。

现代伊拉克的诞生，本就是西方自一战结束后在中东地区强行划分地缘政治拼图的结果。二战后，国际秩序并无质的变化，归根结底是美国及其西方盟友左右联合国的结果——但凡风吹草动，美国总能一手压制，如有需要，更可直接出兵。霸权主义和强权政治在20世纪末叶至21世纪初并无消亡迹象。

在伊拉克，独立国家既成现实，外部干涉却总不肯停止。2003年那场以莫须有罪名打响的战争，是作乱的顶点，一个主权国家遭侵略，一名合法领导人被推翻、审判和处死。强有力的中央政府垮台后，为恐怖势力滋生发展创造土壤，这是该国今日尸横盈野、血泪成河的乱源。

近期的“伊斯兰国”问题，美国及其西方盟友更难辞其咎。他们在伊拉克邻国叙利亚的造乱，才导致一度已式微的“哈里发国”重新趁时复兴。

恢复伊拉克稳定，保护其人民，重要程度应当超越美军是否撤离，是否重返。

伊拉克政府军常备兵力和预备役兵力相加多达七八十万，无论从人力和装备看，都远胜仅有万余作战力量的“伊斯兰国”。美国的空中支援和其他军事援助是需要的，它也应当为曾经错误地“承担期许”而埋单。

这一次，希望“重返”的美国不要再做多余的事情。自十字军时代起，西方世界对中东便有“裂土分疆”的癖好。当下，伊拉克各派政治势力尽管彼此攻讦，势如水火，但从南到北，无论库尔德人、什叶派还是逊尼派，似乎仍须寻求华盛顿的理解。

接替奥巴马的特朗普千万不要真的热昏头脑，多管闲事。“学学中国”的戏言不妨落到实处，多做帮助建设和发展的事情，少动刀兵。

“伊斯兰国”的致命弱点在于不符合所有大国势力的战略利益，这决定其生命力有限。然而，消除一个极端组织，并不意味迎来伊拉克的和平。

归根结底，一片土地的命运应当由这片土地的主人自己来作决定。那些怀有各种“重返”某地情结的势力，最好一去不返。那样，天下更有机会太平。

| 第三节 |

“美军弟兄，这里不再需要你们”

2011年12月14日，我又赴驻伊拉克美军位于伊中部迪瓦尼耶省的埃科兵营（ECHO），报道美方将第504座基地移交给伊方。

出席那次移交仪式的伊拉克陆军第8师直属分队队长穆罕默德·赛义迪中校笑

着对我说："我想对美军弟兄们说一句，这里不再需要你们了，一路走好，圣诞快乐。"

这或许代表着相当一部分伊拉克军人在摆脱美军桎梏时的喜悦心情。

自2004年起，伊军第8师便将师部移驻埃科兵营内，先后与美军多个番号部队共处于这座方圆大约20平方公里的基地。作为师部的"大总管"，赛义迪从当年起就进驻埃科，多年来结识了众多美军官兵，甚至和其中一些人成为朋友。

赛义迪向我回忆起一个名叫埃尔南德斯·阿里亚斯（Hernandz Arias）的墨西哥裔美军上尉。阿里亚斯对所有伊拉克同袍以及普通伊拉克民众都很友善，受到基地内外伊拉克人的欢迎。迪瓦尼耶是什叶派穆斯林聚居的地区，当地什叶派有个部落大姓叫法尔图西（Fartusi），伊拉克人亲切地称呼墨西哥裔美国人阿里亚斯为"法尔图西"。

一次，美军和伊军在埃科兵营召开联席指挥会议，一名美军高级将领问起阿里亚斯的姓名，阿里亚斯竟然不小心回答："报告长官，我叫阿里亚斯·法尔图西。"引起会场哄堂大笑。

尽管伊美两军关系存在这样的融洽个案，但赛义迪说："哪怕很多美军人还不错，但这里不是他们的国家，他们应当回自己的国家去。回家，他们很开心，我们也很开心。伊拉克的事情应该交给伊拉克人自己去处理。"

赛义迪自信满满地说，就技术层面而言，伊拉克军队也具备足够能力自主承担安全职责。

他对我分析道，伊拉克军队空中力量薄弱，2011年前后，全军飞行器数量仅200多架，不到萨达姆时代的四分之一；另外，在营级以上指挥能力、后勤保障、步炮协同等方面都存在不足之处。这些缺陷使伊拉克军队无力对外发动战争，但应对国内暴力事件和恐怖分子时，已经绰绰有余了。

赛义迪认为，美军离去后，伊拉克军队对付恐怖分子时，更将凸显情报方面的优势，"原因很简单，伊拉克百姓认为向美军通风报信是出卖行为，但和本国军队合作却是天经地义的，伊拉克军队因此比美军耳聪目明。"

赛义迪还指出，媒体和分析人士不应低估伊拉克军人的战斗力与勇气。不少人至今感到迷惑，2003年美军入侵伊拉克时，萨达姆军队的多个步兵师"人间蒸发”，没有进行任何抵抗。

赛义迪用亲身经历解释此事，他说：“萨达姆不是被美国人打败，而是被伊拉克人抛弃的。”

赛义迪回忆说，美军入侵时，他正在萨达姆军队某师担任连长，驻扎在西部安巴尔省。美军接近驻地时，赛义迪认为自己和部下不应为萨达姆卖命，于是他将全连解散，让部下全部回家。

“下达解散命令时，我感到自己不是在对100多名军人说话，而是在对100多个不能失去男人的家庭说话，”赛义迪回忆至此，眼泛泪光。

他说：“今天，占领者离开了我们的国土，伊拉克军队将为自己的国家作战，他们将证明自己有能力保家卫国。”

并非只有一个赛义迪对伊拉克军队抱持信心。25岁的侯赛因·易卜拉欣·卡里姆（Karim）是一名伊拉克陆军中尉，他在接受我采访时也说：“伊拉克军队有能力保卫祖国。”

12月2日，卡里姆所属部队进驻美军在伊拉克最大的军事基地巴格达“胜利”军营。他下属的一个班与美国海军陆战队一个班进行换防，他看见，一名美国海军陆战队队员手捧降下后折叠好的星条旗，眼睛里泛着泪光。

美军向伊拉克军队移交“胜利”军营，具有极大象征意义。该军营是前驻伊美军司令部所在地，还曾关押过被俘后的萨达姆。这一基地的易手，象征着一个时代的结束。

卡里姆曾经在美军第82空降师营级以下作战指挥课程受训，学习各种轻、重武器使用以及小规模作战单位指挥部署。美军培训人员业务精通，私底下待人也很和善，他们总是亲切地称呼卡里姆“阿里”，好像在他们眼里，所有阿拉伯人都名叫“阿里”。

尽管相处不错，卡里姆仍然希望美国人回自己的家。“因为，我们是主权国家，我们有能力保卫自己的国家。”

卡里姆认为，美国人并不希望伊拉克维持军事强国地位。萨达姆时代，伊拉克军队总人数超过百万，飞行器近千架；2011年前后，军队人数仅17万人，飞行器总数不到200架，其中还包括七八十架直升机。整个伊军的直升机配备，还不如美军一个常规步兵师。美国人甚至对伊军单兵武器也制订诸多限制，伊拉克的陆军特种部队，虽然接受美式训练，但2011年前后，伊军配备长枪还是苏制AK-47。卡里姆给美军军械保管员送礼，弄到一支美制M-16自动步枪，同僚们羡慕得不行。

卡里姆也认同赛义迪的看法——在营级以上单位的部署指挥、地空协同、后勤等方面，伊军能力不强，亟须得到西方国家的军事培训帮助。他认为，这是符合美国人的设计，限制伊拉克军事水平，使其无力发动常规战争，但足以应付反恐任务。

耳听为虚，眼见为实。我曾观摩伊拉克陆军航空队和特种部队演习，对伊军水平有了直观印象。

2011年11月某日，伊拉克陆军航空队在巴格达省巴斯玛亚赫训练基地进行代号“杀手之鹰”实弹演练。在现场，漫漫黄沙卷起烟尘，直升机轰鸣声响彻云霄，导弹击中目标后发出火光与震天轰响……

那次演习由时任陆航队司令艾哈迈德·阿提亚中将指挥。时任伊拉克国民议会国防、安全委员会主席哈桑·赛尼德、伊拉克国防部发言人穆罕默德·阿斯卡里和近百名伊拉克军政官员及媒体记者现场观摩演习。

伊拉克陆航队当时拥有5种机型的直升机，总数不足百架。其中3种主力机型美制贝尔-407型、俄制米-17型和欧洲直升机公司EC-635型当天悉数在演习中亮相。

重量仅两吨多的贝尔-407型是直升机家族中的“轻量级选手”，适合侦察、医疗抢险及低烈度攻击。伊军驾驶员在演练中技术娴熟地完成垂直起落、空中悬停、定点转弯等全套技术动作，将贝尔-407灵巧的技术优势充分展示在观众面前。

主要用于运输的米-17表演了编队飞行。2011年前后，这种20世纪70年代问世的直升机型仍是伊拉克陆航队主力机型，占总数的大约40%。一架空载重量达7吨多的米-17低空掠过演习观礼台，似乎擦着台角高高飘扬的红黑白三色伊拉克国旗。

演习的高潮是欧洲直升机公司EC-635型进行导弹射击实弹演练。导弹呼啸而过，先是碧蓝如洗的天空升起数道黑烟，然后才听见巨大的轰响，最后，白色的烟雾从地面腾起。观测员报告说，模拟恐怖分子车辆的目标已被精确摧毁。观礼台响起热烈的掌声。

演习结束后，同时兼任总理马利基安全顾问的赛尼德接受我采访时说：“今天的演习向伊拉克人民展示，他们的军队有能力保卫国家的领空并为反恐行动提供空中支援。”他代表议会表态说，议会国防、安全委员会将提出在财政预算中增加对军队特别是陆航队的投入。

阿斯卡里代表国防部表示，计划在2012年，使陆航队直升机数量从不足百架增至150架。“政府十分明了直升机在反恐行动中的作用，对发展直升机力量十分支持，”阿斯卡里说。

在巴格达这座恐怖袭击时有发生的城市，军用直升机几乎24小时不停歇地在空中翱翔，一旦发现异常情况，立刻通知地面部队或直接投放力量，进行干预，其作用确实十分显著。问题是，在当天打的热闹的直升机演习中，很明显，多数飞行器型号老旧，不知道是不是真的能够应付反恐的需要。

当天我们还观摩了伊拉克特种作战部队模拟营救人质的行动。五六人的小组编队，按照美军特种部队的CQC（近身距离作战）战术指导，相互掩护，突入民宅，一阵枪击，人质获救。从现场看，特种部队战术动作堪称熟练。然而实战效果究竟会是怎样？这仍然需要打上大大的问号。

如今的伊拉克特种部队，在伊战期间由美国为首的多国部队协助成立。部队由伊拉克国防部下属反恐局直接指挥，下辖3个旅。伊拉克反恐局本身也受到伊拉克国防部资助。

伊拉克军队中设有特种部队单位的历史十分久远。早在1950年，伊军就成立由逊尼派、什叶派阿拉伯人和其他族群加入的多成分特种部队。这支部队的任务是在国家处于战争状态时，于境内、外执行紧急特种任务。

美国为首的联军2003年入侵伊拉克后，伊拉克新政府重整军队，新型特种部队单位也建立起来。新部队成员主要是什叶派阿拉伯人及库尔德人，而排除萨达姆所信任的逊尼派阿拉伯人。

2005年11月，在约旦接受当地特种部队和美国陆军特种部队训练后，伊拉克特种部队全员达到1440人，组成2个作战营及2个支援营。伊拉克军方宣称，一个伊拉克特种作战营战斗力能够匹敌一个普通美国陆军步兵营。

2008年3月，伊拉克特种作战部队扩充为由1个反恐作战营、3个突击营、1个支援营和一个特种侦察单位组成的旅级单位。

到了作者完成此书的2017年初，伊拉克特种部队已扩编为3个特种作战旅，分驻巴格达、巴士拉、摩苏尔、迪亚拉和阿尔·阿萨德等重点城市。在收复“伊斯兰国”占据的摩苏尔城战役中，伊拉克特种作战部队成为先头部队。

伊拉克特种作战部队的发展，折射出伊拉克军事力量在战后的整体提升水平。

萨达姆倒台后，新军成立，接受美援，开始逐步淘汰原有的苏制装备。美军自2005年开始着手训练伊拉克新军，2011年美国撤军前后，国际军事观察家评估，伊拉克军队人数大约17万人，加上预备役人员，大约70万人。

到了2016年前后，伊拉克军队已建立起陆、海、空、防空军和特种作战部队组成的完整架构，总人数接近80万人，还不包括预备役人员。

据估计，伊拉克陆军目前拥有美制M1A1艾布拉姆型坦克、布雷德利型步兵战车、AH-64D阿帕契武装直升机、黑鹰直升机、AH-1W眼镜蛇直升机，以及将近4000辆的军用悍马车和数百辆斯特瑞克防爆装甲车；伊拉克空军也已配备美制F-16战斗机和法制“幻影”战斗机。

然而，在这些积极、正面的表态和数据展示之外，却是伊拉克军队在实际战斗中的不佳表现。“伊斯兰国”武装成为让伊拉克政府军暴露本来面目的试金石。

西方媒体报道称，与阿富汗国民军相似，伊拉克新军利用已阵亡或开小差的“幽灵士兵”侵吞军饷的现象也十分普遍，军队人数掺杂水分。与“伊斯兰国”交战时，政府军可投入战斗的兵力不足10万，故而很难占据战场主动。

较为显著的例子有：2014年6月，“伊斯兰国”武装进攻摩苏尔，伊拉克政府军在当地驻扎2个师共约3万兵力，面对大约800名敌军进攻，竟然落荒而逃。这不禁让人联想起我国抗日战争时，几百人的日军大队，就能击溃国民党军的师级单位。弱国无强师，令人扼腕兴叹。

为此，美国增派美军至伊拉克协助训练。然而，在2015年5月的拉马迪争夺战中，驻守的6000名政府军又被150名“伊斯兰国”武装人员击溃。时任美国防长卡特公开批评伊拉克政府军“缺乏战斗意愿”。

这些事例，使得几年前伊拉克军方声称“不再需要美国兵帮忙”“伊拉克军队有能力保卫祖国”的宣言变得具有讽刺意味。事实再次证明，没有政治、经济与社会发展的坚实基础，一个国家很难拥有自主、强大的军队。

| 第四节 |

难以消受的“遗产”

美军撤离后，在伊拉克首都巴格达和全国其他多数地区，没有出现狂欢和宣泄的场景。民众对于美军的离去，可谓欢欣与忧虑交织。他们既为国家恢复主权而高兴，又为不可预知的未来而担心。

往日的星期五，巴格达解放广场常会聚集示威的人群，或敦促美军撤离，或抗议政府低效。2011年12月16日，星期五，解放广场却十分安静，只有三三两两的行人。因为担心成为恐怖袭击的目标，路过车辆都急速离去，不作停留。

38岁的贾巴尔·卡齐姆在广场附近开设一家杂货小店。他告诉我：“占领军离去，我当然高兴。但我也担心未来武装分子势力会再度抬头。我们伊拉克人希望日子能平静地过下去，不再有更多流血。”

伊拉克战争共导致4487名美军和超过10万伊拉克人丧生。或许是伤痛太深，当一切走向尾声，人们甚至来不及反应，来不及欢喜。62岁的退休公务员穆萨纳·穆罕默德说：“我还不敢相信美国人真的会走，等这几天平安过去，等新年到来，我才能相信这是真的。”

穆萨纳家住巴格达市中心的曼苏尔区，这一区暴力事件较为频繁，过去几年中，他有两个儿子先后在汽车炸弹爆炸中丧生。

穆萨纳说，美国说伊拉克有大规模杀伤性武器，说伊拉克勾结“基地”组织，结果都没找到证据，“这是完全无必要的军事冒险，却付出了无数生命的代价，但愿这一切能真的从此结束”。

对于轻率按动战争按钮的美国前总统小布什，穆萨纳愤恨犹存。“假如萨达姆因为他犯下的罪行付出了代价，那小布什为什么不用受到战争罪行指控？”他质问道。

在市中心的凯拉代区，43岁的中学女教师玛吉达·萨利姆将住宅布置一新，邀请亲朋好友共同庆祝美国撤军。玛吉达的丈夫2005年在美军和反美武装的一次冲突中被误伤致死。

玛吉达说：“侵略者被赶走是件令人高兴的事情。美国人应当为今天伊拉克的混乱、教派与民族冲突负责。”

美军虽然撤离，玛吉达喜悦之余仍感担忧，“我听说他们（美国人）在美国使馆内有多达1.5万人，这么多人待在别国首都，不知道要做什么”。

和穆萨纳、玛吉达一样，在近9年的时光中，多数伊拉克人已经见了太多的流血和暴力场面，当美军真的撤离时，他们还不能完全放下对未来的疑虑。

这些疑虑，在后来岁月中得到了印证。

美国在伊拉克的军事存在，留下诸多“遗产”，即使在它撤军之后，仍然继续阵痛。多数分析人士认为，美国搞乱伊拉克，从安全形势、国内政局和外交政策等多方面对伊拉克造成持续而深远的影响。影响的范围，也不仅局限于伊拉克一国，而是辐射周边地区甚至全球。

美军撤离后，经过短暂的休眠期，恐怖势力卷土重来，“伊斯兰国”势力勃兴，伊拉克面对前所未有的分裂危机。

2003年，美军控制伊拉克后，将萨达姆军队全部解散，重建于2004年的新军在指挥部署、后勤保障、步炮协同等多个方面存在不足，其独立安保能力经过与“伊斯兰国”的实战考验，显示出严重不足。美国入侵伊拉克后的政策失误，正在显示长期负面效应。

政治方面，美国曾对伊拉克寄予厚望，试图在这里建立“中东样板”。现实情况却是，战争颠覆原有权力架构，释放出内斗的巨大能量，各派政治势力冲突不断，相互掣肘，使国家的未来显得阴霾深重。

早在2011年，知名政治观察家、伊拉克图拉思大学（al-Turath University）教授萨米尔·朱布里（Samir al-Jubouri）就告诉我，美军撤离后，出现权力真空，伊拉克政局原已存在的各种错综复杂的矛盾冲突可能进一步激化，权力斗争可能加剧。

“美军走后，美国人的控制降低，伊拉克政府的地位上升，权力的‘含金量’会提高，争斗也必然随之升级，”朱布里说。

什叶派、逊尼派、库尔德人等多方势力，均希望在国家决策上争取更多话语权。2011年前后，时任总理马利基总理为平衡各方利益，设置多达42个部长职位，导致政府机构臃肿、效率低下。

鉴于形势复杂，作为什叶派领导人的马利基，对其他各方无法信任，不敢将国防、内政和安全三大关键部长职位交予其他阵营，一度身兼此三职。这既造成工作不便，也增加了其他各派攻击他的口实。

朱布里认为，什叶派、逊尼派、库尔德人和萨德尔派，各怀不同的政治目的与诉求，在涉及自身利益的问题上不肯让步，如此，国家社会经济的发展很难获得合力，重建的前景很难乐观。

此外，伊战激化了伊拉克久已有之的民族、教派矛盾，埋下国家分裂的危险。美军撤离后，这种分裂的危险进一步加剧。

北部库尔德自治区，伊战后在美国的扶持下得以产生，但美国同时又不主张其独立。这一自治区同中央政府在区域划分与石油资源控制权等方面的角力，逐步升级。美军走后，库尔德人在失去保护人的同时，也失去了谋求独立的约束力量，分裂的危险不断加剧。

中部逊尼派阿拉伯人聚居的萨拉赫丁省与迪亚拉省也先后提出自治的要求，包括这两省在内的4个逊尼派聚居省份甚至发出谋求建立独立逊尼派国家的声音。

“伊拉克内政的乱象由美国所造成，而美国人走后，这些乱象的后果却还要伊拉克人来承受，”朱布里在2011年时评价说。

当然，美国撤军对于伊拉克而言，仍有利好因素。比如在外交领域，伊拉克的自主性提升，对美国的依赖度减弱。

伴随美军撤离，时任美国总统奥巴马、副总统拜登均向伊方明确表示，美伊关系将回到“主权国家与主权国家之间的关系”。

巴格达大学政治学教授萨巴赫·谢赫当时告诉我，美军走后，美国对伊拉克的控制力必然会有相当程度的削弱，伊拉克外交将会获得更大自主权，在处理国际事务时，将会体现更大独立性。

“伊拉克不会再以事事听命于美国的形象出现，这对中东地区的形势将会产生影响。”谢赫说。

其实，变化早已伴随撤军的过程悄然发生。2011年起，伊拉克在周边地区的多个事件中，发出有别于美国立场的声音，在当时引起了国际社会关注。

在巴林乱局中，美国政府支持巴林王室，伊拉克却表态支持示威者；阿拉伯国家联盟做出制裁叙利亚的决定，伊拉克又是仅有两个不支持制裁的阿盟成员国之一。

一些分析人士认为，伊拉克总理马利基的什叶派背景决定了政府在巴林和叙利亚问题上的立场，另有人说这是伊朗背后施加影响的结果。

这些看法不是完全没有根据，但或者不够全面而有失偏颇。马利基在伊拉克并未形成只手遮天的局面，其他各派势力在外交决策上仍有足够发言权。在巴林和叙利亚问题上，偏离美国指挥棒的选择，表明了伊拉克在外交上谋求独立自主的愿望。

2011年马利基访美期间，美国对伊拉克上述“偏离导向”的行为，似乎做出貌似高调的反应。奥巴马在和马利基白宫会见后的新闻发布会上，公开暴露双方在叙利亚问题上的分歧，实属罕见。

但接近马利基的消息人士告诉我，奥巴马这一姿态，并非意在打压伊方，而是为了宣示美国给予伊方外交自主权的“大度”。

一些西方媒体认为，拜登访伊和马利基访美台面下的议程之一，是美方说服伊方，在叙利亚问题上离开伊朗的阵营，回到美方的指挥棒下。

不过，接近马利基的消息人士却告诉我，拜登访伊期间向马利基明确表示，美方理解伊拉克与伊朗发展友好关系，只要伊拉克坚持不让己方国土成为伊朗打击美国平台的底线，美方就不会介入两伊关系。

随后，伊拉克在阿盟秘书长阿拉比到访巴格达的情况下，未改变不支持制裁的立场，仅表示将协助叙利亚局势的斡旋。

学者谢赫说：“美国或许认为，一个摆脱‘被保护国’形象的更为超然的伊拉克，更加符合美国的外交利益。美国或许想在它和伊朗、叙利亚的对峙中，增加一个地位重要的中间人，而非一个可有可无的同盟者。”

伊拉克在外交事务上开始展现独立于美国的姿态，这对于乱局错综复杂的中东而言，无疑又增加了一个新的变数。

硬币总有正反两面，国际政治亦同于寻常人生，并无绝对赢家和输家。伊拉克危机持续至今，相关各方势力的得失，可以稍作盘点。

美国搅乱伊拉克的最大也是最直接的恶果是，放言“用血与火清洗伊拉克大地”的“伊斯兰国”首脑巴格达迪，朝向他建立阿拉伯帝国的“哈里发梦”，迈出了坚实一步。

“伊斯兰国”一度控制着北部库尔德自治区和首都巴格达之间包括安巴尔、尼尼微、迪亚拉和萨拉赫丁等逊尼派聚居省份的大片土地。

人马方面，从数千人已经发展至数万，帮助其作战的具有流动性的逊尼派武装人员更无法统计。

经过战事“锻炼”，“伊斯兰国”武装人员运用各种轻重武器的能力提升，还开始尝试实施地面群组协同作战。战地现场发回的视像资料显示，武装人员从车辆、服装和其他装备都在追求统一，显示其正规化的进程。

如同插在伊拉克腹地的利刃，“伊斯兰国”建立起属于自己的根据地，此点强于其他恐怖组织。

该组织据称在摩苏尔银行抢到4.29亿美元现金，成为“全球最有钱的恐怖组织”。另外，伴随其战场上的胜利，沙特阿拉伯等“金主”注资热情也在不断提升。

巴格达迪已经揭开神秘面纱，自号哈里发，对信众公开布道。所谓哈里发国，甚至开始颁发护照和签证。伊斯兰世界尚在观望，起码目前，还没有人公开指责巴格达迪的哈里发梦。他，赢得了第一步。梦想能走多远，取决于下一步和逊尼派国家之间的博弈。

在我完成此书写作的2017年年初，打击“伊斯兰国”的行动似乎见到一些效果，伊拉克军队声称收复了北方重镇摩苏尔。然而，这一小小的胜利，在笼罩整个国际社会的恐怖阴霾下，显得微不足道。

说到伊拉克，难免提及恩怨交织的邻国伊朗。在伊拉克问题上，伊朗似乎赢了面子，却输了里子。

面对“伊斯兰国”的攻势，美国一度寻求和伊朗合作，伊朗话语权得到提升。然而，“伊斯兰国”对什叶派主导的伊拉克政府的打击，实际上削弱了伊朗的势力范围。

美国前总统小布什和他的国家安全团队摧毁以逊尼派为主体的伊拉克国家体制与机构，铲除萨达姆领导的社会复兴党，解散逊尼派为指挥系统主体的武装部队、警察、司法与整个行政体系。

这使在伊朗流亡8年的什叶派穆斯林马利基得到机会对逊尼派进行打压，建立起什叶派的主导地位。巴格达日益显现的亲伊朗色彩，有利于德黑兰，使美国后悔，以色列不安。

马利基下台后，什叶派政权削弱，一方面使伊朗在核问题等国际议题上增加权重，另一方面也使其有失去在中东地区难得盟友的危险。

一些海湾国家对伊拉克乱局幸灾乐祸，其实是抱薪取暖，饮鸩止渴。

逊尼派为权力主体的沙特等海湾国家一直生活在以色列和伊朗所制造的浓重安全阴影下，这是它们卖力支持推翻亲伊朗的叙利亚现政府又乐见“伊斯兰国”崛起的根本原因。

这些国家必须知晓，对“伊斯兰国”的支持是一柄双刃剑。一旦“伊斯兰国”真的在伊拉克站住脚，裂土建国，朝着阿拉伯大帝国的方向一路狂奔，必将对沙特等反咬一口，造成新的更大威胁。

原因是，这些海湾国家也是哈里发未来想统治的疆土，哈里发不会允许它们继续维持独立。另外，它们和美国合作，加上不同程度存在的世俗化社会经济发展模式，都是为哈里发所不能容忍的。海湾国家，正在深思。

最后要说的当然是已经撤离的美国。总结美国搞乱伊拉克，一言以蔽之，可谓“打赢军事，打输政治”。

美军撤离伊拉克后，耗尽巨大人力、物力、财力、军力以及数千美军生命所建立起的伊拉克“民主”政府，在极端伊斯兰组织的强大攻势下，竟然到了岌岌可危、朝不保夕的地步。

这是美国政治战场的又一次失败。头脑简单的美国人，似乎总能在战场取胜，又总在复杂的政治角斗中败下阵来。

不管私底下如何想，美国想建立中东政治样板的努力，在伊拉克已经破产。不得已需要回头收拾的烂摊子，甚至影响到它重返亚洲的战略。

伊拉克发生的事情，并不令人意外，这显然是美国强行推销其意识形态的又一次失败例证。伊拉克，这个尖锐宗教和种族矛盾交织、独立不过80年的国家，连“国家统一”的共识尚未建立，遑论公民社会、中产阶级、工业文明、成熟政党、宽容文化、规则遵从等民主国家的价值观基石？

伴随国力下降，美国的政治形象也在不断折腾中迎来夕阳。伊拉克则沦为沉默的受害者。

我于2011年至2013年在伊拉克生活工作了两年时间。期间，最大的感受是，西方人死一个，国际媒体一片喧哗；伊拉克人死1000人，也如死水微澜，不起波浪。

今天，依然如此。“伊斯兰国”攻城略地，伊拉克百姓失去生命和家园，战争损失甚至都无法得到精确估算。人们似乎却只是关注美国的失败，好像21世纪70年代的越南，直至今天的伊拉克和阿富汗。

人们似乎忘记，首先是那些国家的统治者和人民失去了自己的国家。南越政府腐败、无能、软弱，缺乏包容性，不如对手般具有高昂战斗意志。伊拉克和阿富汗的局势也是如此。

前任驻伊美军最高指挥官彼得雷乌斯曾在2007年至2008年成功稳定了伊拉克局势。他的核心战略是政治——将逊尼派部落和民兵纳入体制，共同对付“基地”组织和其他恐怖势力。也正是在那一时期，“伊斯兰国”前身“基地”伊拉克分支一度遭遇重创。

权力分享与族群和解，是救国的唯一路径。倘使伊拉克当权者能就此掰正施政方向，“伊斯兰国”之患，或可消弭。

在全书的结尾，我想说，其实告别阿富汗、告别幼发拉底的，并非美国或其他大国，而是我们这些媒体过客。大国势力不会告别幼发拉底，围绕这些苦难之地的大国角力仍然在继续，也永远不会停息，苦难也将持久存在。

作为过客的媒体人，我来了，我思考了，我写作了，我呼喊了，我流泪了，我流血了，最后，所能做的仅仅是告别，为我生活过的那片土地上的人民祈福。

结　语

到过阿富汗和关注阿富汗的人中，不少当会读过那部著名的小说《追风筝的人》。在我眼里，天空中飘摇的风筝，代表着阿富汗人倔强、乐观、坚强的民族性格。

在阿富汗，除开冬季，一年中其他三个季节里，人们都喜爱放风筝。我常在阿富汗的法定周休日 —— 周五来到分社附近的碧碧马赫鲁山上。节假日里，能看见颜色各异的风筝飘舞在半空中。

这里不是潍坊。很少见制作精美的风筝。大部分是自己动手糊的，用四根小竹条钉成小方框，蒙上塑料纸就可以放飞了。稍好些的，绑着哨子，能在风中发出尖利的哨音。或者，用荧光剂涂抹在风筝的某一部位，飘舞在风中时，仿佛看见风筝在一闪一闪眨眼睛。

孩子们奔跑着，欢跳着，拽动风筝线。风筝是粗放的，但也是快乐的。这好似代表着多数阿富汗人的性格，在苦难、困顿的生活中，总能绽放笑脸。

在放飞风筝的节假日，人们还用吃肉来犒劳自己。每逢节日，在首都喀布尔很多地点，都有店家在露天的一排煤气灶边支起架子，挂上半扇半扇的羊肉。食客根据需要购买数量不等的肉由店家切割后炖制加工。

通常，配料与作料只是最简单的西红柿和盐。炖熟后的羊肉都是大块的，人们的吃法也很豪放。徒手撕一块馕，裹起一块肉吃，送进嘴里。没有刀叉与碗盘。

吃完肉，人们找一个可以坐下的地方，把搭在肩上的长披肩取下铺在地面，煮沸一壶水，冲上红茶。一台20世纪80年代在中国很流行的双卡手提式录音机，放上音乐。年轻人和着音乐随意地起舞，其他人打着响指或拍手伴奏。

在这样的时刻，人们不会想起没完没了的战争与恐怖袭击，人们的脸上只有笑容。

不仅是在阿富汗，十多年中，我在多处战地和灾区，时常目睹这种最质朴的快乐。我总是由衷羡慕与赞叹这些国家与这些人民。他们让我学会，如何面对危险、苦难与艰辛。让我对生活，有了新的理解。

阿根廷文学家博尔赫斯曾说过："我已经见识过许多土地，见过一个女人，还有两三个男人。"人的一生，如此而已。